———— 每本书都是一座传送门

次元书馆

图书在版编目（CIP）数据

我有一座冒险屋. 叁, 怪谈协会 / 我会修空调著
. -- 北京：新星出版社，2019.6（2025.3 重印）
ISBN 978-7-5133-3567-6

Ⅰ. ①我… Ⅱ. ①我… Ⅲ. ①长篇小说-中国-当代
Ⅳ. ① I247.5

中国版本图书馆 CIP 数据核字 (2019) 第 076887 号

我有一座冒险屋 叁 怪谈协会

我会修空调 著

责任编辑：汪 欣
责任印制：李珊珊

出版统筹：贾 骥 宋 凯
出版监制：张泰亚
策划编辑：邓英洁
助理编辑：姜 珊 乔 红
美术编辑：宋 慧 姚 芳
封面绘图：长 乐
插　　图：咚雾雾

出版发行：新星出版社
出 版 人：马汝军
社　　址：北京市西城区车公庄大街丙3号楼　100044
网　　址：www.newstarpress.com
电　　话：010-88310888
传　　真：010-65270449
法律顾问：北京市岳成律师事务所

读者服务：010-88310811　　service@newstarpress.com
邮购地址：北京市西城区车公庄大街丙3号楼　100044

印　　刷：北京天恒嘉业印刷有限公司
开　　本：710mm×1000mm　1/16
印　　张：17.5
字　　数：286千字
版　　次：2019年6月第一版　2025年3月第十一次印刷
书　　号：ISBN 978-7-5133-3567-6
定　　价：53.00元

版权专有，侵权必究；如有质量问题，请与印刷厂联系调换。

我有一座冒险屋
叁 怪谈协会

我会修空调 著

新星出版社 NEW STAR PRESS

目录。

001/ 第 1 章 黑色、白色还是红色?

017/ 第 2 章 姐姐、妹妹和男孩

030/ 第 3 章 恐怖人偶

044/ 第 4 章 第三病栋

065/ 第 5 章 你是在找我吗?

094/ 第 6 章 怪谈协会

107/ 第 7 章 说出你的故事

122/ 第 8 章 你看到了不该看的东西

134/ 第 9 章 午夜出租车

158/ 第 10 章 冒险屋的三个禁忌

172/ 第 11 章 上吊的人与恶臭

188/ 第 12 章 锤影幢幢

204/ 第 13 章 致命信息

226/ 第 14 章 我有一"只"红衣

239/ 第 15 章 江州儿童福利院

249/ 第 16 章 林官村

第1章 黑色、白色还是红色？

新世纪乐园，陈歌刚把冒险屋门口的牌子给摘下，就有游客走了过来，短短一个多星期，他的冒险屋无论口碑还是游客量都发生了很大的变化。"下午开始营业，大家莫急，我们又设计出了新的恐怖场景！绝对给力！"

参观完田藤病院，陈歌得到一些启发，他将在田藤病院里的见闻记录下来，想以后多多参考和学习，让自己的冒险屋变得更加完美。他将自己的思路写到本子上，确保不会遗忘。

"我的冒险屋场景更新速度很快，有些场景还没有开发完，等完成了'第三病栋'的隐藏任务，我要好好梳理一遍自己的恐怖场景，再添加一些恐怖道具，真真假假混在一起，这才有意思。在完成所有隐藏任务之前，暂时不开放'第三病栋'，现在游客还没有消化完前面的场景，也不着急。"陈歌又拿出了警方给的资料，把所有外逃病人的信息背了下来，这些东西不知什么时候就能用到，关键时刻说不定可以救命。

忙碌了一个下午，六点多钟，将一位位游客送走后，门口售票的徐叔露出难得的笑容，陈歌的冒险屋正在拉动整个乐园的人气，乐园方面也在积极调整战略，准备进一步配合陈歌。

陈歌等到徐叔和徐婉离开，回到员工休息室，将磁带、红布包裹的杀猪刀等东西装入背包，又开始找白猫。猫有灵性，一看陈歌收拾背包，就立马往外蹿。找遍鬼屋，陈歌出门后才看见白猫跑到了门口的大树上。这只猫极通人性，似乎已经预料到要发生不好的事情，直接躲到了树顶，不管陈歌怎么喊都不下来。"你怕什么？我保证这次去的地方比第三病栋安全！快下来吧！"任陈歌喊破嗓子，白猫也不愿意下来。望着大树，陈歌有点儿无奈，背着包离开了乐园。

打车来到芳华苑小区，此时天色已黑，进入小区的人很少。这座小区修建的时间不算短，陈歌上次来的时候忘了跟高医生打听，也不知道里面有没有发生过什么异常的事情。他在手机里找到警方给的资料，上面只提到了二号房病人最后一次出现是在芳华苑小区，并没有透露那人的具体地址。这就不好办了，警方用编号代替每一个病人，连她名字都不知道，只凭一张照片很难有所进展。

芳华苑在江州属于中高档的小区，前半部分是六栋老楼，楼层都比较低。后面还有三栋新盖的高楼，每一栋都超过了二十层，当初王欣一家就住在后面新盖的高楼里。

"还是问一下保安吧。"他来这里主要是为了完成磁带怨念的心愿，打算雇用其为冒险屋员工，这也是今夜的首要任务；不过既然来了，他也会顺便调查一下第三病栋二号房的病人。来到保安室旁边，陈歌打开手机，找到警方资料里附带的那张照片，"麻烦问一下，这个女人你们有没有印象？"

二号房的病人，五官单个拿出来都可以说很完美，不过拼合在一起，总感觉怪怪的。

保安不仅没有回答陈歌的问题，反而很警惕地盯着他，那感觉就好像是发现了可疑人员一样。他问陈歌："你不是小区里的住户吧？"

"不是。"陈歌如实回答。

"那我们就没有必要回答你的问题了。"保安从屋子里走出，"如果这个人是我们小区的，我们不会泄露住户信息；如果她不是，我肯定也不知道有关她的信息。"陈歌被这保安说得一愣，对方有点儿不按套路出牌。

"小顾，不要惹事。"屋子里还有一个六十多岁的保安，他刚脱下制服，换上了便装，笑呵呵地走出保安亭。"年轻人火气盛，今天因为一点儿小事，他刚被训了一顿，心情不太好。"

"我心情好得很，老王你赶紧下班吧，这儿交给我就行。"年轻保安不耐烦地说道。

"交给你，我怕你明天还要挨训，你小子真是记吃不记打，每次跟人说话都那么冲。"老王摇头叹息，"我给你说过多少次了，我们只是保安。多点头，少说话，不管人家说得对还是错，都不要去随便评价。"

"没事，我倒是挺欣赏他这种性格的，耿直不做作。"陈歌赶紧开口，他是真觉得这个年轻保安挺有意思的。"这位怎么称呼？"

"顾飞宇，你叫他小顾就行，我们这儿的夜班保安，胆子大，人很好，就是说话不过脑子。"看得出来老王其实很维护顾飞宇。

"夜班保安？是晚上也要在小区里巡逻吗？"陈歌的注意点根本没在顾飞宇这个人身上，他慢慢将话题朝其他方面引。

"我们保安要全天二十四小时保护业主的安全。"老王拍了拍裤子上的灰，"对了，你刚才是想要找人吗？给我说名字，我在这干了十年，大部分住户都认识。"

"名字我也不知道，不过我这里有一张她的照片。"陈歌点开图片，将自己手机递了过去。

"有照片那就更好办了。"老王接过手机，低头向下看去，在视线移动到屏幕上的一刹那，脸上血色全无，差点儿把陈歌的手机摔到地上。

"你认识她？"陈歌向前走了一步，老王连忙把手机塞给陈歌，似乎那是一个烫手山芋。

"这个女人很重要，她涉及许多事情。"陈歌在考虑要不要借助李队的名头。

"又是这个女人？警察昨天来问过。"顾飞宇是个直肠子，想都没想就直接说了出来。

"那你们是怎么给警察说的？"陈歌更加好奇了。

老王伸手拦住顾飞宇，眼神复杂。"这女人是个疯子，昨天警察来的时候我就跟他们说过了。"

"疯子？"陈歌站在老王身前，"我看你刚才反应那么大，应该对这个女人印象很深。"

"其实也没什么。"老王这人处事圆滑老到，说话总是留一半。"照片里那个女的姓白，不过我一直怀疑她的身份证是伪造的，照片里的人跟她本人完全不一样。"老王眼底藏着一丝畏惧，"我之所以对她印象比较深，是因为在两三年前，她刚搬到芳华苑的时候，老是被人投诉，她的邻居说她房间里总有异味传出，一到晚上还有激烈的争吵声。"

"只有这些吗？"

"一开始的时候还好，物业找到这女人，双方沟通过以后，这女人也承认自己做得不对，不仅赔礼道歉，还主动给出经济赔偿，态度非常好。"

这也看不出她是疯子啊！陈歌在心里整理线索，女人是四年前从第三病栋出来的，三年前搬到了芳华苑小区，两年前在这里失踪。

"之后大概过了两三个月的时间，她住的那栋楼里出现了闹鬼的传闻，有人说在午夜十二点以后，看见楼道里有白色的影子。还有住户说，他们在深更半夜听见自家门外面传来挠门声，还有很低很低的女人声音，问什么，'家里有没有人啊？没有人我就进来了！'

"这种行为非常恶劣，已经超过恶作剧的范畴，我们保安队开始在大楼里蹲守。可奇怪的是，每次我们进去蹲守的时候，白影和女人的声音就不会出现，她就好像是在和我们捉迷藏。

"我们保安身体也不是铁打的，白天晚上连轴转，守了两个星期，很多人都撑不住了，最后只好作罢。之后一个多月，白影和女人的声音都没出现过，我们也放下心来，只不过每天晚上都会安排两个保安一起进入那栋楼巡视。

"第二个月，和我一起值班的兄弟临时请假，我一个人也不敢进大楼巡视。可偏偏就在那天，我接到了业主的电话，说那个声音好像又出现了。

"我拿了警棍，坐上电梯，来到出事的楼层。电梯门刚一打开，我就看到不远处，有一道白影正趴在某个住户门口，嘴里还在低声念叨：'家里有没有人啊？没有人我就进来了？'"老王脸上的皱纹挤在一起，一直到现在，只要想起那段记忆，他都会感到莫名的恐惧。

"那白影就是疯女人吧？"陈歌能体会到老王当时的心情。

老王点了点头，过了半天才缓过神。"电梯打开的瞬间，我真被吓坏了，脑子里一片空白。"

"后来呢？那道白影有没有进攻你？"

"她看见我后直接跑走了，让我至今想不明白的是，她跑动的时候完全没有脚步声！"老王的目光不时瞟向陈歌的手机，这些东西是他最不愿回忆起来的。

"你会不会是太紧张了，所以没注意到脚步声？正常来说一个人就算光着脚，在奔跑的时候也肯定会发出声音。"陈歌怕给老王带来更深的心理阴影，没敢说出自己内心的真实想法。

"也许吧。"老王自己都没有整明白，"白影见了我转身就跑，我看着她不知道为啥也不害怕了，就在后面追。跑了没多远，最后亲眼看见她钻进了那女人家里。等我过去的时候，那家房门已经上锁了。被骚扰的业主报了警，可是等警察撬开女人家房门的时候发现，屋子里根本没有人。警察后来找到我，这事我根本说不清楚，自从白影钻进女人家里后，我就一直守在她家门口，也没见她出来。

"那女人是第二天才回来的，她和警察说她最近一直住在朋友家里，根本没有回来过。"老王声音有些苦涩，"因为这事我还被带进局子里关了一晚上，我说的都是实话，但就是没人相信。"

陈歌很能理解老王，正常人遇到这样的事情肯定会手忙脚乱，自己第一次遇到镜中怪物的时候也有点心慌，后来可能是见得多了，慢慢就习惯了。

"你有没有看到那白影的正脸？还有她身体方面有没有什么比较显眼的特点？"老王是陈歌的突破点，刚到芳华苑小区就有了收获，这次他的运气不错。

"我都被吓傻了，哪儿还会去注意她的长相？"老王脸上的皱纹挤在一起，看着苍老了很多。

"芳华苑在江州也算不错的小区，你们这里的监控就没有拍下过白影的身体？"陈歌很想看一看小区监控，说不定能在午夜以后的监控摄像里有意外发现。

"当初那栋楼刚开始闹鬼的时候，物业跟业主沟通说要在各个楼梯拐角安装监控，但是双方因为安装监控费用问题产生了分歧，物业想让业主平摊监控费用，业主说物业不负责任，双方都在扯皮，最后只在女人所在的那一层安装了一个监控探头。"

"一个就足够了，这监控摄像头有没有拍摄下来什么奇怪画面？"陈歌越来越好奇了。

"不知道是技术原因,还是其他问题,这个监控一到晚上经常会莫名其妙黑屏,过十几分钟又自己恢复正常,现在谁也说不清楚原因。"老王看了下自己的手机,"我跟你说的都是实话,昨天警察来的时候我也是这么说的,天不早了,我就先回去了。"任谁都看得出老王在敷衍,他不想继续这个话题。

"稍等,你能不能告诉我那个女人曾经住在哪个房间?"陈歌拦在老王身前。

"我真不是在跟你开玩笑,那个地方我们现在巡夜都不怎么过去,整层的业主也基本都搬了出去。"老王语重心长地劝说,"昨天警察已经来问过了,在人家调查出结果以前,你最好不要跑去捣乱。"他说完就朝外面走去,只是脚步有些不自然。快走到门口时,老王又招手把小顾喊了过去,在顾飞宇耳边低声说了几句话,这才放心离开。

顾飞宇回答:"知道了,放心吧。"

顾飞宇送走老王,一个人回到保安亭,他看见陈歌仍站在旁边,眼睛一翻道:"我们队长说了,不能放那些来路不明的人进去。"

"我像是来路不明的人吗?"陈歌凑到保安亭前,打探道,"老王说的都是真的吗?你们小区闹过鬼?"

"不知道,我是新来的。"顾飞宇倒也老实,跟他交流,比和老王交流容易多了。

"新来的?"陈歌眼睛转动,"他们把你招来当夜班保安,那有没有告诉你上一任夜班保安辞职的原因,你说会不会是跟闹鬼有关?"

顾飞宇原本正在保安亭里填写记录,听到陈歌这话,停下了手中的笔问:"你啥意思?"

"闹鬼这事你是什么时候知道的?"

"昨天警察过来询问,老王给警察说的时候我也在旁边。"

"看来你之前一直被蒙在鼓里,这小区物业也太坑了,夜班保安就你一个人,他们也不害怕出事?"陈歌感觉自己是一个内心充满正义感的人,路见不平拔刀相助的那种。"这样吧,你们有规定我也不为难你,这是我的手机号,如果你今晚巡夜的时候遇到异常和危险可以给我打电话。我配合你的工作,也希望你不要拒绝我的善意。"

"善意？我咋没看出来。"顾飞宇嘀咕了几句后和陈歌交换了电话。

"今晚遇到危险记得给我打电话。"陈歌说完后，背着包绕到芳华苑后门，旁若无人地走了进去。

老保安有点儿怕事，不肯告诉我疯女人的住址，看来还要麻烦王欣的母亲才行。陈歌走到新盖的那三栋高楼旁边，第一次来的时候他还没注意，这回再一看，竟有了特别的发现。三栋住宅楼成品字形修建，布局跟康复中心三座病栋一样。

陈歌来到三号楼入口，他并不是特意要调查三号楼，而是王欣一家就住在这里，三号楼十四层。

天色已黑，陈歌进入住宅楼，也不知道是不是错觉，这大楼里的温度要比外面低很多。一楼冷冷清清连个人影都没有，陈歌站在电梯旁边，看着电梯显示屏上不断变化的数字。整栋楼一共二十三层，但是电梯上却有二十四个数字，陈歌也不是太明白，多的那个数字代表什么意思。显示屏上的红色数字变到13后，停顿了十几秒钟，然后又继续减少，似乎是在十三楼有人进入了电梯。

没过多久，电梯门打开，一个穿着红色高跟鞋的女人走了出来。她打扮得很时尚，身材高挑，好像明星一样，还戴着口罩和帽子。

两人擦肩而过，陈歌回头多看了对方一眼，这个女人身上散发着一股怪味，不像是香水味，更像是医院里消毒液的气味。

"喂！"陈歌站在电梯门口，朝女人喊了一声。

停下脚步，女人回头，帽檐和口罩的缝隙中，一双美丽的眼睛轻轻眨动，透着不解。仅从眼睛来看，这个女人和警方提供的照片不太一样，应该不是陈歌要找的二号房病人。

"你是不是电视上的那个明星？我能跟你合张影吗？"陈歌承认自己有些冲动，他也不知道说什么好，只能随便编造了一个拙劣的借口。

"抱歉，你认错人了。"女人的声音很轻，好像身体不太舒服，说完就朝外面快步走去。她似乎把陈歌当成了坏人，几乎是小跑着离开的。

和警方提供的照片不太一样，不过二号病人患有道林格雷综合征，多次整容，那张脸不能作为判断的标准。以现在的整形技术，改头很难，换面却非常容易。

本着宁可错杀一千，也绝不放过一个的想法，陈歌背着包直接追了过去。跑出三号住宅楼,陈歌跟着女人进入地下停车场,左右绕了几圈,那个女人竟然不见了。

"跑哪儿去了?"

停车场里安装有监控,陈歌害怕自己被保安误解,没敢继续搜查,只好原路返回三号楼。坐着电梯来到十四楼,陈歌轻敲王欣家的房门,问道:"有人吗?"

屋子里响起脚步声,有人穿着拖鞋打开了门,"你找谁?"门后是一个穿着黑白套裙的中年女人,她保养得很好,皮肤紧致,看起来要比实际年龄小很多。

"是我,上次治疗王欣的……"陈歌没说完,中年女人就已经认出了他,忙招呼说,"陈医生!快请进,我一直都想好好谢谢你,就是没有机会。"

"陈医生?"中年女人的称呼让陈歌觉得很怪异,虽然是第一次被人这么叫,但有种莫名的熟悉感。他解释说,"我不是专业的医生。"

"你治好了王欣的病,在我看来就是最好的医生。你就别谦虚了,你的事情我都跟高医生打听过,快请进!"中年女人非常热情地把陈歌拉进屋内。

"那打扰了,我今天来主要是为了看看王欣的病情,顺便再打听一些消息。"

"茶几上有苹果、香蕉,稍等一下,我这还有从公司拿回来的茶叶。"

"不用那么麻烦。"陈歌坐在沙发上,他今天来看王欣是次要的,真正的目的是寻找二号房病人,还有完成磁带怨念的好感度任务。当然这些话他肯定不会告诉王欣的养母,维持形象还是很重要的。

在陈歌和中年女人客套的时候,卧室房门打开,一个瘦弱的女孩走了出来。一别几日不见,王欣的气色好了许多,以前她可是从来都不会离开自己房间的,现在竟然主动走了出来。当时这个女孩抱着笔仙哭诉的话语,至今还萦绕在陈歌脑海当中。看到女孩的改变,陈歌发自内心感到高兴。

王欣坐到陈歌对面,似乎还是不太习惯和人交流,说话声音很低。陈歌从高医生那里学到了很多和心理疾病患者相处的方法,他没有去打断王欣的话,认真倾听,站在王欣的立场去考虑问题。慢慢地,王欣脸上也露出了笑容,心结打开后,这个女孩也在积极地想要和外界接触。

等王欣离开后,中年女人将泡好的茶端了出来。"这孩子心里装了太多事情,她都不跟我们说。也就是你来了,她才会笑得这么开心。"

陈歌接过茶杯,不过并没有去喝。只是说:"王欣恢复得很好,治疗效果不错。"他看了看时间,又说道,"其实我今天来还有一件事想要询问一下你。"

"你说。"中年女人十分配合。

"我听说芳华苑小区几年前曾有一栋楼闹鬼?不知道是真的还是假的。"

陈歌刚说完,中年女人的表情就变得有些僵硬了,她起身悄悄走到王欣房间门口,听了听里面的动静,然后领着陈歌进入厨房。

关上了厨房门,中年女人这才开口:"陈医生,我也不骗你,这事是真的。"

"真的闹鬼?"陈歌没想到中年女人的语气会如此地肯定。

"我亲眼所见。"中年女人指了指脚下,"当时闹鬼的就是三号楼十三层。"中年女人提到十三层,陈歌不知为何想起了之前遇到的那个女人,她就是从十三层进入电梯的。

"能具体说说吗?"陈歌取出手机,翻找到二号房病人的照片,他还没让中年女人看,对方就又开口说了起来。

"芳华苑二十年前就有了,一开始没这么大,只有前面的六栋矮楼,后面的三栋高层住宅楼是四五年前新盖的,我是当时的第一批住户。"

中年女人端着茶杯,从另一个角度开始讲述两三年前发生的种种怪事。她所说和老王说的基本吻合,比较恐怖的是,中年女人曾亲身遇到过白影趴在门外的事情。她说那天大半夜的听见门外传来奇怪的声音,好像有什么东西在挠门,她一开始以为是小猫小狗之类的东西,但过了没多久竟然听见有人在说话。中年女人第一反应是遇见了小偷,她进厨房提着菜刀走到门口,顺着猫眼往外看,可走廊上的声控灯似乎出了问题,只能看到一团白影。

中年女人报了警,举着菜刀砍在防盗门上,连砍了好多下,最后将那白影吓跑了。说到白影离开,中年女人和老王的说法完全一致,那道白影跑得很快,但没有发出脚步声。

"我至今都不清楚那到底是什么东西,后来听警察说是一个神经病在装神弄鬼。"中年女人放下茶杯,也有些感叹,"我是贷款买的房子,全部积蓄都砸了进去,要不我早就从这搬走了。"

"你近距离见到过白影?"陈歌在思索中年女人的话,目光不时扫过女人和年纪不相符的外貌,还有身上的黑白套裙。他倒不是不信任王欣的养母,只是心里觉得奇怪,中年女人似乎特别喜欢黑色和白色,第一次见面时,对方就穿着白色的衬衫和黑色的裤子。

而黑色手机发布的好感度任务里有一句提示:亲爱的,你喜欢黑色、白色还是红色?

王欣的养母喜欢黑白色的衣服,之前在电梯里遇到的那个女人穿着红色高跟鞋,她们身上都有值得陈歌怀疑的地方。重新打量王欣的养母,陈歌意外发现,这个中年女人体形匀称,不管是气色还是容貌看起来都要比真实年龄小很多,就算是现在,中年女人也绝对称得上美女。

二号病人很害怕衰老……陈歌脑子里可没有什么歪念头,越发小心起来,他扫了一眼女人拿在手里的茶杯,很庆幸自己一开始没有去喝那杯水。

"陈医生。"中年女人往前走了一步,似乎察觉到了陈歌的变化。"你是不是被吓到了?"

"被你这么一说,是感觉有点儿心慌害怕。"陈歌顺势承认,"能告诉我闹鬼的具体是哪个房间吗?"

"13层3133号,警方查探后发现白影最后跑进了这个房间里。但是当时这个房间的主人不在家,后来她好像又搬走了,结果这事就不了了之了。毕竟也没有什么人员伤亡和经济损失,我们这些业主也不好死抓着不放。"

"或许她并没有搬走。"陈歌声音很低。

"你说什么?"

"没事,我就是好奇,她住的房间编号里怎么那么多三?"从第三病栋开始,陈歌就发现三这个数字,在他的生活中出现得特别频繁,甚至于当初他把镜中怪物唤出来后,镜子上的倒计时也是从三开始的。

"3133代表三号楼十三层三号房。"中年女人向陈歌解释。

"我跟你们这儿的保安打听过,他说三栋十三层的租户很多都离开了。是不是因为最近一两年内,你们这里又出现了什么怪事?"

"还好吧,我们晚上都很少出门。"中年女人想了一会儿,"有个地方我得跟你说一下,等会儿你下楼的时候最好不要坐电梯,大概是几个月前,有个醉汉晚上坐电梯回家的时候,电梯停在十三层坏掉了,还有个白影在那一层进了电梯。"

"电梯里一般都安装有监控，整个过程应该拍了下来，你们小区物业没给个说法吗？"陈歌默默记下女人说的每一句话。

"那个醉汉被吓得够呛，第二天就去找物业了，当时这事闹得还挺大。"王欣的养母回忆起当时的场景，"物业调出监控视频，结果画面里根本没有白影，只有喝醉的业主在电梯里瞎按，从一楼坐到顶楼，又从顶楼坐下来。中间电梯断断续续打开了好几次，不过都没有人进去。"

"打开了好几次？"

"不过每次时间都很短，只有在十三层打开时，停留时间比较长。物业给出的解释是，那天可能有其他人想要乘坐电梯离开，看到里面倒着一个醉汉，所以就没进去。"

"理由很牵强。"

"谁说不是呢？反正从那以后，我们就很少在晚上使用电梯了。"

点了点头，陈歌抱着一丝希望问道，"那段监控视频，现在还能找到吗？"

"物业那里应该有备份，等白天了我可以帮你去问问。"

"好，多谢了。"陈歌不是警察，没有权利去看小区的监控视频，他和中年女人又聊了几句后就离开了。

房门关上，陈歌走出几米远后又绕了回来，从背包里取出一张碎纸片，折叠几次做上标记塞在防盗门门缝处。

中年女人亲口告诉他，这里的住户晚上很少出门，如果她家的房门在晚上打开，那么她就很值得怀疑了。

陈歌沿着楼梯来到十三层。整栋大楼里，只有十三层没有安装声控灯，黑漆漆的走廊上，仅有的光源就是安全通道上面悬挂的绿色牌子。淡淡的绿光在这种情况下显得更加瘆人，陈歌将圆珠笔拿在手里，慢慢进入走廊。这里似乎很久没有住人了，两边的防盗门上落满了灰尘。

"3133号。"陈歌在走廊中间找到了疯女人曾经住过的房间，让他感到奇怪的是，这间屋子的防盗门上灰尘很少，就好像一直有人居住一样。

他用手机手电筒照向防盗门，在门上又有了新的发现。防盗门中间用透明胶带贴着一张白纸，大意就是此房间低价出租转卖，上面还留有电话。他想着："疯女人离开后，又有人买下了这房子？"纸张很新，似乎才贴上没多久。

陈歌在门外停留了一段时间，发现屋内确实没有任何动静，他不甘心就此离开，拿起手机拨打了那个电话。

响了足足有半分钟，陈歌都快要放弃的时候，电话才接通。"你好，我看到芳华苑小区这里的广告，价格非常公道，所以想要购买你在小区里的那套房子。"陈歌有些忐忑，这个时间点打给对方，有可能会引起对方的警觉。

手机那边半天没人回话，过了许久才传来一个女人的声音："我生了大病，最近急用钱，所以价格才比较低，如果你真心想买的话，就尽快约个时间，我们在老城区的欣康公寓见面。"

"欣康公寓？"

"我的病情随时可能恶化，所以就找了个距离医院近的地方住，到时候你来三楼找我就好。"

"好的，我马上到。"

"马上？"手机那边的声音提高了一些，变得有些尖锐，音色也出现了一些改变，"行，那你来吧。"

挂断电话，走出三号住宅楼，陈歌感觉身上轻松了许多，心里的疑惑却变得更多了，老城区里似乎没有什么太大的医院，这个人是不是在撒谎？

打车来到欣康公寓，陈歌一口气跑到三楼，他又给对方打了电话说："我已经到了，三楼有三个房间，你住哪一个？"

"稍等。"电话挂断，公寓楼内最左边的房门被人从里面打开。"进来吧，家里有点儿乱，我现在的情况也没心情收拾。"

陈歌推开房门，看见开门的那个女人时，心狠狠地揪了一下。

这个女人没有头发和眉毛，整张脸惨白一片，非常吓人。

"快把门关上。"女人似乎知道自己长得有些恐怖，急匆匆走进里屋。

"好。"陈歌没把门锁死，留了条一指宽的缝，他还没进屋就已经开始给自己考虑后路了。

背着包站在客厅，陈歌看向里屋，女人坐在床边，盖着一层薄被，虚弱地说："家里很乱，你别嫌弃，随便坐吧。"

女人家里也不算太乱，只是扔着很多药瓶，陈歌随便捡起来一个看了看，上面全是英文，他只能认出一部分。

"别乱动我的东西。"女人低声说了一句，她看着陈歌，目光中带着一丝不确定。"你背包里装的什么？我看你不像是来买房的。"

"包虽然破，但我的家当可都在里面了。"陈歌随口说了一句，"你那套房子位置很好，不过价格还需要再商量一下。"

"我那套房子升值空间很大，要不是我现在急需钱，说什么都不会卖的。"女人的皮肤呈现出一种不健康的白，给人的感觉很奇怪。

"冒昧地问一下，你得了什么病，需要卖房子来筹钱？"陈歌根本就不是来买房的，一上来就开始套话。

"癌症。"女人指了指自己的脸，"长期化疗，头发和眉毛都掉完了。"

"抱歉。"陈歌没想到会得到这么一个答案。

"我现在就想着能多活几天，人都是到这个时候了，才想着能多活几天就好了。"女人卖房是为了延续自己的生命，乍一听似乎没错，但仔细想想总觉得有问题。

"我们来谈谈价钱吧。"

女人做出了很大的让步，她提出的价格比市面上同类型的房子低了百分之三十。她对陈歌说："如果你同意的话，明天我就可以带着证件去办理相关手续。"

"不是我趁火打劫，你出的价钱有点儿偏高了。"做戏要做全套，陈歌摆出一副很纠结的样子。

"这价钱还高？"

"我很同情你的遭遇，但一码归一码，来之前我就打听过了，你那栋房子几年前闹过鬼，所以才一直卖不出去。"陈歌拍了拍背包，"我这个人胆子比较大，再加上确实缺钱，所以才想着买你的凶宅。"

女人自知理亏，她又问了一句："那你准备出多少？"

"市场价格的十分之一，我只有这么多钱。"

"十分之一？！"女人被气乐了，"你还说自己不是趁火打劫？"

"毕竟那屋子里闹过鬼，买房子是一辈子的大事，如果不是实在没钱，我也不会去买一座凶宅。"陈歌完全代入了自己的角色,他目光中浮现一丝犹豫,似乎是看到女人的情况后有些不忍心。"要不我们各退一步,我知道你卖房是为了换救命钱,我可以找朋友亲戚借,但你出的价太高了,我实在买不起。"

或许是因为那间房子很久都没有卖出去,女人也绝望了,她沉默很久,才开口道:"十分之一太少,我的底线是市面价格的一半,如果你愿意要,我明天委托担保公司去跟你办手续,不愿意的话就算了。"

"一半……"陈歌低下了头,似乎在苦恼。

"你不要听别人瞎说,小区里连业主受伤的事情都没有发生过,怎么可能闹鬼?"女人半躺在床上,她察觉陈歌语气松动,开始劝说。

"你别骗我了,你们小区的保安亲口告诉我,他几年前看见一道白影钻进了你家,后来警察也去了。你那天晚上不在家,所以这些事情你可能不知道。"陈歌顺着对方的话,开始慢慢询问自己想知道的东西。

"我自己的房子我怎么可能不知道?"女人叹了口气,眼底露出一丝挣扎。"其实这事我一直不想提的,那白影不是鬼。"

"不是鬼?"陈歌的心一下子提了起来,整件事很有可能出现意想不到的转折。

"对,那白影是我妹妹,她是个刚从病院里接出来的精神病。"女人神色痛苦,剧烈地咳嗽了几声。"我妹妹很小的时候干过一件错事,她的病也是从那个时候被发现的,从那以后她就被关进了精神病院里,一直到四五年前才出来。"

"错事?很严重吗?"女人妹妹的信息和二号房的病人基本吻合,陈歌听得更认真了。

"非常严重,那件事毁了她的一生。"女人为自己的妹妹感到惋惜,"我妹妹的情况比较特殊,属于需要被隔离治疗的病人,存在一定的危险性,如果被警方发现,她可能就要被强制带走重新关进病院里。"

"所以你就把她藏在了自己家里?"

"妹妹经过十几年的治疗已经恢复得很好了。"女人语气发生了变化,似乎这是一个不容反驳的问题,"一个人一生中有几个十年?她前半生遭受了太多的罪,也应该好好享受一下生活,享受一下生而为人的幸福了。"

陈歌总觉得女人的话听着很不舒服。"你把妹妹藏在自己家里,但是没想到她会自己跑出去吓唬邻居,所以这就是当年闹鬼的真相?"

"是的,所谓闹鬼都是那些人自己瞎想编造的。"

"那你妹妹后来去了哪里?你现在病重,她也不来照顾你?"

"我也不知道她去了哪儿,自那晚过后,我就再也没有见过她。"女人显得有些无助,"她是我唯一的亲人,有时候我也会去芳华苑看看,希望能等到她。"

"同是天涯沦落人,我很理解你的痛苦。如果没人买的话,你的房子可以先给我留着,我明天就去筹钱。"陈歌说得情真意切,心里想着的却是暂时稳住女人,他现在急需去确定另一件事情。

"好,那我们明天见。"女人主动终止了谈话,她似乎有些累了,很是虚弱地靠在床头。

"明天见。"陈歌背着包起身离开。

在公寓楼房门关上的瞬间,屋内屋外的两个人脸上的表情都发生了变化。

陈歌站在原地,将自己从药瓶上记下的几个英文单词输入手机。跟他猜测的一样,这个女人身上问题很大,她房间里那些药跟治疗癌症没有关系,大部分都是促进伤口愈合和防止过敏的药物。

打车往芳华苑小区赶,陈歌在路上拨通了李队的电话,将欣康公寓的事情告诉了他。"李队,我找到了康复中心囚禁案的犯罪嫌疑人,她住在老城区的欣康公寓。"陈歌将女人的体貌特征告诉李队。

"你不会搞错了吧?你说的这个人和我们接到的通知完全不一样,她应该没有能力去实施囚禁等犯罪行为。"

"她的信息和第三病栋里二号房病人高度吻合,有可能是从犯,我有百分之五十的把握。"陈歌怕出租车司机听到,引起不必要的误解,声音很低。

"好,我会亲自过去盯梢。"得到李队回复后,陈歌挂断电话,重新回到芳华苑小区。从后门进入小区,陈歌有意避开监控。

"电梯里的醉汉在几个月前再次看到了白影,它跑步没有声音,那玩意儿肯定不是活人。楼道里住着一个鬼,可芳华苑小区近几年都没有出现人员伤亡的报告,是出了事被人刻意隐瞒,还是另有隐情?"

溜进三号住宅楼,陈歌将红布包裹的杀猪刀放在顺手的位置,只要出现意外,他可以第一时间将刀从背包中抽出。顺着安全通道一路向上，用了半个小时，陈歌摸清了整栋大楼的结构。

三号楼没有地下室，只有二十三层，可是电梯上为什么会有二十四个数字？这个问题陈歌一直没有想明白，因为王欣养母的提醒，他也不敢随便去乘坐电梯。转了一圈，陈歌又回到十三层，欣康公寓那边有李队看着不用他操心，此时他只需要守在三号住宅楼内就可以了。如果说 3133 房的住户就是二号房病人，那保安看到的白影，很有可能是附在二号病人身上的脏东西。门内的怪物要想在门外停留，必须要依附在活人身上才行，他们之间的关系类似于共生。

陈歌走在楼道里，两边的房间大多没有住人，非常安静。"不知道我今晚有没有可能遇到白影。"朝远处看去，有一个房间的门是开着的，屋内的灯光照在走廊上。

"有人？"陈歌朝那扇门走去，靠得越近他越觉得奇怪，"这不是 3133 房吗？"

房门上张贴的白纸被人撕了下来，揉成一团扔在地上。陈歌朝屋里看了一眼，地面铺着瓷砖，家具很少，客厅中间还用帘子隔开。屋主人回来了？陈歌离开欣康公寓，又在大楼里转悠了半个小时，从时间上来说有这个可能。在门口停留了一两分钟，屋内没有任何声音，也看不到人影。陈歌把杀猪刀的木质刀柄从背包拉锁中取出，悄悄推开门进入屋内。他将房门打开的角度还原，确定没有留下脚印后才向里走去。房间不算大，比较奇怪的地方有两个，卫生间里有一个很大的浴缸，厨房里除了冰箱外，还有一个上锁的冰柜。

藏尸？不是陈歌心理阴暗，在这种情况下，他实在想象不出其他的可能。

房间里的门都是开着的，陈歌从厨房出来后直接进入卧室，衣柜里挂着几件深色调外衣，柜顶还有一个黑色的大皮箱。箱子看起来有些年头了，陈歌踮起脚尖想要将皮箱取下来，可他还没碰到皮箱，就听到外面走廊上传来了高跟鞋踩在地面上的声音。他左右看了看，背着包躲进衣柜当中。

这要是被发现，可就糟了。陈歌顺着衣柜门缝向外看去，没过多久，防盗门被推开，一男一女走了进来。

第 2 章 姐姐、妹妹和男孩

男人手持仿制警棍走在前面,他穿着保安制服,看起来也就二十岁出头。

"你真的看到白影了?"

"就在半个小时前,我正在开门,突然看见有一道白影从电梯里走出!吓得我门都顾不上关,赶紧往楼梯里跑。"跟在后面的女人踩着一双红色高跟鞋,打扮得很时尚,体形偏瘦,有一头乌黑浓密的长发,美中不足就是戴着口罩,看不清脸。门口的两个人陈歌今夜都见过,男的是小区新来的夜班保安顾飞宇,女的就是坐电梯从十三楼下去,急匆匆跑进地下停车库的那个女人。

"你先待在家里,我去电梯那看看。"顾飞宇性格很直,胆子也很大。

"别走啊,我一个人待在这害怕。"女人揪着顾飞宇的制服。

"我不会离开太远的。"顾飞宇完全没有在意女人的感受,拿着警棍和手电跑到电梯旁边,他认认真真搜查了走廊的每一个角落,但是并没有找到白影。

"你会不会是看错了?"

"绝对不可能。"女人声音在打战,"你说那东西会不会是跑进我家里了?"她站在顾飞宇身后,望着自己的家,竟然不敢往里走。

"听队长说,这个屋子闹过鬼,你真要是害怕,最好还是搬出去。"顾飞宇心里想什么,嘴里就说什么,没那么多心眼。他还说,"之前的户主是个疯女人,你买房的时候可能被坑了。"

"这房子不是我买的,你说的那个疯女人是我姐,她失踪以后这房子就到了我名下。"女人提起自己的姐姐,神色暗淡,"你们都说她是疯子,但在我看来她是世界上对我最好的人。"女人进入屋内,高跟鞋踩在地板砖上,声音很清脆,"你别站在外面啊,老开着门,总觉得会混进来什么东西。"

"不用了,我还要巡逻。"

"你先陪着我在屋里找找那白影,如果它没有藏在我屋里,你再走也不迟。"女人将顾飞宇拉入屋里后,直接就关上了防盗门。

"好吧……"顾飞宇穿过客厅,走到阳台上,女人则直接进入卧室当中。

看到女人靠近,陈歌屏住了呼吸,这时候如果对方打开柜门,那真会给她留下一个终生难以忘记的"惊喜"。

关上卧室门,女人走到化妆镜前取下了口罩,她从抽屉里翻出一些瓶瓶罐罐,给自己补了个妆,做完这一切后,她又将一个塑料小瓶放入口袋,转身朝外面走去。

"卧室我看过了,白影没在里面。"在女人转身的时候,陈歌看到了她的脸,皮肤苍白,有种似曾相识的感觉。她走出卧室问,"你看到那白影了吗?"女人的眼眸轻轻颤动,脸色苍白,看起来楚楚动人。

"没有。"顾飞宇瞟了一眼取下口罩的女人,神色略有尴尬,悄悄把头扭向一边。

"先坐吧,我感觉那白影出现得有些蹊跷。"女人让顾飞宇坐在沙发上,她似乎是觉得一直穿着高跟鞋很不舒服,将鞋子脱到一边,光着脚进入厨房。

顾飞宇双手握紧警棍,有点儿紧张,坐立不安,不自然地抖着腿。

女人从冰箱里取出两瓶刚打开口的饮料,放在茶几上。"今天真的谢谢你了。"

"职责所在,说谢就太客气了。"顾飞宇有些不好意思。

"必须要好好感谢,刚才要不是你,我都不知道该怎么办了。姐姐失踪后,我现在连个亲人都没有,孤身一人在江州,身上也没多少余钱,就等着把这房子卖掉,然后永远地离开这里。"女人坐在保安对面的沙发上,惊魂未定,她将双腿跷在沙发边缘,用手轻轻揉搓。

"离开也好。"顾飞宇点着头,看向女人的目光中带着些许同情。"不过你也不用太沮丧,你姐姐只是失踪,说不定哪天就被找到了。"

"事情没有你想的那么简单,我姐姐跟我关系非常好,我俩一起长大,她有什么好东西都会和我分享,心里有什么秘密都会和我说,但就是在某一天,她突然就失踪了,哪里都找不到。我怀疑,她可能已经……"女人说到最后带着一丝哽咽,似乎是硬撑了许久,终于在一个陌生人面前卸下了伪装。她身体骨架小,手臂纤细,本就给人一种柔柔弱弱的感觉,此时一哭起来更是令人招架不住。

顾飞宇一下慌了手脚,也不知道该干什么,愣了半天才放下警棍,将茶几上的卫生纸递给女人。接过卫生纸,女人怕把妆弄花,只是轻轻擦了擦眼眶。"我下班回来看见白影的时候,整个人都被吓傻了,你说我姐姐是不是就被那怪物给带走的?"她的声音里透着一股绝望,"现在我又看到了白影,我会不会是下一个失踪的人?"

"不会的。"女人似乎是太过伤心,没注意到自己的姿势有些走光,沙发对面的顾飞宇主动移开了视线。

"希望吧。"女人拿起自己面前的饮料,轻轻碰了一下顾飞宇身前的饮料,"对不起,让你看笑话了。"

她把饮料举起,顾飞宇这时候才反应过来,出于礼貌,赶紧拿起饮料喝了一口,安慰她说:"我觉得你没必要那么悲观,这几天有很多人来小区里询问你姐姐的事情,她肯定还活着,只不过可能是因为某些特殊的原因,暂时没有办法见你。"

饮料刚从冰箱里拿出,清爽润喉,味道很好,顾飞宇又不自觉地喝了一口。"你姐姐失踪有她的苦衷,反正我不信什么鬼怪之类的说法,她估计是犯了什么事,想要逃避法律制裁才编造了这个借口。其实像她这样东躲西藏的人也挺可悲的,连最亲近的人都不能太见,活着还有什么意思?"

"你不了解她,你们从来没有真正地去了解过她。"女人表情痛苦,音色出现细微的变化,"她是全世界最好的姐姐,连最心爱的东西都愿意和我分享。"

顾飞宇有点儿累了,他抱着警棍,靠在沙发上说:"看来你们的关系确实不错。"

女人仿佛陷入了回忆,她望着茶几上被保安喝了一半的饮料。"在我很小的时候,有人经常欺负我,姐姐总是第一个站出来帮我的人,后来我们一起长大,性格上的差异却越来越明显，我自私爱哭爱闹，但是不管我做了什么错事，姐姐都会包容我。她是一个完美的人，美丽、端庄，笑起来很温柔。

"那个时候我很不懂事，她越是包容我，我就越讨厌她。她喜欢的我全都不喜欢，她喜欢白色，我就喜欢黑色，一定要和她相反，直到那件事出现……"

打量着保安，女人过了很久才开口："虽然很不想承认，但我还是和姐姐喜欢上了同一件东西。在我们居住的小区里，有一个阳光帅气的男孩爱上了我的姐姐，他喜欢听歌写作，唱歌也非常地好听。

"每当他和姐姐约会的时候，我都感觉心如刀绞，我不想自己喜欢的东西成为别人的私有物。

"我和姐姐长得很像，我开始和姐姐化一样的妆，穿上姐姐的衣服。

"刚开始的几次约会很顺利，可渐渐地，男孩发现了我的秘密，毕竟我不是姐姐，我们的性格完全不同。我哭喊着想要挽留，但他只爱我的姐姐。"女人手臂上青色的血管有些吓人，她情绪激动，可是坐在她对面的顾飞宇却好像看不见一样，打不起精神，似乎是熬了太久的夜，有些困了。

"为了他，我放弃了尊严，去央求姐姐。可是一向疼爱我的姐姐，这次沉默了。我们足足有一个星期没有说话，后来姐姐做出了让步，说要把男孩邀请到家里来，让他自己选择。

"那个男孩听说姐姐准备邀请他到家里玩时，非常兴奋，特意买了新衣服和鲜花，还熬夜录了一首姐姐最喜欢听的歌。到了我们家，男孩向姐姐表达了爱意，但姐姐却没有立刻接受，而是把我叫出来，想让男孩自己进行选择。

"我从来没有那样期待过一件事情，可只是几秒过后，所有的期待都被摔碎。

"男孩没有任何犹豫，他选择了我的姐姐。"手指剜进肉里，过了这么多年，女人仍旧能感受到那种刺痛。

她呼吸急促，许久之后才平复下来。"我感觉自己像被撕裂了一样，那种痛苦无法言说，我想要就此离开，跑到一个无人的地方。

"姐姐看出了我的痛苦，她似乎早就预料到会是这样的结果。在我最绝望的时候，又是姐姐站了出来，她亲手喂男孩喝下了饮料，将白色长裙脱去，从厨房里取出了一把菜刀。

"她告诉我,其实除了白色和黑色外,还有另外一个对谁都比较公平的选择。"

女人说到这里,从沙发坐垫下面摸出了一把菜刀,用顾飞宇递过去的卫生纸擦去了眉毛和脸上的妆容。她似乎想起了很久以前做过的事情,举着刀走向身体无法动弹的顾飞宇,假发脱落,那张光秃秃的脸凑到顾飞宇耳边。

"亲爱的,黑色、白色,还有红色,你喜欢哪一种颜色?"女人的脸一片惨白,情绪激动使五官变得扭曲,她扬起纤细的手臂,环绕在顾飞宇脖子上,冰冷的指尖顺着男人的脸向下滑动。舔掉鲜艳的口红,露出紫灰色的薄嘴唇,她俯在顾飞宇耳边,低声呢喃。"两个人喜欢上了同一件东西,最公平的方法就是将它分开,一人一半。"说着她用菜刀挑开保安制服上的扣子,女人的每一个动作都很温柔。瘫倒在沙发上的保安竭力想要睁开眼睛,他还没有完全昏迷,保持有一定的意识。

"我和姐姐都收获了自己的爱情,那是我们第一个爱上的人。"女人轻轻靠在顾飞宇胸口,"你和他性格很像,本来我想过几个月再邀请你来家里做客,可那些人似乎已经找到我了,我必须要尽快离开这座城市。"倾听着顾飞宇的心跳,女人仰起头。"别紧张,我不会弄疼你的。"

她进入卧室,将柜顶的黑色皮箱取下,从中拿出一台很多年前的录音机。跪在录音机旁边,女人挑选出一盘落满灰尘的磁带,她疯狂亲吻着磁带的边缘,就像是在举行某种仪式。放入磁带,按下开关,客厅里响起熟悉的旋律,一个男孩的歌声从中传出。男孩的声音干净温暖,透着丝丝爱意,这应该是一首情歌。女人拿着菜刀,安静倾听,似乎回到了很多年前。"我把他的声音转录了十几份,只可惜大多都遗失了。"她将顾飞宇的制服扔到一边,从沙发下面拿出绳索,捆牢以后,拖着顾飞宇进入卫生间。

躲在衣柜里,陈歌目睹了整个过程,厨房上锁的冰柜,卫生间里的大浴缸,这个女人做了所有准备,太疯狂了。翻出手机,陈歌走出衣柜,他再不出手,顾飞宇就会有生命危险。他站在卧室门边,抓起实心化妆椅,将手机调低音量,拨通了顾飞宇的电话。

卫生间里的女人刚把顾飞宇扔进浴缸,客厅就响起了手机铃声。"怎么偏偏在这个时候?"女人光着脚走出卫生间,捡起角落里的保安制服。

在女人翻找顾飞宇手机的时候,陈歌抓着化妆椅悄悄走到了女人身后。似乎是感觉到了什么，女人拿着保安的衣服往后看了一眼，没等她的头完全扭过来，陈歌已经将手中的实心化妆椅重重抡了下去。

"嘭！"

女人根本没想到屋子里还有另外一个人，她摔倒在地，头顶冒出了血，一双眼珠狠狠地盯着陈歌，似乎快要撑裂眼眶。"你怎么在这儿？！"

"嘭！"陈歌不是一个喜欢废话的人，尤其是在对方没有完全丧失反抗能力的时候。座椅再次砸下，还是同一位置，女人感觉大脑眩晕，她身体本就虚弱，这下连站都站不起来了。

陈歌把顾飞宇身上的绳索解开，捆住了女人的双手双腿。"没想到两个任务竟然交织在一起，不过这样也好。"他从口袋里取出自己的那盘磁带放入录音机，歌声停止，屋内只有沙沙的电流声。"不敬畏生命的人，生命也不会敬畏你。"

鲜血染红了女人的脸，她趴在地上，盯着陈歌，脸上的表情却有些奇怪，丝毫没有害怕和担心，只是感到惊讶和意外。

拿出手机，陈歌给李队打了电话，正准备询问他那边的情况，屋子里的灯突然熄灭了。

这个女人是从第三病栋出来的，身上应该也有一个门内的怪物。陈歌打开手机手电筒，从背包里取出了杀猪刀。红布飘落，陈歌朝四周望去，小心戒备着。没过多久，闭合的防盗门上突然传出了剀蹭的声音，就像是有人在用指甲挠门。这声音有些刺耳，他站在屋内听得久了，鸡皮疙瘩都冒了出来。

"是那个白影！"陈歌在听到挠门声的第一时间，就猜出了对方的身份。

"家里有没有人啊？"门外面传来一个比较中性的声音，语调很诡异。它反复询问，陈歌握紧了杀猪刀，不知该不该应答。在重复到第七遍的时候，那声音说出了另一句话，"家里有没有人啊？没人我就进来了！"

防盗门锁头松动，一道和正常人体形大小差不多的白影出现在客厅门口。这是陈歌继断手、镜中怪物、瘦长鬼影之后遇到的第四种怪物，它面目模糊，没有完整的五官，速度极快。

陈歌把杀猪刀横在胸前，怪物带给他很强的压迫感，这东西比瘦长鬼影弱，但要比普通的镜中怪物强太多了。当初在第三病栋，一个瘦长鬼影就能追得陈歌到处跑,如果不是张雅,他根本不可能活着离开。

白影的脸正对陈歌,眨眼工夫就来到他身前。陈歌挥刀劈砍,杀猪刀划破白影的身体,那怪物好像感觉到了疼痛,尖叫着咬向陈歌。惨白的脸在陈歌眼中不断变化,最后变成了二号房疯女人的模样,它五官错位,似乎是因为多次整容,整张脸都变得脆弱,稍一触碰就会裂开一般。眼看着那张脸贴到近处,陈歌抓住口袋里的圆珠笔刺向对方,竭尽全力反抗。

在双方打斗到最激烈的时候,谁也没有注意到,屋子里响起了一个男人压抑痛苦的声音:"好疼……"

笔尖刺入白影额头,那怪物像是疯了一样按住陈歌的手腕,想要把整张脸贴在陈歌脸上,越来越近,它似乎是想要夺走陈歌的脸!

"好疼、好疼、好疼啊!"白影快要触碰到陈歌鼻尖时,它的身体被一股无形的力量拉扯住,头发被拽得笔直。

"好疼!!!"歇斯底里的呼喊在白影身后响起,听到这个声音,陈歌和地上的女人都变了脸色。

"许音!是你吗!"地上的女人反应比陈歌还要大,她手脚被捆,用头顶着桌脚,想要爬起来。那女人情绪出现波动后,那道白影的脸一下变得模糊起来,它身上的气息也减弱了许多。

"怎么回事?一直是这个女人在操纵白影?"陈歌是在场唯一一个保持冷静的人,他时刻盯着白影,发现此时白影变弱,毫不犹豫,提刀便砍。

白影本来被磁带怨念限制了行动,这正是重伤它的好机会,可让陈歌没想到的是,磁带怨念在关键时刻松开了手,它似乎认出了地板上的女人。"好疼……"

失去束缚,白影向后倒退,速度很快。

"别跑!"难得抓住机会,陈歌怎么可能眼看着它溜走,提刀冲向白影。

没有女人的操控,白影身上的气息越来越弱,它的脸变得更加模糊,身体也渐渐透明。怪物感受到了威胁,它蹿到黑色皮箱旁边,从里面卷起了什么东西,然后夺门而去。陈歌没看清白影拿的是什么,但双方既然是对立关系,那白影想要带走的东西,他就一定要留下!杀猪刀对白影造成的伤害有限,陈歌十分果断,将攻击目标放在了白影拿走的那东西上。他看准机会一刀砍出,在白影躲闪的时候,一把抓住了白影手里的东西。

争夺中,那东西被撕开,半页白纸飘落在地,白影也顾不上捡,匆匆跑出客厅。陈歌直接追到了门口,黑漆漆的走廊上什么都没有,他很理智地想了想,磁带怨念不在身边,自己还真不一定是白影的对手。陈歌没去追赶,关上防盗门,打开客厅的灯,屋子里的场景让他眼皮狂跳。

冰冷的地板上,那个女人的四肢扭曲成奇怪的样子,双眼向外凸起,大声惨叫,光秃秃的脸上却露出了一种让陈歌无法理解的表情。像是痛苦,又像是解脱,还有一丝喜悦。

"疼吗?"

该怎么处理疯女人这是磁带怨念的事情,陈歌的任务只是找到这个女人,帮助磁带怨念完成心愿。

他转过身,捡起地上掉落的半页白纸。看着像是一个广告传单,描写具体内容的那部分被白影带走了,陈歌得到的这半页上只有四个红色的字和一小段介绍。

"怪谈协会?每周讲述一个真实怪谈?"这半页广告宣传单引起了陈歌的重视,不仅仅是因为白影最后要将这东西带走,更主要的是,这广告单的配图背景是一扇半开的血红色房门!

"关于门后世界的?"广告单是二号病房疯女人的,她本身就进入过第三病栋的门。

"会不会是那几个逃脱的精神病创建的?每周讲述一个怪谈又是什么意思?"看着粗糙的广告宣传单、莫名其妙的简介,陈歌觉得就是电线杆上那些重金求子的行骗广告,都要比它用心得多。

"必须要讲述真实怪谈,那编造一些假故事会怎样?他们又如何去鉴别真假?"陈歌将半页广告纸收好,琢磨着要是他把自己这段时间的经历讲出来,估计能把很多人惊得合不拢嘴。当然,这只限于人,陈歌很有自知之明,他心里清楚,如果听众全部都是鬼的话,那谁吓谁就不一定了。

屋内的惨叫声慢慢停止,取而代之的是一个机械重复的女人声音。"好疼……"

"女人被装进了磁带里?"陈歌走到女人身边,她目光呆滞,失去了色彩,就好像灵魂被抽了出来一样。磁带怨念对疯女人做了什么他不清楚,这是磁带怨念自己的事情。

将疯女人放在沙发上,陈歌关掉录音机,在他按下开关的同时,黑色手机轻轻震动了一下。滑动屏幕,一条新的信息出现了。

成功满足许音心愿,他对你的印象大为改观,是否雇用许音成为冒险屋一员?

"好感度任务这就算完成了?"磁带怨念的实力可要比笔仙厉害许多,不过回想起雇用笔仙的那个任务,此次任务已经十分惊险了。

是否雇用许音?二十四小时内没有做出选择,将视为自动放弃。

"是!"陈歌点击屏幕,他心里的激动正常人很难体会得到。

幸运的怨念眷顾者,恭喜你成功雇用特殊种类怨念——许音。

许音(怨念):他拥有很独特的嗓音(能短暂控制残念,干扰其他怨念,对红衣无效,每周只能使用一次)。

注意:游客的尖叫会让许音兴奋,喂食游客的恐惧,可以使许音的能力变得更强。如果许音长时间心情低落,他可能会离你而去。

看完信息,陈歌对许音很满意,这家伙和笔仙一样都是特殊种类怨念,拥有自己的特殊能力。

"不错,以后去做试练任务时,我又能多一张底牌。"把磁带从录音机中取出,陈歌将它和圆珠笔放在一起,"磁带怨念似乎只有在播放的时候才会出现,看来我有必要去旧货市场淘一个随身听了。"弄完自己的事情后,陈歌这才想起卫生间里还躺着一个"受害者"。

他跑进卫生间,发现浴缸里的顾飞宇已经彻底昏了过去,心想:"这小子估计也被吓得够呛。"陈歌将顾飞宇拖出浴缸,给他盖上保安制服,将杀猪刀包好藏在背包底层,然后就坐在现场等待李队来到。

二十分钟后,李队和小区物业负责人一同赶到,为了防止事态扩大,他们并没有闹出太大动静。

"陈歌!"一进门,李队就看到了坐在屋子正中间的陈歌,"你没受伤吧?嫌犯呢?"

"已经捆好了,受害者是那个保安,现在正处于昏迷状态。"

李队进入屋内,检查完现场,皱起眉来,他看了一眼陈歌问:"女的是凶手?

男的是受害者？"

"没错。"

"那你为什么在现场？你又扮演了什么角色？"

"我……"陈歌急中生智，"说来也巧，十四层有个女孩患有抑郁症，就是我治好的。今夜我主要来看看她的康复情况，你不信可以上楼询问。"

"这么说你是在无意间撞破了这起杀人案？"

"可以这么理解吧。"陈歌说完后，发现几名警员看自己的目光都发生了变化，忙解释说，"真的，只是意外发现的。"

"你不用说了，我信。"李队朝后面的人招手，"阿勇，去叫救护车，先把受害者送到医院进行检查和治疗。你们几个过来采集指纹，桌上的饮料不要动，女性体力不占优势，谋杀一般会采用投毒等方式，注意保护现场……"李队经验丰富，只是大致看了一眼，就推测出了部分案情。

陈歌默默站在旁边，一句话也没说，他手里还握着那半页广告纸。

大概半小时后，颜队长的人接到通知也赶了过来，第三病栋的案子一直是他们在负责。

"你就是陈歌？"为首的是一个体格高大的年轻人。

"是的。"这人陈歌没见过，应该不是市分局的警察。

"跟我们走一趟吧，在受害者清醒过来之前，你的安全由我们来负责。"他说得很客气，态度却很强硬。

陈歌看到李队冲着他悄悄比画了一个手势，放下了心，跟随这些人一同前往医院。

晚上十一点半，顾飞宇从昏迷中清醒过来，他向警察还原了事情的经过。陈歌砸倒疯女人的时候，他还残留有一点意识，隐约看到了陈歌的身影。在那种几乎是必死的情况下，绝处逢生，这大起大落的经历顾飞宇一辈子都无法忘记。在他的强烈请求下，病房里的警察找到陈歌，安排两人见面。再次见到陈歌，顾飞宇神情语气和第一次完全不同，这小子也算是有情有义，抓着陈歌的手说了很多掏心窝的话。

看到这些，警察对陈歌的怀疑慢慢消散，为首的那个年轻人更是对他大加称赞，夸得陈歌略有些不好意思。

快十二点时，陈歌从医院走出，他站在冷冷清清的十字路口，看着被黑夜笼罩的城市。

"还是告诉他们比较好。"拿出手机和那半页广告纸，陈歌拨通了颜队的电话。

"小陈？"

"颜队，我有一件事要告诉你。"

"是关于二号房病人的吗？已经有人向我汇报过了，你挽救了一条生命，做得很好。"颜队话音一转，"不过我并不支持你私自调查的行为，你这简直是在拿你自己的生命安全开玩笑。"

"你放心，今天发现二号房病人只是一个意外，以后应该不会再出现了。"陈歌声音有些沙哑，"我想跟你说的是另外一件事，我在偷听二号房病人说话的时候，发现她提到过一个特殊的组织，叫怪谈协会。"

"怪谈协会？"

"对，听名字像是鬼故事爱好者协会，但和编造的鬼故事不同，他们讲述的都是真实发生的事情。"

"你偷听的时候，二号房病人在跟谁说话？她手机里保存有通话者的信息吗？"颜队略有疑惑。

"她不是在打电话，这个疯子身体里还藏有一个姐姐的人格，你可以理解为她在自言自语。"陈歌将那半页印着血门的广告单收起，"我怀疑这个协会就是第三病栋患者创建的，疯女人可能是其中一员。"

"一群疯子创建的鬼故事协会？"颜队思考了一会儿，很慎重地说道，"我会让手下的人注意，如果你再有这方面的信息，记得第一时间告诉我。"

"好的。"

挂断电话，陈歌紧了紧衣领。"每周都要讲述一件真实发生的怪谈，如果讲不出来怎么办？是不是要自己去创造？"

打车回到新世纪乐园，陈歌进入冒险屋，在他开门的时候，白猫从旁边的大树上跳下，优雅地跟在他身后。"下次我非把你捆起来一起带走！"陈歌嘟囔着。喂白猫吃完饭，陈歌自己饿着肚子拿出黑色手机，翻看新一天的日常任务。

零点过后,刷新出的三个任务,其中两个陈歌以前见过,分别是排查安全隐患和招聘员工。第三个日常任务则是第一次出现,要求陈歌在冒险屋外面建一个游客休息站。

任务限时一天,难度等级为一般。

黑色手机更新出的任务,都是我现阶段要去完善的事情,随着游客数量增多,老让人家站在外面排队确实不好。陈歌点击屏幕,接受了这个任务,找来纸笔设计出了一个简易的休息厅。资金太少了,如果有足够的现金,就能在冒险屋旁边专门建一个多功能建筑,一方面提供舒缓神经的饮料、糕点,让游客得到充分休息;另一方面也能贩卖鬼屋纪念品。

思路打开,陈歌灵感涌现。

还可以向田藤病院学习,弄一块大屏幕播放各个恐怖场景的背景故事,再以鬼怪的视角节选一些游客在鬼屋里的参观录像,看到这些相信更能调动起其他游客的好奇心。

陈歌在纸上勾勾画画,建立恐怖分级制度,还准备将各个场景的通关人次和时间制作成榜单,这样一来更能为游客参观新场景增加动力。详细罗列了十几条,大概写了七八页纸。陈歌将其整理好,准备明天带着这些东西去找罗董事,希望能够说服对方。

看了看表,已经凌晨两点,陈歌伸了个懒腰,又拿出了他在田藤病院的参观记录。冒险屋现在仅有的安全隐患就是那扇门,不过"门"只在夜晚出现,不会对游客构成威胁,黑色手机一直提示,应该是想要引起陈歌对"门"的重视。

"至于招聘员工那个任务,田藤病院不就有现成的吗?可惜现在还不是吞并他们的时候。"笔尖敲击桌面,陈歌对比着两家鬼屋的优劣,他不是一个自大的人,很清楚田藤病院的优点和自家鬼屋的缺点。"田藤病院场地很小,设计环环相扣,相比较来说,我的冒险屋场景虽然占地面积比它大,塑造得比它真实,但利用率却很低。"

这也不能怪陈歌,他获得黑色手机总共才一个多星期的时间,就疯狂攻略新场景,扩展冒险屋,难免会有瑕疵。"我应该在自己的冒险屋里再增添一些惊吓点,看来明天又要去定制一批新的人偶和道具了。"陈歌想着。经历了几次试练任务，陈歌掌握了更多吓人的方法，脑中浮现出一个个构思，想到精彩处，他脸上情不自禁地露出笑容。"越来越期待了，不知道哪个幸运儿能第一个通关前面的场景，然后进入'第三病栋'里参观。"

一根猫毛从眼前飘过，白猫似乎觉得陈歌很吵，它从桌子上跑过，跳到床头，钻进了毯子里。

陈歌也觉得时候不早了，他定了一个早上七点的闹钟，躺到白猫旁边睡着了。

第 3 章 恐怖人偶

太阳升起，陈歌简单打扫了一下卫生，便拿着桌子上整理好的文件离开冒险屋。陈歌在路上给制作工坊的老板打了电话，对方还以为陈歌终于改变了想法，愿意和他一起拯救世界上那些孤独的灵魂，不等陈歌细说，就急急忙忙地跑出了家门。

陈歌坐在地下室门口吃着早餐，只过了二十分钟，工坊老板就赶了过来。

"钱老板，我还要借你的工坊一用，钱不是问题。"陈歌的后半句话没说出来，钱这东西就算现在没有，以后也会有的。

"你还跟我谈钱，咱俩一见如故，谈钱多伤感情？"体形微胖的工坊老板坐在陈歌旁边，"你随便给我留一个人偶就行了。"

"你确定吗？我的人偶可不是仿照活人做的。"陈歌看工坊老板这么热情，也不好意思骗他。"今天我新设计了几种人偶，你看过后再做决定不迟。"

进入地下室，工坊老板打开玻璃门，站在外面拜了三拜，然后才敢进去。"这是在干什么？你信鬼神？"陈歌记得工坊老板以前没有这个习惯。

"我也不知道为啥，自从你在我这做过第一批人偶后，我每次站在门口往里看，总觉得里面有东西。"钱老板挠了挠头，"俗话说伸手不打笑脸人，我先拜一拜，就算真的有什么鬼物在里面，它们估计也不好意思欺负我。"

"你这个想法听起来还挺有道理的。"陈歌摇了摇头进入屋内，他看起来比钱老板还要熟悉工坊布局，熟练地拿出各种工具，直接进入库房当中，看了看说，"你这些材料不用就要过期了，话说我上次离开的时候库房就是这样，原封不动，你中间这么长时间一单生意都没有吗？"

"还好吧。"钱老板跑进库房帮忙，见缝插针地在一旁说道，"我最近去了解了一下成人市场，需求很大，咱们走精品路线，可以专门为优质客户定制人偶。"

"这个以后再说吧。"陈歌将制作模坯的东西准备好，他脑中回想着疯女人那张整容多次的脸，双手飞舞，只用了几分钟就还原出了一个大概。

"你开鬼屋真的是浪费了自己的天赋。"钱老板由衷地感叹。

陈歌心无旁骛，专注于手中的泥塑，很快做出了疯女人的那张脸。这个女人虽然是个变态，但是不可否认她长得很美。"总感觉差了些什么。"陈歌托着人头泥塑，五指用力将其毁掉。

"别啊！"钱老板在旁边叫了一声，"你不要，可以留给我做纪念啊！"

"那张脸不是我想要的感觉。"陈歌随口说了一句，很快又做出了一张脸，与之前的相比，这张脸充斥着病态和疯狂。"不对，那个女人病态中杂糅着痛苦。"毁掉重做，陈歌又觉得那张脸少了一丝艳丽，纯粹只剩下恐怖，和人物原型相差太大。

一连毁了好几次，旁边的工坊老板也慢慢习惯了，他眼神幽怨地看着陈歌，嘴里哼着小调："得不到的永远在骚动，被偏爱的都有恃无恐……"

"到底是哪里出了问题？"陈歌回想黑色手机里关于活偶的说明，心里产生了一个大胆的想法。

疯女人的残念被许音收进了磁带里，我可以借助许音的能力将残念放出操控人偶，疯女人本身还活着，活偶的完整制作过程当中有一条，要用活人来做模坯。假如我完全按照活偶的要求去做，然后又把疯女人的残念放入其中，那会发生什么事情？

看着手中的泥胚，陈歌暂时也只能想想，疯女人涉嫌杀人，就算她患有精神方面的疾病，这辈子估计也很难再获得自由了。

"我还是自己琢磨吧。"为了还原出疯女人的那张脸，陈歌没少下功夫。"她多次整容,那张脸的五官单独看确实很美,但拼凑起来总给人一种不协调的感觉。"陈歌将女人的脸拆解开,一个部位一个部位制作,做好后拼合在一起。在按上最后一块部位的时候,奇迹出现了,女人的脸完美再现,连表情都一模一样。

看到这张由单独器官拼凑成的脸,陈歌总算满意了。"面部器官单独制作,里面用铁丝串联,这样整张脸也不容易散开。"不容易散开不代表不会散开,万一有游客好奇贴到人偶身边,这时候女人的脸一下碎开,估计能把人直接吓崩溃。

陈歌在九点之前,做了五个人偶,原型分别是疯女人、许童、熊青、幻肢症患者和那个怎么都杀不死的护士。如果有可能的话,陈歌想将整个第三病栋完全复制下来,包括里面全部的病人和医生。

"人物有了,再配上相应的道具,这每一个人偶都是一个独立的恐怖故事。"填充物凝固需要时间,陈歌跟钱老板打了声招呼便离开了。

早上九点,陈歌回到冒险屋,打开防护栏开始新一天的营业。很多游客一踏入新世纪乐园园区,就直奔陈歌的冒险屋而来,数量非常多,从某种程度来说,陈歌的冒险屋已经成为乐园吸引游客的招牌。

这一幕徐叔也看在眼里。

"叔,我正好找你有事。"

"卖票吗?行啊,反正我闲着也是闲着。"徐叔很是自觉地站在冒险屋门口,看着那么多游客,脸上少见地露出笑容。

陈歌摆了摆手说:"我想在冒险屋旁边建一个休息站,游客老站在外面等也不是个办法。"

"没问题,罗董事特别交代了,最近两个月,让我们全力配合你。"

"我觉得还是让我亲自跟罗董事交流一下比较好。"陈歌的胃口很大,他要为以后的发展铺路。

"罗董这段时间都是中午过来,到时候你可以去找他。"徐叔在对讲机里给乐园的其他工作人员下了任务,很快乐园的货车开了过来,几名工作人员将长椅和棚顶搬出,搭在陈歌的鬼屋旁边。

"这是以前做活动时用的,你先用它撑一段时间,休息站具体怎么去建,建多大规模,还要罗董点头才行。"

"明白。"

徐叔和工作人员维持着游客秩序，大部分人都在排队，只有一个体形高大的青年似乎是有要紧的事情，他直接从队伍里钻出，跑向陈歌。

"王海龙，他来找我做什么？"陈歌向前走了几步，他怀疑是王声龙出了意外。难道那孩子没忍住，开口说话了？制止了追过来的工作人员，陈歌迎了过去。"你找我有事吗？"

王海龙满头大汗，他喘着气挤出人群。"我弟昨天晚上开口了！他现在就在乐园外面，说有很重要的东西要告诉你！"

"带我过去。"事情和陈歌猜想的一样，他看着排队等待的游客，简单跟徐叔交代了两句，先开放了"冥婚"场景，而后便和王海龙一起离开了。

"不好意思，又打扰你做生意。"王海龙擦着额头的汗，"声龙这五六年过得太苦，我心情实在平复不下来。"

"我能理解。"

两人来到乐园门口，马路对面停着一辆火锅城的采购车，车身上还龙飞凤舞写着几个大字——龙虎坊。

"在这里。"王海龙领着陈歌朝货车走去，"我弟弟的样子你也见过，他害怕吓着别人，所以不敢露面。"

和瘦长鬼影僵持了五六年的时间，王声龙心灵澄澈，如同孩子一般，但是身体却变得严重畸形，他几乎一整年的时间都待在自己房间里，胖得连床都上不去，只能在地上铺一层毯子睡觉。

提到那孩子，陈歌就想起了巴黎圣母院里的敲钟人——卡西莫多。陈歌记得在海明公寓第一次见面的时候，王声龙给他画了一幅画。画中怪物站在男孩肩膀上，目光看向男孩身边的人，似乎随时准备跳到其他人身上去。王声龙是在用那幅画告诉陈歌他是有苦衷的，如果他不按照瘦长鬼影说的去做，怪物就会跳到他家人身上，去伤害别人。他一人承受了所有委屈，坚持着那个并不公平的游戏，足足五六年没有开口说过话。

王海龙打开货车后门，在车厢最深处有一座小山般的阴影。"声龙，我把陈老板请来了，你有什么话赶紧跟人家说。"听到王海龙的话，那阴影向前走了两步，整辆小货车都晃动了起来。

"你别动,还是我进去吧。"陈歌和王海龙进入货车,将车门关上。这是他第二次近距离打量王声龙,从外貌上根本推算不出王声龙的年龄,他的五官都被肥肉盖住了,身体横竖一般宽。

"唔……"多年没有开口,王声龙已经忘记了如何去发音,他的声音很奇怪,说不出完整的汉字。

"不要着急,有什么想说的就写下来。"陈歌一开始和王声龙保持着距离,他就站在车门口,稍有不对,就准备立刻跳车离开。不过观察了一会儿,陈歌发现王声龙确实跟以前不一样了,最显著的一点就是,他身上那股只有陈歌能闻到的臭味不见了。

从座椅旁边取出笔记本,王声龙费力地握住水彩笔,在本子上写下了三个字。

我赢了。

简简单单三个字,却耗费了王声龙五六年的时间,就因为这三个字毁掉了一个人。纸上的字每一笔都写得很重,能看出其中蕴含着王声龙内心的情绪。

"陈老板,你还记得我之前跟你讲的那个故事吗?"王海龙怕陈歌理解不了,悄悄凑到他身边。"我弟弟小时候和鬼怪玩了一个游戏,看谁先开口说话,这个游戏持续了快六年时间,现在看情况应该是我弟弟赢了。"说完这句,王海龙压低了声音,又补充道,"陈老板,我弟弟病刚好,不管他说什么,你一定要顺着他的意思。"

陈歌扭头看了王海龙一眼,这个五大三粗的汉子也有细腻的一面。

"你弟弟确实很厉害,这个游戏据我所知很多人都玩过,但你弟弟是唯一一个赢得游戏的人。"陈歌握住王声龙的胖手,"你很了不起。"

笔杆挥动,王声龙又在笔记本上写了句话:只是暂时离开,它说它还会回来找我。

"还会回来?"看到王声龙在笔记本上写的字,陈歌心里浮现出一个疑问。"那个怪物和你耗了将近六年时间,它为什么会突然离开?"

它感受到了威胁,所以从沉睡中苏醒,想要强行占据我的身体,失败之后它就离开了。

"感受到了威胁？是因为我和高医生的出现吗？"陈歌继续询问，"怪物是什么时候苏醒过来的？"

两天前的凌晨三点钟。王声龙老实在纸上做出回答。

看着纸上的日期，陈歌有些惊讶，两天前的夜晚，他正好在第三病栋里直播。我进入门后的世界，唤醒了门楠的主人格，难道怪物苏醒和第三病栋有关？陈歌在心中思索，觉得两者之间应该存在一定的联系，但这并不是最主要的原因。

"那天晚上，怪物离开前后，你有没有发现什么奇怪的东西，或者听到什么诡异的声音？"

楼道里有倒着走的脚步声。

"倒着走？"

王声龙在纸上写了一大堆话，但还是解释不清楚，他急得额头冒汗。

"没事，这已经是一条很重要的线索了。"陈歌也不明白倒着走的脚步声和正常人的脚步声有什么区别，他拿出手机当着王家两兄弟的面，给颜队打了电话。

"颜队长，关于第三病栋的案子，我又获得了一条重要信息，在逃的病人可能在海明公寓附近出现过。"

王声龙身上的怪物是从第三病栋门后偷跑出来的，它脱离了掌控，没有和其他怪物一起。能让那怪物感到害怕，极有可能是第三病栋里的其他怪物出现在了它附近。第三病栋门内的怪物，只有依附在活人身上才能长时间待在门外，如此想来，那天晚上王声龙听到倒着走的脚步声，估计就是第三病栋病人发出的。

王海龙听着陈歌和王声龙的对话，他还以为陈歌是在糊弄王声龙，直到陈歌掏出手机和颜队通了电话，他才慌了神。什么情况？怎么聊着聊着就报警了？

他突然意识到事情的严重性，陈歌好像不是在开玩笑。

"陈老板，你们刚才都在说什么啊？警察要来海明公寓？"王海龙神情紧张起来。

"你弟弟的故事和另外一件案子有关，我只能告诉你这些。"陈歌又跟王声龙说了几句，便下了车。

王海龙不放心地追了过来问道"陈老板，我弟弟一直待在家里，绝对没有做过什么坏事，也不可能去做那些犯法的事情。"

"这我知道，准确地说是你弟弟故事里的那个怪物和案子有关。"

"怪物？"王海龙脸色发生变化，也不知道在想些什么，过了很久才问出一句，"那我弟弟会不会受到波及？他已经吃了太多的苦，好不容易才能开口说话。"

"放心吧，不会影响到你弟弟。"陈歌朝车内看了一眼，如同小山般的王声龙缩在货车角落，他躲在阳光照不到的阴影里，胖手握着水笔，好像是在画画。

"陈老板，你就跟我说实话吧，我弟弟身上到底发生了什么？他的病以后还会不会复发？"陈歌越说得模棱两可，王海龙心里就越没底。

"不会复发的，因为那东西不是病。"陈歌示意王海龙冷静，"不要想那么多，现在的当务之急是帮助王声龙过上正常人的生活。"

王海龙还想说什么，但是被陈歌打断："你弟弟长时间没有和外界接触，他似乎已经习惯了封闭自己，这对他回归正常人的生活很不利，如果可以的话，你们最好多带他出去走走。"陈歌对王海龙的遭遇深表同情，好好的一个孩子，结果现在变成了这样，害怕别人被自己的外貌吓住，躲在货车角落不敢出来。

"我昨天和我爸商量过，可是声龙现在这样子，怎么出去见人？带着他出去，被人指指点点，那岂不是更加刺伤他的心？"王海龙也颇为担心，瘦长鬼影虽然离开，但是它对男孩造成的伤害却需要时间来抚平。

"我上次不是给你们推荐过一个心理医生吗？这些问题你们可以找他帮你们解决。"陈歌看着角落里一言不发的王声龙，也挺不是滋味，"和外界交流需要一个过程，到时候有什么需要我帮忙的地方，尽管开口。"

转身离开，对于如何帮助王声龙回归正常人的生活，陈歌心里有一个不成熟的想法。这孩子外貌恐怖，内心却很柔软，如果以后没地方去，可以来我的冒险屋里当演员，徐婉体形娇小，在扮演杀人狂等角色时气势不足，王声龙的外形则更加符合游客对"杀人狂"的想象。

回到冒险屋，休息棚已经搭建好了三分之一，座椅全部摆了出来，很多游客为了能早一点儿进冒险屋体验，宁愿坐在外面排队，也不愿去参观其他的项目。

"小陈，你这冒险屋是彻底火了。"徐叔由衷地感叹，"我还听到了几个外地口音，他们在网上看到了什么视频，坐了几个小时火车专门跑到这儿参观。"

"名气已经打了出去，现在就是踏踏实实地经营，为所有游客带来极致体验，让口碑发酵，以后每一个游客都将成为冒险屋的免费广告。"

陈歌心里自有打算，恐惧是所有情绪当中让人印象最深刻的，一个人在遭遇了恐怖的事情后，百分之九十都会跟身边的人分享，将恐怖的事情说出来，这样在无形中就会吸引更多感兴趣的人来尝试。有的时候就是一句简简单单的太吓人了，其实就是对一座鬼屋最高的评价。

陈歌进入"午夜逃杀"场景中扮演杀人狂，徐婉在"冥婚"中扮演新娘，两三个小时后，已经有很多人通关了这两个场景，他们之中有些被吓破了胆子，不敢再继续参观，还有的缓过神后重整旗鼓，开始挑战"暮阳中学"。陈歌担心游客在"暮阳中学"里出现意外，每次都会贴心地穿着碎颅医生制服跟在后面，暗中保护。

一个早上过去了，至今为止，游客创造出的最高纪录是六个人一起进去，二十五分钟找到了十四个校牌。很多人进入"暮阳中学"，发现这场景和其他场景气氛完全不对，就又跑了出来。地下场景没有设置铁门，随时可以退出，不过要是想再进去，那就要重新排队购买门票才行。

"我设定的二十个校牌通关是不是太难了一点儿？"陈歌也在反思，他所做的一切都是为了服务游客。人偶将游客的尖叫和恐惧吃掉，才几天似乎就变得更加灵动，照此下去，一个星期也不知道有没有人能进入"第三病栋"参观。

经过慎重考虑，陈歌将通关条件缩减为十六个，可截止到中午休息，仍旧没有游客通关。

"这批游客胆子太小，我都有些怀念医学院那些学生了。"陈歌拉上防护栏，在帮徐婉卸妆。

"你怀念人家，人家可不一定怀念你。"徐叔站在门外，清点门票，"最近这几天挺好的，你这样保持下去就行，别老没事就把游客吓晕、吓吐，弄得我也跟着提心吊胆。"

"放心，以后我会尽量控制。"陈歌刚说完，手机就响了起来，低头看去发现是鹤山打来的。"偏偏在这个时候来电话，这是在暗示我吗？"

坐在台阶上，陈歌随手接通。

"老大！上次那个鬼屋的负责人想要你的电话，能给他吗？"

"要我的电话？"

"是啊，那天你砸完场离开后，田藤病院外面乱了很久。游客分成了两拨，一部分人觉得田藤病院是被吹嘘出来的，嚷嚷着退票，想去你的鬼屋玩。还有一部分人是田藤病院忠粉，说什么开鬼屋的天天泡在鬼屋里，不害怕很正常……"

"你等等，这跟田藤病院负责人要我电话有什么关系？"

"当然有关系啊！为了不让自家粉丝失望，田藤病院负责人咬着牙答应下来，说会来你的鬼屋参观，证明常年待在鬼屋里的人，进入别人家的鬼屋确实不会太害怕。"鹤山的声音从电话那边传出，陈歌感觉这小子学坏了，说话的时候语气很兴奋。

"他们已经准备好了，明天早上来你的鬼屋参观，田藤病院自家的粉丝也会一起过来，想要将整个过程录下来，去打那些退票游客的脸。"

听到这儿陈歌有些无语了。"那是一群黑粉吗？"

"不知道，我就是给你传个话。"

"行啊，把我的电话号码给他吧，我们都是开鬼屋的，多交流交流也好。"

挂断鹤山的电话没多久，陈歌的手机就又响了起来，这次是个陌生号码。

"喂？"

"陈老板，我是田藤病院负责人，咱们有过一面之缘。"

"嗯，有事吗？"

"明天我们想要去你的鬼屋参观，到时候会有粉丝和我们一起，还希望陈老板手下留情。"

"好说，我这人你是知道的，不是那种心胸狭窄之辈，你们来玩，所有场景随便你们自己选。"

"陈老板爽快！"田藤病院负责人紧接着说道，"那到时我们就挑选一个难度适中的场景吧，不要太恐怖，也不要太简单。"

"难度适中？没问题。"陈歌一口答应下来，准备安排田藤病院的工作人员进入"暮阳中学"参观，如果他们可以顺利通关，再邀请他们进入"第三病栋"。

"那多谢了。"挂断电话，田藤病院负责人心里还念着陈歌的好，觉得这人真不错，很够朋友。

田藤病院的工作人员要来参观，陈歌其实也挺开心的，"第三病栋"搭建完成后,至今没有游客能进去,这让陈歌有种好东西无法向别人分享的憋屈感觉。

现在好了,田藤病院的人要来。他们常年待在鬼屋里扮鬼,胆子肯定比一般游客大,说不定真能通关"暮阳中学",进入"第三病栋"。

"人偶填充物现在应该已经凝固了,晚上我去把它们带回来布置在'第三病栋'里,顺便再多设计几个惊吓点。"

陈歌决定把自己从田藤病院里学习到的东西,用在"第三病栋"上,然后再让田藤病院的工作人员进去试试效果。

午餐时间,陈歌拿着自己的设计方案来到办公楼。

"罗董事,我有一个方案想让你看看。"

办公室里罗董正对着笔记本电脑愁眉不展,他看到陈歌进来,脸上的表情才缓和了一点。"有需要就找老徐,我已经让他全力配合你了。"

"这件事他拿不定主意。"陈歌把自己连夜写的文件放在罗董桌上,"我想在冒险屋旁边修建一个多功能休息厅,从长远考虑的话,这个休息厅占地面积会很大。"

罗董翻看陈歌写的方案,他认真看了两遍后将那几张纸放下。"乐园现在资金紧张,维持所有设施正常运转已经有些勉强,再投入的话恐怕资金链会出现问题。"

"罗董,这座多功能建筑以后绝对能为我们带来很大的收益,这一点我有信心。餐饮能为游客提供更好的休闲娱乐体验,限定的特制鬼屋纪念品则算是他们征服鬼屋各个场景的一种见证,能更好地激发他们攻略新场景的欲望。"

"我知道你有信心能做好,我也相信你的能力,但有些事情需要从大的环境来考虑。"罗董事将笔记本电脑屏幕对准陈歌,"这是东郊虚拟未来乐园的内部视频,你看完以后再发表意见。"

罗董点击鼠标,屏幕上一条巨鲸跃出海面,水花四溅。

随着巨鲸下潜,开始进入一个光怪陆离的海底世界,四周不断出现各种各样的鱼类和水怪,甚至还有一艘幽灵船在海底潜行。

视频转换为第一视角,拍摄者好像站在幽灵船上,位于深海当中,临近着万丈海沟,从爆发的海底火山之间穿过,尽情欣赏这雄奇瑰丽的景象。

"这是虚拟未来乐园当中的一个娱乐项目,叫作海底两万里,你所看到的是他们即将曝光的宣传片。"罗董应该有自己的渠道,提前将视频弄到了手,"说说你的看法吧。"

陈歌现在终于理解罗董之前为何愁眉苦脸了，他仅仅是观看视频就觉得很震撼，更不要说站在拍摄者的角度去体验了。

"竞争对手很强，但我们也不是没有机会。"陈歌抓着沙发扶手，不到最后一刻，他绝不会放弃。

"你继续往下看。"听到陈歌的回答，罗董不仅没有生气，脸上的表情还缓和了许多。

视频后半段是一座极具未来感的城市，高楼林立、飞车穿梭，各种各样的机器人维持着整座城市的运行，游客坐在一个类似胶囊的体验车厢当中，从城市中横穿而过。

"这是虚拟乐园的另一个主打项目——虚拟城市，游客全程佩戴3D眼镜，在完全虚拟的城市里体验各种项目。"罗董关掉视频，看了看陈歌，"是不是很惊艳？其实几年前我就想到会有这一天，以各种现实娱乐设施为核心的第三代乐园，终有一天会被更加庞大、充满未来感的第四代乐园取代。"

"罗董，我们看到的只是宣传片，以现在的科技手段应该还不足以还原视频里的那些场景。"陈歌提出异议，"许多游戏在上线的时候，也会用很炫酷的宣传片造势，实际玩后才发现，游戏内容和广告差距很大。"

"不需要百分之百地还原，只要他们能做到百分之三十，就会有无数的人前去体验。"罗董站起身走到窗边，"新世纪乐园修建在世纪之初，距离现在已经过去了十几年，它曾经辉煌过，不过现在也该到落幕的时候了。估计从下个星期开始，整个江州，乃至省内，到处都能看到虚拟未来乐园的广告，那时我们的处境会变得更加艰难。"

"罗董，距离东郊那座乐园开业还有多久？"

"不到两个月，准确地说应该是七个星期。"

"时间有点儿紧，不过我们还有机会，撑到最后，说不定会有意想不到的结果。"陈歌站起身，准备离开，未来虚拟乐园即将开始宣传造势，这让他感受到了很大的压力。

"别急着离开，我正好有件事要通知你，希望你能提前有个心理准备。"罗董回到桌边，点开了电脑上的一份报表。

"什么事？"陈歌有些惊讶，他停下了脚步。

"我让老徐做了一份分析，最近一周进入乐园参观的游客，有百分之三十五都是冲着你鬼屋去的，这个数字还在不断增长。"罗董并没有对陈歌隐瞒什么，"现在你的鬼屋已经成了乐园的招牌，这让我想到了你父母刚来新世纪乐园的时候。"

"主要还是大家照顾我。"

"你不用谦虚，这是你的能力。"罗董看着电脑上的数据分析，"你的鬼屋现在是乐园吸引游客的关键，很多人购买乐园门票，其实只是为了参观你的鬼屋。我相信想要来你鬼屋参观的游客还有很多，但是260元的乐园票价却会阻止他们冲动消费，毕竟他们只是来玩鬼屋的，对其他娱乐设施不感兴趣。"

陈歌安静地听着，他意识到罗董可能会说一件很重要的事情。

"我们和虚拟未来乐园相比，毫无竞争力，只能靠降低票价来吸引人。原本我们计划两个月后再施行，但考虑到你的鬼屋现在的情况，决定提前开始。"罗董非常果断，"乐园票价降低，相对应的你鬼屋票价就可以调高，具体票价如何变动还在商议中，今天只是提前给你打个招呼。"

从罗董办公室出来，陈歌匆匆吃了顿午饭就又开始了下午的营业。一直到晚上六点半，新世界乐园里其他娱乐设施全都停止运行，唯有鬼屋门口还很热闹。许多游客坐在休息厅里交流，其中参观过"暮阳中学"的少数几个人，成了大多数游客追问的对象。他们都很好奇二星恐怖场景里有什么，但是自己又不敢进去。

那些体验过"暮阳中学"场景的游客，出来的时候脸色苍白，一头冷汗，模样很是狼狈。偏偏他们还都不愿意承认是自己太怂，于是那几个人心照不宣，不断夸大"暮阳中学"的恐怖，弄得其他游客更加好奇。讨论了半天，其中还有几个游客相互加了微信，建了名为攻略组的群聊，他们在认真分析每一块校牌的位置，做好记录，看起来非常专业。

停止营业后，陈歌也发现了游客自发聚在一起讨论的事，他其实挺开心的。希望他们能早点儿找齐十六个校牌，"第三病栋"已经空闲太久了。

打扫完卫生，锁了冒险屋门，陈歌赶往钱老板的人偶工坊。地下室里，钱老板搬着椅子坐在靠近房门的地方，陈歌过去的时候正好看到他在跟人偶对视。

"钱老板，我来取人偶了。"陈歌拍了拍钱老板的肩膀，对方这才反应过来。

"你什么时候过来的？"

"就刚才啊，你怎么了？一副魂不守舍的样子。"陈歌进入工作室，为人偶做最后一步精修，钱老板就站在旁边，盯着人偶一言不发。察觉钱老板身上的反常，陈歌试探地问了一句："你今天是不是看到了什么奇怪的东西？"

钱老板眉毛一挑，好像自己心里隐藏最深的秘密被人发现了。"你怎么知道的？"

"是个人都能看得出来啊。"

"既然被你发现，那我也就不藏着掖着了。"钱老板站在陈歌旁边，神神秘秘地说道，"其实我有阴阳眼，能看见别人看不见的东西。"

"阴阳眼？"陈歌扭头打量了一下钱老板，"你恐怖电影看多了吧？"

"是真的，我小时候就看见过财神爷眨眼，有个道士说我祖辈上是贵人，老爹当时也是信了他的话，所以才给我起名叫钱贵根。"钱老板说得煞有介事。

"祖上有贵人，你现在混成这样？"

"可能是时机未到吧。"钱老板摇了摇头，"这不重要，重要的是我今天又看见了不可思议的东西。"

"你倒是说你看见了什么啊！"

"大概四个小时前，这个女人偶冲我眨眼了。"钱老板凑在陈歌身边，声音故意放缓，还用手捂住半边嘴巴，似乎是害怕这件事被人偶听到。

"就这？为什么是女人偶，不是男人偶？"

"大哥！人偶眨眼了啊！你的关注点能不能不要这么奇怪？"钱老板抓住陈歌手臂，"我说的都是真的！"

"我也没反驳你啊！"

"我有阴阳眼，看见了人偶眨眼！你就没点儿反应？"

"阴阳眼这么厉害，你看 3D 电影可以不戴 3D 眼镜吗？"

钱老板张着嘴，想了半天硬是不知道该怎么接下去，最后憋出一句："不能。"

"我看你是太累了，早点儿回去休息，以后我们合作的机会还有很多。"陈歌用白布将几个人偶遮住，搬出地下室。

"难道是幻觉？"钱老板被陈歌说得开始自我怀疑了。

"安心吧，出了事你记得第一时间给我打电话。"陈歌拍着胸口保证，然后叫了一辆出租车离开。

钱老板听着陈歌的话，越想越觉得不对劲。"正常来说，安慰人都是告诉对方，放心吧，不会出事的，可陈老板怎么给我说出事了第一时间找他？"

坐着出租车回到新世纪乐园，陈歌将几个人偶背进员工休息室后，表情慢慢变得严肃起来。他把白猫放在人偶四周，只过了几秒钟，白猫就停在了女人偶身上，爪子拨弄着人偶的头发，就好像发现了一只小老鼠，在慢慢捉弄对方。

"还真有东西。"陈歌也没想到会出现这样的事情，以疯女人为原型的人偶反复做了十几次，最后才成功。不知道是不是和这个有关，人偶本身似乎有了一些变化。他拿出杀猪刀压在女人偶脖颈上。"你是我做出来的，不管如何我都会对你负责，但也希望你能听话，把这里当作你自己的家。"

人偶瞳孔缩小，陈歌从人偶身上感受到了一种慌张害怕的情绪。

他想了想收起了刀。"我就是吓唬一下你，实际上我心很软，从来不会去伤害你们。"将几个人偶扶起，陈歌打开通往地下的通道，将它们放入"第三病栋"当中。"欢迎加入，以后这里就是你们的新家了。"

他将四个人偶布置在不同的地方，又按照自己的构思，连夜赶制了几件小道具，一直到快十二点才完工。

回到员工休息室，陈歌躺在床上，疲惫如潮水涌来。这一整天他几乎都没有闲着。取出黑色手机，陈歌看了一眼日常任务，在中午冒险屋门口的棚子搭建完毕的时候，他就已经收到了任务完成的提示信息。

幸运的怨念眷顾者，你已完成一般难度任务，恐怖需要适当调剂，贴心的服务，会给游客留下更好的印象，恭喜你获得任务奖励——无脸护士的制服！

无脸护士的制服（服装道具）：珍妮是碎颅医生克劳瑞的妻子，那天晚上她亲眼目睹丈夫手持铁锤走入病室，她不清楚自己最爱的丈夫想要做什么，直到那高高举起的铁锤砸向她的脸时，她才反应过来。

"碎颅医生和无脸护士，这真是个可怕的故事。"陈歌合上手机，倒头睡去……

第4章 第三病栋

第二天一大早陈歌就起了床,他进入化妆间,在上次发现碎颅医生制服的木箱里,找到了一套被鲜血染红的护士制服。他心想:"这衣服男人穿不上,倒是可以给徐婉和女人偶试试。"

走出化妆间,时间还早,陈歌打算去卫生间洗脏衣服,结果白猫趁他不注意,连拖带咬硬是将那件包过小猫的外套弄到了树顶上。

"我不洗那衣服了!你给我下来!"

徐婉来上班的时候正好看到陈歌站在大树下面和树顶上的白猫吵架,不知道为什么,她一点儿也不觉得意外,甚至有种习以为常的感觉。"老板,你气色不错啊。"

"小婉,你先进去化妆,今天田藤病院的人要来我们这里学习交流,你是我唯一拿得出手的员工,要好好表现啊!"

"好的。"徐婉指了指树顶上拖着陈歌外套的白猫,"需要我帮忙吗?"

"不用,一只猫而已,我能搞定!"

……

今天的游客好像比昨天更多了,整个乐园就属陈歌的鬼屋最热闹,和其他娱乐设施形成鲜明对比。

"陈老板！"人群最前面的几个游客有些眼熟，陈歌看到后，不自觉地露出笑容。

看到陈歌的微笑，走在最前面的田藤病院负责人不知为何打了个寒战，他低头干咳一声说："后面还有我们圈子里的一些朋友，大家都很想见识见识你的鬼屋。"这个负责人朝陈歌眨了眨眼，言下之意非常明白，他们是带着粉丝和朋友一起来的，希望陈歌能给他们留些面子。

"圈子里的朋友？"陈歌往人群里看了一眼，发现气氛有些不对，除了田藤病院的几个演员外，其他人都不像是来参观游玩的。

"我来给你介绍一下，这位是韩秋明，省内最好的鬼屋设计师。他曾在国外多个大型鬼屋工作过，也是田藤病院的主创之一，你来那天，韩老师正好在外地。"鬼屋负责人侧身让到一边，他身后站着一个瘦高男人，戴着高度近视眼镜，态度很冷漠。

"韩老师旁边的短发女孩网名叫夜小心，是鬼文化爱好者，圈子里有名的大V，粉丝数量超过六十万，曾对国内数十家鬼屋进行过测评。"鬼屋负责人脸上的表情有些僵硬，"她听说了你的事情后非常好奇，就联系上我，想要一起来参观。"

"你好。"女孩看起来二十岁出头，皮肤很白，身高一米七四，一双笔直的大长腿吸引了周围众多人的目光。她的打扮比较中性，搭配着黑色短发，给人的感觉很清爽，有种不输男孩子的帅气。这样的女孩进入鬼屋里测评，本身就足够吸引眼球了，也难怪她能成为网络大V。

"陈老板，你可别小瞧她。"鬼屋负责人以前似乎就吃过女孩的苦头，"她胆子很大，第一次进入田藤病院，就捉弄过工作人员，只可惜她是个路痴，最后晃悠了四十分钟才被我们的人带出来。"

"胆大好啊，我就喜欢胆子大的女孩。"很多女游客在进入鬼屋之前都是这么说的，比如当初的高汝雪。陈歌善意地笑了笑，心里却在嘀咕，自己的鬼屋似乎还没吓哭过这种类型的女孩。

"算了，你开心就好。"田藤病院负责人看出陈歌不在乎这些，招了招手，"都过来吧，准备进去参观了。"人群里又走出三个人，两男一女。

其中女孩陈歌在去田藤病院时见过，长着张娃娃脸，非常可爱，有种邻家女孩的感觉。看到陈歌，她主动招了招手。"还记得我不？我们在田藤病院电梯口见过面，我叫苏落落。"陈歌对这个脖颈往下、脚背往上，形成了一个完美平面的女孩，印象还是非常深刻的。

"落落是鬼屋忠实爱好者，也是我们圈子里的人，这次来参观主要是因为粉丝的强烈要求，所以我们决定随机抽选一个幸运粉丝陪同我们一起体验。"田藤病院负责人硬着头皮解释道，他实在无法把真实情况说出来，自家鬼屋的员工以死相逼，坚决不愿意来参观，他担心凑不齐人，所以才搞粉丝福利，抽取了一个"幸运"名额。

"是吗？那她还真是挺'幸运'的。"暖阳照在陈歌脸上，他的微笑好像一阵春风，让人心安。

苏落落有点儿不好意思，悄悄低下了头。

"剩下这两位你都见过，是我们鬼屋的员工。"负责人指向最后的两个男人，"身体壮实的那个叫宋安，在我们鬼屋里扮演保安；年纪最小的叫杜超近，当时在铁柜里演病人。"

宋安还好，没有遭受陈歌的"毒手"，很有礼貌地和陈歌打了招呼。但是站在他旁边的杜超近就不同了，那孩子当初聚精会神躲在铁柜里准备吓唬陈歌，根本没想到身后会突然响起《嫁衣》这么刺激的曲子。更过分的是，陈老板提前一步堵住了柜门，他是叫天天不灵，叫地地不应，铁柜的门都给捶弯了才爬出来。此时"仇人"相见，他脸色一阵青一阵白。

陈歌走到杜超近身边，心里还挺惊讶的，这孩子看起来也就十八九岁，清瘦稚嫩，像是刚上大学跑出来做兼职的。"卸了妆我都有点儿认不出来了，真想象不到你就是那个死活要出柜的病人。"

在小杜暴走之前，负责人擦着冷汗赶紧把陈歌拽到了一边。"陈老板，我们一共六个人进去参观，你看着给安排吧。"鬼屋负责人背着其他游客，疯狂给陈歌使眼色，陈歌也心领神会。"现在我的鬼屋一共有四个主题，'冥婚''午夜逃杀''暮阳中学'和刚刚投入使用的'第三病栋'。'冥婚'和'午夜逃杀'恐怖程度一般，'第三病栋'难度最大，所以我建议你们先参观难度适中的'暮阳中学'。"

"行，就这个吧。"负责人点头同意，可他身后的同伴却有些不乐意。

"陈老板这就不厚道了。"韩秋明推了下厚厚的近视眼镜,"来之前我们已经打听过了,你们鬼屋至今无人能通关的场景就是'暮阳中学',这明明已经是难度最高的挑战,你就别故作姿态说什么难度适中了。"

"我故作姿态?"

"你是不是担心我们随便通关了最高难度,会让你很没面子?所以才故意说还有一个更高难度的场景?"韩秋明自我感觉很好,"制作一个大型恐怖主题场景通常需要两到三个月的时间,你的'暮阳中学'场景才出现不到一星期,哪儿有时间去布置新场景?"他薄薄的嘴唇向上扬起。"不过都无所谓,反正结果一样,今天我们来这里,就是准备把你所有场景全部通关!"

"秋明,别瞎说,陈老板不是那样的人。"田藤病院负责人扯了扯韩秋明的胳膊,他心中浮现出一种不祥的预感。

陈歌耐心听完,没有反驳,徐叔曾经说过,鬼屋作为一个服务行业,应该尽力去满足游客的需求。他思考了几秒,脸上重新露出笑容。"不如这样吧,我们先进入'第三病栋'参观,如果你们能走着出来,那我们再去'暮阳中学'。"

"一言为定。"韩秋明拍了拍田藤病院负责人的手,示意他不用担心。

"跟我来吧。"陈歌没给他们拒绝的机会就进入了冒险屋。

田藤病院负责人站在原地,没有往前走,说道:"秋明,你太冲动了。"

"大家都是做鬼屋的,他是不是在撒谎你们应该也能分辨得出来。"韩秋明不以为意,"你们如果害怕,我走第一个。"

"你那天不在现场,不知道当时的情况。"那负责人头都大了,总觉得有些不安,"这位陈老板不是一般人,他独自进入鬼屋,全程心率维持在一百以下。"

"还有更吓人的。"宋安也开了口,"那天许珍珍的鬼魂似乎又出现了,我们几个演员都被吓得跑出了鬼屋,就剩他一个游客在里面。"

"这有什么吓人的?是你们胆子太小。"韩秋明推了推高度近视镜,"换成我一样可以待在鬼屋里。"

"我还没说完呢。"宋安和田藤病院负责人对视一眼,得到对方示意后才敢开口,"我们等陈老板走后,仔细搜查了鬼屋,你猜发现了什么?"

"别卖关子,有话就说。"

"悬挂在走廊门口的那具女尸道具被分尸了，头滚在角落，一双眼直勾勾地看着某个方向，两条腿也被撕开，扔在距离身体很远的地方。"宋安自己说着都觉得害怕，"一个普通游客会对假人做出这么疯狂的事情吗？我当时连报警的心都有了。"

田藤病院负责人也走了过来。"自从见了陈老板以后，我隐约明白了一个道理，人有时候真的会比鬼还可怕。"

"是啊。"宋安颇有同感地点了点头，"参观完我们就赶紧离开吧，以后两家鬼屋井水不犯河水。"

"你们至于吗？几个大男人磨磨唧唧，来都来了，现在说害怕也晚了。"夜小心玩着手机，走到一半发现田藤病院那几人还停在原地。"同样都是开鬼屋的，差距怎么这么大呢？"这位网络大V性子很直，嗓子也很独特，带着一点儿烟熏的味道，沙哑感性。她甩开大长腿朝鬼屋里面走去，随手在社交平台上更新了今天的心情，"我是一匹烈马，抛下身后尘嚣，逆风而上。"

"看看，被鄙视了吧？"韩秋明的目光扫过夜小心的长腿，头也不回地追了过去。

"他太莽撞了。"负责人有些担心，"宋安，进去以后你记得跟他走在一起，秋明本身有实力，不过心高气傲，容易吃亏。"

"好，我尽量。"宋安叹了口气，几人一起掀开厚厚的黑色门帘，进入鬼屋。鬼屋里光线很暗，要比外面凉快很多。

"看起来有些年头了。"宋安走走看看，"没想到江州还有这么大的固定鬼屋。"

"鬼屋是我父母在五六年前和新世纪乐园合作修建的，当时是乐园的招牌项目。"陈歌从抽屉里拿出几张免责协议分给众人，"先签协议，然后才能进去参观。"

"你认真的？"韩秋明看着免责协议上的条条框框，随手将其扔在桌上。"省张纸吧，大家都是开鬼屋的，这些套路我们懂，没必要弄得那么正经。"

田藤病院的其他几个人也没有动笔，他们似乎都觉得这只是陈歌对游客的一种心理暗示，协议本身并没有什么用，反倒是夜小心和苏落落认真写了自己的名字。

"我想你们可能误会了，我的协议是经过公证处承认的，上面还有盖章。"陈歌将协议放在几人身前，"不签协议就不能进去参观，这是我们的规定。"

"理解，理解。"田藤病院负责人提笔在纸上写下了自己的名字——郭淼。

其他几人相继动笔，韩秋明也没什么好说的，只是心里越来越不爽。"弄得跟真的一样，那我今天可要好好见识一下。"

陈歌没搭理韩秋明，将几人的免责协议郑重收好。"'第三病栋'场景是最新制作出来的，很多地方还不够完善，如果遇到超出承受能力的东西，记得找到监控进行求助。"

"长话短说吧，鬼屋的参观规则我们比你要清楚，这几年我们尝试过二十几种不同的游览设计和趣味互动，相比较来说我们才是专业的。"韩秋明说话从不给自己留余地。

"好，那我就简单地说一下。"陈歌也不生气，态度很好，"你们将要参观的场景叫作'第三病栋'，这是一个病人穿上了医生的制服，犯下种种罪状的故事。整个场景并非完全虚构，需要特别通知你们的是，那些犯案的病人还有部分没被抓获。"

"根据真实案例改编？这不是我们玩剩下的吗？"韩秋明就好像看不见负责人着急的眼神一样，旁若无人地说道，"我在国外大大小小十几家鬼屋参观工作过，欧美的一些鬼屋直接建在废弃监狱和杀人狂曾经居住过的房间里，和他们那些比起来，你这个就太一般了。"

"陈老板，秋明说话比较直，其实也没别的意思。"负责人郭淼终于忍不住，开口说了一句。

"没事，作为服务行业，游客在我心中永远排在第一位，所有意见和建议我都会认真听取的。"陈歌脸上的笑容自始至终都没变过，给人的感觉很不错。

"工作人员态度良好，加五分。"夜小心从口袋里拿出一个便签本，在上面写了一行字。

"你这是？"陈歌朝那女人看去。

"我在为你的鬼屋打分，满分一百，只要超过八十分，我就会向自己的粉丝强烈推荐。"夜小心收起便签本。"鬼屋里大多不让用手机，所以我只能用这个小本记录看到的一切。"

"很专业。"陈歌心虚地擦了擦掌心的汗，"'第三病栋'为开放性场景，你们进入其中后可以自由参观，只要在二十分钟内，找到我从你们鬼屋里拿出来的那个录音机，将其带出就算你们通关。"

带着善意和真诚，陈歌重复了一遍："不要放松警惕，必须要把录音机拿出'第三病栋'，这才算游戏结束。"

"这么简单？"韩秋明和其他几位田藤病院的工作人员都觉得不可思议，录音机体积那么大，在他们看来很容易就可以找到。

"陈老板，你不是在开玩笑吧？"夜小心取出自己的小本，她测评了那么多鬼屋，这是第一次见到有鬼屋把找录音机当作目标的。

"那个录音机本来就是从田藤病院拿出来的，正好借着这次机会还给他们。"陈歌把几份免责协议锁进柜子里，也许不知道什么时候就能用上了。

"你已经放弃了吗？"韩秋明似乎颇有些失望。

"这边请。"陈歌没理他，在前面领路，几人穿过走廊来到"僵尸复活夜"场景门口。

"世纪初的道具，看起来估计有半个月都没有维护过，人偶做得跟小孩捏的一样，各种道具胡乱堆积，没有故事性和剧情，你是想用这样的场景来侮辱我们吗？"韩秋明眼光很毒，一眼就看出了"僵尸复活夜"里的问题。不说田藤病院的工作人员，就是夜小心和苏落落也觉得这场景没有任何亮点。

韩秋明点评着"僵尸复活夜"的种种缺点，迈步准备进入其中，但是被负责人郭淼拦了下来。

"老郭，你拦我做什么？"田藤病院负责人摇了摇头，他心跳得很快，隐隐觉得不对。"这地方的气氛很奇怪。"

"有什么奇怪的？"

"说不上来，就跟一般的房间不一样，有种特别的感觉。"负责人吸了口凉气，"我之前去许珍出事的那个医院实地考察时，就有过类似的感觉。大白天的心里很慌，最后只看了五分之一就跑出来了。"

"别自己吓自己了。"韩秋明甩开负责人的手，走进了"僵尸复活夜"。

"这个场景我很早以前就不用了，因为某些原因，一直留着没换。"陈歌看着韩秋明不知为何想到了费友亮，或许等韩老师参观过后，费友亮在医院里就不会感到孤独了。掀开木板，一股寒气冲上地面，陈歌目光扫过几名游客，指向漆黑的楼梯说道："你们要参观的'第三病栋'在地下。"

"地下？"几名游客都围了过来，看着不知通往何处的阶梯，心底开始滋生一种莫名的情绪。

烧裂的阶梯上残留着未做完的试卷，空气中飘散着一股淡淡的怪味，也不刺鼻，只是很容易让人产生不好的联想。

"左边是'暮阳中学'，右边是'第三病栋'，两个场景相互连接，可不要走错了。"陈歌最后叮嘱了几句，"这两个场景占地面积都非常大，你们最好不要分散开。"

交代完后，陈歌拿出手机。"二十分钟内找到录音机，将它拿出，游戏结束。"

几名游客都没有移动，最后也不知道是谁从后面推了韩秋明一把，这位带着高度近视眼镜的鬼屋设计师站了出来。

"别耽误时间了。"在陈歌催促下，几名游客踩着阶梯进入地下场景。

等到最后一个人进去之后，陈歌拿起旁边的木板，冲他们招了招手说："祝你们玩得开心。"

木板合上，陈歌回到总控制室，他在挑选鬼屋背景音乐时犯了难。平日里招待普通游客，他已经很少使用《黑色星期五》和《嫁衣》这两首背景音乐了，只是偶尔夹在曲目里，作为彩蛋出现。

"韩秋明是鬼屋设计师，他一眼就能看出'僵尸复活夜'的种种缺点，这人是有真本事的。田藤病院的其他工作人员也早已习惯鬼屋的氛围，一般的惊吓点根本吓不住他们。夜小心是专业鬼屋测评员，胆子自然也很大，只有苏落落是被负责人坑进来的无辜群众。"

陈歌思前想后，游客都是专业人士，这时候放水是对他们的不尊重。点击鼠标，陈歌在两首背景音乐之间徘徊。"用哪一首比较合适？算了，只有小孩子才会做选择，大家都是成年人，没必要纠结。"

他将两首歌全部加入列表，然后走到化妆间，穿上了碎颅医生制服，给自己补了一个妆。"他们应该想不到，人皮面具之下的那张脸，会更加恐怖吧？"

全部收拾好，碎颅医生陈歌抱着无脸护士制服进入"第三病栋"场景当中……

头顶的木板慢慢合上，似乎连同着温暖和希望也被隔绝在外。

年龄最小的杜超近打了个冷战，进入场景还没超过十秒钟，他已经开始后悔了，昨天不该一时冲动答应负责人。"应该向沁姐和林哥他们学习，我还是太年轻了。"

不知从何而来的冷风轻轻吹过，左边走廊上空白试卷在地上飘动，发出沙沙的声音，两边的教室里隐隐有人影晃动，似乎有东西注意到了他们。光线很暗，几名游客站在原地停了有一分钟，最后还是负责人郭淼站了出来。"韩老师，你是我们这里经验最丰富的，今天我们可就依仗你了。"

韩秋明推着眼镜，他进入鬼屋后就在仔细观察，仅从气氛烘托和场景还原度来说，西郊鬼屋要超过他之前见过的大部分鬼屋。

"难怪敢在网上号称江州最恐怖的鬼屋，有点儿意思。"

他们站在走廊上朝远处看去，左边通道尽头，或站或躺，摆放着很多姿势奇怪的假人。

盯着那些假人看了一会儿，几名游客产生了一种毛骨悚然的感觉，就好像那些假人也在看着他们。

"老大，刚才地上的那个人偶脑袋是不是转动了？"宋安抓住了郭淼的小臂。

"没。"郭淼脸色也不是太好，"不过我感觉最中间的那个女学生人偶朝我笑了一下。"

"我好像也看到了，她是不是往这边走了一步？怎么觉得距离变近了？"

"应该是错觉吧……"

"你俩有完没完？"韩秋明一个人走在前面，"左边的场景越恐怖，对我们来说就越有利，你们应该好好谢谢我。"

"谢你什么？"小杜躲在最后面，正在考虑要不要逃出去。

"那个什么陈老板肯定没安好心！左边的场景应该是他鬼屋的主打场景，也就是最恐怖的，幸好我提前看穿了他的想法。"韩秋明走向右边的通道，这里是一扇医院病栋的大门，他双手抓住了大门把手。"如果不是我，你们现在就要去左边参观了。"

"说得有道理。"小杜随声附和。

宋安也点了点头，说："左边场景一看就十分瘆人，还好选择了右边的场景，韩老师做得不错。"

他们都走到了右边通道里，唯有负责人郭淼心绪不宁。"陈老板给我的印象还不错,不像是那种会撒谎的人。"

"他有没有撒谎,我们开门看看就知道了。"几人站在右边通道中间,韩秋明双手用力将"第三病栋"的门拉开。锈迹脱落,铁门发出刺耳的声响,浓烈的药水味冲击着感官,斑驳的墙壁上残留着触目惊心的抓痕和血字,打开的病房里隐约有惨叫传出。更震撼的是,在这条看不见尽头的黑色长廊之上,摆着无数用被褥包裹着的假人,宛如一个个凸起的坟包。

"这……"

门外的几个人手脚发麻,感觉自己的身体好像结冰了一样,一股凉气顺着脊柱蹿到头顶。

"韩老师,你确定右边没有左边恐怖吗?"小杜扶着门把手,他现在有些怀念田藤病院,怀念那个能带给他安全感的铁柜。

"你们慌什么?姓陈的自己也说了,'第三病栋'还没有布置完,一个残缺的场景有什么好害怕的?"韩秋明从最初的震撼中清醒过来,他抓住负责人郭淼的胳膊。"老郭,我们两个打头阵。"

"跟我有什么关系?"郭淼把手一甩,"你不是说自己一个人走前面的吗?"

"我是怕你不敢进来,参观到一半跑了。"韩秋明脸黑得跟锅底一样,只不过由于鬼屋里光线很暗,所以也没有人看到。"那我打头阵,你们跟紧点儿,不要掉队。"

韩秋明将破旧的铁门完全推开,锈迹脱落,几人进入"第三病栋"当中。

空气中飘散着一股说不上来的怪味,地上散落着药片和泛黄的病例单,韩秋明一个人走在前面,越看越是心惊。墙壁上写着各种疯言疯语,那些残忍的字迹组合在一起,读起来让人头皮发麻,根本不像是正常人能想出来的。更让他感到不舒服的是,已经走出了几米远,墙壁上那些血字的数量非但没有减少,反而变得更多了。密密麻麻,一句重复的都没有!

"姓陈的是怎么想到这些句子的?他不会真是个疯子吧?"蹲下身体,韩秋明掀开被褥一角,里面是一个用枕头和床单制作成的假人。可就是这样一个粗糙得跟闹着玩一样的假人,却让他移不开视线。

"鬼屋里的假人道具还能这么做?我从业数年今天算是长见识了。"韩秋明看着枕头上那张诡异的脸,明明是随手勾画的,却给人一种无法形容的诡异感觉。

"你们看这里！"苏落落站在第一间病室门口，众人顺着她指的方向看去，门轴上全是指甲挖出的血痕。

她伸手比画了一下说道："看着跟真的一样，不像是用工具挖出来的。"

"不是工具挖的，难道还能是设计师用手挖出来的？"韩秋明将被褥盖好，遮住了地上的假人，"你们注意不要乱碰里面的东西，小心触发机关，尤其是地上这些被褥，说不定演员就藏在被子下面。"他准备继续往前走，其他几个人却没有动身，夜小心更是孤身进入了第一间病房当中。

窗户被封死，木板缝隙外面是厚厚的水泥墙壁，透着一种压抑和绝望，就像是监狱牢房一样。夜小心手指划过床板，在病床两边又发现了很多抓痕，忙喊道："来帮忙，我们把床板掀开。"

"通关时间只有二十分钟，你们抓紧点行吗？别在意那些细枝末节。"韩秋明一个人站在外面。

小杜和宋安进入病房里，帮助夜小心将床板掀开，木板下面的场景有些出乎他们的预料。

床板边缘有一条条黑红色的指印，缝隙中残存着碎裂的指甲，可以看出，挖出这一道道血痕的人曾经经历过多么痛苦的事情。

"人造血浆凝固后会呈现出浅红色，这种黑红色的血痕……"宋安缩了缩脖子，对身边的夜小心说道，"有点儿像人血。"

"你确定是人血，不是人造血？"夜小心歪头看着木板，弯下腰，鼻尖凑到床板边缘，"没有什么异味。"

宋安被短发女孩大胆的举动给惊住了，他干笑一声说："可能是猪血、牛血也说不定，鬼屋有时候为了追求真实，会用动物的血液代替人造血浆。"

"鬼屋里出现带有血迹的道具也比较正常，尤其是像陈老板这种固定鬼屋，很多道具都是直接从废弃医院或精神病院里低价买回来的。"郭森应该是做过这样的事情，"不过我们也不能大意，床板上有血，至少说明那座精神病院以前发生过很不好的事情。"

夜小心点了点头，又继续问道："那门轴上的血色抓痕怎么解释？总不可能门轴也是从精神病院里拆下来的吧？"郭森一时语塞，不知道该怎么回答。

"你也说不清楚了吗？"夜小心将自己的本子取了出来，"我参观过很多鬼屋，那些鬼屋大都是在惊吓点附近做文章，只有这家鬼屋每一个细节都处理得很真实，鬼屋老板就好像患有强迫症一样。"

"我还发现了一件很恐怖的事情。"苏落落仰头望着天花板，那一个个狰狞血腥的文字好像活了过来，在围绕着她转动。"这里每句话的笔迹都不相同，应该不是同一个人写的。"

"笔迹不同？"郭森仔细看了看，脸色变得很差，"还真是，陈老板究竟是怎么做到的？"

"他这鬼屋不是说营业好几年了吗？给我五年时间去打造，我可以做得比他更完美。"韩秋明独自往前走了几步，心里发虚结果又拐了回来，他靠在门轴上，随口说道。

"你会沉下心用五年时间去打造一个鬼屋场景吗？"郭森心里有些生气，他之前已经安排好了一切，结果被韩秋明给搞砸了，"陈老板肯定没有撒谎，这地方才是他鬼屋最恐怖的场景，我们抓紧时间去寻找录音机吧，不要在此停留太长时间。"自从进入"第三病栋"后，他就有种很不舒服的感觉，看到场景内部的布置后，这种感觉更加强烈了。门轴上的红色抓痕，床板边沿的指印，墙壁表面的一个个血字，这一切都让他觉得不安。深埋心底的记忆被唤醒，郭森感觉自己好像又进入了当初许珍珍自杀的那间医院。

"老郭，我真不知道你在害怕什么？他的鬼屋细节处理确实很出色，做得跟真的一样，但这只能说明他模仿得比较好。"韩秋明目光偷偷扫过夜小心，推动眼镜，"我在国外一个超大型固定鬼屋体验时，那里的工作人员告诉我，他们所有的道具都是死刑犯曾经用过的真家伙。和人家比起来，这鬼屋只能说还凑合。"

"你就是死要面子活受罪。"

"我这叫实话实说。"韩秋明冲众人招手，"还有十六分钟，大家抓紧时间吧。"

几人陆续进入走廊，唯有小杜还停在"第三病栋"入口，他看着头顶天花板上的文字，心脏跳得很快。注视得久了，那些看似杂乱、毫无规则的字迹好像混合在了一起，笔画相互勾连，形成了一个个大小不一的"死"字。"这地方太邪乎，我就守在门口好了。"他走出"第三病栋"，朝左边通道看去时，一抬头猛然发现，那些原本在左边走廊尽头的人偶，此时竟然出现在距离他们很近的地方。

"什么情况？"杜超近向后退了一步，他不敢一个人在此停留，赶紧追上了其他游客。

在他离开后，一个脖颈上挂着一个校牌的人偶，悄悄扶正了自己的头颅。

"老大！韩老师！你们看后面！"小杜跑到其他几名游客身边，喘着气，脸色有些苍白。

"后面？"郭森朝身后看了一眼，昏暗压抑的长廊上并没有出现什么奇怪的东西。

"人偶！人偶追过来了！"被杜超近这么一喊，好不容易往里面走了几米远的众人又停下了脚步。

"你会不会是看错了？"宋安轻声安慰小杜，自己却朝郭森身边移了移。

"没有！是真的动了！"小杜缓了口气，"你们自己过来看，那些人偶我们第一次见的时候是在左边通道尽头，现在它们已经跑到左右两个通道交接处了！"

"别慌。"韩老师神色淡定，"人偶会自己移动，我三年前就见过，那是日本的一家鬼屋，以娃娃为主题，其中体形小的娃娃里面安装有各种机械零件，可以自己移动，改变面部表情。大型人偶里五分之四是道具，剩下五分之一是混在其中的演员。"

"是真人在扮演？"听了韩老师的话，小杜更疑惑了，他自己心里也开始变得不确定。

"刚进来的时候，我就留意到左边通道里的人偶了。"韩老师双手抱在胸前，"那些人偶和活人体形一比一，就像是用活人倒模做出来的一样。你们要想明白，包括我们田藤病院在内，充当普通道具的人偶都存在身体和容貌上的缺陷，因为完美的人偶成本太高，在三万左右，需要顶尖的大师去制作才行，很少有鬼屋能负担得起。"

"那他这鬼屋为什么会下大本钱去做这样的人偶？"夜小心拿着小本一直在记录，也不知道她都写了什么。

"很简单，这说明那些人偶是他鬼屋里一个很重要的惊吓点！"

韩秋明摸着下巴，目光透过厚厚的镜片落在夜小心的身上。"活人演员混在仿真人偶里，关键时刻能有奇效，就比如刚才小杜遇到的情况。乍一看是人偶自己在动，其实是混在其中的演员搬动人偶一起向前移动。如果我们躲在暗中偷偷观察，说不定就能看到这一幕。"

旁边的宋安也点了点头，附和道："韩老师这点儿说得没错，一年前我们田藤病院也尝试过类似的吓人手段，只可惜人偶做得太假，一眼就被游客识破了。"

"原来是这样。"小杜恍然大悟，脸色也好看了一点，"刚才真把我吓一跳，那些人偶做得太逼真，我还以为它们自己会动。"

"用脚想也知道是不可能的。"韩老师语气笃定，说得也合情合理，"如果不是时间有限，我会躲在这房子里把演员搬动人偶的过程给你录下来。"

"行了，继续往前走吧，找到录音机再说。"郭淼总觉得事情没有那么简单，可他又找不到反驳韩老师的理由。

"老郭，关于那个录音机我们需要注意两点。"韩老师嘴上不怕，心里对陈歌的鬼屋已经产生了深深的戒备之心，"姓陈的提前把我们的录音机藏在'第三病栋'场景，肯定是做足了准备，在录音机附近应该有吓人的东西在等着。"

"不用你说我也知道。"郭淼走在前面，地上被褥胡乱堆积，踩在上面有种奇怪的感觉，就好像是踩在了成捆的头发里一样。

"这只是第一点，我还有另外一件事要跟你说，你有没有发现他制订的游戏规则很奇怪？"

"哪里奇怪？"

"找到录音机还不算通关，必须要把录音机拿出'第三病栋'才算游戏结束。"

"那个录音机本身就是我们的，现在我们把它带出来不是很正常吗？"小杜插了一句。

"我感觉你们都低估了这个鬼屋老板的阴险。"韩秋明拿出眼镜布擦了擦近视镜，他的镜片非常厚。"录音机本身应该是触发场景的开关，换句话说，从我们找到录音机的那一刻开始，这个场景里的各种恐怖设置才会蜂拥出现，在此之前我们都是安全的。"

"话是这么说没错，但谁也不能保证。"宋安身体最壮，胆子却不大。

"总之，我个人觉得大家现在没必要感到害怕，摸清楚周围的环境，记住路径才是最重要的。毕竟他的鬼屋是开放式场景，内部环境复杂，只有这样，等找到录音机，整个场景里所有鬼怪演员暴走的时候，我们才能用最快的速度逃离。"韩秋明分析完后，不管别人相不相信，他自己是相信了。

"有道理，鬼屋再吓人也不过是活人在搞鬼，只要我们保持冷静，不要过分地代入就不会感到恐惧。"夜小心将便签本紧贴着大腿塞入裤子口袋。

得到夜小心的认同，韩秋明有些兴奋，心中仅有的一丝惧意也慢慢散去。他正要加快脚步，跟夜小心走在一起时，衣服被人拽住，回头看去，这个不识趣的人就是年纪最小的杜超近。

"韩老师，你看那儿。"众人转身看向"第三病栋"外面，在"第三病栋"铁门中央，立着一个身穿校服的女人偶，她脖颈上戴着校牌，低垂着头，全身关节扭曲，轻度变形。就这么一愣神的工夫，那几个人偶离他们更近了。

"很正常，这是最基本的心理学技巧。姓陈的现在估计正躲在监控室内给演员下达指令，他想要通过不断逼近的人偶带给我们心理压迫，因为人在急躁的时候会更容易滋生恐怖和不安。"

韩秋明让小杜不要害怕，解释说："假的就是假的，几年前我就用过类似的套路。放心吧，这些人偶绝对不敢靠近我们五米以内，五米是一个安全距离，一旦人偶靠得太近演员就无法操作，我可以用自己从业近十年的经验向你保证。"他说完后就不再搭理小杜，跑到夜小心旁边，点评起了陈歌鬼屋里的种种布置。

"这家伙。"郭淼叹了口气，对身边几人说道，"你们都跟紧我，不要随便碰走廊里的东西，也不要单独进入病室当中。"

"好。"小杜跟在队伍最后面，他没有发现，在他迈动脚步的时候，门外的人偶也动了起来。

"终于快要走到头了，怪不得陈老板把这叫作'第三病栋'，长久待在这地方，就算不疯，也要憋出病来。"

"我真怀疑他们这里的员工是怎么撑下去的？每天在如此真实压抑的环境里工作，看着墙壁上那些触目惊心的血字，会不会出现心理问题？"

"你不说我都忘了，我们进来也有十分钟了，好像一个鬼屋演员都没有看到。"

"都少说两句，马上到拐角了，小心突然跳出来什么东西。"

几名游客花了六七分钟才走到长廊尽头，他们身体贴着墙壁，朝走廊转角那边看去时，一个个都傻了眼。"怎么还是走廊！"差不多一样的布局，斑驳的墙壁，开裂的地板，无处不在的血字，还有地上用被褥包裹的假人。

唯一不同就是，墙壁颜色加深，顺着开裂的缝隙向内看去，会发现血丝一样的东西。

"场景循环？"站在拐角处，韩秋明皱着眉，说了一个圈外人不是太理解的名词。

"这不就是同样的布景吗？"落落和小杜都是第一次听到这个名词。

"看似同样的场景，其实每一次重复都有东西在改变，只不过你们没有察觉，等到你们最掉以轻心的时候，所有的恐怖就会一起出现。"韩秋明语气十分肯定，"我曾经在国外见过一个叫'回魂噩梦'的鬼屋，整个场景由九个房间构成，恐惧层层加深，最重要的是这九个房间是可以自由移动的，你永远不知道自己开门后的那个房间里会多出一些什么东西。"

"你说的那个是房间，容易操作，他这可是整条走廊都布置得几乎一样。"郭淼摸着墙壁，小声说道，"这里的一切都太真实了，就像是把一座真正的精神病院给搬进了鬼屋里，我也不知道为什么会产生这种奇怪的感觉。"

"你太敏感了，老郭。"韩秋明呵呵笑道，"自你从许珍珍自杀的病院回来后，整个人都变了，畏首畏尾。作为鬼屋从业者，我们就是以恐惧和惊悚为卖点，如果你自己都感到害怕，还怎么去驾驭恐惧来吓唬别人？"

"秋明，有些事情一开始我也不信，但慢慢接触得多了，信些事情总归会踏实一点儿。"

"我看你是越活越回去了。"韩秋明和郭淼面对面站着，"在开业第一天被人砸场，这样的事情你居然能忍下来？我们为开业筹备了多长时间你心里清楚，现在都被那个姓陈的给毁了。在这种情况下，你居然还觉得他人不错？还想着跟他和解？你不怕被他吃得连骨头都不剩吗？"

"秋明，这事不赖老大。"宋安声音沉闷，"要说起来也怪你，鬼屋广告之前全都设计好了，结果你非要画蛇添足，特意加上全江州市最恐怖鬼屋，对人家冷嘲热讽……"

"那你的意思是我做得不对喽?"韩秋明一张脸冷了下来,"田藤病院是我结合多年经验,改良设计出的新型密室鬼屋,明暗两条线索穿插。我承认他这个鬼屋有一定的可取之处,但跟我的设计比起来就显得太粗糙了。"

"我也不跟你争辩,那天你不在现场,不清楚当时的状况。"

"如果我在现场,那天的事情就不可能发生。作为鬼屋演员,竟然会被游客吓出鬼屋,你们都快沦为圈子里的笑柄了。"韩秋明一句话几乎得罪了在场的所有员工,不过他根本不在乎,"看来回去以后,要对你们加强培训。"

"秋明,有话我们回去说,这里还有其他游客在。"郭淼没计较韩秋明的刻薄。

"是啊,回去以后,我准备跟老板商量一下。我觉得你无法统筹全局,已经不适合做这个负责人了。"

"韩秋明!老大待你一直很好,平时我们忍你也就算了,你别得寸进尺!"宋安火气上来,吼了韩秋明一句。

"我得寸进尺?我所做的每一个决定都是为了鬼屋能更好。田藤病院前后设计过四次,三次都是我负责的,效果如何,你们自己清楚。"韩秋明呵呵一笑,没有多余的表情。

"你把真实案子融进鬼屋里,用死人的名字做道具,差点儿给我们招来官司,这就是你的设计?"

"抱歉,我只看结果。从数据上来说,引入许珍珍这个死人后,门票销量翻了五倍。"韩秋明伸出五根手指,他有自傲的资本,"是我救活了你们,另外请你记住一点,我是你们老板请来的鬼屋设计师,而你们只是扮鬼的演员。"

"以真实案子为素材,借死人的名字来博取关注,你在设计的时候有没有考虑死者家人的感受?"

"现在数落起我来了?当时你们怎么不阻止我?"

"都别吵了!"郭淼将韩秋明和宋安拉开,"心里有情绪回去再说,陈老板单人通关了我们的鬼屋,如果今天我们这么多人一起都没有通关他的鬼屋,那才是丢人。"韩秋明和宋安都憋着一股火,反倒是冲淡了心里的恐惧。

"我才懒得跟这种人生气。"宋安也不害怕了,独自一人朝前面走去。

"老宋,别一个人走!"郭淼怕宋安出事,追了过去,和后面几个人拉开了距离。

"林子大了，什么鸟都有。"韩秋明慢悠悠地走在后面，刚进入"第三病栋"的时候，他也被里面的场景给镇住了，不过现在已经慢慢适应。他回头看了一眼，"你们三个跟紧我，还剩下十分钟，我带你们通关。说实话这个鬼屋在国内还算可以，但跟国外那些没有限制的鬼屋比起来，根本不是一个档次。"

"韩老师，你讲的我都明白，但有件事我想再和你确定一下。"小杜走在队伍最后面，脸色煞白，他根本没注意到韩秋明和宋安的争吵，一直在关注其他东西。

"什么事？"

"你不是说那些人偶不会出现在我们五米以内吗？"

小杜朝身后指了指，那些造型古怪、制作得极为逼真的人偶，竟然全部都进入了"第三病栋"！

为首挂着校牌的女人偶立在走廊中间，低垂着头，此时距离小杜只有三四米远了。

"它们是怎么跟过来的？"

小杜的声音都在打战，他走在队伍后面，距离人偶最近。

"你有没有听见脚步声？"韩秋明移开视线，看着杜超近，"能搬动这么多人偶，应该不止一个工作人员混在里面。"

"什么声音都没有，它们就像是突然出现在身后的，我可以保证。"小杜生怕韩秋明不相信他的话。

"没有声音吗？"韩秋明的眉毛皱在了一起，盯着人偶看了一会儿，忽然露出笑容。"我知道原因了！"他大步朝人偶走去，似乎真的发现了人偶里隐藏的秘密，"'第三病栋'地面上到处都堆积着被褥，工作人员只要踩在被褥上行走，就不会发出声音。设计这个鬼屋的人思维缜密，很懂得把握人心。他故意在被褥下面藏入造型恐怖的假人，以此来转移我们的视线，从而让我们忽视了被褥真正的作用。"

韩秋明停在女人偶身边，嘴角轻轻上扬。"用被褥来隐藏脚步声，这创意不错，但是他们表演得太差劲了。想要带给游客心理上的压迫感，就一定要保持距离，让游客能感受到他们的存在，却又触碰不到他们才是最好的。"

小杜不是太明白韩秋明的意思，不解地问："为什么保持距离最恐怖？我觉得这样慢慢逼近好像更吓人一点儿。"

"过犹不及，逼得太紧，就会导致游客出现逆反的情绪，然后就会做出像我这样的举动。"韩秋明拔下了人偶的脑袋，将她推翻，他看着漆黑走廊里剩下的一个个人偶，高声喊道："自己走吧，别让我把你抓出来，大家都不好看。"

"你在跟谁说话？"小杜发现自己有点儿跟不上韩秋明的思维了。

"'第三病栋'的工作人员，他们进行了特效化妆，现在就混在人偶堆里！"韩秋明推了一下眼镜，神色平静，仿佛一切尽在掌控之中。

可是过了十几秒，走廊里的人偶仍旧保持着自己的姿势。数道黑漆漆的人影交错着立在走廊中间，就算一动不动看着也有些吓人。

"韩老师，要不我们先走吧，他们的工作人员不愿意出来就算了。"

小杜劝了一句，但是韩秋明觉得自己面子有些挂不住。"被我发现，那就由不得他们了。正好我今天心情不爽，那个姓陈的不是大闹了我们鬼屋吗？今天我就放开手脚将他的鬼屋给弄个底朝天！"韩秋明一个人走向人偶群，将身边每个人偶的脑袋都给拔了下来，又将人偶踢倒在地，"继续藏吧，我看你们能藏多久？"

人头滚落，场景内变得更加诡异。

"回来吧，韩老师！"小杜看着地上滚动的人偶头颅，心跳得越来越快。

"急什么？"韩秋明他一口气拔掉了四五个人偶的脑袋，"这演员还真沉得住气，宁肯道具损坏都不冒头。"

"老大和宋哥已经走远了，我们也赶紧走吧！"小杜一直在催促，地上的人头滚来滚去，更让他头皮发麻的是，人偶脸上的表情似乎渐渐发生了变化，它们好像在笑！

"别慌。"韩秋明在拔下第八个人偶头颅后，他自己也隐隐觉得有些不对了，"人偶身体里安装有金属支架和关节，成年人同时搬动四个已经很不容易了，难道演员都躲藏在最后面？也对，工作人员就算化了妆，距离我们太近也会被发现，所以肯定躲在最后面。"

韩秋明说服了自己，继续向前，他身后尸首分离的人偶倒了一地。

"韩老师！"小杜看着一个人冲进人偶群里的韩秋明，有些担心，他一咬牙也跑了过去,"快走吧!弄坏这么多道具,被人家看到不好。"

"他敢砸我们的场子,就要做好自己鬼屋被砸的准备。"韩秋明走向最后四个人偶,这四个人偶就趴在稍远的位置,"不见棺材不掉泪,非要让我亲手抓你出来。"

他的手按住了倒数第四个人偶的脑袋,轻轻一用力,就将人头拆了下来。

"怎么还是个假人?"小杜的语气有些紧张,"韩老师,你说会不会是人偶自己在动?我刚才过来的时候,看到人偶脸上的表情好像出现了变化。"

"你懂什么?别说话!"韩秋明又拔下了两个人偶的脑袋,他的手开始打战,落在了最后一个人偶身上。

双手用力,一颗好像在哭泣的人头被拔了出来。

"我去?!"韩秋明捧着人头,和杜超近大眼瞪小眼。

"全都是假人?!"小杜声带在颤动,他站在一堆人偶残躯中间,连动都不敢动了。

"没事,不要怕!他们这个鬼屋的工作人员看我过来,估计已经提前躲进了两边的病室里。"韩秋明把那颗人偶头颅扔在地上,急急忙忙进两边的病室查看,喊着:"出来吧!我看见你了!"

搜了好几间,一无所获,韩秋明铁青着脸走了出来。

"韩老师,这鬼屋是不是真闹鬼啊?那个陈老板就是个疯子,他什么事情都做得出来,我就曾被他关进过铁柜里。"小杜头皮发麻,开始哭诉那段恐怖的经历。

"行了,又不是什么光彩的事情。"韩秋明挥手打断小杜的话,他在计算"第三病栋"出口到走廊拐角的距离,"演员搬来人偶后没时间跑出建筑,我知道了,他们应该是从员工通道离开的,这些被褥下面说不定有地道之类的东西。"

不管他说什么,小杜都不会再去相信了,他现在只想从韩老师身边离开,总觉得跟在这家伙身边会出大事。

"要找地道你自己找吧,我先走了。"小杜撒腿就跑。

"胆子这么小,难怪会被一个游客吓哭。"韩秋明说话也没了底气,他迈步朝"第三病栋"里面走去,刚抬脚却发现裤脚被一个无头人偶的手指勾住了。他没有多想,一脚把人偶的手臂踢开。"弄得跟真的一样,你们吓唬谁呢?"

走过拐角,韩秋明隐隐听到身后传来风声,其中还夹杂着"咕噜""咕噜"的声音。

"装神弄鬼。"他没有回拐角那一边查看,而是加快速度,追上了前面几个游客。

"你怎么了?"苏落落看着脸色苍白、额头满是冷汗跑过来的杜超近,自己也变得紧张了起来。

"我给你说实话你别害怕啊。"小杜凑到苏落落身边,"我怀疑这个鬼屋真的闹鬼。"

"你不要故意吓我。"苏落落是鬼屋爱好者,也参观过很多鬼屋,但是从来没有见过陈老板这样的鬼屋,一进去就跟迷宫一样,完全开放,自由探索。

"韩老师之前的推断全是错的,那一大群人偶里没有一个工作人员!根本不是鬼屋的人在搬动,而是它们自己在动!"小杜双手握紧,指骨发出脆响,"韩老师指望不上了,我要把这个事情给老大和宋哥汇报一下。"

"他们已经走远了,你跑慢点儿!"

小杜心里着急,朝前面跑去,苏落落站在中间,不知道是该追过去,还是应该跟夜小心一起等韩老师。

"鬼屋闹鬼?人偶自己会动?"夜小心取出便签本将这两条记在了本上,"连其他鬼屋的从业人员都会被骗,这座鬼屋很不一般。"她给出了高度评价,"好久没有遇到这么有意思的事情,今天要好好转一转。"

"看那个男孩说话的样子,他好像没有撒谎。"苏落落出于好心,提醒了夜小心一句,"我们也走快点儿吧,大家聚在一起有安全感。"

"我一直觉得鬼屋和魔术是相同的道理,都是在用假象去博得游客的惊叹,谁把假象做得越真,谁就越成功。"夜小心将外衣脱下,系在腰上,她伸了个懒腰,那惊心动魄的曲线让在场唯一的观众有点儿小不爽。"从这点儿来说,西郊鬼屋无疑是成功的。"

"那你在这儿吧,我先走了。"

几名游客不知不觉已经分散,谁都没有注意到墙壁上那些红字,颜色正不断加深,就好像要滴出血来……

第 5 章 你是在找我吗？

"老大，你别劝我，韩秋明这人确实有些本事，但这不代表我们要受他的气！"宋安心里为郭淼鸣不平，"设计方案是他提出的没错，可内容是大家一起制作的，具体的场景布置都是我们在忙，跟他有什么关系？"

"好了，好了，你说的我都知道，忍一时风平浪静，他毕竟是老板请来的设计师。"郭淼年纪大了，很多东西也看开了，"鬼屋这个行业越来越不景气，大家都是混口饭吃，没必要闹那么僵。"

"可你看看他那副小人得志的嘴脸，还准备跟老板告状？说真的，如果老板把你撤了，让他去当总负责人，我立马辞职。"宋安性格耿直，没那么多花花肠子。

"放心吧，老板不会同意的。"郭淼说完也叹了口气，他心里没底，从被迫搬离新海后，他们鬼屋就开始走下坡路了。"先找到录音机再说，鬼屋外面还有田藤病院的粉丝看着，不能让他们失望。"

"好。"

两人走在最前面，转过第二个拐角后，发现接下来的场景仍旧是一条走廊。

"这鬼屋什么意思？就让我们无限走下去？"

光线变得更暗，走廊墙壁颜色加深，斑斑驳驳，里面好像粘黏着血丝。踩在高低不平的被褥上,闻着那股药水和其他东西混杂的怪味,感觉就好像钻进了某个怪物的食道中一样。

"陈老板这么设计肯定有他的用意,可能是为了营造出更加真实的感觉。"郭森抠掉一小块墙皮,手指用力,轻松将其捻碎。"来的路上,我发现有些房间外面的编号没有被涂掉,第一条走廊上所有房间的编号都是4开头,第二条走廊是以3开头,这条走廊则是以2开头。"

"数字在不断减少?"

"我怀疑整个场景的现实原型是一栋四层高的楼,陈老板将其完全还原了下来,每一条走廊就代表那栋建筑里的一层。"郭森看着破旧斑驳的墙壁,"连编号都保留了下来,还特意做旧,不放过任何一个最微小的细节,这已经不是简单的强迫症了。"

"对,我也有这种感觉。咱们制作鬼屋,是为了带给游客惊吓,这个陈老板所做的一切,感觉就像是把场景当作信仰去雕刻,各种细节,还有墙壁上那些血字,简直已经到了病态的程度。"宋安的怒火渐渐熄灭,恐惧又开始在心里生根发芽。"走了一路,看到了无数的血字,咱们光看着就觉得头皮发麻,很难想象他是怎么把那些句子一点一点写上去的。"

"那些血字新旧不一,有的是最近才写上去的,有的则像是几年前写上去的。"郭森心里也开始发毛,他脑海中浮现出一个画面——夜深人静的时候,鬼屋老板独自一人拿着装满红色颜料的水桶,面目狰狞,整个人处于一种歇斯底里的状态,开始在墙壁上书写下一个个残忍的字眼。

"进鬼屋之前,我听陈老板说这座鬼屋已经经营五六年的时间了,有没有可能从他父母那个时候开始,他们就在打造这个场景?"

"用五年时间去打造这样一个场景,他们图什么?"正因为同样是做鬼屋生意的,所以郭森很清楚打造这样一个场景需要花费的时间和精力,"在'第三病栋'门口的时候,我们几个掀开床板看了看,陈老板连游客完全不会注意到的地方都做了特效处理,这样的行为很反常。"

"你等一下,'第三病栋'这个名字我总觉得有点儿熟悉。"宋安拿出手机,上网搜了一下,出来的结果让他脸色变得很差。"老大,江州真有第三病栋这个地方！精神病人犯案，涉及凶杀、囚禁，就在前几天警方还对曾经在那里住过的病人发出了通缉令！"

"陈老板说得都是真的？"郭淼瞳孔跳动，"这么重要的事情，在外面的时候，他竟然轻飘飘地一句带过？"

"网上说第三病栋是五年前废弃的，他这鬼屋也是五六年前开始营业的！"宋安对比了时间，发现刚好吻合。

"糟了！"好像是突然想到了什么，郭淼追问道，"你仔细查查，看看警方的通缉令里有没有和陈老板有关的东西，相似的身高、体重、穿衣风格等等。"

"老大，你怀疑陈老板就是第三病栋曾经的病人？"

"正常人有可能花费五六年的时间去还原这样一座病院吗？每个细节都刻画得如此真实，恐怕只有长期生活在里面的人才能做到这一切吧！"郭淼越想越觉得可怕，"这个陈老板通关田藤病院，全程心率一百以下，这样的人怎么可能是正常人？！"

"要不我们不参观了，直接出去？"

"现在走，可能以后也会被盯上。"

"为什么？"

"'第三病栋'场景本来不对外开放，陈老板也说了还未完善，现在想想这应该都是借口。"郭淼杀了韩秋明的心都有了，"这里估计隐藏着一个大秘密。"

宋安发现郭淼神色凝重，小声问道："什么秘密？"

"我来之前询问了新世界乐园的管理员，对方在无意的时候提到过，陈老板的父母在半年前离奇失踪了，没有留下任何线索。"郭淼看着满走廊病态疯狂的血字，感觉心里充斥着一股寒气。

"失踪了？"宋安诧异的表情慢慢凝固，他好像突然想到了什么，双眼猛地睁大。

"难道陈老板的父母是被他……"宋安感觉自己喉咙里好像塞满了冰碴，说这句话的时候嘴唇都在不停地打战。

"门口那间病室里，床板边缘的血迹你也看到了，当时有外人在我不方便说。"郭淼把手伸进口袋摸了根烟出来，叼在嘴边。"人造血浆绝对不是那个颜色，我们看到的抓痕和指印可能都是真人留下的。"

"这个场景里类似的抓痕和血迹还有很多,如果那些都是真的……"宋安打了个冷战,扫视四周,这哪里是鬼屋,分明就是屠宰场啊!

"老大,我们报警吧?"

"我也想,可是参观人家鬼屋,刚进来十分钟就报警,万一是我们误会了陈老板,那咱们后半辈子都抬不起头了。"郭淼咬着烟,"先跟其他人会合。"

"老大!宋哥!"在宋安和郭淼说话的时候,杜超近气喘吁吁地跑了过来,"人偶活了!那些人偶没有被人搬动,自己跟在我们后面!"

"人偶活了?"随着时间流逝,坏消息一个接着一个传来。

"是啊,韩老师说工作人员混在人偶堆里,在后面搬动人偶带给我们压迫感。他为了警告对方,就冲到人偶群里想要找出工作人员。"小杜缓了口气,他发现还是跟郭淼和宋安在一起有安全感。

"他没有在里面找到工作人员吗?"郭淼和宋安脸色微变,这鬼屋完全不按套路出牌!

"那群人偶里一个工作人员都没有。"

"不是工作人员搬动,人偶怎么会一直跟在我们后面?韩秋明虽然刻薄自私,但在鬼屋设计领域还是很专业的。"

"不知道,韩老师把所有人偶都拆开了也没发现有什么秘密,就是很普通的人偶。"

"把人家鬼屋的人偶拆开了?"郭淼感觉自己心中那种不详的预感,正在慢慢变为现实。

"我都提醒他了,他还是把所有人偶的头都给拔了下来。"小杜苦着一张脸,"你们不知道当时的情景,韩老师站在一堆人偶里,说陈老板砸了田藤病院的场子,他也要把陈老板的鬼屋给闹个底朝天!"

听完小杜的话,郭淼和宋安全身都僵住了。

神啊底朝天!

作死也要有个限度啊!

你为什么非要去跟一个变态杀人狂较劲!

"你俩咋了?"小杜发现郭淼和宋安都没说话,气氛有些凝重,忙问,"你们是不是也被吓着了?我一直走在队伍后面,就老感觉有人跟着咱们,每次回头都发现那些人偶靠近了一点儿。对了!有个人偶似乎还对我笑过!"

"小杜,人偶的事情其实不重要。"郭淼嘴里的烟刚才已经被咬断了,他匆匆捡起塞进自己口袋。

"这还不重要?老大,那些人偶粗略计算也有快二十个,假如它们都活过来,咱们就凉透了。"小杜很惊讶自己老大的反应,这跟他想象的完全不同。

"老大说得没错,现在有一个更棘手的问题需要我们去解决。"宋安的表情更加悲观一点儿,"先把韩秋明找着再说。"宋安态度的转变,让小杜越来越想不明白,"宋哥,你跟韩老师不是刚吵过架吗?现在去找他?"

"没办法。"宋安表情严肃,"我总不能见死不救吧?"

"见死不救?"小杜张着嘴,事情什么时候都已经严重到这个地步了。

"我们好像就是来参观个鬼屋而已啊!"

……

杜超近和苏落落走后,只有夜小心停在原地,她胆子很大,享受着参观鬼屋的过程,不时拿出便签本记录一些东西。

"你是在等我吗?"韩秋明急急忙忙追来,发现只有夜小心一个人在后面,心里有种说不出的异样感觉。

"我喜欢一个人慢慢参观,你的同伴都在前面。"夜小心拿着笔指了指前面的走廊,因为拐角遮挡的原因,他们并不知道拐角那边发生了什么。

韩秋明瞟了夜小心一眼,目光就无法移开了,他加快脚步和夜小心并排走在一起,和她说:"关于鬼屋测评我应该能帮上你很多忙,毕竟我是专业的,在国外很多鬼屋工作过,见过各种各样匪夷所思的设计。"

"是吗?"夜小心随手推开拐角处一间病房的门,耐心翻看里面的每一件东西。

"光是精神病院为主题的鬼屋我就去过三家,其中有一家鬼屋直接是用废弃精神病院改造的,那场景才叫真实。"韩秋明看夜小心想要翻开床板,他立刻进入屋内帮忙。在他想尽办法搭讪的时候,拐角另一边响起了郭淼和小杜的呼喊声:"人呢?秋明!韩秋明!"

"刚才还在我后面,跑哪儿去了?"

"不行,这地方太危险,要赶紧找到他!"

"韩秋明!"走廊外面几个人急匆匆跑过,韩秋明就当没听见,帮夜小心把床板翻开放在地上。

"他们在叫你,不跟他们打个招呼吗?"

"遇到危险了才想到我,早干什么去了?"韩秋明呵呵一笑,"估计后面的场景里有很恐怖的东西,这几个家伙看着五大三粗,其实都是面团子,远不如我可靠。"

夜小心没有表态,两人将床板重新放好。"其实你可以和他们一起的,我喜欢一个人参观。"

"没事,两个人也好互相有个照应。"赶不走韩秋明,夜小心也没有多说什么,走出房间,进入了郭森他们刚跑出来的那条走廊。

"你有没有发现这些病房门上残留有编号?这条走廊的病房门全是数字2开头。"韩秋明竭力想表现自己,但是夜小心好像并没有什么兴趣。两人走了一段距离后,夜小心突然停了下来。

"怎么了?"

"这扇门和其他病房的不太一样。"夜小心指了指门上的标牌,有些模糊,依稀能看到院长室三个字。

"说不定录音机就在里面,走,仔细搜搜。"

……

郭森和宋安他们一路狂奔,快喊破嗓子了,也没听见韩秋明回话。

"不应该啊!他当时就在我后面!"小杜急得一头汗,各种恐怖的念头在脑海里飘飞。"韩老师是不是已经被人偶抓走了?"

"应该不会,如果他出了事肯定会发出声音,我们刚才什么都没听到。"郭森皱着眉,看着躺了一地的人偶模型,以及胡乱堆在一起的人头,咬紧了牙。"别慌,他和夜小心可能在某个病室里,我们再回去找一遍。"

"老大,咱们都走到这了,再回去找他?"小杜心里有些不情愿,韩秋明平时说话尖酸刻薄,杜超近对他本来就反感。

"我们不去找他,以这家伙的性格很有可能真的出事。"郭森脸色阴沉,几乎快要滴出水来,"说不定他现在已经出事了,不行!我们这就回去!"

"我也同意老大的说法。"出人意料,宋安这时候竟然没有计较私仇,愿意去寻找韩秋明,"鬼屋游玩最忌讳分散开,大家最好聚在一起。"

小杜犹犹豫豫,最后点了点头。"好,我跟你们一起回去找他。"几人里最无辜的要算苏落落了,她什么都不知道,也不清楚这几个田藤病院的工作人员在说什么,只是跟着跑来跑去,神情紧张。

"我们搜查得仔细一点,每间病房都要看一眼。"在郭淼的带领下,几人重新朝冒险屋深处走去,一间一间病房查看。

韩秋明和夜小心进入了院长办公室,里外两个隔间,摆放着桌椅板凳。

"抽屉是空的,书架上也没有书籍,想要从阅读喜好判断鬼屋老板性格都不行。不过也好,书架上没有书可以减少我们搜查的时间,很多鬼屋喜欢在书籍里隐藏密码和线索一类的东西。"韩秋明在跟夜小心说话,但给人的感觉更像是他一个人在自言自语。

夜小心和韩秋明错开,直接走入里屋,她看着那个加宽的衣柜。"让我来,这个衣柜很明显是特制的,里面有百分之九十的概率隐藏有鬼屋演员或者其他惊吓物。"韩秋明走上前去,将柜门打开。

柜子里空空如也,什么都没有。

他尴尬地笑了笑,自我解嘲道:"看来百分之十的情况出现了,估计是鬼屋演员吓完老郭他们,还没来得及回来。"

夜小心完全失去了和他对话的兴趣,轻轻敲击衣柜内壁。"一间特殊的屋子里放着一个特殊的衣柜,肯定是有原因的。"当夜小心的手指敲击衣柜和墙壁中间的隔板时,声音出现变化,很明显后面是空的。

两人合力将隔板打开,一条密道出现了。

"鬼屋员工内部通道?"

"应该不是。"密道里没有装灯,夜小心拿出手机照明,等她和韩秋明都进入密道以后,院长办公室的柜门好像是被一股无形的力量推动,缓缓合上了。

密道狭窄,连转身都很难,不过好在只有几米远。压抑逼仄的密道尽头是一扇铁门,夜小心将门拉开,面前是一块木板,她用力将其推开,眼前场景一变,这是一个她之前从未来过的病房。

"院长办公室和病房相互连接？这个布置是什么意思？""第三病栋"真实的场景让夜小心彻底代入其中。

"是不是院长将这个病房的病人，当作了自己的私有物？"韩秋明想到了一个解释，"我听说几年前一些私立精神病院管理混乱，曾存在过类似的乱象。"

"有可能。"夜小心和韩秋明进入屋内，开始搜查这个房间。病床、夜壶、磨平了边角的木椅，病房里的摆设非常简单，似乎没有什么特别的东西。

"我们出去看看吧。"韩秋明打开了这个病房的门，一股怪味涌入鼻腔，就像是药水味和血腥味混杂在了一起。他向后退了一小步，伸长脖子打量外面的走廊。走廊上墙壁开裂，其中蕴含的血色仿佛在流动，给人一种非常奇怪的感觉，就好像建筑本身是活的，墙壁里隐藏着它的血管一样。

"这条走廊，我们好像还没有来过。"几乎一样的场景构造，但是带给人的感觉完全不同。"第三病栋"把场景循环的恐怖感运用到了极致，他们不知道继续往下走会遇到什么，更不清楚后面还会有多少条走廊在等着他们。地面上的被褥破损严重，那些用枕头和床单做成的假人露出了头，脸上带着诡异的表情，不管站在哪个方向，好像都在被它们注视。

韩秋明心中萌生了一丝退意，他和夜小心是从密道过来的，不清楚这条走廊和其他的走廊相隔多远，也不清楚其中隐藏有多少吓人的东西。他拿出手机打开手电朝通道一侧照去，漆黑阴森的走廊尽头并不是出口，而是一个通往未知的拐角。

"别挡路。"夜小心从病室里走出，她露在外面的双腿感到一丝凉意，这条走廊的氛围和前面几条完全不同了。

"找找吧，录音机应该就藏在这条走廊的某个房间里。"夜小心进入旁边的病室查看，韩秋明则还站在原地。他抓着房门的手满是汗水，扭头扫了一眼身侧的房门。病房门上半部分很正常，标注着三号病房，可是木门的下半部分就有些吓人了，完全被涂抹成了红色，黏稠、鲜艳，更奇怪的是那红色就像是有生命一样，在门上慢慢生长。

"三号病房？这条走廊上病房的编号，跟其他走廊上病房的编号不太一样啊？"

韩秋明和夜小心先后搜查了三间病房，来到走廊尽头的时候，他们发现了一间没有编号和任何标示的房间。

"走,进去看看。"这屋子内部空间不大,完全封闭,墙壁上贴着隔音棉,靠墙的位置固定着一张束缚床,床头则堆着一些乱七八糟的破旧设备。

"有点儿像电击治疗室,我在很多和精神病院有关的电影里看到过。"韩秋明朝床下面看了看,接着又走到那一堆废旧设备中间,他粗略地扫了一遍,忽然笑出了声:"找到了!"韩秋明将电击设备推到一边,从中提出了一个录音机。

"我还以为这个鬼屋有多困难。"他竭力想要表现出一副不过如此的样子,但是脸上兴奋的表情出卖了他。

相比较来说夜小心就冷静得多,她看着录音机,自进入鬼屋以来第一次皱起眉头。"你有没有听到什么声音?"

"声音?"韩秋明不知道夜小心在说什么,"不管那么多了,赶紧离开,通关可是有时间限制的,我今天要完美通关,让姓陈的无话可说。"

"你真的没有听到吗?"夜小心指着韩秋明手里的录音机,"里面的磁带在转动,指示灯也亮着,这个录音机一直在工作。"

……

身穿染血的医生制服,手持碎颅锤,陈歌佩戴多张脸拼合成的人皮面具搬开木板。

"已经过去十多分钟了,场景里至今没有传出尖叫,看来他们已经习惯了'第三病栋'。"陈歌觉得自己越来越善良了,他担心几名游客一上来面对太强烈的惊吓直接崩溃,所以给了他们十分钟的缓冲时间。

现在田藤病院的人应该找到了录音机,接下来就该稍微增加一些难度了。陈歌步入漆黑的地下通道,走下楼梯后他朝左边走廊看了一眼,最后一间教室外面一个人偶都没有。"今天这些家伙倒挺老实,平时总会有几个家伙跑出来溜达。"捧着无脸护士制服,手提碎颅锤,陈歌推开了"第三病栋"的铁门。

"'第三病栋'试练任务完成度不高,隐藏任务也没有触发,整个场景的完成度大概只有一半左右,并不能算是真正意义上的三星场景,参观游客里又有专业的鬼屋演员陪同,说不定他们真有可能成功。"陈歌慢悠悠地走着,也不着急。先找到疯女人的人偶,把这套护士服给她穿上试试效果。

转过第一个拐角,心里正在想事情的陈歌突然停下了脚步。走廊中央,二十多具人偶几乎要把路给堵住,横七竖八倒了一地,模型头颅来回滚动,似乎玩得很开心。

"你们怎么在这里?!"陈歌提着铁锤站在走廊中央,那些滚动的人头瞬间停止,一个个都开始装死。

"这是你们的场景吗?穿着校服跑病院里干什么?"人偶自然不会回话,一动不动,就像是偷偷跑网吧上网的小学生遇到了自己的班主任。

"跑进来也就算了,竟然还被人给团灭了!"陈歌说得很生气,实际上有些心疼,他抱起地上的头颅找准编号,将几个人偶拼接好。"这群游客连人偶都不放过,很嚣张啊。"

由于光线太暗,干起活来效率很低,他安装好了五六个后,就起身离开,对人偶们说:"等我送走了他们,再来给你们安脑袋。"

声音里带着几分煞气,陈歌抓着碎颅锤朝下一条走廊跑去……

电疗室内,韩秋明把耳朵凑在录音机旁边,听了很久也没听到什么声音。

"这会不会是一盘空磁带?"他想了半天只能得出这样的结论。

"鬼屋老板会做这么无聊的事情吗?"夜小心总觉得磁带有问题,可是听了很久,只能听见沙沙的电流声。

她伸手按动开关,但不管按哪个键,录音机的指示灯都一直亮着,磁带也在无声转动。

"这个录音机应该被鬼屋老板改装过,外壳上的开关只是装饰物,真正的开关在其他地方。"韩秋明找了半天也没找到真正的开关在哪儿,他脸色不是太好,自从进入"第三病栋"后,他已经几次在夜小心面前丢脸,越想要表现,这鬼屋里的道具就越跟他作对。

"不找了,我们先出去再说。"韩秋明看了一下手机,"还有三分钟,抓紧时间跑出去应该来得及。"他和夜小心从走廊尽头的电疗室出来,原路返回,准备从三号病房的密道离开。

同一时间,走廊另一边。

郭淼、宋安他们火急火燎又冲入"第三病栋"深处，他们粗略搜查了第二走廊和第三走廊，包括院长室在内，每一个房间都进去看了看，但是并没有找到韩秋明。

"老大！两边的房间都找遍了，没看到韩秋明啊！"宋安喘着气，他声音急躁，语速很快。

"走廊直来直去，他如果过来肯定会和我们遇上的，这家伙跑哪儿去了？"

郭淼轻轻拍打着自己的脸，他已经有十几年没有这么紧张过了。"我仔细想了想，韩秋明失踪有三种可能，第一他找到了密道，自己跑了进去；第二他之前躲在房间里，在我们离开后，他独自朝鬼屋场景更深处探索；第三……"说到这里，郭淼脑海里浮现出精神病人作案的血腥场景，他说不下去了，和宋安互相看了一眼，都从对方的眼睛里看到了恐惧。

"情况有些不妙！"两个大男人用眼神交流，看的苏落落头皮发麻。"要不你们继续参观，我先离开？"

她越来越害怕了，她感觉自己的队友比鬼屋员工还要敬业，一惊一乍的，说些自己完全听不懂，但是感觉很恐怖的话。

"不行！你一个人走会很危险，我们现在绝对不能分开！"宋安声音严厉，仿佛苏落落一个人离开就会发生什么很严重的事情一样。

"老宋说得不错，分开就是给别人逐个击破的机会，只有聚在一起，对方才不敢轻举妄动。"郭淼勉强朝苏落落挤出一个笑容，"抱歉，连累你了，不过你放心，我们一定会把你安全带出去。"听到郭淼的道歉，苏落落真的有点儿想哭。

莫名其妙道什么歉？

究竟发生了什么？

——我就是幸运抽奖被你们邀请来参观的，我什么都没做，跟着你们瞎跑了半天，你们为什么要往我身上立 flag？

她现在怀疑自己是不是被套路了，整个参观的真实游客其实就她一个人，其他的全都是演员，这是两个鬼屋的从业人员在互相飙戏！

"不要迟疑，拖得越久韩秋明的处境就越危险，现在找到他还来得及！"郭淼当机立断，"走！我们去下个拐角看看！"

他和宋安跑在前面，小杜紧随其后，临走之前还不忘回头对苏落落说道："宋哥和老大都值得依靠，有他们在，你不会有危险的。"

"我参观鬼屋能有什么危险？你平时都是这么安慰人的吗？"苏落落一个人站在写满血字的走廊里，不愿意跟着郭淼他们继续往鬼屋深处跑，也不敢一个人往回走，她急得头发都揪掉了几根。

几人转过拐角来到了第四条走廊上，十间病房全部开门看了看，仍旧没有找到韩秋明。

"走廊已经到头了，韩秋明能跑到哪儿去？"宋安靠着墙壁直喘气，他体力消耗很大。

"一个大活人就这么消失了？"郭淼的心怦怦直跳，他朝两边看了一眼，墙壁上的血色似乎变得更加浓郁了。

"肯定是遗漏了什么！"郭淼抓着宋安的肩膀，"所有鬼屋里都有专供员工使用的通道，'第三病栋'应该也不例外，刚才我们进去的那些病室里，有几间的结构很特殊，估计密道就藏在那里。"

"好，我们一起过去！"跟在几人后面的苏落落实在跑不动了，她是第一次参观这样的鬼屋。"我才刚跑过来，你们还要去哪儿？"

"员工通道应该就在那几个房间里，韩秋明估计也在。"郭淼看着苏落落，他已经很久没有露出如此认真的眼神了，"相信我，不会错的！"

……

提着录音机，韩秋明和夜小心从院长办公室走出，磁带里的杂音渐渐变大。

"你的队友呢？我刚才好像听见了奔跑的声音。"夜小心和韩秋明保持着一定的距离。

"不用管他们，我们先出去再说。"韩秋明提着录音机，总觉得自己好像被什么东西给盯上了，后背冰凉。

"你先走吧，听说这座鬼屋实行恐惧分级的制度，难得进入最高难度场景，我还想再转转。"夜小心站在院长办公室里没有出来。

录音机里发出的杂音越来越大，电流声里隐隐多出了其他声音。像是有人在喘息，又像是在哭泣。

韩秋明看了看时间，只剩下两分多钟，他也没有强求。"好，那你注意安全。"说完他提着录音机独自朝外面跑去。看着韩秋明匆忙奔跑的背影，夜小心一直以来保持的平静被打破，那双漂亮的眸子慢慢睁大。他背上怎么好像趴着一个人？

她是一个坚定的无神论者，也正因为如此她才能肆无忌惮进入各个鬼屋做测评，她心中坚信这一切都是假的。可就在刚才，她看到了用自己以往经验完全解释不了的一件事。

"趴在他背上的人是谁？那应该是个人吧？"

……

韩秋明拿着录音机全力狂奔。"还有两分钟！"身体越来越冷，韩秋明不知道哪里出了问题，那股凉意从背后发出，渗透入身体，朝心脏钻去。

"疼……"耳边传来一个声音，若有若无，就好像是一个女人趴在自己肩头。

"谁！"韩秋明猛地扭头，朝身后看去，肩膀上空荡荡的什么都没有。

我听错了？他加快了速度，现在脑海里只有一个念头：赶紧离开这里。

东西已经到手，出去就赢了，田藤病院丢掉的面子就能被我挣回来！韩秋明不管不顾，加快了速度，向前疯跑。

"好疼……"那个声音更靠近了，从肩头凑到了耳边，似乎要钻进耳孔里。"好疼！"

"啊！"对着空气，韩秋明狠狠地挥舞双手，"滚出来！什么东西！"周围没有任何人给他回应，漆黑的走廊里只有他自己的回音和沙沙的电流声。

"是这个录音机在搞鬼？"身边除了自己，能发出声音的只有录音机，韩秋明将其提在眼前，磁带在转动，指示灯不知什么时候由绿色变成了红色。

"是它吗？"韩秋明绞尽脑汁都想不出这是什么原理，时间在不断减少，他一咬牙，提着录音机又继续向前奔跑。

"录音机肯定有问题，但它本身就是通关成功的关键！好不容易找到了，怎么可能随手丢掉！那岂不是浪费了之前的所有辛苦付出？"

韩秋明在心里将陈歌骂了个狗血淋头。无耻！太卑鄙了！

现在只要拿着录音机跑出去就算通关，可这也是最让人纠结的地方，扔掉录音机心里不舍,不扔掉又要直面录音机带来的恐怖。没有办法,这对普通人来说几乎是无解的场景关卡!

"拼了!"韩秋明咬着牙,为了通关陈歌的冒险屋,他真的是豁出命来了。

一路狂奔,肩膀越来越沉,后背上好像压着什么东西,冰凉的感觉浸透入骨髓。

"好疼……"身后的声音渐渐清晰,从模糊的男声,变化为一个女声。听着比较成熟,蕴含着一丝无助和绝望。

"等一下!"当这个声音响起的时候,韩秋明的汗毛都立了起来。"这个声音我好像在哪里听到过?"他几乎要惊呆了,自己在一个陌生的鬼屋里,在这种危急的情况下,竟然听到了一个无比熟悉的声音。"是在哪里听到的?"冷汗顺着额头向下滑动,他认识的女性朋友很少,符合这个年龄的更是没有。

"不对,我一定在什么地方听到过。"脑海深处的回忆浮现出来,韩秋明突然想起了大半年前的一个晚上。他在修改田藤病院的设计方案时,为了增加鬼屋的吸引力,他不顾其他人反对,毅然决然地将许珍珍父女俩的离奇死亡,作为噱头加入鬼屋制作当中。

为了设计出暗线,让许珍珍这个女鬼显得更真实一点,他查找了很多关于许珍珍的资料。这个女人曾经在其父亲医院里工作,后来因为医患纠纷被开除,当时病人闹得很凶,网上甚至还有视频流出。病人家属跑到医院闹事,指责许珍珍,穿着白大褂的许珍珍被其他医生、护士围在中间。她小声辩解,但是没人认真听完她的话,后来场面失控,她被人推倒在地,手指不知被谁踩了一下。"好疼……"

"对!就是这个声音!"

韩秋明头皮都要炸开了,他在冒险屋里听到了一个死人曾经的声音!他一把将录音机扔在地上,就算再给韩秋明十个胆子,他也不愿意再去靠近那个录音机了。

为什么许珍珍的声音会跑进录音机里?是姓陈的特意制作的?不可能啊!他最开始根本不知道我们要来"第三病栋",是因为我的提议才临时更换的场景。韩秋明真想狠狠抽自己一个大嘴巴子。真是嘴贱啊!

录音机本来就是田藤病院的东西,难道虚构出的许珍珍变成了真的鬼?他体表温度在下降,皮肤很凉,肩膀也越来越重,"先跑出去再说,太邪乎了,这地方太邪乎了。"

韩秋明向前跑去,但是没跑几步远他就累得开始喘气,被褥很软踩在上面本来就使不上力,身体还感觉越来越沉。"怎么回事?就好像背着什么东西?"韩秋明往身后看了一眼,录音机被他扔在墙角,因为落在了被褥上所以没有任何损伤,仍在继续工作。磁带在录音机里转动,仿佛一个诡异的笑脸,又像是一个盯着看会深陷下去的旋涡。

"我得逃出去。"录音机离得很远,但是沙沙的电流声却还在耳边响起。

"好疼、好疼……"女人的声音不断折磨着韩秋明的神经,他面目逐渐变得狰狞,大喊道:"别吵了!我让你不要吵了!"他击打着空气,在原地转圈,想要找到声音是从哪儿发出的,他总觉得自己后背上有一张女人的脸在说话。

"滚!"他拿出手机打开强光,又对准自己身后打开摄像功能,在转动镜头的时候,一张熟悉的,他曾在报纸和医院资料上看了无数次的脸出现了。"许、许珍珍!"

手机掉落,韩秋明玩命朝走廊尽头跑去,他身体越来越凉,那个声音如影随形。"好疼,好疼,好疼啊!"

转过拐角,韩秋明回到了人偶躺倒的地方,他根本没留意这些人偶出现了变化,疯狂向前冲。可也不知道是怎么回事,他明明看仔细了路,可小腿还是被什么东西绊到,整个人重重摔倒在一堆人偶中间,脸上的高度近视镜也甩飞了出去!

"我的眼镜!"韩秋明趴在地上,感觉四周一片模糊,到处都是手、脚和人头。

他朝着自己眼镜所在的方向爬去,可是那眼镜却在人偶之间移动,离他越来越远。更糟糕的是在模糊和黑暗之中,无数的人头和残躯向他逼近。

"什么东西?!别过来!救命!救命啊!"韩秋明只来得及发出一声惨叫,他的嘴就被什么东西捂住了。无边的恐惧将他淹没,什么都看不清楚,冰冷的感觉从身体各处传来,身体被人朝着某个方向拖动。随着关门声响起,走廊重新恢复原样。

"第三病栋"很大,每条走廊相隔很远,不过夜小心还是听到了一些动静。她犹豫了一下从院长办公室走出,这个大大咧咧的女孩此时小心翼翼,每一步都斟酌很久。转过拐角,走廊另一边什么都没有。

"那家伙跑哪儿去了,是不是中了什么陷阱机关?"夜小心朝着黑漆漆的走廊尽头走去，她走到一半的时候突然听到了脚步声。

"韩秋明的脚步声虚浮无力，这个人的脚步声稍显沉稳，像是那种认准方向、不会动摇的类型。"夜小心躲入旁边的病室，趴在门缝处偷看。

没过多久，一个极为恐怖的怪物出现了，他穿着浸染鲜血的红色医生外套，面目好像缝合拼接而成，身上带着杀气，手中还拿着一把造型夸张的巨锤。铁锤的血槽里堆积着血渍，尖角摩擦着墙皮，那铁锤不是道具，是货真价实的凶器。

"第三病栋"里的演员？

二十分钟已经过去，演员在这时候才登场？

夜小心进入冒险屋后第一次心慌是在看到韩秋明背上有人时，第二次就是现在，那个怪物不断逼近，夜小心白嫩的手指不由得抓紧了门板。这是在其他鬼屋从未有过的体验，她自己也想不明白原因。我为什么要害怕？

看着那怪物熟练地挥舞铁锤，夜小心本能地想要远离。其他鬼屋的演员都是在作秀表演，但是看这个医生的样子，他好像真的用铁锤做过什么残忍的事情。一直到血衣医生离开，夜小心才偷偷走了出来，她拿出自己的便签本在上面随便写了几个字，然后偷偷跟在医生身后……

"第三病栋"最深处，郭淼和宋安停在九号和十号病房门外。

"这条走廊上的所有编号和其他走廊不同，其中又以八、九、十这三间病房最为特殊，因为只有这三间病房的房门是铁质的。"郭淼将自己的发现告诉其他人，"我们先重点排查这三间病房，大家不要脱离彼此的视线，如果发现了什么东西，记得立刻叫其他人过来，别擅自去触碰。"

几人先进入了八号病房，窗户上安装着防盗网，钢丝床两边散落着束缚带，整个房间给人的感觉很奇怪，可猛一看又找不出奇怪的原因。

"这间病房里……"郭淼盯着那张钢丝床看了很久，不确定地说道，"似乎所有东西都是不对称的。"

被他这么一提醒，其他游客也看出来了。衣柜一边被削砸破坏，另一边却完好无损；病床左边很正常，右边被掰扭折叠；连地面和墙壁都是一边整洁干净，另一边却涂满了脏东西。

"这病房想要表达什么？破局的关键线索是不对称？"八号病房的患者是熊青，

一个患有偏侧空间综合征的疯子，正常人眼中的对称和谐，在他看来就是扭曲丑陋，所以他眼中的世界是畸形病态，需要矫正的。几名游客找了半天都没有找到有用的东西，八号房里也没有密道之类的东西。

他们从八号房离开，又进入九号病房。推开铁门，九号病房是"第三病栋"里最干净的房间，没有杂物和垃圾，墙壁上也没有勾画什么奇奇怪怪的东西。可在"第三病栋"这样的环境下，越是如此，这病房给人的感觉就越反常。

几名游客翻箱倒柜，都没有找到有用的东西。"陈老板到底想要表达什么？难度设计得也太高了吧？"曾经住在九号病房的患者是吴非，连门楠主人格都认为这个人非常危险。

推开最后一扇铁门，几名游客站在门外就闻到了一股刺鼻的气味。他们一个个汗毛倒竖，头皮绷紧，这是身体在可能遭遇危险时的本能反应。

十号病房，陈歌在做试练任务那天，因为铁门紧锁，他并没有进入过现实当中的这个房间。

"要不我们还是走吧。"苏落落捂住口鼻站在外面。

"屋里气味大，你和小杜就不要进来了。"郭森和宋安两人进入十号病房，这病房的布置只能用丧心病狂来形容。没有窗户，这是一个完全密闭的空间，病房里也没有床铺柜子之类的东西，只是扔着几床发臭的被子。光看这些似乎很正常，可是把目光扫向墙壁时，郭森和宋安都有点儿被吓住的感觉。

墙壁上、地面上，除了屋顶几乎写满了大大小小的血字，一眼看去那些字好像活了过来，不断在眼前跳动。更让人害怕的是，在墙壁正对房门的位置，还镶嵌着一张男人的脸，薄薄一层，似笑非笑。

"老大，那张脸看着不像是道具，人造胶没有这种质感。"

"我知道。"郭森朝着人脸走了几步，他抬起手想要去触碰人脸确定一下。但是他的手悬在距离人脸几厘米的地方，无论如何都按不下去，"还是算了，我感觉线索估计和这张脸无关，可能隐藏在血字当中。"

郭森看向人脸周围的血字，他很惊讶地发现，十号病房里的血字和走廊上的不同，这些句子拥有最基本的逻辑，似乎是在讲述一个故事。用手机照明，他一个字一个字地念了出来。

"妻子骂我是刽子手,父母不愿意和我说话,邻居对我指指点点,所有人都远离了我。

"我不该活着,可又找不到去死的理由。

"我是杀害孩子的凶手,是的,我从未否认过这一点。

"我不该将他们独自丢在家里,我不该忘记关火,就匆匆离开去上班。

"三条人命,我的孩子。

"我要怎么做才能赎罪?

"我想把心剖出来给你们看看。

"求求你们别说了,真的对不起,都是我的错。

"我不该和你们争吵,我应该默默承受的。

"如果那晚我和我的妻子没有吵架,或许她就不会深夜开车去找她的父母,更不会被那些人伤害。

"对不起,这都是我的错。

"我想要赎罪,可现在的我该如何去赎罪?

"我身体里就好像插了一把铁针,针尖立在心上,每呼吸一次都在疼痛。

"我应该去做些什么?至少要努力地活着。

"我搬到了一个完全陌生的地方,但情况没有丝毫改变。

"是愧疚在折磨我,我就是凶手,一个无法被饶恕的凶手。

"不管漂泊到哪里,每当天亮,从梦中醒来,我都告诉自己今天会是新的开始。

"可在我睁眼的瞬间,身体里好像有一只怪物醒来,它肆无忌惮地撕咬我的伤口,那种刺骨的疼痛时刻提醒着我。

"我是杀害孩子的凶手,是一切不幸的根源。

"我寻求心理医生的帮助,他们说那怪物就是我的良知和负罪感,是我自己在折磨自己。

"他们建议我转移注意,找一个能让心停靠的地方。

"我惧怕和人接触,服用药物,翻看书籍,尝试着去奉献出自己的信仰。

"我心底有一个小小的奢望,或许神能宽恕我的罪状,让我得到救赎。

"所有人眼中我都是一个杀害了自己孩子的刽子手,只有我自己信仰的神不会，我将自己的一切都寄托在了神的身上。

"三年时间，我终于不再感受到痛苦，可能是由于药物刺激，我的身体甚至出现了逆生长。

"我的心境愈发平和，在第四年的秋天，警察领着一个陌生人找到了我。

"那个陌生人就是当初伤害我妻子的犯人之一。

"他来找我是想要得到我的宽恕。

"可我为什么要宽恕他？

"妻子失去了三个孩子，在孩子遇害的第二天，她就永远离开了我。

"我不会饶恕他的，绝对不会！

"陌生人向我哭诉他备受煎熬的内心，可我并没有同情他，我只是觉得他受到的惩罚远远不够。

"这样的人不应该得到宽恕。"

"陌生人说完以后，似乎好受了许多，看到他释然的表情，我感到愤怒。

"我冲向了他，厮打当中，他脖颈上的吊坠被扯断，那雕刻着神的项链落在了地上。

"他好像自己最珍贵的东西被践踏了，用身体护住吊坠，向吊坠上的神忏悔。

"我隐约从他身上看到了自己的身影，很熟悉，包括那吊坠上的神。

"我拥有一个和他一模一样的吊坠，我们相信的是同一个神！

"为什么成为我全部精神寄托的神，会去原谅侵害我妻子的凶手？

"陌生人离开后，我砸碎了自己脖颈上的吊坠，烧掉了屋内所有和神有关的东西。

"体内的怪物时隔四年又一次醒来，我身上崩开一道道伤口，其实我早已遍体鳞伤，只不过一直在欺骗自己。

"现在好了，我再也不会去压制那头撕咬我伤口的怪物。

"我从厨房找到了刀具，追向那个陌生人。

"神宽恕了他，但我没有。"

血字铺满墙壁，后面还有很多，可惜越来越潦草癫狂，很多都读不通顺，更像是犯病时的宣泄。

郭淼越看心里越害怕。"这会不会是陈老板的过去？十号病房的患者出现过逆生长，难道这张脸就是他曾经用过的？"心里胡思乱想，郭淼彻底慌了，"不会真的是人皮吧？"他咬着牙，屏住呼吸，伸手摸向那张脸。

在指尖差一点儿就触碰到人脸的时候，走廊上突然传来一声刺耳的尖叫："有人！我看到了！一张碎脸！三号病房有张脸在里面！"

全神贯注的时候，这尖锐的女声吓得郭淼一哆嗦，他小腿一软，直接坐在了地上。心脏狂跳，咚咚直响，郭淼捂着胸口，他扭头正想朝外面吼一句别大喊大叫时，目光却被一件东西吸引。他此时就像是跪坐在人脸面前，从这个角度能看见，人脸嘴部和墙壁紧贴的地方，藏着一页泛黄的纸。

这是什么？他哆哆嗦嗦把手伸进人脸嘴中，纸张和墙壁紧贴在一起，费了很大劲他才在不破坏人脸的情况下，将那一页巴掌大的纸取了出来。"怪谈协会？"

那张纸似乎是一张宣传单，背景是一扇血红色半开的门，上半部分写着怪谈协会四个字，下半部分则介绍了进入怪谈协会的方法。"寻找一栋二十四层高的大楼？在午夜乘坐电梯？"郭淼拿着宣传单，心脏依旧跳个不停，他现在已经分不清楚什么是真的，什么是假的了。

在他找到宣传单的同一时间，刚从院长办公室密道进入三号病房的陈歌停下了脚步，他口袋里的黑色手机震动了一下。怎么这个时候来信息了？陈歌重新退入密道，关闭铁门，拿出黑色手机查看。

"第三病栋"唯一隐藏任务——怪谈协会，成功触发！

这将是你掌控噩梦之前要面临的第一个对手！找到他们！

任务提示一：怪谈协会在二十四楼的某一个房间里。

任务提示二：二十三层的大楼，为何会有二十四个数字？

任务提示三：只有在午夜乘坐电梯才有可能进入二十四楼。

看完黑色手机上的信息，陈歌立刻想到了一件事！

他在芳华苑小区三号楼等电梯时，曾无意间发现，那栋楼只有二十三层，但是电梯上却标了二十四个数字！

"怪谈协会就在那栋楼里？"

十号病房内，郭淼把手机屏幕凑到了宣传单上默念道："只有在午夜以后乘坐电梯才能找到怪谈协会，进入电梯后，按下二十三楼，到达二十三楼后，再按下二楼，回到二楼后，再去二十二楼，依次在每一层停留，最后按下二十四楼。"

"这是恶作剧吧？深更半夜，一个人在电梯里升来降去，电梯外面就是走廊，真要进来些脏东西怎么办？"郭淼光看着就觉得恐怖，他将宣传单胡乱叠了几下重新塞入人脸嘴中。"这地方处处都透着诡异，不能继续待下去了。老宋，扶我一把，准备撤！"

陈歌站在密道当中，他收起黑色手机，晃动着碎颅锤。"隐藏任务被游客触发了，他们是怎么做到的？"早在"第三病栋"正式开放之前，陈歌就搜查了"第三病栋"场景内的每一个角落，实际上十号病房他重点检查过。只不过那张纸藏的角度很刁钻，只有仰视墙壁中那张脸，屈服于恐惧时才能看到，郭淼也是因为害怕才在无意中发现。

反观陈歌，他第一眼看到那张脸时，就过去捏了捏对方的鼻子和脸蛋，试了试手感。整个过程他不仅没有感到害怕，甚至心里还有一丝喜悦，觉得自己找到了十号病人的脸型，距离破解谜题更近了一步。

"隐藏任务被游客发现了，看来我要好好感谢一下他们。"陈歌听见密道外面传来的脚步声，他摸了摸脸上的人皮面具，趴在密道入口等待时机。

"是这个房间吗？"几名游客进入三号病房，屋内空空荡荡一个人都没有。

"你是不是看错了？"宋安扶着郭淼，在屋子里简单转了一圈，这里根本没有能藏人的地方。

"真的有张脸！那人穿着医生外套，脸是拼合成的，晃了一下，就又退回房间里了。"苏落落十分确信，在其他人都把注意力放在十号病房时，只有她一个人小心着身后。

"行了，别找了。"郭淼有气无力地说道，他小腿现在还有点儿发软，"我们出去吧。"

"不可能啊，我盯着三号病房的，那张脸一直没有出来，应该还在病房里。"苏落落抓住小杜的手臂，"你刚才也在走廊上，有没有看到？"

"好像有，我不是太确定。"杜超近说不清楚，几人在屋内停留了一会儿，原路返回，准备离开。

"这就走了？"陈歌提着碎颅锤跑出密道，他跟在几名游客身后。"算了，田藤病院的粉丝都在外面等着，给他们留些面子吧。"他进入十号病房，隐藏任务触发的时候，几名游客就在这里。

屋内一切正常，只有被褥上残留着几个鞋印，陈歌走到鞋印附近，发现墙壁上那张脸嘴型出现了细微变化。

蹲下身体，他把手指伸入那张脸的嘴里，从中摸出了一张宣传单。"看来游客里也有人看到了这个。"

陈歌将宣传单收好，进入电疗室对面的厕所，抱出了一具女性人偶，为她穿上无脸护士外套，想要最后再送游客们一个小礼物。走出十号病房，陈歌隐约听到远处的三号走廊里传来细微的声响。他朝那里扫了一眼，发现了对方，不过他并没有点破。转过拐角后，他背靠着墙壁，安静等待。

几秒过后，走廊里响起了很轻的脚步声，跟在他身后的那人非常谨慎。脚步声贴着墙壁，在漆黑血腥的走廊里，危险随时可能会从各个角度蹿出，只有坚实的墙壁能带给她一丝安全感。双方离得更近了，拐角的墙壁遮挡了视线，夜小心担心陈歌没有走远，她并没有直接走出拐角，而是做出了和陈歌一样的动作。后背紧贴开裂的墙壁，两条大长腿绷得笔直，上半身向前倾斜，弯下腰，悄悄伸出了半张脸。

"你是在找我吗？"

四目相对，夜小心呼吸暂停，心率加快，意识集中于视觉，双耳轰鸣，听不见任何声音！

热量快速流逝导致失温，她的身体在不自觉地颤抖。

陈歌居高临下看着短发女人，拼合成的脸略有扭曲，他二话不说扬起了手中狰狞恐怖的碎颅锤！

"嘭！"

锤头落下，猛砸在她头顶两尺多高的墙壁上，碎片纷飞，石砾溅落在脸颊上，夜小心忽然发现这一切都是真实的。沉着镇静的伪装被暴力撕开，她整张脸毫无血色，拼尽全力朝三号病房跑去。

"别走啊！"陈歌控制着距离，既不追上她，也不远离她，时刻让她感受到自己就在身后。

碎颅锤擦过墙壁，发出让人毛骨悚然的声响，夜小心不敢回头，脑海里只剩下一个念头——跑！

她冲进三号病房钻入密道当中，陈歌紧随其后。两人一追一逃，眨眼就穿过密道，进入院长办公室。

外面的走廊上，另外几名游客还不知道发生了什么，他们只听见周围的房间里有杂乱的声音传出。

"老大，我有点儿心慌，总感觉有什么东西要过来了。"宋安扶着郭淼，不时朝两边看去。

"我们这么多人在一起，就算真有怪物过来，也没必要害怕。"郭淼努力稳定军心，可还没等他把话说完，院长办公室里突然蹿出一个狼狈不堪的女人。夜小心披头散发冲了出来，发现外面已经看傻的几人后，朝着他们大吼："他过来了！跑！快跑！"

她的脸好像是因为缺氧涨得通红，此时的她跟刚来时完全是两个人。

"谁？谁过来了？"

夜小心喊完后撒腿就朝出口跑去，大概只间隔了一秒多钟，半开的院长办公室房门被一股巨力粗暴砸开！

门板撞击在墙壁上，碎屑翻飞，映入几名游客眼中的是一把沾满血渍的大锤！

身穿血衣，陈歌走出院长办公室，他本来只是在追赶夜小心，没想到又绕到了郭淼他们前面。

堵住了唯一的出路，陈歌回头看向那几名游客。

"好巧啊。"冷冽的眼神让人脊骨发凉，不等陈歌有下一步动作，队伍最后面的苏落落和杜超近已经叫喊着往冒险屋深处跑去。

"大家别……"郭淼正想说话，伸手一抓却捞了个空，宋安跟在苏落落他们后面，早已跑出了几米远。

"任何时候，抛弃同伴都是不对的。"陈歌果断做出选择，从郭淼身边跑过，追向那三个逃跑的游客。

腥风从脸颊吹过，郭淼扶着墙壁，慢慢坐在地上，他看着陈歌狂奔而去，大口吸着气,朝冒险屋出口爬去。

"真相不能被掩埋,总要有人逃出去才行……"

第四走廊在冒险屋最深处,这是一条死路,也是陈歌布置机关最多的地方。这批游客还没有走到第四走廊,就被自己吓破了胆,脑补出了种种恐怖场景,他们并没有仔细搜查第四走廊,这导致陈歌在第四走廊的很多布置都没有被触发。

陈歌追在后面,给了他们十足的逼迫感。

三名游客玩了命地跑到走廊尽头,当发现那是一条死路后,心态彻底崩了。

"前面没路。"小杜捶着布满血丝的墙壁,心中的恐惧无法言说。

"出不去了。"宋安脸上也带着深深的绝望。

三人里反倒是苏落落有一些想法:"这里应该还隐藏有一条路,刚才我看到三号病房里有一张脸出现,后来我们去找的时候,那张脸却消失了,我怀疑那房间里有密道。"

"三号病房?"三名游客相互看了一眼,他们决定放手一搏,逆着冲向陈歌,在双方快要接触到的时候钻入三号病房。

"真有密道!"陈歌追赶夜小心,没来得及将墙壁上的掩体复原,三个游客一进来就看见了墙壁上的通道。

"得救了!"他们三个来不及兴奋,陈歌已经出现在门口,"喂!"

"快跑!"苏落落第一个冲进密道,小杜和宋安紧紧跟在后面。漆黑狭窄的通道仅容许一人通过,最前面的苏落落看着距离她越来越近的密道出口,一颗心提到了嗓子眼,马上就要逃出去了!脚步迈动,大概距离出口只剩下一两米远的时候,一张缠满绷带的脸突然出现在密道另一边!

她身穿溅落着血花的护士制服,似乎还能听见咯咯的笑声。

"这是什么东西?!"苏落落几乎要爆出一句粗口,她强行减速,可还是撞在了怪物身上。逼真的人头贴在她胸口,绷带散开,露出了下面那张诡异的脸。紧接着更恐怖的事情发生了,遭受撞击,精致的五官向外绷散,护士的整张脸在苏落落面前碎开了!

"啊!"

她拼命向后倒退,杜超近和宋安则玩命往前冲,三人直接撞在了一起,那声音隔着老远都能听到。

三人同时跌倒，可因为通道狭窄，纠缠在一起的三人竟然被卡在了密道中间。看到这场景，陈歌也愣住了，他哭笑不得地提着碎颅锤慢慢靠近。

"你们这又是何苦呢？"

三名游客身体纠缠在一起，卡在了通道当中，这种情况陈歌也是第一次在冒险屋当中遇到。

"叫119？算了，还是我自己来吧。"他用腿顶着宋安的后背，抓着杜超近的胳膊。"忍着点儿！"

身体向后，陈歌双手用力，将杜超近的胳膊从几人中间拔出。

"疼！疼！"

费了好大劲总算是分开了三个人，陈歌看着瘫倒在地，脸色苍白，浑身无力的三名游客，不由得感叹了一句："最近的游客，身体素质普遍都很差。"

他身穿血衣，拿着碎颅锤，三名游客都没有回话，对于他们来说，这一天必将被镌刻在心底，成为无法忘却的"珍贵"回忆。

"能自己走不？我送你们出去。"陈歌捡起女人偶的五官放在她脑袋旁边，扶着几人离开院长办公室。

新世纪乐园冒险屋门口，游客分成了两部分。

一部分是真正的游客，在休息厅看热闹，另一部分则是田藤病院的粉丝，他们站在外面焦急等待着结果。

"徐园长，这都快四十分钟了，他们怎么还不出来？"

"我们接到了求救电话！园长，你确定不会出事吗？"

徐叔站在冒险屋门口卖票，旁边围着三四个年轻人，有男有女。如果陈歌在这里肯定能认出他们来，这些人就是田藤病院的其他员工。

"这个……应该不会出事的。"徐叔一头的汗，老实说他心里一点把握都没有，正常参观时间是二十分钟，一旦超过这个时间那肯定是出了问题。

"你不到两分钟就擦了十几次汗，老哥，你这样让我们很慌啊！"高瘦男姓林，他就是躲在育婴室床底下的死尸演员，卸妆以后，显得更沧桑成熟。

"放心吧。"嘴上这么说，徐叔比他们还要慌，上次费友亮来参观，延迟了八分钟出来，那家伙就直接送医院了，这回足足延迟了快二十分钟！这是要赶尽杀绝啊！

徐叔已经不敢往下想了，实际上他早在十分钟前就已经给乐园医护室打了招呼，休息厅里连担架都备好了。

"再等等，可能是因为他们玩得比较尽兴吧。"

又过了一分钟，冒险屋不透光的门帘被人掀开，一个身材修长性感的女人跑了出来。

她脸上没有一丝血色，短发贴在额头和脸上，刚掀开门帘就坐倒在地，胸口剧烈起伏，就跟刚参加过长跑一样。

"有人出来了！"

"是夜小心！"

"她不是号称国内最专业的鬼屋测评员吗？怎么现在这副德行了？"

"网上的都是炒作，不能信，她毕竟不是田藤病院那些专业的人，被吓成这样可以理解。"

看到夜小心是跑着出来的，徐叔不知为何松了口气。"还好，还好。"

他打开冒险屋防护栏，准备将夜小心扶起，这时候冒险屋门帘第二次被掀开。郭淼好像苍老了许多，跌跌撞撞从中走出，他双目无神，看到夜小心坐在左边后，很自觉地走向右边。他蹲在阳光下面，似乎是因为跑得太急了，隐隐有些想吐。

"老大！"田藤病院的其他演员冲了进去，他们看到自己老大变成这样，心中的震惊无法形容。

冒险屋外面田藤病院的粉丝也傻了眼："不是进鬼屋参观吗？这怎么感觉跟晕车了一样？"

没过多久，冒险屋厚厚的帘子被彻底掀开，宋安一瘸一拐走在前面，陈歌一手拖着一个游客跟在后面。他没有取下人皮面具，刚一露面，就引起一阵尖叫。徐叔也被陈歌吓得一激灵，他胆子本来就小，所以从来都不会进陈歌的冒险屋。

"都没什么大事，就是有点儿吓着了。"陈歌将杜超近和苏落落放在门口，他看到了田藤病院的其他几个演员。在那几个演员质问他之前，陈歌先开口说了一句："你们是来给田藤病院找场子的吗？十分钟后，我可以给你们安排下一场。"

那几个演员感觉想说的话都憋在了嗓子眼，硬是说不出来。

"如果没事的话，我就先进入了，还有一个游客没有找到呢。"陈歌身穿血衣，戴着面具又进入冒险屋，身后鸦雀无声，竟然没有一个人敢开口。

田藤病院的人面面相觑，大家都是开鬼屋的，各种突发情况都遇到过，可是，还有一个游客没有找到是什么意思？！

再次进入冒险屋，陈歌调出"第三病栋"的监控看了一下，韩秋明在一堆人偶里打滚，最后被拖入了一间病室。他锁上监控室的门，回到"第三病栋"，找到了韩秋明所在的病室。

推开木门，韩秋明昏倒在地，他的眼镜歪歪斜斜挂在脸上，旁边是一大堆散落的人偶。

"你们还帮他把眼镜找到了，做得不错，很有礼貌。"陈歌将手指放在韩秋明鼻下，有呼吸，只是被吓休克。表面上看没什么问题，至于以后会不会出现心理阴影，会不会像费友亮那样大晚上在医院里叫喊，这就不确定了。抓住韩秋明的胳膊，陈歌将他拖到门口，移动的过程中，韩秋明有了意识，缓缓睁开眼睛。

当他看到自己被一个血衣医生拖拽时，拼尽最后的力气开始挣扎，似乎陈歌不是在救他，而是真的准备杀了他一样。

"别动，我送你出去。"陈歌好心提醒，但是韩秋明的神志已经有些混乱，他听不进去陈歌的话，无意识地喊着，"鬼、鬼。"

"鬼什么鬼？出现幻觉了吧？"陈歌也不知道韩秋明在冒险屋里遭遇了什么，按照他的设计，正常人就算触发了全部机关也不会变成韩秋明这样子。

"胆子这么小，你平时是怎么设计鬼屋的？"陈歌松开了手，韩秋明抓着地上的被褥想要往角落里爬。

"你到底在怕什么？我是来送你出去的，我是这里的工作人员。"

陈歌说什么韩秋明都听不进去，他干脆按住韩秋明的肩膀，将自己脸上的人皮面具取下。"看清楚了，我是鬼屋老板，我是人。"

韩秋明被陈歌半强迫着扭头看去，人皮面具下面，是一张透着死意的惨白面孔。"人，死、死人……"

看着彻底晕倒的韩秋明，陈歌摸了摸自己的脸，他忽然想起自己在佩戴人皮面具之前，化了妆。"晕倒也好，省得我废话了。"拖着不省人事的韩秋明，陈歌走出冒险屋，他很自觉地来到休息厅。"医生呢？这哥们儿可能需要一点小小的帮助。"

"陈歌！"冒险屋门口的徐叔火急火燎地追了过来，他看到这样的场景丝毫不感到意外，乐园里甚至专门为陈歌的冒险屋准备了多套应急预案。

"担架在墙角！你别拖他了！让他自然平躺，保持呼吸通畅，都散开，注意空气流通！"早已待命在一边的乐园医生听到呼喊，立刻跑了过来，对韩秋明进行检查。

"身体状况还好，脑袋没有明显的磕碰伤，不是因为碰撞、窒息、心脏疾病等原因晕倒。"医生越检查脸色越怪，"他似乎是遭受过连续不断的高强度刺激，导致脑功能暂时闭合，这是一种人体自我保护机制，过段时间应该就会醒来。"

"刘医生，他会不会落下什么后遗症？"徐叔一脸担忧地问。

"我也说不清楚，毕竟像他这样的病例很罕见。"刘医生翻动韩秋明的眼皮，其瞳孔涣散，嘴巴无意识歪斜，体温很低。

"这是经历了怎样的摧残……"田藤病院后来赶到的几个员工看到韩秋明时，也吓了一跳。

"陈老板，韩老师进入你的鬼屋参观，现在他出了事，你要给个说法。"

"其实我也挺好奇，同样都是进去参观，怎么偏偏就他出事了？"陈歌冲他们招手，几人一起走到郭淼和夜小心身边。"放心，我们鬼屋对处理这样的事情很有经验，一定会给你一个交代的。"

"很有经验？"几名员工愣愣地跟在陈歌身后，总觉得这位陈老板说话有点儿吓人。

夜小心和郭淼蹲在台阶左右两边，半天还没缓过那股劲儿来。

"郭老板，韩秋明是和你们一起进去的，在他身上发生过什么事情，你们应该最清楚。"陈歌把问题踢给了郭淼。

"我也不知道，中间我们走散了。"郭淼看着陈歌脸上的笑容，头皮发麻，心里暗自嘀咕，他为什么会变成那样，你能不知道？

"那换个问题，你们是在第几条走廊分开的，分开时他又在做什么？"

郭淼摸不清楚陈歌的意思，他看着躺在担架上的韩秋明，有苦说不出。韩秋明想要砸陈歌的场子，结果刚放完豪言壮语两分钟后就消失了。当时的情况确实是如此，关键是郭淼觉得今天已经够丢人了，再当着员工和粉丝的面把这话说出来，以后还怎么在圈子里混？对比一下陈歌在田藤病院的所作所为，郭淼捂住胸口，他感觉心窝有点儿疼。

"韩老师虽然是鬼屋设计师，但本人胆子不算大，可能是被什么东西吓到了。"郭淼挤出一丝笑容，想要赶紧结束这个话题。

"老大，我记得韩老师连死人都不害怕的……"

田藤病院的女演员阿沁想要说什么，但被郭淼严厉的眼神制止。"有什么事情回去再说。"

他偷偷指了指不远处的围观游客，家丑不可外扬啊！

他们互相搀扶着站起身，在朝休息厅看去时，韩秋明已经被医生和乐园的工作人员抬走了。

担架从人群中穿过，两边的游客目送韩秋明离场，他虽然昏倒了，什么都不知道，但是他人事不省、口吐白沫的样子却留在了所有人的记忆中。

"我的冒险屋实行恐怖分级制度，'第三病栋'是三星恐怖场景，算是最恐怖的场景，你们仅仅只是被吓瘫，已经很厉害了。"陈歌声音不大，但是却正好能让附近的游客听见，"正常来说，按部就班先体验前几个场景，有了一个适应的过程，就会容易很多。"

田藤病院的工作人员被当作反面教材，他们的粉丝也很尴尬，其中有几个默默开始排队，准备进入陈歌的鬼屋里体验一下。

"道具损坏了一部分，需要半个小时的修理时间，大家可以先去参观'冥婚'场景。"

陈歌回到"第三病栋"，把人偶身体拼好，然后将它们放回原来的地方。"你们别再乱跑了！那边有护士和病人负责。"关上"第三病栋"大门，按照现在游客的挑战进度，三星恐怖场景暂时还没有人能去玩。

上午继续营业，中午吃饭的时候，夜小心找到陈歌做了一个关于鬼屋的专访，说是要帮助陈歌宣传。简单地回答了几个问题，陈歌送对方离开，开始了下午的营业……

第 6 章 怪谈协会

晚上六点半冒险屋关门，陈歌打扫完卫生后，一个人躺在员工休息室里。

"这样的生活也挺好的，白天吓吓人，晚上数数钱、逗逗猫。"叫了份外卖，陈歌还没解开塑料袋，一个电话就把他从幻想拉回现实。

"颜队？你找我？"

"海明公寓附近的监控我们全部查看了一遍，没有找到任何可疑人员，我现在需要你告诉我，你提供那条线索的具体来源。"

王声龙身上的怪物离开那天，他曾听见海明公寓楼道里有奇怪的声响，好像是有人在倒着走路。陈歌当时怀疑是第三病栋的人出现在海明公寓周围，所以跟颜队通了电话。他将实情一五一十告诉颜队长，颜队过了很久才回话，"倒着走路的脚步声，我在另一个案子里听受害者邻居说过，这件事你不要再插手了。"

"好的。"

"另外关于怪谈协会我也调查出了一些东西。"颜队的声音越发凝重，"他们很危险，和好几个案子有关。"

"其他的案子？"陈歌有些好奇。

"不要问，能告诉你的，我会跟你说清楚。不能说的，你也问不出答案。"

"我明白你们的规矩。"陈歌倒没觉得这有什么，他自己也有很多秘密，没有告诉过任何人。

"为了你的安全着想，我先向你透露一个信息，和怪谈协会有关的案子全部发生在星期三，每星期的这一天对他们来说很特殊，暂时我还没有调查出原因。"

"星期三？也就是说我要在这一天加倍小心？"陈歌看了眼手机，今天是星期二。

"你多注意自己的安全。"

电话挂断，陈歌随便吃了几口饭，什么心情都没有了。

他从口袋里翻出那张宣传单，目光紧盯着上面的字，比起被动等待，他更喜欢的是主动应对，占据先机。

"这个协会到底是做什么的？"

在他思索的时候，手机再一次响起，这回是李队打来的。

"陈歌，马上来西城派出所！四年前西郊私立学院逼死女学生的凶手找到了！"

"凶手找到了！"陈歌一下站了起来，"好，我马上就到！"

陈歌抓起外套冲出冒险屋，他什么都不顾，直奔西城派出所。

他人生中的第一次约会是和红衣怨念在鬼校当中。那次约会没有任何喜悦和兴奋，只是了解了一个女孩悲惨的过去。从高楼坠落，倒在血泊当中，疼痛从各处袭来，但是却还未死去！看着凶手有说有笑从身边离开，真相被掩埋，舞鞋慢慢染成了红色，善良的女孩变成了满含怨恨的怨念。张雅将这一切告诉了陈歌，现在能为这个女孩说话的只有他！

打车来到西城派出所，陈歌跑进屋内。

"李队在左边的房间。"阿勇守在外面，一眼就认出了陈歌。

"多谢。"

推开房门，不大的办公室里只有李队一个人。

"来了，坐。"

当陈歌看到屋内只有李队一个人的时候，他出现了一种很不好的预感。"凶手确定了吗？上次不是说范围缩小到了三个人。"

"找到了，就是他。"李队从抽屉里拿出一份文件，打开后将一张照片取了出来,"这人叫朱秀,曾是西郊私立学院器材室的管理员,平时游手好闲,同时他也是校长的小儿子,舞蹈老师孙美静的前夫。"照片是从监控视频里截取出来的,画面中有一个干瘦的男人,他在吃路边摊,脏兮兮的桌子上堆着几瓶啤酒。

"确定吗?"张雅曾在舞蹈室的镜子里还原了当初的景象,看不清人脸,但是能看出一个大致的身材。

当时镜中的主犯很胖,与照片里的人完全不符。

"我们一开始只是把他列为怀疑对象之一,重点调查西城私立学院的体育老师和外来人员,结果在走访的时候,朱秀的前妻孙美静无意间透露出了一个信息。"

"她说了什么?"

"她嘴很严,什么都没有说,但是我们发现了她很早以前在某网站发布的一张照片。"李队取出手机,屏幕上是一对情侣的摆拍。女的长相一般,但身材保持得很好,男的看着要年轻一些,肥头大耳,体重估计在一百八十斤左右。

"那个男的就是五年前的朱秀。"两张照片对比起来,朱秀瘦下来后简直就像是变了个人一样。

"五年时间,朱秀足足瘦了有六十斤,这引起了我们的注意。深入调查后发现,这个人没有固定的职业,花钱大手大脚,最重要的一点是他好像患有恋物癖。"李队拿出了第三张照片,"朱秀父亲去世后,孙美静就跟他离婚了,房子归到了孙美静名下,他一直在外租房。我们找到了他的房东,假借修网线为由站在他屋子外面看了看。他屋里很乱,散发着臭味,在他的床底下扔着几双女性鞋子。"第三张照片是偷拍的,记录下了朱秀屋内的情况。

"职业、体形、癖好,全都能对上!十有八九就是他!"陈歌咬牙切齿,这样的人就该关进监狱里,受到法律的制裁。

"仅凭这些只能说明他有作案的动机和条件,并不能说明他就是凶手,我们抓人需要一个完整的证据链条才行。"李队揉着太阳穴,"我现在有一个好消息和一个坏消息,你先听哪个?"

"坏消息。"陈歌脱口而出。

"按照你提供的线索,协助朱秀一起逼死女孩的其他女孩都已经离奇死亡,我们现在找不到人证。"

这个陈歌也没办法，李队要的人证现在都被塞进了椅子里，还有一个被做成了糖，已经吃掉了。"没有人证，就无法给他定罪吗？"

"只要证据链能站得住脚，定罪没问题。可那件事毕竟发生在四五年前，物证也早已损坏。最主要的是法医尸检结果表明，女孩确实是自杀，没有人推搡，或者跟她有过身体接触。"

"她是被逼着跳楼的，那个浑蛋把她逼到了窗口！这绝对算是谋杀！"那一幕曾在镜中重现，一切都是陈歌亲眼所见！

"是不是谋杀你我说了不算，证据说了才算。"李队将三张照片收起，"要不要听好消息？"

"你说。"

"朱秀反侦查意识很强，在发觉我们调查后的第二天，他就失踪了。"李队将剩下的照片从文件袋里取出。

"这算什么好消息？"陈歌实在想不明白，他看向桌上的其他照片。

"不配合调查，恶意阻挠办案，我们就有理由采取强制措施，还可以请求其他派出所的协助……"李队说了很多，但陈歌都没有听进耳中，他将桌上的某一张照片拿起，眼神有些不自然。

"这张照片为什么会在这里？"

李队抬眼看了一下。"那是我们便衣拍到的最后一张照片，朱秀就是在照片所在的建筑里失踪的。"

"他为什么会去那里？"陈歌双眼轻轻眯起，照片里的那栋大楼正是芳华苑小区三号楼！

"我们也在思索这个问题。"李队并不知道陈歌在说什么，"大家搜查整理了很多线索后发现，朱秀并不是第一次进入芳华苑小区。我们调取了近三个月的监控，发现朱秀先后三次进入过三号楼，有意思的是他每次去都是在深夜，而且都是在星期二的深夜。"

"他每次在里面停留多久？"

"大概十几分钟。"

"能说下具体时间吗？"

"星期二晚上十一点五十多进去，过了零点后就会出来，谁也不知道他在干什么。"李队猜测道，"这人似乎早就知道他的罪行有一天会被发现，所以在给自己找后路。"

"星期二过了零点就是星期三了。"陈歌放下照片，"三"这个数字又一次出现，他现在很怀疑朱秀也收到过怪谈协会的宣传单。那个家伙好像还在尝试着主动去寻找怪谈协会，只不过前几次他似乎都以失败告终。

"芳华苑小区是重点排查区域，只不过现在市分局那边有大案，警力不够，仅凭我们做不到全局布控。"李队有自己的难处，"可能需要等一两天，不过你也不用着急，抓人容易，难的是搜集到足够的证据去定罪。"

"我理解。"陈歌将桌上每张照片里的建筑都记在脑海里，"李叔，多谢了！"

"谢我干什么？违法必究，这是我应该做的。"多年的办案经验让李队察觉出一丝不对劲，他隐约觉得陈歌的语气有问题。

"嗯，没事我就先走了。"

"你路上注意安全。"

"放心吧。"

走出派出所后，陈歌把手伸进口袋里，他攥着那张怪谈协会的宣传单，想着：过了今天就是星期三了。

看着陈歌离开的背影，李队有些不安，他将外面的阿勇叫了进来。"我今晚有点儿事，先走了。"

"是和陈歌有关吗？"

"嗯，自从他父母失踪以后，这小子不管遇到什么事都能保持冷静，我还是第一次见到他情绪波动那么大。"李队将桌上文件收好。"你顺便通知一下值夜班的兄弟，不要放松，今晚可能会有紧急情况出现。"

"放心。"

李队换了便装，匆匆出门……

陈歌离开西城派出所，打车回到新世纪乐园，他把自己一个人锁在冒险屋休息室里。

"逼死张雅的凶手应该也在寻找怪谈协会，他最后在芳华苑小区三号楼消失，很可能是已经进入不存在的二十四层楼,找到了怪谈协会。"

陈歌对怪谈协会一无所知,手中的宣传单也仅仅只是介绍协会的地址。张雅是在几年前坠楼的,时间跨度太大,就算警方抓住了朱秀也很难定罪,需要完整的证据链支撑才行。陈歌不是法律专业的学生,也不从事和法律有关的行业,他并不清楚逼死一个女孩会遭受什么样的惩罚。

"犯了错,就要去承担后果。"陈歌将怪谈协会的宣传单拿出,"这件事还是让张雅亲自来做比较好,我的任务就是找到那个浑蛋。"目光看向宣传单,血红色半开的房门有些刺眼,这就是怪谈协会的标志。

"午夜凌晨乘坐电梯,反复在每一层停留,最后按下二十四层,就可以找到怪谈协会。"

宣传单最下面还写了几个注意事项:

必须在午夜一个人进入电梯,乘坐电梯的过程中,只要遇见了其他人乘坐电梯就算失败,必须要从头开始。

乘坐电梯的过程中无论看到楼道里有什么东西出现,都不能走出电梯一步。

不管有没有找到怪谈协会,都要随身携带一张面具。协会中所有成员都需要隐藏自己的真实面容,不能向任何人透露自己的信息,也严禁去打听别人的信息。

最后也是最重要的一点,不能泄露任何怪谈协会的信息,不能把自己寻找怪谈协会的事情告诉第二个人。

以上这些条件,陈歌基本上都可以满足。

"只能一个人过去,但是却没说不可以携带鬼怪。"陈歌将圆珠笔和磁带装在身上,想了想还是觉得不保险,"许音的能力限制比较大,只有在播放磁带时才能起作用,而录音机体积太大不方便携带。"

在冒险屋里转了一圈,陈歌又将小小塞进口袋当中,怪谈协会里的会员,不知道是人是鬼,贸然将碎颅锤和杀猪刀带过去反而容易引起对方警惕。

"谨慎一点比较好。"陈歌用绳子将红布包裹的杀猪刀系牢,准备绑在小腿上,至于碎颅锤就算了,这东西造型太特殊,拿着它过去肯定会成为对方关注的焦点。

"暂时能做的只有这些了。"检查完所有道具,陈歌又上网订了一台超薄的复读机,不过货要明天才能送到。拿着纸和笔,陈歌将今晚要注意的事情全部写了下来,熟记于心。

晚上十点三十,手机电量充满,陈歌离开冒险屋打车赶往芳华苑小区。

夜色漆黑,天空不见星月,有些阴沉。出租车内和车外是两个不同的世界,陈歌感觉自己就像是一个行走在灯红酒绿之外的过客。快十一点时,陈歌来到芳华苑小区,他本来是想要从后门偷偷溜进去,可当他看到保安亭的夜班保安室,顿时打消了这个念头。

"顾飞宇?你已经出院了?"陈歌看着保安亭里穿着保安服,沉稳了许多的男孩,感到惊讶。离疯女人被抓才过去一两天的时间而已,顾飞宇竟然已经重新上岗了。

"陈哥,你怎么来了?"顾飞宇有些不好意思,他再次面对陈歌和之前的态度完全不同。

"有点儿事,顺便过来看看你。"陈歌笑了笑,"身体恢复得怎么样了?不多休息几天吗?"

"我是跟着我大伯进城打工的,在医院多住一天相当于我白工作三天,那天晚上的医药费还是我大伯和老乡他们垫付的。"说到这儿顾飞宇有些惭愧,"出来一个多月,钱没挣着,净给大家惹祸了。"

"你这叫赤子之心,我觉得挺好。"陈歌取出手机,"我等会儿要去三号楼一趟,有件事想拜托你一下。"

"有什么事尽管说。"陈歌对顾飞宇是救命之恩,他自然不会拒绝陈歌的请求。

"你记清楚了。"陈歌将两人的手机铃声调成最简单的震动,"如果你在午夜以后接到了我的电话,不要去接通,响三下之后我会挂断电话,那个时候我需要你去做一件很简单的事情。"

"什么事?"

"立刻报警。"顾飞宇还想问什么,但是被陈歌阻止。"照我说的做就可以了,你记住,千万不要接通我的电话,直接报警就好了。"

"明白。"顾飞宇不敢随便开口,自从上次被陈歌莫名其妙地救了以后,他总感觉陈歌是那种要干大事的人。

　　离开保安亭，陈歌进入芳华苑小区，来到三号楼当中。这栋大楼表面上一切正常，但是谁又能想到，它居然会是怪谈协会的所在地。在乘坐电梯的过程中，只要遇到了其他人乘坐电梯就算失败，如果是换作别的高层建筑，失败的概率很高，不过这栋楼不太一样。陈歌听王欣养母说过，他们这里的人，很少有人在深夜去乘坐电梯，据说会撞邪。"现在想想，他们那些撞邪的经历可能和怪谈协会有关，估计是不小心遇到了寻找怪谈协会的人或'鬼'。"陈歌躲在安全通道里，十一点半后，住宅楼电梯显示屏上的数字就没有变过，说明电梯一直处于无人使用的状态。不知是不是昼夜温差较大的原因，随着时间推移，陈歌感觉楼内温度越来越低。"大楼里要比外面冷得多，楼内的住户都已经习惯了吗？"

　　晚上十一点五十五分，陈歌走出安全通道，来到电梯旁边。"应该不会遇见其他人了。"进入电梯，陈歌在控制面板上按下了数字23，他首先要去的是二十三层。

　　银灰色的电梯门缓缓合上，好像与外面的世界隔绝了一样。陈歌呼吸变得急促，他本人并不是太喜欢乘坐电梯，这倒不是因为他有密闭恐惧症，他只是不想被限制在一个狭窄的环境当中。显示器上的数字一直在变化，中间没有丝毫停顿。看来大楼内的情况和王欣养母说的一样，这里的住户很少在晚上乘坐电梯。

　　电梯匀速上升，显示屏上的数字变为"23"。提示音响起，银灰色的电梯门向两边打开。灯光从电梯里传出，映照出四五米远便被黑暗吞没，走廊里一片漆黑，两边是一扇扇紧闭的防盗门。"已经到顶楼了？"二十三层看起来和其他楼层没有任何区别，只是走廊尽头的窗户好像没有关严，能听到呼呼的风声。

　　"大晚上一个人坐电梯，感觉还真有点儿奇怪。"等电梯门合上，陈歌又按下了控制面板上的数字"2"。电梯开始下降，很顺利地来到了二楼。

　　"怪谈协会设计这些是为了什么？来来回回地坐电梯真能找到多出的二十四层？"等电梯门合上，陈歌又前往二十二层。电梯在启动和停止的时候速度会发生变化，出现短暂的失重或超重现象，这也是有些人坐电梯会出现头晕恶心的原因。陈歌身体素质很好，但是上上下下坐了将近五分钟的电梯后，他也觉得有些不舒服，心脏跳得很快，平静不下来，总觉得会有什么事情发生。反复了几次，陈歌心里觉得烦闷，他自己也说不清楚原因。电梯从十八层回到七层，接着他又按下了十七层的按键。整个过程一直都没有出现意外，怪谈协会宣传单记录的方法，看起来更像是一种心理游戏。电梯匀速上升，显示屏上的数字不断变化，很快电梯再次减速，银灰色的电梯门慢慢向两边打开。陈歌抬头朝门外看了一眼，走廊上什么都没有，楼内的住户好像也全都睡着了，非常安静。

"很幸运，一直没有遇到人，再重复几次就可以尝试去24层了。"陈歌已经习惯了这个过程，他在去按电梯按键的时候，目光不经意地扫过显示屏，泛着淡淡红光的数字让他的手臂僵在半空。

"16？"他明明按下的是通往十七层的按键，电梯控制板上的那个代表十七层的按键还在亮着，可是电梯却莫名其妙地在十六层打开了。"有人在这一层上了电梯！"弯下腰，右手下垂，摸到了小腿处的杀猪刀，陈歌盯着空荡荡的电梯，保持高度警惕。外面的走廊黑漆漆一片，看不清十米外的场景，周围一片死寂，也听不到什么声音。

"会不会是小孩子的恶作剧？"这个念头划过脑海，很快被陈歌排除。几秒过后，银灰色的电梯门缓缓闭合，陈歌看着空荡的电梯，再也不敢有一丝放松，他身边极有可能站着另外一个他看不见的东西。左手伸入口袋，陈歌将手机拿出看了一眼时间，零点零一分，现在已经是星期三了。

电梯继续向上，停在了十七层。陈歌贴着电梯壁，按下八层的按键，可没过多久意外又发生了。匀速下降的电梯在十一层停了下来，电梯门打开后，陈歌发现走廊中间吊着一件白色连衣裙。

"又有东西要上来了？"走廊里没有风，但是那件裙子却前后摇晃，就好像是正朝着电梯飘来一样。一步迈出，陈歌赶紧按下电梯关门键。外面的那件衣服飘得越来越快，如同一个人在走廊里奔跑。

"快关门！"在白裙子还有两三米远时，电梯门闭合，继续向下。陈歌靠在角落里，掌心全是冷汗，从某一个时刻开始，这座大楼变得不一样了。电梯安全到达八层，陈歌在这一层停留了一会儿。按照宣传单上的介绍，他现在应该前往十六层，可是电梯要去十六层，必定会经过白裙子那一层。他很担心电梯在十一层自己打开，而白裙子就站在外面等着他。手指在控制面板停了很久，他最终还是按了下去。"要是红裙子就算了，一个白裙子没必要害怕。"伸手将圆珠笔藏在袖子里,陈歌不断安慰自己,"我身上有张雅和小小陪同,它如果敢进来,就别怪我以多欺少。"

电梯继续向上,快到十一层时,陈歌的心提了起来。不过让他意外的是,电梯这次并没有在十一层停下,数字慢慢发生变化,陈歌还没来得及松口气,电梯却在十三层停了下来。"又有人要进来?"

银灰色的电梯门缓缓打开,外面站着一个穿着黑衣服,裹着厚厚围巾的老阿婆。她看起来年龄很大,脸上的皱纹如同豆皮一般,满头银发,手脚全部罩在衣服里。对方似乎也没想到电梯里会有人,站在外面愣了一下。"奇怪……"她声音很低,一直到电梯门开始闭合,都没有进入电梯。"大晚上的,怎么这么多人坐电梯?都挤不进去了。"

陈歌听完老阿婆的话,额头的冷汗冒了出来,他原本是准备以多欺少的,现在看来情况似乎发生了变化。"怪不得笔仙这么老实,一点儿反应都没有,这家伙也不给我点提示。"左右扫视,电梯里明明只有他一个人,但是回想起老阿婆的话,陈歌的心脏跳得更厉害了。

"一定是哪里出了问题,就算在第三病栋当中,我也没有如此紧张过。"陈歌强迫自己保持镇定,可是大脑里就好像被什么无形的东西刺激到了一样,源源不断释放着注意危险的信号。"这个老阿婆也不对劲,大晚上穿一身黑衣服出门,还戴着围巾,她有那么冷吗?"遇见老阿婆之后,电梯再也没有出现问题,似乎真的像她说的那样,电梯里现在已经挤满了人,外面的人想进也进不去了。电梯最后一次打开是在十二层,正好是大楼中间。

"游戏结束了,可是第二十四层还是没有出现。"银灰色的电梯门正对漆黑的楼道,陈歌站在里面取出了怪谈协会的宣传单。"一楼对应着二十三层,二层对应着二十二层,整栋大楼是单数层,十二层在正中间,没有对应的楼层。"想了半天,陈歌也不知道自己究竟成功了没,"难道是因为被那老太太看见的缘故,所以失败了?需要再重新尝试一遍吗?"

今天就已经是星期三了,夜色深沉,一个人待在电梯里看着外面黑漆漆的楼道,陈歌也觉得有些不妥。

"电梯显示屏上有24这个数字,但是控制面板上却没有对应的按键,这是安装工人的失误,还是有意为之?"陈歌不甘心就此离开,决定亲自去顶楼看一下。他按下了二十三层的按钮,电梯再次开始向上升。数字不断发生变化,中间再没有停止。

"20、21、22……"陈歌看着显示屏,当数字从22变为23的时候,他忽然发现电梯并没有像以往那样减速。数字颜色不断加深,好像血液从伤口渗出,封闭的电梯轿厢里刮起了冷风,电梯外面不时传来奇怪的声响。陈歌站在角落里,身体半弓着,指尖轻轻触碰绑在小腿上的杀猪刀。大概过了两秒钟,电梯开始减速,在电梯完全停止的时候,显示屏上的最后一个数字亮了起来。

"24!"

银灰色的电梯门向两边打开,中间粘黏着几缕血丝,一股浓烈的臭味从外面涌了进来。陈歌捂住口鼻,他也对这个气味非常熟悉,他在海明公寓王声龙的房间里,以及第三病栋一楼都闻到过类似的味道。"这种气味似乎是门那边怪物身上特有的!"电梯门彻底打开,空荡荡的轿厢里刮起冷风,陈歌看着外面几乎完全漆黑的长廊,眼中闪过一丝犹豫。他没有直接走出去,先将手机一键拨号设置成顾飞宇的电话,这样做虽然比报警多了一个过程,但是可以有效防止接警人员暴露自己的存在。设置完后,陈歌又从贴身的口袋里取出了一件东西,来之前他也在考虑该不该把这东西带出冒险屋。宣传单上有要求,协会里所有成员不得相互泄露信息,所以必须佩戴面具。陈歌冒险屋里的面具有很多,但是戴着最舒服的只有一个——碎颅医生那张拼合成的人脸。

"戴着它,感觉我可以更轻松地融入这个精神病团体当中。"第一次在冒险屋外面佩戴人皮面具,多少有些不自然,不过现在也顾不得考虑这些细枝末节了。走出电梯,陈歌回头看了一眼,电梯门两边的墙壁上有一些血痕和残缺的血手印,就好像有人挣扎着爬到了电梯旁边,然后又被残忍地抓了回去。银灰色的电梯门缓缓闭合,电梯下去后就再没上来。

"这我要怎么离开?"车到山前必有路,陈歌现在也只能这么安慰自己了。他检查了一遍身上的东西,朝着楼道里走去。在电梯当中能听见外面有人在惨叫,但是出来后陈歌却发现,四周很安静。两边的防盗门全部上了锁,屋子里也没有任何声音传出。感觉这一层好像没有活人。

继续向前走,光线越发昏暗,墙壁上开始出现越来越多的血渍。"怪谈协会就在某一个房间当中吗?"陈歌这样想着,向前走了有十几米远,忽然看到前面有一扇防盗门是开着的。

小心翼翼靠近铁门,他正准备往里面看,一个戴着鸟嘴面具的人突然从中走出。双方照面,陈歌停下了脚步,鸟嘴人却被吓得后退了一步。陈歌没有先开口说话,在这个完全陌生的环境里,说得越多可能就越危险。两人都在沉默,大概几个呼吸之后,鸟嘴人疑惑地问了一句:"新人?"

"是。"陈歌改变了嗓音,让自己声音听着更加沙哑和低沉。

"今天已经来了三个新人了,怎么会有第四个?"鸟嘴男堵在陈歌身前,"你是怎么找到这里的?"

陈歌将那张怪谈协会的宣传单递给鸟嘴男,那人看了一眼后,更加疑惑了。"是我们发出去的宣传单,不过这次怎么来了四个人?"他走到陈歌身前,上下打量,长长的鸟喙几乎快碰到了陈歌的脸。

"闻不到奇怪的气味……"鸟嘴男关上旁边的防盗门,不是太确定地说,"你跟我来吧。"

陈歌低垂着头跟在后面,他眼皮轻轻跳动,刚才在鸟嘴男转身关门的瞬间,他朝屋内看了一眼。阴暗的房间里摆着几个木箱,其中有一个箱子还没来得及封口,缝隙处卡着半截手臂,手掌的中心还能看到一个圆形伤口,就像是被鸟喙啄穿的一样。跟着鸟嘴男,两人来到走廊尽头。

"进去吧。"他指着走廊最深处的一扇门,对陈歌说道。

"好。"陈歌没有废话,拉开门停顿了一两秒,确定门口没有危险后,就直接走了进去。

当陈歌看到屋内的场景时,轻轻吸了口凉气。这房间比他想象中大很多,客厅里摆着一张加长的餐桌,左右两边各坐着五个佩戴无脸面具、身披黑袍的人,还有三个穿着便装的人站在餐桌旁边,没有入席。"十三个……"陈歌在短短几秒钟的时间里,将那些人的特征全部记下。"是因为光线的原因吗?怎么左边的五个人都没有影子,只有右边的五个人有影子?"

"进去吧,第四个新人,祝你好运。"鸟嘴男不给陈歌反悔的机会,将防盗门重重关上。"嘭!"关门声很大,屋子里的所有人都被吸引,一双双目光隔着面具看向陈歌。

"怎么会有第四个新人?"坐在右侧第一个座位的男人站了起来,他的声音有些尖细,露在外面的小指上有烟疤。

"不要打断别人的故事。"左边第一个座位的人淡淡开口,语气中透着一丝不满。

"可为什么会有四个新人?"右边的男人重新坐回座位。

"不用管现在有几个新人,反正最后只能剩下三个人。"左边的男人阴森森地说道,听见他这话,站在餐桌旁边的三个新人都有些紧张。

四个人只能剩下三个。陈歌心里也泛过一丝寒意,在这种诡异的环境下,被放弃可能就预示着死亡。

第 7 章 说出你的故事

"过去吧,你还没资格与我们坐在一起。"餐桌右边第五个人开口说道,他距离陈歌最近,目光阴鸷。"我有些喜欢你的面具。"

陈歌没搭理他,站在三个新人旁边。

"一号,继续你的故事,这次不会有人再打断你了。"左边第一个座位上的男人似乎是协会里的骨干成员,他的话没人敢反驳。被叫一号的新人年龄看起来很大,他戴着一个黑色面具,遮住了整张脸,但是却把花白的头发露了出来。他手脚纤细,看起来弱不禁风,皮肤松弛,毫无弹性,露在外面的胳膊上还能看到老人斑。

"那我就继续说了。"一号咳嗽了几声,他说话的时候有一个小习惯,喜欢配合着手势,所以给人的感觉有些滑稽。

"这个故事发生在市人民医院,是我亲眼所见,绝对真实。我患有肺病,一直在医院接受治疗,住在特护病房当中。和我同病房的还有一个老人,我不清楚他生了什么病,只知道他每天都很痛苦,时刻徘徊在生死边缘。故事是从一星期前的夜晚开始的。他睡眠很浅,稍有风吹草动就会醒来,那天半夜也不知道几点的时候,我突然发现那老人没有睡觉,他睁着眼睛看着房间的某个地方。我也朝他注视的地方看了看,那里什么都没有。

"我打开灯,问他在看什么?他说那里站着一个人。等我想要具体问问那人长什么样,穿什么衣服时,老人却支支吾吾答不上来。

"第二天半夜的时候,我感觉屋里有些冷,醒来后发现旁边那张病床上的老人,睁大了眼睛在看着我。我被吓了一跳,打开灯后,老人侧过头去,不管我问他什么,他都不肯说。第三天睡觉时,我没敢关床头灯,在淡淡的灯光下我睡得很安稳,一觉到天亮。可是等我醒来的时候却发现,床单和被子上有带着灰尘的脚印,就好像昨天晚上有人站在我床上一样。我更加不安了,整宿不敢入睡,感觉一闭眼就会发生不好的事情。我只敢在白天睡觉,晚上的时候保持清醒。第四天什么也没有发生,但是在第五天晚上,我看到了十分恐怖的事情。那个老人在零点以后,从床上站了起来,他踮着脚尖,就像这样……"佩戴黑色面具的一号双手下垂,学起老人当时的模样,脚尖点地,身体一顿一顿地在屋内走动,看着非常吓人。

"老人绕着我的床走了几圈,我不知道他在干什么,他的脸向内凹陷,眼睛外凸,皮肤皱在了一起。我大声叫喊吵醒了他,他重新躺回病床,双眼看着病房门。他说有人在外面叫他的名字,但是他不知道该不该出去。

"到了第六天,入夜以后,老人的身体状况越来越差。他喘不上气,说不出话,不断咳嗽,好像气管里塞进了什么东西。医生对他进行了紧急治疗,一直到晚上十一点多,他的情况才稳定下来,只是他的脸色变得更糟糕了,似乎有一团灰蒙蒙的雾气罩在了他脸上。零点过后,老人又睁开了眼睛,这次他直勾勾地看着病房门,嘴里一直在念叨什么。大概快一点的时候,老人走下病床,用那种奇怪的姿势跑出了病房,一直到现在都没有回来。"说完最后一句话,一号新人又咳嗽了起来,他身体很虚弱。

"很精彩的故事。"左边坐在第一个位子的男人点了点头。

"呵呵,感谢夸奖。"一号新人笑起来的声音好像乌鸦鸣叫一样,非常难听。餐桌两边的人交头接耳,在评价一号新人的故事。

陈歌一言不发站在最后,老人的故事他从头听到尾,在老人说第一句话的时候,他就发觉不对。按照老人的说法,他住在特护病房当中,但是据陈歌所知,江州的特护病房大多都是单间，不存在两个重病患者住在一起的情况。最开始的时候他认为老人在撒谎，可是越听他越觉得瘆人，这老人有可能讲的就是他自己的故事，他本人就是那个踮着脚跑出病房的病人！从时间上来说完全有这个可能，一号的故事是从一星期前开始的，第六天凌晨过后老人跑出了病房，而今天正好是第七天的凌晨。怪谈协会要求每一个怪谈都必须是真实发生的，餐桌两边的怪人没有质疑，那说明老人讲的故事应该是真的。陈歌低着头，用余光瞟了一号新人一眼，那人似乎没有影子……

"一号的故事很精彩，开了个好头，现在我们来听听二号的故事。"左边第一位的男人一开口，其他人立刻安静了下来。"到你了，二号。"二号新人很兴奋，不时还会咳嗽两声。二号新人穿着一件发臭的外套，戴着一张从街边地摊上购买的塑料猪脸面具，他个子和陈歌差不多高，但是体形很瘦。

"我的故事是听我前妻说的，不过我可以保证绝对真实。她是一所学校的舞蹈老师，在她的班级里有一个非常有天赋的女孩，无论是能力、身材还是外貌都要远远超过其他人。"二号男人咂了咂嘴，"那孩子就像是一只真正的白天鹅，而其他的学生和她比起来不过是一群土鸭。故事是从几年前开始的，我前妻从班级里挑选出了六个女孩组成团队，准备参加市里的舞蹈比赛。六个女孩中的五个因为嫉妒，有意疏远那个最有天赋的学生。在市里的比赛中，那个最有天赋的学生几乎是以一己之力改变了评委的看法，让整个团队得以晋级。不过在庆祝聚餐时，却没有人邀请那个学生。为了迎接省里的比赛，她们六个人开始在暑假进行特训，真正的矛盾也是在那个时候爆发的。女孩表现得越优秀，其他几人就越嫉妒她，其实就算她什么都不做，周围的人也会去孤立她。

"有时候上帝太过偏爱，也不一定是件好事，毕竟我们身边还隐藏着魔鬼。舞蹈室的其他五个女孩里有一个恋爱了，后面是很俗套的故事。她写好了情书想要去表白，可惜男孩根本不喜欢她，接近她只是想要更多地打听另一个女孩的信息。得知一切后，羞愤和嫉妒促使她做出了一个疯狂的决定，她找到了器材管理处的员工，几人商量好了一切，决定一起毁了那个女孩。临近省里的舞蹈比赛，六个女孩每天下午都会到舞蹈室训练，当时是暑假，学校里没什么人。其他几名女学生假意与女孩缓和关系，女孩心地善良，非常努力地想要融入她们的圈子。她独自揽下了很多杂活，还亲手制作了糖果，准备送给自己的'朋友'。

"但让她没想到的是，这只是个圈套。就是她的'朋友'，想要把她推进深渊当中……"二号的故事还在继续，听到这里，陈歌的手指已经握紧。

找到你了！

凶手将犯下的罪孽当作故事，讲给在场所有人，从他的话里听不出一丝忏悔。

"张雅……"陈歌在心底默默呼唤，二号的故事让她对这个女孩多了一种说不清楚的情绪，应该是心疼吧。

影子颜色出现一丝变化，不过张雅并没有出现。可能是因为在第三病栋里吞吃掉了太多鬼怪，她正在消化它们。心有所感，二号新人朝陈歌所在的位置看了一眼。

"女孩向自己的'朋友'呼救，她的'朋友'不仅没有站出来帮她，其中有一人从背包拿出了一封情书扔给女孩，那是'朋友'最喜欢的男孩写的，可惜不是写给'朋友'的。再后来走投无路的女孩看向身后的窗户，她从四楼坠落，血流了一地，不过那个时候她还活着。她发不出声音，眼睛是睁开的，一直盯着那几个从她身边离开的'朋友'。白色的舞裙染成了血红色，没人知道她的具体死亡时间，她的尸体直到第二天才被发现。"二号每说出一句话，陈歌影子中的血线就浓郁一分，吞掉了两头瘦长怪物和红衣院长大半的身体后，张雅身上似乎正在发生某种变化。陈歌没有能将张雅唤醒，张雅一共出手帮过他三次，每次都是她主动出现的。

"女孩身上除摔伤外，没有其他的伤痕，再加上那些土鸭提前串通好了，这件事最终被定性为自杀。"二号一开始还能保持平静，但说着说着呼吸就开始变得急促，总是会不自然地看向陈歌所在的地方。他似乎发觉了什么，加快语速，匆匆讲述了五个女孩最后的下场。"她们总会在夜晚收到不知名的血色情书，收到情书的女孩一周之内会因为各种各样的原因出现意外，更巧合的是，尸体最后都坐在椅子上。听着像是一个诅咒游戏，可我怀疑是那个坠楼的女孩变成了怨念，一直徘徊在舞蹈室内。"二号向后退了一步，"我的故事讲完了。"

"剧情不错，但你讲得很差劲，以后你可以向别人讨教一下，如何讲好一个故事。"餐桌右边的男人打了个哈欠，看向餐桌另一边，"你们说呢？"

"至少引起了我的兴趣，不像上星期的新人。"坐在左边的第一个男人手指轻敲桌面，他的目光泛着一丝阴冷。右边的男人笑了笑，随口说道，"既然他也通过了，那就让三号开始吧。"

"等一下。"左边的男人又一次开口，他的视线慢慢从二号身上移开，看向陈歌，"二号、四号，你们两个之前认识？"陈歌没想到对方会如此敏锐，张雅一直没有给他回应，此时他只能想办法拖延时间。

"不认识。"二号先一步开口，他也没想到自己的小动作会被餐桌边的男人察觉。

"既然你不认识他，为什么在讲故事的时候，总是有意无意地看向他？"男人说完后，餐桌两边所有人都看向了二号和陈歌。一道道目光如同锋利的刀子一样，散发出危险的气息。屋内的情况陡然变得紧张起来，陈歌不断在心中呼喊张雅的名字，可惜一直得不到回应，只是影子中的那些血丝变得越来越清晰。

相比陈歌来说，二号可能更坦然一些："他让我觉得很不舒服，脑海里隐隐有一个声音在告诉我，这个人很危险。"

"危险？"屋内几人的目光全部集中在了陈歌身上，"一个危险的新人？"

"是因为他这张面具的原因吗？"之前说过喜欢陈歌面具的男人再次开口，他托着下巴，似乎在欣赏人皮面具的做工。"真是件精美的艺术品，有一天，它会属于我。"这人也算是帮陈歌解了围，坐在餐桌左边第一个位子的男人没有再追问下去，他挥了挥手。"三号，让我听听你的故事吧。"四个新人里只有三号是女人，她身高体形都十分普通。

"我姓钟，在化工厂工作。"女人抚摸着脸上的自制面具，说出的第一句话就让所有人皱起了眉头。

"钟小姐，为了你自己的安全着想，请不要随便泄露信息。"右边的男人提醒道，可是这个女人却并没有在意。

"我要讲的这个故事和我的妻子有关。"女人的声音非常好听，轻盈如同鸟鸣，让人听着很舒服。"她比我小四岁，是一个深夜电台的主播。她负责的时段在午夜十二点到凌晨两点，所以每次她都很晚才回家。刚结婚的时候，我会等到她回来一起睡，因为我第二天还要上班，久而久之我就撑不住了。我会做好两个人的晚餐,给她留下字条,让她晚上回来自己热饭吃。"

"一开始还好,可从某一天起,妻子再也没有碰过桌上的饭菜。我早上起来时,饭菜还是原样,但是厨房餐具和锅都被人用过。我的妻子似乎晚上一个人在厨房里炖了什么东西。起初我以为自己做的饭菜不合她的胃口,也没在意。可后来我才发现事情并不是这样。

"有一天半夜我从睡梦中惊醒,听见厨房里有动静,便悄悄从床上爬起。屋内没有开灯,我以为是进了小偷,靠近以后才发现,厨房里的背影有点儿像我的妻子。她从一个塑料袋里拿出一大块肉,另一只手拿着一把菜刀。剁肉会发出声响,可能她是担心吵醒我,只是将那块肉的表面割开口子,然后放入调料,紧接着将其整个放入锅中。炖肉?我的妻子竟然在大晚上去炖肉?也许她是为了给明天的早餐和午餐做准备吧。我爱我的妻子,虽然觉得很奇怪,但并没有去打扰她,回到房间,顺着打开的房门偷偷看着她。

"那时已经凌晨三点,妻子的肉终于炖好了,她朝外面看了看,见卧室门开着,我还躺在床上睡觉。她似乎不想让我看到什么,便关上了厨房的门。随后我听到了牙齿撕咬什么东西的声音,大概只过去了二十分钟,妻子提着一个黑色不透明垃圾袋从厨房走出。不知道为什么,我看着她的样子竟觉得有些害怕。她小腹微微鼓起,脸上残留着油渍,带着满足的笑容。扔掉垃圾袋后,妻子洗了个澡,冲去身上的味道,像往常一样躺在了我的身边。枕边人似乎有特别的癖好,那一天开始,我才发现自己一点儿都不了解她。

"我一晚上没睡,天亮时我起床上班,妻子还躺在旁边睡得很香。她睡觉的样子很美,让人忍不住想要去亲吻,可是昨天晚上在厨房发生的事情,却让我有些犹豫。我看向她的小腹,她的肚子已经没有那么鼓了。昨晚的一切就像是幻觉一样。我穿好衣服下了楼,楼下垃圾箱已经被清理,昨晚的黑色垃圾袋也找不到了。

"第二天晚上同样的事情又发生了,她似乎得了一种喜欢吃肉的病。我这天又是一晚上没有睡,等到早上四点,妻子熟睡后,我悄悄穿好衣服走了出去。天还没亮,我在垃圾堆里翻找,终于看到了妻子扔掉的黑色塑料袋。里面是布满齿痕的骨头,好像是一只鸡。我的妻子竟然可以一个人吃完一整只鸡,我突然发现自己还不够了解她。新的一天,妻子的异常举动还在继续,我也会每天早早起床去翻看妻子丢掉的垃圾。越看我越觉得心惊。妻子似乎在尝试不同的肉类,从最开始的鸡、鱼,到后来我甚至找到了沾着猫毛和狗毛的袋子。我是一个爱猫人士,也是从那天开始我觉得自己有必要和她好好谈谈了。她一定是生病了,又或者她的胃里居住着一个恶魔。没有人会容许自己的枕边人,去做这样疯狂的事情。

"我向她摊牌,一开始她拒不承认,可等我将装垃圾的黑色袋子拿出来后,她终于低下了头。她对我说她控制不住自己,一到晚上就会很饿,除此之外她没有任何的异常行为。她说她会好好地照顾我,爱我,可是谁会愿意自己的枕边人是个病态的疯子呢?经过慎重考虑,我决定和她离婚,匆匆结束这段短暂的婚姻。妻子苦苦挽留,我心里也是爱她的,可是她的种种行为让我感到不安。我离开了她,独自一人搬到外面去住。妻子似乎还爱着我,每天都会给我留言、打电话,想尽一切办法联系我。坦白说,她除了身上的怪癖之外,没有任何的缺点,温柔体贴,美丽贤惠。渐渐地,我心中产生一丝愧疚和自责。

"大概持续了一个月的时间,我接到了一个陌生男人的电话,他声称自己是警察。他怀疑我的妻子和电视台一桩失踪案有关,向我询问了一些问题,让我多加小心。我开始有些庆幸自己早早离开了妻子,如果晚几天,恐怕失踪的就是我了。回到租住的地方,我将冷掉的饭菜重新热了一下,囫囵吞掉。吃完后,我好像产生了幻觉。我看见妻子从卧室的床下钻出,她笑着看着我,说我不注意自己的身体,这么长时间没见了,不浪费剩菜剩饭的习惯还是没有改变。我不知道她是怎么进入我房子的,我只知道我恐怕再也离不开她,要和她永远永远在一起了。"女人的故事到此结束,她说完后,二号和陈歌都下意识地远离了她。

这个女人站在丈夫的角度去讲述妻子的故事,可是按照她故事的剧情,丈夫凶多吉少,恐怕早已不在人间。

如此想来,还活着的唯一知情者就是妻子。妻子的职业是电台主播,而女人本人声音很好听,故事中很多地方也都在美化妻子。从这些细节能看出,眼前的这个女人,很有可能就是故事里喜欢吃肉的疯女人。

"很久没有听到这么精彩的故事了。"左边的男人轻轻拍手,他看向女人的目光颇具侵略性,眼神中透着一丝玩味。"三个新人的故事都很有意思,真是让人难以选择。"说完后他慢慢抬头看向陈歌,面具下的眼睛凝视着陈歌的脸,"四号,让我听听你的故事吧。"

"轮到我了吗？"陈歌心里正在思索，自己旁边的那个三号，声音拥有很高的辨识度，仅通过声音，陈歌已经确认了对方的身份。三号就是江州一家午夜电台的主播，叫荔枝，陈歌曾听过她的节目。

屋内几人都很期待陈歌的故事，毕竟他是第四个出现的特殊的新人。陈歌站在屋子一角，没人能看到，血色在他身后的影子中翻动，一条条血丝好像针线般，正在编织一件鲜艳的红衣。

"我有很多故事，让我想想先从哪一个开始说起。"

"四号，在你讲之前，我有必要提醒你一句。"餐桌右边坐在第一个位子的男人扭头看了陈歌一眼，"你在这里讲述的所有故事必须是真实的，我们有自己的方法可以验证，如果你是在虚构编造，那么就要遭受相应的惩罚。"

"规则我懂。"

"开始吧。"

陈歌想了一会儿，准备讲述他的第一个故事。"这是发生在我朋友身上的真实事件。我的朋友姓王，他很爱他的妻子，可是他的妻子却在几个月前离奇失踪。他报了警，满大街地寻找妻子，将手里的寻人启事贴遍城市的每一个角落。所有人都觉得他很可怜，协助他的警方走访调查后也发现，他非常疼爱自己的妻子，几乎是到了宠溺的地步，所以很理解他的做法。不过同情归同情，这世界上哪儿有那么多的童话。

"寻找了半年时间，他的妻子仍旧杳无音讯，警方早已放弃，按照失踪人口来对待，唯有他还在坚持寻找，这似乎成了他活下去的唯一动力。他白天很早就出门，拿着寻人启事外出，直到深夜才回来。一直重复了很久，直到某一天，工夫不负有心人，他突然收到了自己妻子的信息：救救我……

"是从妻子的手机发来的，只有三个字，但是却让他感到无比的恐惧！在他心里埋藏着一个从来没有跟外人说过的秘密，其实他妻子的失踪是他一手造成的，他杀了自己的妻子，将其藏了起来。他每天外出寻找，让自己精疲力竭，只是为了麻痹自己，减轻心中对妻子的愧疚。可是他没想到已经死亡的妻子，竟然真的回了信息。他慌慌张张把老宅隔板夹层里的妻子取出，开车将其埋在偏远的郊区。

"本以为这件事就此可以终结,谁知道更恐怖的事情发生了。每当他从睡梦中醒来,他妻子生前的衣物都会出现在他的床边,就好像他妻子晚上曾经来过一样!他亲手埋下的人,怎么可能会回来?醒来后,他带上工具又前往郊区,将妻子送到更远的地方。可是不管他怎么做,每当他醒来后就会发现,妻子的东西总是莫名其妙地出现。他的妻子似乎活了过来,等到他睡着后就会跑到他的身边。他越来越害怕,手机里也总能收到自己妻子的信息,可对于这些信息他一点印象都没有,全都是在他睡着以后发送过来的。

"情况越来越严重了,有时候他早上醒来,甚至还会发现自己竟然穿着妻子临死时的那套衣服。他快要崩溃了,觉得问题还是出在自己妻子身上,他驱车赶往埋葬他妻子的地方,最后一次搬动自己的妻子。为防止妻子晚上再回来找他,他想出了一个非常疯狂的办法,他将自己的妻子砌入一座废旧老宅的墙体当中。看着妻子和墙壁融为一体,他松了口气,觉得自己的妻子终于不会再来找他了。"陈歌说到这里戛然而止,"我的故事讲完了。"

"完了?"餐桌两边的人正听得投入,"后面呢?你朋友最后怎么样了?"陈歌讲述的是王琦的故事,他很想说我的"朋友"最后遇到了我,现在正在警察局里。

"你这个故事没有讲完吧?"坐在左边第一个位子的男人有些烦躁。

"我知道的只有这些,再往后讲就是编造了。"陈歌改变了声音,听着感觉有些沧桑。

故事听到一半没有了,餐桌左边第一个男人和其他人交换了一下眼神,他们一起看向左边第五个人。那人全身笼罩在黑袍里,一丝皮肤都没有外露,非常神秘。察觉到其他人的目光,左边第五人淡淡开口:"我有点儿看不透他,不过他的这个故事应该是真的。"

"很不错的故事,但是我不喜欢这种感觉。"左边第一个人将左手放在了桌子上,这似乎是他们表决的方式。剩余九人中有八人都将左手放在桌上,唯有那个喜欢陈歌面具的男人没有表态。"一票弃权,九票同意,看来今晚的主食已经确定了。"左边的男人阴恻恻地笑了起来,其他几人看向陈歌的目光也都不怀好意。陈歌在心底呼喊张雅,仍旧没有回应,他感觉如果自己再不做点什么,就会有不好的事情发生。

"你们别着急,这只是我的第一个故事。"陈歌非常冷静,脸上的人皮面具扭曲出一个丑陋的笑容,"我说过,我还有很多故事。"本来前面的三个新人都松了口气,听他这么一说又紧张了起来。

"很多故事?"那个喜欢他面具的男人打量着陈歌,"怪谈协会的规则是,讲够三个完全真实、被大家认同的怪谈,就可以提出一个请求,或者选择退出。如果你能再给我们讲述两个真实怪谈,说不定我们会对你有新的看法。"他的说法也得到了其他人的肯定,唯有右侧第一个男人稍有迟疑。"十号,你似乎很看重这个新人?"

"我只是觉得他很有意思。"餐桌两边的黑袍人似乎也有各自的数字编号,他们从来不叫彼此的名字,连代称都没有。

"完全真实的怪谈可不是那么容易讲出来的,普通人经历一到两次,恐怕就已经崩溃了。"左边第一个男人收回了自己的左手,"希望他没有犯傻去编造。"几个黑袍人的交谈,陈歌没有去打断,他本来就是在拖延时间。

"讲讲你的其他故事吧。"

"我的第二个故事,仍旧是发生在我朋友身上的真实事件。"陈歌先讲述了小男孩范郁目睹父母坠井,和凶手姑姑以及一屋子鬼魂住在一起的故事。接着又讲述了笔仙和抑郁症女孩的故事。他发现张雅还是没有苏醒,为了拖延时间,他把门楠副人格总是在夜晚梦见自己洗头,怪物一点点靠近的故事也讲了出来。最后他又站在许音的角度,讲述了深爱一个女孩,结果惨遭酷刑的故事。几个故事完全真实,全部讲完后,在座的各位协会成员一个个都不说话了。

这是一种怎样的人生体验?

朋友不是疯子就是变态,隔几年还会惨死一个,最重要的是朋友们一个个都出事了,这家伙还生龙活虎地跑这儿讲故事,难道他才是真正的幕后黑手?

屋子里安静极了,最喜欢点评别人故事的两个人也闭嘴了。餐桌两边的气氛有些诡异,十个黑袍人相互看着彼此,他们似乎在进行眼神交流。

"如果不够的话,我还有其他的故事。"陈歌在为张雅争取时间,他对别的会员不感兴趣,今天来的目的只有一个,抓住那个疑似朱秀的人。

"你还有故事没讲?"餐桌上的协会成员更加沉默,右边第一个男人伸手抓了抓头，他看向左边第五个人问道："五号，这个新人的故事全都是真的吗？"其他几人也全部看向那个最神秘的五号。黑色的长袍轻轻抖动，面具之下传出五号比较中性的声音："我从他身上看不出撒谎的痕迹。"

五段怪谈故事全都是真实经历，这是何等"精彩"的人生？

"看来我们要重新评判了。"左边第一位的男人把目光移到了另外三位新人身上，"你们的故事也很精彩，可惜我们只能留下三个人。"他将左手放在桌上，伸出了一根手指，第二轮表决开始了。其他人也很快做出了选择，有六人都伸出了一根手指。

"投票过半。"左边的男人看向一号新人，"很抱歉，一号，你可以离开了。"

"离开？"一号慌了神，想要说什么，但是被左边第一个男人制止，"下星期三，你还有机会。"

将信将疑的一号被请出了房间，门外那个戴着鸟喙面具的人已经等候多时，他发现出来的不是陈歌后，还有些诧异。"跟我来吧。"鸟嘴男将一号带走，关上了房门。在防盗门闭合的时候，左边第一个男人说出了后半句话："前提是你还能活到下个星期三。"他话音刚落，走廊里就传出一声惨叫，紧接着又响起重物摔倒的声音。二号小腿有些打战，刚才有四人选择了他，如果再多两票，现在出去的就是他了。

"别怕，那个新人只是换了一种存在的形式。"左边第一个人声音缓和了许多，"欢迎你们正式加入怪谈协会，你们三个人的编号分别是十一、十二和十三。"陈歌最后一个到场，他的编号是十三。

他身后的影子里血色越发明显，渡过了一次危机的陈歌，慢慢放松下来。怪谈协会是第三病栋的隐藏任务，可能和门后的世界有关，而这个任务的奖励很有可能会是门楠的主人格，一个能控制"门"开关的红衣。

"我有一个问题。"女人的编号是十二，她的情绪一直没有太大的波动，"宣传单上写着，我能在这里找到缓解痛苦的方法，请问我要怎么做才能缓解我的痛苦？"

"别着急，这里的每一个人曾经都很痛苦。大家都是病人，怪谈协会建立的意义就是为了帮助大家缓解痛苦，完成救赎。"右边的男人回头盯着站在中间的女人，"等你讲完了三次真实发生的怪谈，我们会根据你的情况去帮助你。"陈歌在旁边默默地听着，他原本以为怪谈协会就是一群疯子在自娱自乐，没想到他们还为协会的存在找到了更深刻的意义。

"真实的怪谈哪儿有那么容易发生？"女人在说这话的时候，有些忌惮地看了一眼陈歌。

"怪谈一直存在，只是你没有遇到罢了。"男人继续说道，"宣传单上的每一句话都是真的，事实上有不少会员在我们这里得到救赎。曾经有一位会员小时候被养父虐待，经常被暴打、被按入水中，所以导致她特别害怕水，但在我们的救治下，她的病终于被治好了，再也不会因为惧怕水而痛苦。"

"你们是怎么治好她的？"

"很简单，我们将她的养父泡在水里，让她亲手摧毁自己的恐惧。"

"就这样？"

"就这么简单，我们每一个人都是病人，只不过病因和病情各不相同，所以到时候也会为你量身定做解决的方案。"右边的男人声音听着平静自信，他面具下的脸一定很成熟。

"条件都是一样的，只要你能讲够三个真实发生的怪谈，就可以向我们提出一个要求，也可以选择离开。"男人笑出了声，自以为幽默地说道，"是真正的离开。"

"三个怪谈吗？"女人低头沉思，旁边的陈歌听着他们的对话，越听越不对劲。这算什么治疗？完全就是谋杀啊！能想到这么疯狂的治疗方法，恐怕也就只有疯子了。陈歌目光扫过餐桌边的所有人，从第三病栋里跑出来的病人可能就在其中！十号病房的魔鬼，还有九号病房的吴非，这两个估计就是怪谈协会的创始人。他们本身就是病人，十号病房里更是写满了他们遭遇过的痛苦，没有人能比他们更能理解那种感觉。

药物无法治疗的痛苦，他们就自己来治疗，用疯子的方法去救赎疯子。

"每一位新加入的成员都可以提问一个问题。"男人看向二号和陈歌，"你俩谁先问？"

"我最近遇到了一些麻烦，在被追捕。"二号新人说完这句话，抬头看了一眼众人，所有人都没有什么反应，似乎这是件习以为常的事情。

"我大概猜到了你的问题，又是一个走投无路的人。"左边的男人靠在椅背上，

"我们不会帮你摆平麻烦，也没有这个能力，但是协会可以收留你，甚至永远地收留你。"二号新人点了点头，似乎是有一些失望。

屋内所有人的目光又重新聚焦在了陈歌身上。"你的问题是什么？"

思考半天后，他直接开口说道："我的问题比较简单。"陈歌感受着后背的丝丝凉意，他没想到门后的怪物和第三病栋的病人结合起来，会搞出这么一个东西。"我想问问协会的会长是谁？"

"会长？"餐桌两边的黑袍人又一次沉默了，他们相互看着对方，最后还是左边第一个男人开了口，"换一个问题吧。"

"不能说吗？"对方越是不说，陈歌就越好奇。

"不是不能说。"右边第一个男人接过话茬儿，"我们只知道会长在我们十个当中，但到底是谁，我们自己也不清楚。"

"你们也不知道会长是谁？"陈歌还以为能通过这个问题，找到吴非或者十号病人中的一个，没想到竟会得到这样一个答案。

"所有人都佩戴着面具，穿着同样的黑袍，有时候就算里面换人了，别人也不一定看得出来。"左边第一个人指了指自己，"我是一号，在这里编号比名字重要，不想自己被取代，最好时刻保持谨慎。"他这话是对新来那个女人说的，那个女人的声音非常有特色，故事里又暴露了自己丈夫的姓和很多生活细节，只要有心去查，肯定能找出她。陈歌之前听了她的声音，就立刻确定了她的身份——那位午夜电台的当红主播竟然会是这样一个人。

"协会里没有其他的规则，只需要准备足够的怪谈就可以了。"那个男人声音有些阴冷，"等你们三个新人讲完三个故事之后，我们会尽可能地去完成你们的要求，到时候是走是留再由你们选择。"

"该说的，一号都说了。"右边的男人打了个响指，"等会儿上餐，吃完这顿饭你们就可以离开了。"

吃饭？陈歌心里疑惑，但也没有开口询问。

屋内重新恢复平静，没有一个人开口，足足过了快半个小时，楼道里响起了脚步声。防盗门被人打开，鸟嘴男脖子上带着几道明显的抓伤。他说："出了点儿意外，可能还需要一些时间。"

"不用着急，反正还有很久才天亮。"右边第一个男人看了眼三个新人，"你们可能还不习惯，毕竟是第一次，以后就好了。"这个男人刚说完，那个喜欢陈歌面具的十号就开口了："如果你们实在等不及，也可以先离开。"听到他的话，其他几个黑袍都没有说话，似乎不明白他为什么要这么说。

"饭我就不吃了，我要抓紧时间去找新的怪谈。"二号新人应该算是所有人里最普通的，他很不适应和这群疯子打交道，如果不是为了逃避抓捕，他绝对不会来这种地方。左右两边坐在第一位的男人都没有开口，只是挥了挥手，他们的目光一直集中在十号身上，似乎这个十号今天有些不对劲。

陈歌对怪谈协会很好奇，他影子当中的红色血丝再有一两分钟就要编织成功了，这时候离开他心里有一丝不甘。在他看来，难得大家聚得这么齐，正是一网打尽的好机会！会长就在那十个人当中，连他们自己都不知会长是谁，这时候最简单的处理方法就是把他们十个都干掉。

"告辞，我们下周三见。"二号新人匆匆朝外面走去，那个鸟嘴男还站在门口，一双眼睛就那么直勾勾地盯着他，好像在打量一块食材。

"你们两个也要走吗？"十号冲陈歌和那个女人说道。

"我很好奇这里的饭菜。"女人声音隐约出现了变化，有些兴奋，"我留下来。"

楼道里响起了奔跑的声音，二号新人估计很快就要坐电梯离开了。"我还有急事，周三见。"陈歌也从屋内走了出来，他经过鸟嘴男身边时闻到了一股淡淡的血腥味。

"真没想到你能活着走出来。"鸟嘴男声音里藏着惊讶和不解。

"以后还会有更多你想象不到的事情出现。"陈歌看着他笑了一下，拼合成的人皮面具看着格外吓人。

鸟嘴男没有立刻回话，等陈歌走远了才嘀咕了一句："不知道为什么，我并不是太期待。"

戴着猪脸面具的二号新人跑到电梯旁边，手指疯狂按动电梯按钮，电梯显示屏上的数字开始慢慢发生变化。"怎么这么慢！"他感觉自己快要窒息了，和那些疯子比起来，他这辈子看到的最恐怖的事情竟然不值一提。尤其是第四个新人，他究竟是生活在怎样的水深火热之中？"不行，我要赶紧离开。"

电梯升了上来,但是却停在了二十三层,过了许久显示屏上的数字才变为"24",似乎二十三和二十四两个楼层之间间隔着很远一段距离。二号迫不及待地进入电梯,他根本不在乎后面有没有人,按下了关门键。在银灰色电梯门快要闭合的时候,一只手按住了电梯门,戴着人皮面具的陈歌走了进来。"一起吧。"

二号男人喉结颤动,想要拒绝,但是他没有拒绝的胆量。

按下了往一楼去的按键,陈歌站在电梯门口的位置,等到电梯门完全闭合,他回头看了二号一眼问:"你下周三还会来吗?"

"不知道,如果我能遇到新的怪谈就过来。"二号语气僵硬,他一点儿也不想和眼前这个人说话。

"原来你在烦恼这件事啊。"陈歌笑了笑,"我知道很多怪谈,要不要给你分享一个?"

"你真的愿意给我分享?"二号心中燃起了一丝希望,如果陈歌愿意告诉他一个怪谈故事,那他只需要再找到一个故事,就可以向怪谈协会提要求了。

"当然。"陈歌转过身,他背后的影子里血丝涌动,好像舒展开羽翼的血天鹅,"毕竟我这个怪谈故事的主角就是你啊!"密密麻麻的黑发从陈歌影子当中爬出,布满了整个电梯轿厢!一个身穿鲜艳红衣的女人趴在陈歌肩头,那张苍白美丽的脸因为怨恨已经完全扭曲。

"张雅!"封闭的电梯轿厢,无处可逃!陈歌更是提前一步掀掉二号的面具,捂住了他的嘴巴。

显示屏上的数字在不断减少,时间似乎被无限放慢……

……

当数字变为一的时候,电梯门向两边缓缓打开,角落里瘫着一个面目惊恐的男人。他的心脏还在跳动,但是脸上除了恐惧再没有其他的表情,仔细看的话还可以发现,他的瞳孔如同破碎的玻璃球般,正在往外渗血。陈歌将好像植物人一样的朱秀搬出电梯,张雅则靠在他身后,把玩着手里的新玩具。那个玩具长得和朱秀一模一样,离得近了,还能听见若有若无的惨叫声。

第8章 你看到了不该看的东西

把朱秀搬出电梯后，陈歌并没有离开，他又回到了电梯轿厢当中。张雅跟在他的身后，寸步不离。

"难得你出来透气，不如我们再去做票大的。"陈歌看着身后的张雅，这位红衣好像又变强了很多，她身上衣物就像是用红线缝合出来的一样，给人的感觉非常真实。张雅一直低着头，她跟陈歌贴得很近，飘散的黑发不时会划过陈歌的手臂，红衣下摆宛如血丝样的东西，好像也会控制不住地往陈歌的身体里钻。眼前的场景略有一些恐怖，陈歌之前也没有料到张雅会出现这么大的变化。事实上在他捂住朱秀嘴巴的时候，黑色手机就传来了提示，张雅对他的好感度已经突破到了情不自禁，甚至距离下一个等级也很近了。好感仿佛装满水缸的水快要溢出，张雅的小动作似乎是在表达自己的心意。

——你喜欢鬼吗？如果不喜欢，那我就把所有你喜欢的人变成鬼，当然也包括你自己——血丝和黑发轻轻缠绕在陈歌的身体关节上，陈歌感觉全身都充斥着一股凉意。他回头看向张雅，偏偏张雅还保持着一副什么都不知道的样子，只是跟在他后面。

"我感觉到了一股杀意，有必要让她转移一下视线了。"陈歌按下了电梯23

层,他决定再去一趟24层,其实他本不想这么莽撞,主要是他考虑到了一个问题。平时张雅从他的影子里出来后都会主动回去,可这一次张雅一点儿要回去的意思都没有!他很担心如果不给张雅找些事情做,恐怕这位就要对他下手了。爱和恨都是极致的情感,张雅看他的眼神有些奇怪,似乎是在考虑要不要把他也做成人偶。毕竟这样一来,他们就可以永远在一起了。

银灰色的电梯门缓缓合上,陈歌脖颈上汗毛立起,他现在有点儿迫不及待地想要去见其他会员,或许这就是朋友吧,大家有福同享有难同当。进入24层的方法有些复杂,陈歌站在电梯一角,背对张雅拿出了黑色手机。电梯来回升降,陈歌滑动手机屏幕,点开了上面的提示信息。

解决最后的执念,张雅好感度达到情不自禁!

幸运的怨念眷顾者,恭喜你以最高完成度完成张雅好感度任务!

可选奖励一:解锁三星恐怖场景西郊私立学院!本场景包含白色情人节、红舞鞋、被诅咒的情书、女生寝室、哭泣的座椅、站着上吊的人、恶臭七个小场景!

注意:选择该场景后,红衣张雅将被限制在西郊私立学院场景当中!

可选奖励二:剔除和张雅有关的所有场景,仅保留站着上吊的人、恶臭两个场景,西郊私立学院降级为二星恐怖场景!但张雅的行动将不受任何限制!

屏幕上的信息让陈歌感到惊讶,他没想到西郊私立学校竟然是三星恐怖场景,更没想到张雅竟然和其中五个小场景有关!第三病栋能被黑色手机评定为三星,应该是因为那十个病人和门后的怪物;而西郊私立学校能被评定为三星,只是因为张雅的存在。"她比我想的还要恐怖啊!"吞掉了第三病栋的红衣院长和一些怪物后,张雅变得更强了,怨念和仇恨永无止境地增长,血色在不断蔓延。

"如果我选择奖励一,可以获得一个完整的三星恐怖场景,代价是在冒险屋以外的区域得不到张雅的帮助。"陈歌回头偷偷地看了张雅一眼,思虑良久后选择了奖励二。他绝对不是害怕选择奖励一,今晚就无法活着走出电梯。他只是觉得张雅能依靠的只有他,一个生前遭受过那么多苦难的人,死后如果可以的话,就尽量给她一些温暖吧。点击手机屏幕上的奖励二,新的提示信息出现。

是否确定选择任务奖励二?

"是。"

恭喜你成功解锁二星恐怖场景西郊私立学院！该场景为好感度赠送场景，无隐藏任务，无安全隐患！

没有安全隐患？那岂不是说可以把游客放进去，让他们自由探索，享受解谜的乐趣？黑色手机都说了没有安全隐患，那应该就不会出事，这相当于平白无故多了一个二星恐怖场景，陈歌还是挺开心的。上一条提示刚点开不久，又有一条信息发来。

幸运的怨念眷顾者，恭喜你以最高完成度完成张雅好感度任务！成功触发四星恐怖场景——通灵鬼校试练任务！

注意：四星恐怖场景极度危险！通灵鬼校试练任务由八条支线任务和一个最终任务构成，任务有效时间为三个月。

现已完成西郊私立学院、暮阳中学两个场景包含的前七条支线任务！

完成第八条支线任务——永生后，即可解锁最终任务！

支线任务八：永生（在地下尸库的未开放区域，有一群永生的人），任务场地江州医科大学法医学院。

最终任务：未解锁。

以上就是黑色手机里的所有信息，陈歌看完后将黑色手机收了起来。

恐怖场景每增加一星，难度就会翻好几倍，他在进行第三病栋的试练任务时就已经发现，仅凭自己的力量怕是刚遇到瘦长鬼影时就要凉了。如果没有张雅，他甚至连进入血门的机会都没有，笔仙所说的十死无生也是有道理的。再换一个角度来想，张雅本身也仅仅只是三星恐怖场景的支柱，张雅现在有多恐怖，那就代表着三星恐怖场景的难度有多大。四星试练任务暂时还是不要想了，三星试练任务里已经有红衣等级鬼物的存在，四星恐怖场景里很可能会有更强悍的鬼怪。陈歌在努力了解那个世界，可是了解得越多，他就越发现自己的无知。"通灵鬼校的任务期限是三个月，我还有时间，当前的首要任务是解决掉怪谈协会，将'第三病栋'的隐藏任务完成。"

陈歌按照宣传单上的游戏规则，又一次来到了二十四层，只不过这一次他不是一个人过来的。显示屏上血红色的数字有些刺眼，当24亮起的时候，电梯门向两边打开。楼道里滴落着还未凝固的血迹，墙壁多出了新的抓痕。空气中飘散着淡淡的血腥味，似乎这里刚刚发生过什么很恐怖的事情。陈歌将绑在小腿上的杀猪刀取了下来，反手握住，藏在袖子里。

后背一阵冰凉，陈歌没有回头，他知道张雅就在自己身后。楼道里很安静，有任何声音都能听得一清二楚。大概走到走廊三分之一的位置，陈歌耳边传来了切割某种东西的声音，又向前走了几步，陈歌终于确定，那声音就是从第一次见到鸟嘴男的房间里传出的。餐桌旁边摆放着十个座位，可能代表的就是最初的十位病人，鸟嘴男负责各种杂务，他在怪谈协会当中又是什么身份？思考片刻，陈歌摇了摇头，现在没有思考这个的必要，他来这里不是为了调查什么，而是准备将这个疯子组成的协会彻底毁掉。同样都是三星恐怖场景，张雅应该不会弱他们太多。陈歌停在那房间外面，看着防盗门里面的场景，眉头不由得皱了起来。一个好像佩戴着鸟嘴面具的男人蹲在角落，手里拿着工具，他身前躺着一个老人，旁边还扔着一个面具。

那面具陈歌在聚餐的屋子里见过，一号新人曾经佩戴过。

"你在做什么？"陈歌堵在门口，突然开口，吓了鸟嘴男一跳，能明显看到他的肩膀颤动了一下。对方没有扭头，保持着背对陈歌的姿势。"所有人都离开了，你怎么还不走？"

"你们不是准备上餐吗？我才离开一小会儿，你们就吃完了？"陈歌心里有些遗憾，不管缘由是什么，今天的计划可能要改变了。

"出了一点小小的问题，他们中有人收到了会长的信息，临时离开了。"鸟嘴男仍旧没有转身，他的上半身好像冻僵了一样，背对陈歌，面朝着地上的老人。

"会长的信息？"陈歌发现了这人身上有古怪，走入屋内，"能告诉我他们去了哪里吗？"

"不知道。"男人顿了一下又补充了一句，"我劝你不要过来。"

"楼道尽头只有一个电梯，我自始至终都没有离开过电梯轿厢，难道这里还有其他的出入口？"陈歌从男人的话里得到了不少线索，现在其他人已经离开，他只能从这个鸟嘴男身上获取信息。

"以后会有人告诉你这些，现在你可以离开了。"鸟嘴男动作很僵硬，就好像有意不把正脸转过来一样。

陈歌不是来跟他商量事情的，在鸟嘴男说完后，他非但没有离开，还又向内走了几步。"他们都走了，为什么你还在这里？你一直住在这地方吗？"陈歌的问题一个接着一个。

"我只负责清扫和做饭。"

"有意思。"陈歌对鸟嘴男一直有所怀疑，他可以自由地待在24层，负责这里的一切。这个人有没有可能就是会长？或许其他会员撒了谎，会长其实并不在他们当中。陈歌想要证明这个问题，询问鸟嘴男对方肯定不会说实话，所以他决定采用一种最直接的方法。不管他是不是会长，让他永远消失，那他就不是会长了。

鸟嘴男发现陈歌还在靠近，突然加大了声音："新人，不管你在外面做过什么事情，来到这里，最好按照怪谈协会的规则来做事。"

"怪谈协会的规则吗？只需要讲故事就可以了，剩下的还有什么？"陈歌已经发觉此人有问题，他更不愿意放其离开。

"看到不该看到的东西是要付出代价的，现在其他会员已经离开，这一层只有我和你。"鸟嘴男站起了身，与此同时，夹杂着好像水滴滑落的声音。陈歌看向鸟嘴男下半身，他裤子被血淋透，深黑色的血液正顺着他的裤脚滴落在地。

"我不明白你想要表达什么，其他会员已经离开，这对你来说应该是个坏消息啊。"陈歌就好像没有看到鸟嘴男裤子上的血迹一样，继续靠近。

"是吗？"鸟嘴男向旁边让了一步，露出了老人面带惊恐的尸体。

"偶尔总会有一些新人莫名其妙地消失，大家也都习惯了。"他似乎是在自言自语，但是又好像是故意想让陈歌听到。说完这句话后，鸟嘴男人转过身，比起他拿在手中的奇怪工具，还有上半身的血污，更吸引人注意的是他的脸。

他根本就没有佩戴面具！那外凸的好像鸟喙一般的嘴巴就长在他脸上，门后怪物特有的血丝在脸颊游动，这家伙可能不是人！

"我给过你机会，但你没有珍惜。"鸟嘴男甩动手中古怪的器具，发出嘎嘎的声响，"从看见你的第一面起，我就想这样做了，只是人太多我没有找到机会，没想到你竟然还敢自己找回来。"

事情跟陈歌想的不太一样，一开始他还以为自己是在和人打交道。"早知道就不废那么多话了。"陈歌盯着鸟嘴男的脸，门后的怪物想要长时间在门外生存，必须要依附在活人身上才行，包裹鸟嘴男整个头部的应该是一种他从未见过的怪物。他们之间的关系就和熊青、瘦长鬼影一样，门后鬼怪寄居在活人身上，活人通过满足鬼怪的需求来简单控制它们。

怪谈协会的正式会员身上估计都寄居着鬼怪，有点棘手，他们之中会不会也有红衣级别的鬼怪？陈歌站在原地思考问题，鸟嘴男以为他被吓呆了，脸上露出残忍的笑容，他喜欢欣赏活人挣扎的样子，这也是他在这里少有的乐趣。正因为如此，电梯门口那里才会有很多带着血迹的抓痕。他总是在对方升起最后一丝希望时，再彻底将他们拖入绝望的深渊。"怪谈协会可不是做善事的地方，想获得救赎，就要付出相应的代价！"鸟嘴男抓着手中古怪的器具冲向陈歌，如同鸟喙一样的嘴里发出一声刺耳的尖叫。紧接着他的脖颈就被黑发缠绕，整个身体悬在半空，双腿拼命地蹬踹，脸上血丝绷散，一张脸憋成了酱紫色。"什么东西？！"

陈歌不会去回答鸟嘴男的问题，在黑发缠上鸟嘴男脖颈的时候，他的结局已经注定。

张雅出手，从来没有留过活口。在第三病栋里，她为了追杀逃掉的瘦长鬼影，一口气冲进门后世界，连带着把红衣院长也给撕了。变成怨念的张雅和生前的性格完全相反，走向了另一个极端，不过很幸运的是，她似乎对陈歌情有独钟。老老实实站在门口的陈歌，就当作什么都看不见，他捡起鸟嘴男甩飞出去的奇怪工具研究了起来。

"啊！"房间里传出一声惨叫，鸟嘴男脸上覆盖的血丝向外飞散，化作一只尖嘴红鸟想要飞出去。它速度很快，眨眼跑到了门口，可飞出去以后更绝望的事情发生了。在鸟嘴男说话的时候，黑发就开始向外蔓延，早就将这一段走廊封死。汹涌的黑发将血鸟和鸟嘴男淹没，片刻后，血鸟消失不见，地上只剩下一个男人瘫倒在地。他目光呆滞，意识好像已经被摧毁。吞掉了血鸟之后，张雅仍不满足，黑发顺着门缝钻入一个个房间。最后也不知找到了什么东西，她毫无征兆地收拢起了黑发。

"是不是又有了什么收获？"这里是怪谈协会的据点，很有可能藏有一些重要的物品。黑发收回，张雅歪头打量了陈歌很久，然后什么也没说，钻回他的影子当中。陈歌被张雅盯得发毛，一直等影子里的血色完全消失，他才敢大口喘息。

"好感度提升得太快，现在张雅已经不愿意回去了，这样继续发展，我迟早会被她不经意间给弄死。"陈歌回想张雅的眼神，头皮发麻，对方似乎是在认真思考，要不要直接动手。"我以前也没发现自己这么受女孩欢迎啊！什么都没做，好感就开始疯长，以后遇到什么事情，还是不要麻烦张雅了。"陈歌走到鸟嘴男旁边，看了看他的脸，被门后鬼怪寄居了那么长时间，他自己的脸已经完全畸形。仅凭容貌找不出什么信息。

离开这个房间，陈歌来到走廊尽头，推开最后一扇房门。餐桌摆在客厅中央，屋内却一个人都没有。他们是怎么离开的？另外的通道在什么地方？抓着杀猪刀，陈歌围绕餐桌走了一圈，这就是很普通的餐桌，只是每把椅子上有一个对应的编号，从一到十。"会长就在他们十个人当中，能借助门后鬼怪的力量，建立这么一个协会，这人不能轻视。"陈歌停在十号座椅旁边，刚进门的时候十号就跟他说了一句话，那个时候陈歌全部注意力都放在呼唤张雅身上，根本没有留意。现在想起来，十号大有问题。

"他跟我说的第一句话是喜欢我的面具，特意点出面具是不是在向我说明什么？"陈歌佩戴着的碎颅医生面具，只有进入过冒险屋参观的人才见过，"难道十号是以前冒险屋的游客？"

在其他九个人放弃我的时候，十号没有表态，那种情况下不表态就已经代表支持，他不可能冒着得罪其他九人的风险，去救一个陌生人。后面反常的地方还有很多，比如说在准备上餐的时候，十号突然开口告知三个新人可以离开，结合之前的事情来看，他这话可能是专门对陈歌说的。"给新人吃的那顿饭也有问题吗？"陈歌看着十号的座椅，他回忆十号的每一个动作，其他人的手都是缩在黑袍当中，唯有十号是将手放在桌子下面。蹲下身，陈歌看向桌子下面。在十号座椅正对的位置，歪歪斜斜被人用指甲刻出了几个小字。陈歌用手机照明，看了半天才认出这几个字。"临江血防站？"

这个地名有些熟悉，他想了一会儿后，双眼猛地睁大。第三病栋院长办公室柜子里有四封信，其中有一封信上的收信人地址就是临江新区血防站！"那信是第三病栋院长写给陈医生的，这个十号就是陈医生？"

所有线索看似串联在了一起，但是又感觉它们无法相互印证，总觉得少了最关键的一点。"我是第一次将面具带出新世纪乐园,他见过我的面具,应该是游客或乐园的工作人员。从我获得面具到现在这个时间段内,有谁可能出现在怪谈协会当中?"身体被黑袍遮挡,十号的声音听着很古怪,应该用的也是假声,这给陈歌辨识对方带来了很大的难度,现在他只能确定对方是一个男的。"会不会是第三病栋的精神病认出了我?他在故意麻痹我?"怪谈协会的人很不一般,其中包括了吴非和"魔鬼"两个最难缠的对手。

"颜队让我看过照片,第三病栋的精神病患者在跟踪我。他们还在许童和幻肢症病人的手机里,看到了我进入新世纪乐园的照片。这群疯子知道我在新世纪乐园,有可能假扮游客已经进入过我的冒险屋,所以他见过我的面具很正常。以临江血防站为地址的信件是老院长书写的,红衣院长为了活命已经和病人联手,所以病人们知道这个地名也说得通。至于他一直帮我,可能是因为他察觉到了危险。他这么做不是在帮我,而是在帮整个协会!还有最关键的一点,刚才鸟嘴男说过,协会成员里有人收到了会长的信息,所以临时决定离开。我刚离开,他们就从我不知道的通道撤离,不可能这么巧!"想到这里,陈歌目光阴沉,他看着桌子下面的刻痕,怀疑这有可能是一个圈套。他不得不小心,从第三病栋逃出来的都是疯子,不能用正常人的思维去揣测他们的行为。"一上来就察觉出不对,第一时间做出反应,在暗中掌控全局,这个十号如果不是我认识的人,那他很有可能就是怪谈协会的会长!"

两种猜测,两种完全不同的结果,一边是天堂,一边是地狱。十号可能是帮助陈歌的熟人,也可能是精神病人在伪装,想要找到答案,只有他亲自去一趟临江血防站才行。

确定没有其他遗漏后,陈歌走出房间,穿过长长的楼道,回到电梯口。"那些闭合的防盗门后面肯定还藏有其他秘密,也许协会成员离开的密道就隐藏其中。"陈歌有些后悔自己没有携带碎颅锤过来,不然的话,他定要将所有房门都锤开看看,"吸取这个教训,下次要多多注意。"进入电梯,陈歌看着数字慢慢发生变化,神经终于放松下来,他将杀猪刀绑在小腿上,取下碎颅医生面具,深深地吸了一口气。

电梯在一楼打开,陈歌还没走出去就听见外面有人在说话,声音很严厉。"他是怎么进来的？我问你他是怎么进来的！"

"黄主管，我真不知道他为什么会出现在住宅楼里。"

"杀人犯都混进来了！你还不知道？"

"对不起。"

"我是花钱请你来保护业主的！不是来听你道歉的！这几天出了多少事？你自己算算！"

陈歌朝电梯外面看了一眼，被他扔在墙角的朱秀不见了。"人呢？"陈歌看向远处，顾飞宇身穿保安制服，抓着手机，低着头。在他对面站着一个长相很斯文，实际上脾气很暴躁的年轻人。

"小顾？怎么回事？"陈歌走了过去。

"你是谁？"中年人看向陈歌，"眼生，你也不是我们这里的住户吧？"他说完又狠狠地瞪了顾飞宇一眼，"他是你朋友？"小区午夜十二点以后不允许陌生人进出，这儿有明确的规定，顾飞宇知道自己又犯错了，他把帽子取了下来，点了点头。

"黄主管。"大楼外面这时候响起了警笛声，一个身穿便装的中年人走了进来，"那个是我朋友。"

看到进来这人，陈歌很是诧异地问道："李队？"

"你从派出所出来我就发觉你不太对劲，结果没想到你小子还真有能耐，这家伙藏得那么隐蔽都能被揪出来。"李队指着三号楼门口，神志不清的朱秀侧躺在地。

"我从派出所出来你就一直跟着我？"陈歌丝毫没有察觉，他现在想想有点后怕。

"我干了快二十年警察，要是被毫无防备的你发现了，那才奇怪。"李队又对黄主管说道，"你不用责怪这个小伙子，他做得不错，这次的犯人非常狡猾，拥有很强的反侦查意识，连我们的便衣都失手过一次，他没有察觉很正常。"

"便衣都失手了？"黄主管看向陈歌赶紧道歉，变脸跟翻书一样，"那这位也是警察吧？辛苦了，警察同志。"

陈歌没搭理他，有些心虚地看着李队问："你一直守在楼外面？"

"废话，我先在新世纪乐园门口蹲了你一个半小时，然后跟着你来芳华苑小区，一直在大楼外面守到现在。"李队活动着胳膊，"刚才看见你找到嫌疑人的时候,我就准备过来,结果谁知道你小子又坐电梯上楼了。"

"李叔,你这样做很危险的。"

"要不是害怕你冲动干傻事,你觉得我有这个闲心去管你?"李队压低了声音,把陈歌拽到一边,"朱秀好像是受了什么刺激,你见到他的时候他就是这个样吗?"李队语气有点儿奇怪,陈歌看着李队的表情,猛然醒悟,一口咬定。"我见到他的时候,就已经这样了,我之所以把他放在楼道里再回去,就是为了上楼查明原因。"

"嗯。"李队点了点头,"这事很蹊跷。"

朱秀被送上警车没过多久,一辆救护车也开了过来,同样停在三号楼外面。屋内几人相互看着彼此。"你们谁打的急救电话?"没人承认,过了一会儿,电梯显示屏上的数字突然开始变动,最后停在了十三楼。

"楼内住户很少在晚上使用电梯,应该是出事了。"黄主管和顾飞宇同时跑到电梯门口,没过多久,电梯门朝两边打开,一个中年人背着一个老阿婆急匆匆地跑了出来。

"医生!医生!"中年男人的母亲似乎因为突发疾病晕倒了,陈歌开始的时候也没在意,可当他看向老阿婆的脸时,眼中闪过一丝惊讶。这个老阿婆就是在十三楼准备坐电梯下楼的老人!当时她看向电梯里,还嘟囔了一句——怎么大晚上还有这么多人坐电梯,都挤满了。

老人的穿着打扮和陈歌看到的完全不同,他当时也不确定那个下楼的究竟是老人,还是老人的灵魂。"没有坐电梯离开,她老人家应该能扛过这一关。"

等救护车离开,陈歌也该走了,不过走之前他还有一件事要做。

"小顾,你干夜班保安一个月他们能给你多少钱?"

"三千多点。"

"我看你胆子挺大,性格也不错,如果以后不想干保安,或者没地方去了,可以来西郊新世纪乐园找我。"陈歌扬起了手机,"到时候电话联系。"

顾飞宇这次表现出明显的心动。"好的。"

跟李队打了个招呼,陈歌赶回新世纪乐园,回到自家冒险屋后才彻底放松下来。"还是这里舒服。"他将需要注意的事情记录下来,又背了一遍,然后将其全部烧掉。"明天又是新的开始,等营业结束后,如果有时间,可以趁着天亮去临江血防站看看。"

现在已经很晚了,陈歌给白猫添了一把猫粮,倒头就准备睡去,可谁知道还没躺下多久,手机又响了起来。

"是李队吗?"陈歌还以为是朱秀又出了什么问题,接通电话后才发现是颜队打来的。

"打扰了,陈歌,我们有件事想向你确认一下。"颜队说话很客气,陈歌也不好拒绝,"有事就说吧,不过最好快点儿。"

"图片我已经给你发过去了,你可以看看,我们查看海明公寓周边监控时发现了这一幕。"接收成功,陈歌点开图片看了一眼,那是从监控中截取下来的一张图,做了清晰化处理。图中有一个穿着卫衣的男人,他右手拿着手机好像在和谁通话,左手拿着一张陈歌冒险屋的宣传单,手背上依稀能看到烟疤和细小的伤口。"图片中的那个人你认识吗?"

"烟疤?"陈歌记得怪谈协会餐桌右边坐的五号会员,露在黑袍外面的手指上就有烟疤。

"我们排查了事发十二个小时内,周围五百米的所有监控,没有找到太可疑的人,只有这个相比较来说有点儿不正常。"

颜队的声音中带着些许疑惑。"他用卫衣帽子遮住了脸,手中的电话屏幕是黑的,看似在打电话,实际上好像是在观察周围情况,还有一个让我想不明白的地方就是,他手里为什么会拿着你鬼屋的宣传单?"

"我的鬼屋员工很少,从来没有在乐园外面发过宣传单。所以可以肯定,他或者他的朋友进入过新世纪乐园,曾在我的鬼屋外面出现过。"

"你对这个人有印象吗?"

"鬼屋里场景很多,我只负责其中一个,所以我也不能给你准确的答案。"陈歌心里已经打起了这个烟疤男的心思。"颜队,你们找到嫌疑人后,肯定会第一时间去调查,应该有所发现吧?"

颜队的声音有些沙哑,应该是长时间得不到休息的原因。"我们调查过了,他是一家私人电台的节目总监,没有任何犯罪记录和人生污点,属于那种事业有成,又顾家的成功男士,跟凶杀完全扯不上关系。"

"电台节目总监？听着挺厉害的！"

"只是一个专门做午夜节目的电台，近两年影响力才慢慢变大，听众多是有猎奇心理的年轻人和一些在晚上工作比较无聊的人。"颜队的话让陈歌睡意全无，江州做得比较好的午夜电台只有一家，那就是怪谈协会十二号新人荔枝所在的——《鬼话》。以前这个电台是做情感治愈节目的，因为听众越来越少，才不得不开始转型，结果没想到歪打正着，《鬼话》第一次开播就破了那个私人电台的收听纪录。

"颜队，你说的这个电台是不是叫《鬼话》？"

"对，就是这个，你也收听过？"

"听过几次，里面有一个叫荔枝的主播声音很好听。"陈歌心思急转，疑似五号协会成员的卫衣男是电台节目总监，荔枝又是他手下的播音员，那有没有可能荔枝收到的怪谈协会宣传单就是他发出去的？如果真是这样，陈歌现在相当于掌握了怪谈协会里两个成员的身份。

"我弄不明白他前往海明公寓的原因，为避免打草惊蛇，只能先从外围进行调查。"颜队的声音有些疲惫，"最近是多事之秋，你也注意安全，有什么线索记得通知我们。"颜队又交代了几句就挂断了电话，陈歌坐在床边，用手机搜到了《鬼话》电台，今晚的主播确实不是荔枝，而是另外一个人。

"我要不要先下手为强，将他们逐个击破……"

想着想着，陈歌陷入了沉睡……

第9章 午夜出租车

早上六七点钟，太阳刚升起的时候，陈歌被手机的震动声惊醒，他在衣服里摸了半天才发现是黑色手机收到了提示信息。

二星恐怖场景西郊私立学院解锁失败！冒险屋空间不足，请进行第二次扩建！

怎么可能不足？地下停车场还有大部分区域都未使用。陈歌原本还想着一觉睡醒后，又有新场景可以投入使用，没想到会出这样的问题。他穿上衣服急急忙忙跑出冒险屋，来到新世纪乐园外面，这里已经有一两年没有人来过了，为防止有游客误入其中，乐园还专门用杂物将停车场两个出口堵住。从杂物顶部翻过，陈歌进入地下停车场当中，新世纪乐园当初为了修建这个停车场花了不少钱，那也是乐园最巅峰的时候。

陈歌往里走了很久才看到一面面斑驳的水泥墙壁，墙壁连接着停车场顶部，将停车场和恐怖场景完全隔开。还有将近三分之二的地方没有使用，怎么就提示空间不足了？难道一次扩建只能多增添三个场景？

陈歌的冒险屋第一次扩建前拥有三个场景，第一次扩建过后，在地下新增添了"第三病栋""三个人的房间"和"暮阳中学"这三个场景，他猜测每次扩建后场景只能增加三个，想要再添加场景就需要继续扩建才行。

"不知不觉我已经有六个恐怖场景了,可怎么感觉还是不太够啊!"

太阳慢慢升起,一缕阳光顺着杂物上方的空隙照入地下停车场中,陈歌发现了一件很有意思的事情。冒险屋场景都是建在阳光照射不到的地方,黑色手机不知是在阳光下就会失去部分功能,还是说有意避开了阳光。"冒险屋场景还是完全封闭的好,今天就找人过来把地下停车场两个出口给彻底封死,这样我也能安心了。"陈歌取出黑色手机,找到了扩建的选项,二次扩建的条件是当月游客人数超过一千,好评率百分之七十以上。扩建条件他在几天前就已经满足,只是当时他觉得地下停车场空间足够大,所以就没有考虑。

是否进行二次扩建?扩建完成后有概率获得特殊功能建筑。

"是!"点击了是之后,地下车库里并没有发生任何变化。

估计又要等到午夜十二点以后才行。陈歌收起黑色手机原路返回,他对新的特殊功能建筑还是比较期待的,只可惜要等到明天扩建才能完成。

九点钟乐园开始营业,值得一提的是顾飞宇竟然跑了过来。现在陈歌这边人手正好不够,小顾胆子很大,陈歌有心让他负责"午夜逃杀"场景,不过在此之前先要让他熟悉冒险屋才行。陈歌表现得十分热情,让顾飞宇陪同游客一起进去参观。但体验了三个场景后,双腿发软的顾飞宇说什么也要离开,陈歌好不容易才将他劝住,耐心告诉他吓人和被吓是两种完全不同的体验。被坑怕了的顾飞宇死活不愿意再进冒险屋,双方商议后,小顾决定明天再来尝试一下。送走顾飞宇,陈歌越来越觉得这小子有意思。他看重顾飞宇并不是因为其能力出众,只是因为这人胆子大、重感情、性格耿直。他救过顾飞宇的命,以顾飞宇的性格,就算以后在冒险屋里看到了什么,也会替他保守秘密。

"我能用的人还是太少了。"

中午吃饭的时候,罗董事亲自来冒险屋附近转了一圈,看到休息厅里满满的游客后,他十分满意。

"连你们休息的时候,都有这么多游客在等待,真不简单。"罗董很是感慨,就在几个星期前,冒险屋还是乐园里最冷清的地方,没想到现在竟然会变成乐园的招牌和救命稻草。

"罗董?你怎么过来了?"陈歌一手端着徐婉打包回来的饭,另一只手正拿着笔在记账。

"告诉你两个好消息。"罗董事看向用大棚搭起的简陋休息厅，将手里的文件递给陈歌。

"我可很久都没有听到过好消息了。"陈歌笑着打开文件袋，里面正是他勾画的休息厅方案图，只不过在粗糙的图纸下面，又附上了专业详细的设计方案，密密麻麻写满了标注。"这是什么？"

"乐园虽然没有以前那么辉煌，但这点儿资金还是能拿得出来的。"罗董看起来心情很不错，"你可以看看修改过后的方案，有什么需要再跟我提。"陈歌放下手里的活，仔细翻看，他对罗董修改过后的方案非常满意，远比自己这个门外汉设计得强，考虑得也更加周全。

"罗董，另一个好消息是什么？"陈歌抬起头，心里有点儿好奇。

"从明天开始，网购乐园票价降低六十元，同时推出团体游优惠，以及分享推荐折扣。"罗董事终于做出了决定，虚拟未来乐园带给了他太大的压力，这时候降低门票价格，既是市场战略，也是一种间接的让步。

"降这么多？"新世纪乐园开业前几年票价一直上涨，这还是第一次降价。

"现在主动降价，总比到时候被迫降价要好。"罗董事看得倒是很透彻，"乐园票价降低，你的鬼屋也该涨价了，我和其他几个乐园管理讨论后，觉得单次五十元的票价比较合理。"

"五十会不会太贵了？"陈歌的冒险屋是从父母那里继承来的，票价这么多年都没有变过，可谓相当良心。

"只要你的服务质量跟得上，五十就是一个最合理的价位，现在乐园票价降低，很多不想白花钱的游客应该会心动，未来几天你这里恐怕有得忙了。"罗董十分自信。

"价格翻了两倍还多，我怕引起游客的逆反情绪，钱是赚不完的，不如细水长流。"陈歌是把冒险屋当作自己的家在经营，现在好不容易有了起色，万一游客数量减少了，冒险屋里那些鬼怪也会不开心的。

"我都已经想好了。"罗董事从陈歌手中拿过那份文件，翻到最后几页，上面不再是建筑设计方案，而是一整套乐园推广计划。"未来虚拟乐园马上就要开始大规模投放广告和推广，我们只能赶在他们前面，利用这个空隙倾尽全力进行一次宣传！主要卖点就是低廉的票价和你的鬼屋！"

"乐园和我的鬼屋捆绑宣传？"

"现在新世纪乐园也只有你的鬼屋能当作卖点。"罗董说了一句很扎心的话，"如果效果不好，这恐怕就是我们最后一次推广了。"

陈歌瞬间觉得自己任务很重，肩负着一个乐园的兴衰。

"你也不要有太大的压力，为了增强鬼屋的吸引力，让更多的游客勇敢地迈出第一步，我会再帮你一把。"罗董事这次也是破釜沉舟，一扫颓势，想要做出改变。

"鬼屋里的场景还是我来设计比较好，你们又不懂其他的关窍。"冒险屋是陈歌的地盘，里面隐藏了太多秘密，他绝对不会允许别人插手。

"我不懂设计鬼屋，但我知道如何调动游客的积极性。"罗董事似乎早已想好了一切，"之前我听老徐说，你在提出什么恐惧分级制度时，用两万元充当赏金？"

"是有这个事情。"当时陈歌是没办法，他提出恐怖场景分级的初衷也是为了游客着想，一个毫无准备的新人直接进入三星恐怖场景，很容易被吓出事来。

"做得很好，不过两万有点儿小家子气了。"罗董事指着冒险屋前面的空地，"明天我会在这里拉上醒目的横幅，第一个通关你鬼屋所有场景的游客，将获得二十万现金奖励！"

"二十万？！"说来惭愧，陈老板自己的银行卡里，到现在余额都没有超过五万。"太多了吧？万一真的有人通关怎么办？"

罗董事往前走了一步，压低声音，这跟刚才挥斥方遒、指点江山的形象完全不同，他低声说："所以我需要你设计一个不可能通关的游戏，我给你透个底，如果一个星期内就有人通关所有场景把这二十万拿走。那这个钱我只出一半，剩下的你自己看着办。"

"这不是让我作弊吗？"陈歌有一丝为难。

"你怎么能这样想呢？我们是游乐园，存在的意义就是为了让游客开心，他们得知第一个通关鬼屋，会有二十万现金奖励开不开心？"罗董事耐心劝说着陈歌。

"肯定很开心，参观鬼屋，还有奖金拿。"

"那当他们得知这二十万被别人拿走后，他们还会不会开心？"

"钱不是自己拿的，可能就会有些失望。"

"所以说，为了所有游客都能开开心心，你一定要给我设计出一个不可能通关的游戏。"罗董事很满意陈歌的态度，"小陈，我知道你很有悟性，别让我失望啊！"如果是以前，二十万对罗董事来说也不算什么，但现在就不同了，陈歌曾听徐叔说过，罗董事为了维持乐园的运转，把自己的房子都抵押给了银行。

"放心吧，罗董。我的鬼屋除了我自己，没人可以走完全程，它本身就是一个不可能通关的游戏。"

"那就交给你了，明天正式开始宣传。"罗董事看着冒险屋门口来来往往的游客，大步离开，好像年轻了几岁。

还真是好消息不断，似乎只要帮助怨念放下执念，或者击杀了门内的怪物之后，运气就会突然间好很多。陈歌站在冒险屋台阶上，之前他击杀镜中怪物后就有过类似的感觉。

明天乐园将开始为他的鬼屋做大规模宣传和推广，这对陈歌来说是一次难得的机会。罗董事将所有的希望放在了他身上，他自然也不想让对方失望。"今晚冒险屋扩建成功后，西郊私立学院应该能成功解锁，新增一个二星恐怖场景，对我明天的计划很有帮助。"第二次扩建过后还有可能获得特殊建筑，陈歌对此也非常的期待。午夜售票厅能招揽和吸引特殊游客，不知道新的建筑有什么功能。

吃完饭继续开始营业，下午三点多钟，陈歌在网上订购的复读机终于送到，这样一来他也可以随时将许音唤出来帮忙了。带着复读机去做任务总感觉怪怪的，不过这也比扛着个录音机到处跑强得多。

晚上六点半，冒险屋关门，游客太多，陈歌停业的时间也越来越晚。眼看着天色慢慢黑了下来，陈歌打消了去临江血防站的念头，那里距离西郊冒险屋很远，再加上他现在不能确定十号的身份，所以就没有轻举妄动。

打扫了一遍卫生，陈歌进入地下场景当中。"田藤病院的鬼屋游戏性和互动性很强，这点我的鬼屋还有改进的余地，如果再增加一些探秘和解谜元素，游客们应该会更加喜欢。"

陈歌在鬼屋里忙碌，检查了所有惊吓点，一直到快十点才离开。"徐婉负责'冥婚'场景，我负责地下的'暮阳中学'和'第三病栋'，'午夜逃杀'场景里还需要一个人来扮演杀人狂。"陈歌能完全信任的人不多,徐叔年纪大了,性格也跟杀人狂沾不上边,相比较来说还是顾飞宇更合适一点。

这小子没什么经验,不过"午夜逃杀"里有小小一家人帮忙,体验感应该不会差太多。陈歌现在担心的是顾飞宇也被小小一家给吓着。"优秀的员工太少,还是鬼怪用着舒心。"

回到员工休息室,他翻看手机当中的资料,颜队给他发送的一张张图片信息让他隐隐有些不安。"怪谈协会盯上了我,如果他们混进游客当中,在关键时候给我捣乱,那我和罗董事的计划可就全毁了,还是早一点将他们解决比较好。"第三病栋的精神病人什么事情都能做得出来,游客那么多,陈歌也不可能将他们从中一一分辨出来。现在避免这种情况出现的唯一方法,就是提前将那些疯子绳之以法。

十二号是《鬼话》栏目的主播,五号是午夜电台的节目总监,要不先从他们两个下手?陈歌用手机搜到鬼话电台,首页预告当中有一条信息引起了他的注意。平时《鬼话》都是从午夜十二点开播,今天却提前了一个小时,栏目组给出的原因是昨天荔枝请假不在,所以今天多为听众补一个小时。

陈歌刚开始没有多想,看到栏目预告后才觉得有点儿不对,今晚荔枝要讲的故事里前五个都和出租车有关。

"今天是出租车特辑?"陈歌算了一下时间,和出租车有关的故事都放在午夜十二点以前,感觉就像是特意安排好的。打开电台,陈歌躺在床上闭目养神。

十点五十五分,电台里传出那个女人动听的声音。"我们在夜色里相遇,又在天亮前分手,我们在这一刻别离,又在下一刻重逢。大家好,我是午夜主播荔枝。"女人的声音很动听,她没有卖弄任何技巧,仅仅只是开口说话就让人觉得很舒服。

"天生一副好嗓子,可惜了。"陈歌枕着胳膊继续往下听。

"江州市历史悠久,旧城区里还保留着很多以前的建筑,其中有一条叫槐花巷的老街最为出名,只不过它出名不是因为历史文化悠久,而是因为那里曾经发生过几件很奇怪的事情。那条老街名为槐花巷,巷子里却没有一棵槐树,老一辈的江州人也说不清楚为什么要给它起这么个名字。"女人的故事还在继续,她的播讲风格别人很难模仿。开头平淡,好像在慢慢编织网兜,让听众不知不觉钻入其中,一步步深陷,最后再猛地将网兜扎紧,把所有惊吓点引爆。荔枝的第一个故事就发生在槐花巷中,有个司机半夜在槐花巷附近接了一个客人,对方说有东西忘在了某个地方,想要司机载他回去取。说了一个大概的地点后,司机就载着乘客出发了,可是这个乘客非常奇怪,连续换了好几个地方都说不对,东西不在那里。在司机耐心快要被耗尽的时候,乘客说出了最后一个地点——火葬场旁边的公交车站台。故事结局有些扯,乘客最终在那里找到了自己丢失的东西,他钻进了司机的身体当中开车离去,而司机则替代他被关进了遗失的骨灰盒当中。

"故事还凑合,主要是荔枝讲出来就好像真的一样。"陈歌听完后忽然意识到了一个问题,荔枝的故事有没有可能就是真的?这个出租车司机的事情就发生在江州,槐花巷也确实存在。"她的故事会不会是从怪谈协会其他成员那里听到的?"荔枝已经开始了第二个故事,同样是发生在槐花巷,故事的主角同样是跑夜车的司机。

"不太对劲。"陈歌曾和颜队通过电话,对方向他透露过一个信息,与怪谈协会有关的案子大多发生在星期三,每星期的这一天似乎对他们来说有特殊的意义。"今天的鬼话提前了一个小时,午夜十二点以前还算是星期三,他们是不是准备在今天动手?"听完了荔枝的第二个故事后,陈歌更加觉得可疑,她讲的故事里最后又是鬼怪获得了新生,而无辜的活人成了牺牲品。

"槐花巷,出租车司机……"陈歌思虑片刻,抓起外套披在身上,"人命关天,还是去看看比较好,说不定能有意外的收获。"他把复读机、磁带和圆珠笔全部装进背包,冲出员工休息室。有了上一次的经验,在路过道具室时,他又将碎颅锤斜着塞入包中。"带着碎颅锤,果然感觉安心了许多。"陈歌背上包,拿着手机离开了冒险屋。

荔枝的鬼故事还在继续,她已经讲到了第三个故事,这个故事她讲得很细致,就好像亲身经历过一样。让听众觉得比较恐怖的是,这个故事的很多细节都和第一个故事对应,这个故事里,在午夜开出租的司机就是那个被鬼替换的倒霉蛋。"鬼开车,越听越像是怪谈协会他们的风格。"

陈歌在乐园门口等了很久,终于等到了一辆出租车,这时候已经是晚上十一点半了。"应该能来得及。"陈歌打开车门,还没进去,就听见里面传出了几年前比较流行的音乐。出租车里没有开空调，司机是个中年人，胳膊压在车窗上，跟随节奏轻轻晃动着脑袋。这人怎么有些眼熟？陈歌看着那人的脸，想了好久才想起来，他去西郊私立学院完成张雅的好感度任务时，就是这个司机送他的。当时他在取手机的时候不小心把水果刀带了出来，结果司机误以为他是劫车的，还在车顶上广告栏上打出了"我被劫持请报警"这几个字。真巧，或许这就是缘分。

"要去什么地方？"

陈歌怕对方认出自己后拒载，手挡在鼻下，干脆先坐进车内，关上了车门，"老城区槐花巷，我赶时间，麻烦你快点儿。"

"槐花巷？"司机把车内音乐调低，犹豫了一下，好像在纠结什么。

"有问题吗？去老城区还要再加钱？"

"那地方虽然离这儿不远，但听说很邪乎，以前有出租车司机在那儿撞过邪。"

"都什么年代了，你还信这些？"陈歌脸不红心不跳，"快开车吧，我赶时间。"

"有时候真是不得不信，前几个星期我还遇见过一件怪事。"司机发动了车子，他似乎想到了什么不好的回忆，"大半夜的有个人让我载他去郊区的废校，天地良心啊，我什么都没想就把他拉过去了，结果你猜怎么着？"

"怎么着？"

"快到地方了，那人给我说他是去废弃校区里约会的？你知道我当时那种感觉吗？拉着个精神病跑了半夜，我头皮都快要炸开了！"司机大叔越说越难受，"第二天我就发烧了，真是邪得出奇，我赶紧让我媳妇去找半仙给我求了些符纸。后来缓了整整一个星期，我才敢继续开夜车。"

"这么吓人的吗？"陈歌有点儿不好意思，他感觉自己跟别人经历的是两件完全不同的事情。

"你别不相信，我说的全是实话，当时那个小伙跟你差不多大，看着干干净净也挺正常的，谁知道……"司机大叔在后视镜里看了陈歌一眼，完后他心里突然产生了种很奇怪的感觉，一股凉气慢慢地从双腿爬上了肩膀。素未谋面为何似曾相识？他脸上的血色逐渐消退，试探着问了一句："兄弟，我们是不是在哪里见过？"

陈歌估摸着对方认出了自己。"上次去西郊私立学院麻烦你了，我也没想到会给你造成这么大的困惑，抱歉。"

开着车的司机大叔整张脸都变得僵硬了,他将紧贴在内衣上的几张符纸掏出,撕了个粉碎,讪笑着说:"其实你上车的时候,我就认出你了,刚才是跟你说笑而已,那些话你不要往心里去。"

"不会的,老哥你怎么称呼啊?我在乐园里工作,以后我们可以交个朋友。"陈歌能两次遇见这位大叔,也算是缘分,他不知道对方欣不欣赏他,反正他是挺欣赏这位大叔乐观向上的生活态度。

司机看着身后黑漆漆早已空无一人的乐园,喉结颤抖了一下说:"我姓张。"两人又闲聊了几句,司机大叔还是对陈歌抱有戒心,就好像是食草动物跟狮子关在了一个铁笼里,他抓着方向盘的手上都能看见明显的青筋。见此情景陈歌也很是无奈,看来那天晚上给司机大叔留下了太深的心理阴影。见司机大叔兴致不高,陈歌也就没有去打扰对方,专心听起了荔枝的鬼故事,他想要从中找出和怪谈协会有关的信息。阴森诡异的配乐在车内响起,荔枝的鬼故事正好发生在槐花巷,出事的主人公还都是出租车司机,这让坐在驾驶位上的大叔额头冷汗狂流。他强迫自己不去听,专心开车。距离午夜十二点只剩下十九分钟的时候,出租车开入老城区,在距离槐花巷还有几十米远的地方,司机大叔停了车,死活都不愿意再往前开。

陈歌心里也感觉挺对不住这老哥的,匆匆下车。他这边刚关上车门,出租车就直接掉头提速,没有一丝一毫的犹豫。我有那么吓人吗?这老哥胆子也太小了。陈歌看着远去的出租车,对方驶出五六十米后又停了下来,似乎是旁边的另一条巷子里有人在朝他招手。没过一会儿,小巷里有个人蹿了出来,打开车门上了车。司机大叔不愿意在这里多做停留,等车门关好后,就跟逃命一样离开了。

"正好有人打车?"陈歌仔细回想从巷子出来那人的每一个动作,距离很远,光线又暗,他刚才看得并不是太清楚。"不对,那个从巷子里出来的家伙……"陈歌瞳孔骤缩,"他好像是倒着跑出来的!"

陈歌把手机装入兜里,此时荔枝开始讲述第五个跟出租车司机有关的鬼故事,他狂奔到小巷外面,那辆出租车已经跑远。必须要找到他!陈歌冲向马路,也不管经过的出租车里有没有乘客,直接将其拦下。"你们出租车司机应该有内部交流的群,帮我找一个人,快!他现在可能有生命危险!"

司机被陈歌的样子吓得不轻，按照陈歌的描述，很轻松地联系上了那位张姓司机。"老张啊，你现在在哪儿呢？"

"邪门儿了，今夜拉的乘客都很奇怪，刚才有个人要去槐花巷，现在这个上车的又要去江州火葬场附近的公交车站台，说有什么东西忘在那儿了。"司机大叔等红灯的时候，拿出手机在他们群聊里发了语音，他刚把陈歌送到槐花巷，又听了一路的鬼故事，现在心里慌得不行。"车里配有行车记录仪，装有定位系统，还安着防护栏，应该不会出事。"司机大叔心眼很多，在发送语音时故意把声音说得很大，让后排的乘客也能听得清楚。

"最近这几天晚上有点儿乱，你多注意些。"

"好的。"绿灯亮起，司机大叔将手机放在一边，发动了出租车。两边的景物飞速倒退，路上的车辆也越来越少。司机大叔悄悄从后视镜里看了一眼后排的乘客，个子不算高，上身穿着一件黑色卫衣，里面是一件浅红色的衬衣。这人匆忙跑进车里，说了要去的地方后就没有再开过口，更奇怪的是，他进入车内后也没有取下戴在头顶的卫衣帽子，因为角度原因只能看清楚他的半张脸。"兄弟，我们跑夜车的比较讲究，一般是不往那地方去的。"司机大叔心里没底，开始东拉西扯，"不过既然让你上车了，我也肯定不会多收你的钱，不过我只能给你送到那附近，需要你自己往里走个一二百米，你看行不？"他第一次载陈歌的时候就是这样，胆子小得很，没到地方就开始规划离开的路线，等乘客一下车，掉头就跑。

"别啊，我就是去取个东西，家是在市区里的。"男人抬了抬头，从声音上倒是听不出什么问题，"你走了，把我一个人扔在火葬场门口，等我取完东西回来怎么打车？大晚上哪儿会有出租车跑火葬场拉客？"司机老张想了想，琢磨着乘客说的也有道理。

"你把我送到，再送回来，来回两份车钱，不比你拉空车跑回来赚？"被乘客这么一说，老张有点儿动心，能多赚一份钱为什么不赚。如果是以前他肯定会一口答应，主要是载过陈歌后，他有了心理阴影，干什么事都小心起来。"也行，不过我就在路口等你，你取完了东西再回来找我。"

"成，只要你不嫌耽误时间就好。"后排的男乘客双手插在口袋里，一副很好说话的样子。

"这人除了一直戴着帽子外,也没什么不正常的地方,感觉比那个去废弃校区约会的家伙靠谱很多。"老张嘴里嘀咕着,心说整个江州跑夜车的出租车那么多,总不能什么怪事都让自己遇上吧?连续两次碰见那个精神病,概率已经够低了,算一算也应该时来运转了。他在脑海里想各种理由安慰自己,可是握着方向盘的手还是冒出了汗。车子开得很快,只用了十分钟就跑出了老城区,朝着位于郊区的火葬场前行。两边的人越来越少,商铺招牌的灯光也已经看不到了,公路上只剩下老张的出租车在飞驰。

"快要到了。"司机大叔不时从后视镜偷看乘客,对方老老实实待在座位上,整整一路似乎动都没动。

"麻烦你再往前开点儿,不用送到门口,离得稍近点儿就行。"后排的乘客说话声音很轻,有种在说话时吸气的感觉。周围近百米看不见任何亮光,今天这地方格外安静,出租车在水泥路面上缓缓前行,好像移动的黑色棺椁。

"就停在这里吧。"夜风顺着车窗吹入,老张双手抓着方向盘,有些不安。

"好,给我两分钟。"

"车钱!"

"等我回来一起给。"后排的乘客淡淡地说了一句,他的声音好像出现了某种变化。

"你这人……"老张很想下车跟对方理论,他害怕乘客逃走,可是一想到要离开车子去外面,他又退缩了。"真是见鬼,大半夜跑火葬场找东西,他在这上班吗?"司机大叔看了眼时间,已经是十一点五十六分,马上就十二点了。"天天遇到这样的客人,老往些稀奇古怪的地方跑,倒是不用担心堵车了。"他看着那名乘客快步离开,觉得那人走路有些别扭,就跟不习惯走路一样。乘客从小门进入火葬场,老张一个人坐在车内,他把所有车窗全部升了上去,密闭的空间让他比较有安全感。

刚过去十几秒,老张就有些坐不住了。"太慢了,我会不会是遇见骗子了,这家伙是不是不想给车钱?"他沉思片刻,表情慢慢发生变化,似乎意识到了一件非常糟糕的事情。"那个去槐花巷的乘客,好像也是没给钱就下车了!"陈歌当时要去槐花巷,距离巷子口还有五六十米,老张就开始催着他下车,最后说什么都不愿意再往前开。等陈歌无奈下车，想要给车费的时候，老张已经开着车跑出十几米远了。老张轻轻拍打着自己的脸，一脸的苦闷。"接班一个小时，一分没赚着，还搭进去几块油钱。算了，就当是破财消灾吧，只要以后能再也不遇见他，我倒贴给他车钱都行。"

老张心烦意乱，打开了车内的音乐，可是越听越心慌。外面就是火葬场，黑漆漆一片，非常安静。这时候车内发出声音，感觉会被黑暗中的某种东西给盯上。一首歌都没有放完，他又关掉了音乐，紧抓着方向盘，朝四周看去。"怎么还不出来？"再有一分钟就是午夜十二点了，司机大叔越想越不对，总觉得会出什么事。他把扔在地上的碎符纸又捡了起来，低头拜了一拜，将其塞进衣服里兜。说来也巧，在他低头的时候，目光正好扫到了乘客曾经坐过的坐垫。白色垫子上有一块不是太明显的血迹。"之前有吗？我接车的时候好像没有看到啊。"老张扭过头看着后座，突然想起那个乘客的打扮很另类，外面套着一件卫衣，里面穿着一件浅红色的衬衫。"那件衬衫的红色不是太均匀，该不会是……"

"砰！砰！砰！"车窗被人敲动，乘客不知什么时候从火葬场里走出，手中捧着一个用黑布盖着的包裹。老张被吓得一机灵，赶紧收回了目光。

"东西找到了，我们原路返回。"乘客的语气和之前完全不同，似乎哪里出现了变化。司机从反光镜里看着乘客手中的黑色包裹，把手在衣服上蹭了蹭，他掌心早已被汗水浸湿。

乘客上车的时候正好是午夜十二点，他抱着黑色包裹坐在后面，戴着卫衣帽子，低垂着头，里面的衬衣似乎颜色变深了一些。老张强迫自己不往后视镜看，可就是控制不住，眼睛不自觉就瞟了过去。"怎么感觉再上车以后就跟变了一个人似的。"老张小声念叨，顺手将手机上的一键报警页面点开。

"还去槐花巷？"

"嗯。"

"你家住在那里吗？江州的古巷里都只剩下一些老人了，像你这个年龄段的挺少见。"

"我家不在那儿。"乘客的语调很奇怪，每句话都很短，有些阴沉。

"听你口音就是江州本地人啊？最近晚上可不太平，不要乱跑了。"老张是真的不想再跑到那条槐花巷去了,他很担心到那里后再遇到上一个乘客。"你家在哪儿?我直接送你回家怎么样?"

"我家?"乘客低头看了看膝盖上的黑色包裹,没有说话。老张见乘客不开口,他也不好意思继续追问,掉转车头,准备往市区里开。出租车启动后,车内的气氛变得更加压抑了。和后排的乘客坐在同一辆车里,老张产生了一种喘不上气的感觉,他将闭合的窗户又给打开。夜风吹入车内,老张这才觉得舒服了一点,他抬头看着后视镜中的游客。不管车辆如何颠簸,乘客的上半身都保持着同一个姿势。这人似乎是因为急急忙忙出门取东西,里面的衬衫来不及换,皱皱巴巴,最上面的扣子也没有系好,能隐约看到一圈勒痕。

"他上车之前遭受过暴力侵害?不对啊!看着怎么像是上吊留下的?"司机更加紧张,有一半注意力都放在了乘客身上,他生怕自己一不注意,身后就出现什么变化。瞳孔跳动,老张心跳得很快,他担心一直偷看会被发现,又害怕身后的乘客做出什么疯狂的事情。车速加快,荒郊野外,他能想到的最好的办法就是开得再快点儿,等到了人多的地方就没事了。车窗全是打开的,呼呼的风吹入车内,老张一直留意着身后。

坐在后排的乘客依旧一动不动,只是他放在膝盖上的黑布包裹被吹开了一角,一小块布向下滑落,露出了包裹的真面目。

骨灰盒!

那人大晚上来火葬场取的东西,竟然是骨灰盒!

血液涌入大脑,老张的心脏跳得更加剧烈了。手臂不自觉地颤抖,小指好像痉挛一样向内缩起,一股阴寒的感觉顺着脊柱慢慢向上爬动。黑布滑落,乘客似乎没有注意到。出租车跑得飞快,在夜风的吹动下,黑布另一边也被吹落。这下老张看得更加清楚了,黑布里包裹的是一个黑色骨灰盒,盒子中央还有一张照片。司机大叔稍稍放慢了车速,集中注意力朝后视镜看去,他双眼盯着后视镜里的骨灰盒上的照片。看不太清楚,但是下巴和嘴型,好像跟这个在车上坐着的乘客有些相似。

"他大半夜去火葬场,抱出了自己的骨灰盒?"老张不敢继续想下去了,他的身体在打战,单手控制方向盘,另一只手在旁边摸索,想要偷偷报警。可就在触碰到手机的时候,他习惯性地朝后视镜看了一眼,镜面当中有一双满是血丝的眼睛也在看着他!那个一直低着头的乘客不知什么时候抬起了头,他的脸和骨灰盒照片上的脸一模一样,只是增添了一种不正常的灰白色。脖颈上浮现出鸡皮疙瘩,老张感觉全身冰凉,幸好多年的驾驶经验让他强行控制住了自己,这才没有发生事故。

出租车继续向前行驶,再开几分钟就能进入市区,但是老张的情况却越来越糟糕了。后座上的乘客眼睛一直盯着后视镜,每次他抬头的时候,都能看到身后有一双眼睛在盯着自己。夜风已经把黑布完全吹落,乘客就抱着自己的骨灰盒一动不动地坐在后面。

"他到底想干什么!"一路上都看不见一辆车,老张心急如焚,他慢慢地竟然产生了一种错觉,似乎自己跑反了方向。这根本不是通往市区的路,而是朝着更加荒凉的地方开去。"该怎么办?!"他悄悄报了警,又在交流群里打出了求救暗号,可远水解不了近渴,这些都无法带给他丝毫安全感。每一次抬头,老张都感觉身后那双眼睛离自己更近了一点。他紧紧抓着方向盘,车内温度似乎在不断降低,后背僵直麻木,明明靠着椅背,却感觉不到一点儿柔软。

"嗡、嗡……"扔在旁边的手机开始震动,有人打了电话过来,不过老张没敢去接。

"喂。"身后的乘客突然发出声音,老张被吓得一哆嗦,缓了一两秒才开口,"怎、怎么了?"

"有人给你打电话。"被乘客这么一说,老张这才朝旁边看去,一键报警的页面已经不见,取而代之的是一个未接来电。这电话拨通之后很快就挂断,似乎是电话那边的人也意识到了情况不对。

"不用管它,开车的时候不能接电话。"老张干笑道。说完他又朝旁边的手机屏幕扫了一眼,一条短信正好发送了过来。

"赶紧停车!沿着马路跑!你车后面坐着的不是人!"这条短信在屏幕上停留了几秒钟的时间,老张看到了,坐在后面的乘客也看到了。

"这些人真能扯淡。"司机将手机拿起,放在方向盘旁边,正想再说几句话,抬头看向后视镜的时候,猛然发现乘客的脸就贴在自己后面的防护栏上!死灰色的脸被防护栏挡住，乘客的脸上带着一种老张无法理解的笑容。

"不用否认，其实你心里也想到了。"卫衣帽子滑落，乘客的脖颈一点点扭动，在他脑后还长着另外一张脸。"严格来说，他是人，但我不是。"嘴唇嚅动，后面这句话是乘客脑后那张脸说出的。

老张已经忘记了该做出什么样的反应，他脑子里一片空白，好像同时踩下了刹车和油门。出租车开出了几十米远才停了下来，他大喊着爬出车子，往前狂奔。车门打开，乘客也走了出来，他背对着老张，后脑上的畸形脸扯出了一个难看的笑容。"你跑不掉的，这具身体已经被一个疯子盯上了，我现在需要换一个伙伴。"乘客背对着老张，他身体好像被一种无形的力量拉扯，倒着追了过去。

"救命啊——"

午夜时分，郊区的马路上空空荡荡，一辆路过的车都没有。

司机大叔牢记着手机上最后那条信息，没敢钻进两边的树林当中，在马路中央狂奔。风在耳边呼呼地吹着，老张跑出了十几米后，发现身后没有脚步声，他扭过头看了一眼。

"你跑不掉的！"长在怪物后脑上的那张脸扭曲变形，仿佛有什么东西要钻出来，此时怪物乘客距离老张只有半米远。

它想钻进我的脑袋里！司机大叔也不知道自己为什么会有如此古怪的想法，他拼了命地往前跑，再也不敢回头看。可是有些东西，不是不回头看，它就不存在的。后脑能感到针扎一般的疼痛，就好像是有尖锐的刀子正慢慢刺入其中。"救命！"他声嘶力竭地呼喊，回应他的却是一片死寂。他的脖颈冰冷，变得僵硬，连扭头的力气都没有。越跑越慢，肺里的氧气被榨干，他实在是跑不动了。

"你会慢慢习惯的。"脑后传来阴森的笑声，司机拼命向前走，可惜这附近太过荒凉，两边都是老林子，过往的车辆知道前面是火葬场，所以也很少会在晚上从这里经过。后脑好像被剖开了一样，那种疼痛无法忍受，大叔眼珠上翻，他感觉自己要晕过去了。

"好疼！"脑海中只剩下这一个念头，思维变得模糊，他满脑子想着的都是，等自己醒来，会不会也变成一个后脑长着脸的怪物？冰寒的感觉侵入大脑，记忆被搅动，老张终于支撑不下去了。

"扑通"一声,老张趴在地上,他双手撑地,后背感到一阵冰凉,就好像有一条毒蛇爬上了他的后背,偏偏他还不能移动反抗。后脑越来越疼,老张想要叫喊,但已经发不出声音,他晃动脑袋,想要将后脑上的东西给甩下去,可惜根本没有效果。

"好疼……"他没有发出声音,但是耳边还是响起了声音。

"是我在说话?"老张的思维已经混乱,他努力朝着声音传来的方向看去。黑夜中唯一的光源就是车灯,两边的树枝沙沙作响,远处隐隐约约有什么东西过来了。

"好疼、好疼!"痛苦的声音传入耳中,老张面如死灰,他发现那个声音并不是自己发出的。

"又来了一个怪物?"司机瘫在地上,竭力睁大眼睛,他只想好好开出租车赚钱养家,从没想到会遭遇如此诡异的事情。"我死后,身体会不会被送到什么地方供人研究?"脑子里开始出现奇怪的想法,后背上冰凉的感觉慢慢消退,但是后脑的疼痛却丝毫没有减弱。听到那个声音,乘客似乎也产生了危机感,开始加快速度。

"怪物怎么好像也在害怕?"在闭上眼睛的最后几秒,他看到远处有一辆出租车开了过来。他有心想要发出声音,提醒对方这里非常危险,可是嘴巴已经张不开了。车门打开,那个他见过好几次的"精神病"拎着包跑了出来。"怎么到哪儿都能遇见他?"老张嘴里的"精神病"将背包甩到一边,从包中取出一把造型夸张的铁锤,朝着他冲刺而来。

"这下我是死定了。"话语中透着浓浓的绝望,紧接着老张就看到了终生难忘的一幕。冲刺而来的男人在距离他还有一两米的时候,扬起了手中的铁锤,对准他的后脑抡了下去!

"嘭!"

后脑上的疼痛瞬间消失,一个类似人的物体被砸倒,在马路上翻滚了好几圈。骨骼断裂的声音在耳边响起,视线被一抹淡淡的殷红覆盖,老张艰难地转过头,看到乘客被砸变形的身体后,他再也控制不住心中的恐惧,眼睛上翻,直挺挺地昏了过去。

"不要怕!"陈歌喘着气,他紧赶慢赶终于赶到。

老张晕倒在地,自然听不到他的声音。后面那辆出租车的司机也跑了下来,看到晕倒在地的老张后,尖叫道:"老张!老张你醒醒啊!"

平静的夜色被打破,翻滚在马路中央的乘客看到陈歌后,二话不说,倾斜着身体,跑进旁边的树林当中。

"马上报警!就说凶手是第三病栋囚禁案的逃犯!"陈歌交代了一句,直接朝树林里追去。

密林当中,速度受到很大的影响,乘客在前面疯跑,陈歌在后面追赶。双方一追一逃,持续了几分钟的时间,乘客的体力渐渐跟不上了。他的身体歪歪斜斜,半边肩膀被砸得变形,每一步迈出去都跟快要散架了一样。

"你跑不掉的!"陈歌今夜绝对不会放过这个家伙,不管是因为隐藏任务,还是其他的原因,他都有理由让怪谈协会成为历史。

听到身后的叫嚣,乘客咬紧了牙,就在几分钟前,他刚刚说过这句话。形势已经逆转,今夜的怪谈不仅无法完成,甚至还有可能把自己给搭进去。心里想着事情,乘客一个没注意,小腿绊到了什么东西,本来就被砸歪的身体,彻底失去平衡,重重地摔在了地上。

"继续跑啊!"陈歌怎会放过这么好的机会,他全力拉近距离,狰狞血腥的铁锤在乘客眼中被无限放大。乘客心里没来由地产生一种慌乱的情绪,在地上拼命爬动,朝着树林更深处躲藏。只用了几秒钟,陈歌就追了上来,抡起碎颅锤砸向乘客大腿,关键时刻,乘客手肘撑地强行移开了身体。

"嘭!"锤头砸在了树干上,蹭掉了一大块树皮,整棵树都在剧烈摇晃。乘客脸色发白,看着比死人的脸都要凄惨。"欺人太甚!"他后脑上的脸开始蠕动,一条条血丝从皮肤下冒出,重新编织,片刻过后,乘客后脑上的脸竟然和陈歌有八九分的相似。

"能操纵这些血丝,你果然是从门那边跑出来的。"不等怪物蜕变完成,陈歌已经冲了上去,对于怪物他从来不会手下留情。

"早就等你过来了!"陈歌靠近的时候,乘客忽然跳起主动迎上他,双手前伸,不顾一切地想要抓住他的肩膀。那张和陈歌有些相似的脸露出病态的笑容,贴近陈歌的脸。他从见到陈歌就开始谋划,却忽略了很重要的一点。在那张脸和陈歌中间的位置,有一个更加歇斯底里的声音响起。"好疼,好疼啊!"

血丝编织成的脸好像撞上了什么东西,硬生生停在了陈歌身前三十厘米远的地方。

"这是？"那张脸愣了一下，脸上的血丝向前蔓延，在陈歌和它中间还站着一个年轻人。

"划开皮肤，血淋在身上，我看着她们将我分享。"男孩看起来年龄不大，他眼里含着泪，慢慢抬起头，表情逐渐失控，全身各处都开始流血。"好疼，好疼，好疼啊！"整张脸猛然扭曲，五官错位，他好像疯了一样双手挖进乘客脑后的那张脸，对着飘舞的血丝如同野狗般疯狂撕咬！

"啊！"乘客和他脑后的脸同时发出尖叫，陈歌也惊得往后退了一步。这是他第一次见许音出现，可能是因为生前遭受了太多的痛苦和折磨，许音变得极为暴虐，他似乎是准备将生前积攒的怨恨全部发泄出去。

"太疯狂了。"场面血腥，已经失控，陈歌又向后挪了挪。"一出手就是不死不休，这有点儿恐怖。"陈歌紧抓着碎颅锤，"活得太痛苦对他也不好，我以后要帮他疏通执念，教会他以理服人。"

许音不是红衣，实力和张雅相差很多，但是若论残忍和凶狠，这家伙远超张雅。

恐怖转盘里的怨念每一个都不简单，看来抽奖要慎重了。顶着"怨念眷顾者"的称号，陈歌感觉那转盘里除了怨念，就是增加怨念好感度的东西，不管抽到什么，最终导致的结果就是，身边的怨念会越来越多。

"我就算胆子相比较别人稍大了一点，可终究只是个普通人，做事要量力而行。"

乘客在地上爬动，他后脑那张脸要比陈歌之前想的强很多。许音以伤换伤，身体虚幻了很多，但是那张脸也不好过，血肉模糊，它几乎被许音从乘客后脑生生撕下。

"这是什么怪物？！"那张脸痛苦地叫喊着，可是没有人能为它解答。血丝不断绷散，许音进攻的样子更像是在求死，看得陈歌都有些心颤。

"不是生死危急的时候，最好还是不要把许音唤出来了。"陈歌现在念起了笔仙的好处，所有员工里就这位性格比较温柔，虽然有时候会偷奸耍滑，但关键时刻从来不会违背陈歌的命令。

许音愈发癫狂，陈歌赶紧从躲藏的树后走出，他实在看不下去这残忍的场景，决定给对方一个痛快。"从门内逃出的怪物，必须要依附在活人身上才能长时间存在，碎颅锤对血脸造成的伤害微乎其微，既然这样就只能对乘客动手了。"陈歌提起碎颅锤追上乘客,看准了位置,又是一锤下去。"不能砸脑袋,可是要怎么砸才能让他昏迷,但又不会有生命危险呢?"

乘客好像听见了陈歌的声音,汗毛倒竖,回头盯着陈歌,眼珠子都快要瞪出来了。"我……"他似乎是想要开口,但是陈歌没给他说话的机会,锤头落下,随后就听见了骨骼碎裂的声音。怪谈协会的那名成员瘸着腿坐在地上,他后脑的血丝脸似乎知道大势已去,果断脱落下来,化为一个被血丝包裹、充满恶意的人头,朝着火葬场的方向逃去。在它离开乘客的瞬间,那名乘客就好像被抽离了全身力气,摔倒在地。他目光呆滞,仿佛灵魂被撕扯走了一部分。

"追上它!"不用陈歌提醒,许音已经追了出去。这个刚一出现,看着心情阴郁,甚至有点儿文艺范儿的大男孩,此时五官扭曲撕裂,满身渗血的伤口,四肢着地扑向逃跑的人头。

"别杀了它!我还有些东西要问它!"陈歌开口提醒,可还是说晚了,鬼怪不能完全控制,许音抓住人头直接咬了下去。刺耳的惨叫震落了树叶,血丝被一点点嚼碎,人头在许音手中慢慢消散。

吞掉了怪物之后,许音在原地站了很久,他身上的伤口慢慢愈合,只是外衣上多出了点点血斑没有消退。也许等血斑扩散至整件衣服时,他就能成为陈歌冒险屋里的第二个红衣了。垂手呆立,许音慢慢转身,空洞的眼睛看着陈歌。他就像是在阴雨天,站在橱窗当中,隔着玻璃注视着外面的城市。想要出去,但是又害怕被淋湿。看到许音这副样子,陈歌实在说不出什么重话,他能感受到许音的痛苦和孤独。

"我知道你的过去,也清楚你的痛苦,不过以后你可以换一种方式来发泄,比如向我倾诉。"陈歌没去埋怨许音,而是走向许音,朝他伸出了手,"或许我们能成为朋友。"这一段话,当初他也对张雅说过,现在又完善修改了一下。陈歌发现许音的表情出现了一丝变化,他觉得这个模板以后可以继续使用下去。

呆立的许音盯着陈歌的脸,他看了很久,最终还是没有去触碰陈歌伸向他的手,慢慢消散了。

"好疼……"复读机里的磁带停止转动,密林里安静了下来,一切都像是从未发生过一样。

陈歌将晕倒在地的乘客扶起，掀开卫衣袖子看向他的手指。对比完烟疤位置后，陈歌可以确定，这人就是海明公寓出现在监控视频里的卫衣男，同时他也是怪谈协会当中的五号！

"幻肢症患者和许童死亡后，黑色手机提示任务完成度增加。现在五号身上的鬼怪已经被消杀，他本人也已经昏迷，可黑色手机还是没有任何提示，看来他是第三病栋病人的概率不大。"陈歌拖着五号向外走，没走出几步，他脑中忽然闪过了一件事。"有问题！王声龙身上那个瘦长鬼影论实力，甚至还要比血丝鬼脸强一点，可当时王声龙的说法是，瘦长鬼影感受到了强烈的威胁，所以才从他身上逃离。"

"仅凭五号不可能做到，如此说来……"陈歌的眼睛慢慢放出亮光，"那天晚上去海明公寓的怪谈协会成员不止五号一个！一定还有其他人！"监控视频里可能还拍下了其他怪谈协会成员的外貌，只是对方隐藏得很好，所以直到现在都没有人发现。能让瘦长鬼影感受到威胁逃跑的，应该就只有红衣了，这个隐藏的人才是关键！"

走出树林，陈歌将乘客扔在马路旁边，惊魂未定的老张看到陈歌后，向后缩了缩身体。

"老张，你真要多谢谢人家，要不是他拦车过来救你，现在劫匪早已经得手了。"送陈歌过来的那个出租车司机陪在老张身边，他不是太清楚发生了什么事情，只是看到老张被人按在地上，模样非常狼狈。他们跑夜班出租的都接受过安全教育，所以他在第一时间想到了劫车。

"你根本不知道我经历了什么。"老张语无伦次，指着陈歌和地上的"尸体"，老张自己也说不清楚。今晚的遭遇对他来说太过刺激，估计以后很长一段时间，他又要在家休养了。

"你没事吧？"陈歌提着造型恐怖的碎颅锤，找到地上的背包将之塞入其中。

"没、没事。"老张呆滞地看着陈歌，他实在想不明白一个正常人为什么会在大半夜外出的时候，随身携带这么大一柄铁锤。明明是陈歌救了他，理论上他应该感激对方，可不知道为什么，他一看见陈歌就打战，发自内心地感到害怕。

"没事就好，以后开夜车的时候一定要多加小心。"陈歌随口说了一句，他为了让两名司机安心，当着他们的面拨打了颜队的电话，将这里的情况向对方说明。

听到陈歌和警察沟通打电话，老张对陈歌的印象慢慢发生改变，他就是一个误入灵异事件的普通人，在他心中警察就是老百姓的保护神，陈歌既然认识警察，又确实救了自己，那他肯定是个好人。慢慢放下戒心，老张仔细想了想，陈歌两次坐车都没有伤害过自己。"看来是我误会他了，这人估计是执行特殊任务的便衣。坏了！为了救我，他是不是放弃了自己本该执行的任务？电视里可经常出现这样的事情。"老张虽说是个普通人，但心肠不坏，他已经打定主意，等会儿警察过来，一定要努力帮陈歌说好话。

陈歌并不清楚老张的心路历程，他交代了两句后，就拜托那位后来赶到的司机，把自己送往《鬼话》电台的办公楼。五号是《鬼话》电台的栏目总监，十二号荔枝是今晚的主播客，这两个人很可能暗地里沟通过。五号出事，荔枝收到消息后，很可能会连夜逃亡。为了避免这种情况出现，陈歌决定现在就过去帮助荔枝"解脱"。

不管原因是什么，犯了错就要受到法律的制裁。陈歌给颜队发了信息，说了一下自己的位置，之后他只用了不到二十分钟就抵达目的地。

"老哥，今晚多谢了，你回去接老张吧，后面的事就不用麻烦你了。"付了车钱，陈歌独自进入大楼当中。电台录音对室内环境要求非常严格，如果声学指标没有达到要求，越专业的设备，越容易受到影响，暴露出各种问题。所以像《鬼话》这样比较大型的午夜电台，都有自己专门的录音棚，通常是在办公楼的最深处。

陈歌背着包避开监控，他在门口停留了一段时间，拿出手机打开午夜电台。

荔枝正在讲述的鬼故事叫电台怪谈，她以自己为原型，用一种诡异的方式说出了身边的种种变化，没有特别恐怖的地方，但是一个个和现实生活无比贴近的小细节，却让听众毛骨悚然，很多人都曾经历过类似的事情。陈歌看了下节目名单和明天的预告，发现荔枝是准备将电台怪谈做成一个系列，一直到下周二结束。

"她是不是准备亲手打造出一个怪谈？但凡听了她电台广播的人都有可能出现意外？"陈歌摸不清楚这个疯女人的想法，只好先进入办公楼当中。录音棚是经过降噪隔音处理的，荔枝在里面录音，陈歌也不用担心他在外面放鬼故事会被荔枝听到。

这办公楼里连个保安都没有，看来怪谈协会的五号会员对自己的公司非常自信，觉得没有人敢来这地方捣乱。陈歌会这样想的原因很简单，他自己也从不担心鬼屋会被小偷光临。平时锁门也不是害怕小偷进入偷东西，而是害怕小偷在里面被吓死，惹上不必要的麻烦。看着二楼的指示图，陈歌乘坐电梯找到午夜电台录音的地方，录音棚应该就在房间里面。接下来的事情就简单了，他从背包中取出碎颅锤，靠着墙壁，守在门外。

荔枝还在里面录音，丝毫没有察觉危险已经来临。你在播讲别人的怪谈，殊不知自己也将成为怪谈的一部分。

漆黑悠长的走廊上，陈歌手持碎颅锤，听着手机里荔枝的鬼故事，双方就隔着几米远。

……

荔枝在录音棚里讲述了自己身边发生的种种怪事，故事中她是一个无辜弱小的受害者，在苦苦寻找凶手和捉弄她的人，实际上真正造成这一切的凶手就是她自己。

"今晚的节目就到这里，感谢大家的收听，愿您今晚有个好梦，晚安。"凌晨两点，荔枝播完了所有鬼故事。她关掉了设备，坐在椅子上，脸上却露出了和白天完全不同的诡异表情。似乎是因为录鬼故事时太过投入，她无法立刻从情绪中走出。录音棚里非常安静，过了许久终于响起了一个声音。

"今天要尝些什么？"她啃咬着自己的手指，肆无忌惮地说着各种各样的话，似乎只有这个时候她才能做完全真实的自己。

刚开始来午夜电台时，她非常害怕，一个女孩子独自在深夜播讲鬼故事，讲完后还要穿过死寂的大楼，回到家去。为了高额的工资她强迫自己撑下去，可后来也不知道是惊吓过度出现了逆转，还是每天播讲鬼故事代入太深，她慢慢竟然不害怕了。只是在失去恐惧这种情绪的同时，她的思维和内心也渐渐变得和正常人不太一样了。她似乎把自己当成了故事当中的鬼怪，喜欢融入黑夜，不会惧怕任何恐怖的东西。

"冰柜里的肉还没有吃完，不过今天可以换一种吃法。"荔枝的声音依旧是那么好听，她将被咬烂的手拿开，嘴唇上还残留着鲜血。似乎是想到了什么好东西，荔枝舔了舔嘴唇，有些兴奋。她迫不及待地走进休息间，从皮包里拿出口红，刚准备补一个妆，手机就响了起来。

"陌生号码？"荔枝将化妆盒扔进皮包，心里有一些生气，好好的气氛都被这个电话破坏掉了。"真扫兴。"懒得继续化妆，荔枝走向录音棚的门，努力调整自己的情绪,让自己的声音和语调尽量显得正常一些,然后接通了电话。"您好,有事吗?"甜美的声音让人听到后就好像喝下了一口冰镇果酒,清爽舒服,还有一丝醉意。

"五号死了,我需要你来芳华苑三号楼二十四层一趟。"电话那边的人显然没有被荔枝的声音迷惑,直奔主题。

"死了?"荔枝还在流血的手指慢慢握紧,血珠滴在了粉嫩的手机外壳上。

"不管五号对你说过什么,不管你们两个到底是什么关系,现在立刻给我过来。"

"现在吗?"荔枝有些犹豫,她一手拿着手机,另一只手打开录音棚的木门,灯光照在漆黑的走廊上,外面非常的安静。房门打开了一条缝,荔枝有些不死心地多问了一句:"他的死和我无关,为什么要我去二十四层?"

"不想死的话,就立刻过来!"电话里的声音顺着打开的门缝传到了外面。

"好吧。"女人将木门完全打开,她背着包刚走出录音棚半步,就看见一个狰狞的锤头毫无征兆地朝自己砸来。她甚至连尖叫都来不及发出,人就被撞回录音棚当中。

疼痛延迟了几秒才传达至大脑,录音棚里响起了一声迟来的尖叫。

"啊——"

陈歌一言不发,捡起地上的手机,放在耳边。

"十二号?"话筒那边传来一个阴冷嘶哑的声音,对方使用的是假声,但就算是假声仍旧让陈歌觉得有一丝熟悉。陈歌还想继续偷听那人的声音,可对方很快意识到了什么,果断挂断电话。

就听到了三个字,不过这也是一个重大收获了。站在漆黑的走廊中央,陈歌拿着荔枝的手机,脸上露出一丝笑容。怪谈协会里所有成员都不清楚彼此的身份,可以给荔枝打电话的这个人却不一样,他似乎清楚荔枝和五号之间的关系,并且还在关键时刻提醒荔枝离开。"这个声音的主人,很有可能是隐藏起来的会长,在暗中掌控全局。"陈歌对比在怪谈协会里听到过的所有声音,可以肯定,这个声音的主人不是坐在餐桌左边第一个的男人,也不是五号和十号。范围进一步缩小,抓住他,怪谈协会应该就会变成一盘散沙。

陈歌把荔枝的手机放在座椅上,守在门口,拨通了颜队的电话。

颜队他们的出警速度要比西城派出所快很多,只用了十几分钟,就有警车赶到。陈歌收起碎颅锤，建议警察搜查一下荔枝居住的地方，然后又将对方谋杀丈夫的事情说了出来。几人都被带走调查，在市分局，陈歌又一次见到了颜队，这个体形微胖的警察看起来憔悴了很多。"颜队，好久不见。"

"我怎么觉得天天都能遇见你？"颜队有些头疼地看着陈歌，他突然想起私下里李队说的一些关于陈歌的话，顿时脑仁隐隐作痛。

可是他又不能责怪陈歌，当初那个说不会让正义心凉的是他，亲手将治安勋章发给陈歌、鼓励陈歌继续维护治安稳定的也是他，自己挖的坑，现在含着泪也要跳进去。

"小陈，做得不错！"颜队的笑容稍有一丝勉强，"但是你的处理方式有问题，太冲动了。"

"我明白，主要是看到他们在向无辜者施加暴行，我有点儿控制不住。"陈歌没有否认自己的冲动，但不是自己造成的伤害，他也绝对不会承认。"颜队，劫车男进入密林后昏迷这事可跟我一点关系都没有，我下手时专门避开了他的要害位置。在他莫名其妙昏迷以后，还是我把他从树林深处拖出来的。"

颜队点了点头说："我都听那两个出租车司机说了，如果不是你及时出现，后果不堪设想。"

司机对陈歌的感谢是发自真心的，这点儿颜队能看得出来。

"那我现在可以离开了吗？"陈歌的冒险屋明天要开始大规模宣传，他如果不在场肯定会出乱子。

"不着急，还有很多东西要问你，做完全部笔录才能走，这是规定。"颜队和另外两个警察，三人同时询问陈歌种种和案件有关的细节，早已想好该怎么说的陈歌也算是应对自如。该说的详细描述，不该说的就当没有发生过，另外陈歌还向颜队提供了一个重要信息：海明公寓的监控视频里，可能还拍下了五号同伙的长相。

凌晨三点半，颜队他们看陈歌的状态实在太糟糕，这才将陈歌送回新世纪乐园。打开冒险屋门，萎靡不振的陈歌眼神恢复平静。自从吃下了张雅的糖果之后，他就感觉自己并不需要太长时间的睡眠，也能保持旺盛的精力。这是他的秘密，不会告诉任何人。"以后还是低调一点比较好，我能扛得住，颜队他们恐怕会吃不消。"

躺在休息室内，陈歌将白猫抱到一边，衣服也没脱，就这样睡着了……

第 10 章 冒险屋的三个禁忌

早上八点,陈歌被电话惊醒,接通后发现是顾飞宇打来的。昨天小顾跟着游客进去体验了一圈后,说什么都不愿意在这里工作,钱固然重要,可命只有一条啊。不过后来他架不住陈歌的劝说,这才答应今天再来尝试一下。"午夜逃杀"场景,正好缺少一个演员,只能先让小顾顶上了。陈歌换了身衣服,洗漱完后,跑到乐园门口将小顾接了进来。

小顾是个实在人,进门说道:"陈哥,我觉得自己没有吓人的天赋。昨晚我想了一晚上,你为我找工作,不嫌弃我,可我不能坑了你鬼屋的口碑啊。"

"不吓人没事,我可以教你。"陈歌上下打量小顾,"跟我进来,先试一试你的工作服。"他将小顾带入化妆间,当小顾看见浸染鲜血的医生制服和人脸拼合成的人皮面具时,整个人都不好了。"拿着,还有这把锤子,你抡几下让我看看。"顾飞宇提着沉重的碎颅锤,怔怔地看着锤头上残留的血渍,他闻到了一股浓烈的血腥味。

"你们鬼屋的道具都这么真实吗?"

"是我们的鬼屋,别啰唆,赶紧穿上去。"九点乐园开业,留给陈歌的时间并不多。

穿上整套碎颅医生套装后，顾飞宇看着镜子里的怪物，他简直不敢相信那就是自己。

"不错，有点儿感觉了。"陈歌满意地点了点头，顾飞宇身高体形和他差不多，只是很多动作不熟练，所以显得有些迟钝。"面具紧贴着你的脸部皮肤，如果你想要让面具的表情发生变化，可以通过调节面部肌肉来实现。"

顾飞宇试着挤出了一个笑容，看起来不仅不恐怖，还有些欠揍的感觉。

"你扮演的角色是杀人狂，是个疯子，让我看到那种癫狂的感觉！"陈歌做出各种不同的表情，他见过的疯子有很多，在短短几秒钟时间内，就转变了几种不同的风格。"你先找准自己的定位，杀人狂也分很多种。"

"难度最低的就是冰冷沉默型，扮演好这个类型的杀人狂，你要注意的是保持绝对的冷静，无论什么时候都不能慌张，就好像是一台只知道杀戮的机器一样。比冰冷沉默高一个等级的是野兽型，你要让游客时刻感觉自己处于危险当中，就像是你手中的猎物一样，只能拼死挣扎，但是却无法逃脱。再难一点是病态疯癫型，这个类型的杀人狂最能带给游客恐惧和尖叫，但是对表演要求非常高，从表情到眼神都要浸透疯狂，就像是控制不住的大火，肆意燃烧，要毁掉一切。"各种类型的杀人狂陈歌都见过，他在这方面拥有其他鬼屋从业者都不具备的实战经验。

顾飞宇已经听蒙了，只能不断点头。

"你刚学，我对你要求也不能太高。"陈歌找到小小，然后领着打扮好的顾飞宇来到三楼"午夜逃杀"场景当中。"整个场景昨天已经让你熟悉过了，道路都记熟了没？"想到昨天自己被一次次扔进"午夜逃杀"场景当中，顾飞宇的眼泪都在眼眶中打转，"还没，昨天被吓得光知道乱跑了，根本记不住路。"

"一个合格的鬼屋员工必须要熟记场景内的所有通道，你要营造给游客一种感觉。你不是人，你是阴魂不散的怨念，是随时都可能出现的杀人魔！"陈歌大步走入场景当中，顾飞宇双手倒提着碎颅锤，怯生生地跟在后面。"我再带着你去看看场景内的所有密道，务必要记下来。"陈歌语重心长地说，"其实熟悉通道还有一个重要的原因，游客出现了意外你要第一时间赶去救援，在这里，我们既是魔鬼，也是天使。"

"我怕自己做不到，老实说我一进来就有点儿慌，一想到自己要一个人待在这么大的场景里，我就有点儿害怕。"顾飞宇佩戴着狰狞的人皮面具，说话的声音里却透着哭腔，"我还是觉得自己无法胜任这份工作。"

"打起精神！男人怎么能随随便便承认自己不行？"陈歌看着顾飞宇的眼睛，"凡事都有一个过程，你现在觉得害怕、畏惧很正常，但克服心中的恐惧以后，就会慢慢习惯。"说完后，陈歌将口袋里的小小递给顾飞宇。"无论在场景里遇到了什么都不要慌，这小家伙会给你带来好运。"顾飞宇单手捧着殷小小，此时此刻不管陈歌说什么，他都只能去相信。

陈歌领着顾飞宇熟悉了"午夜逃杀"场景里的所有密道和机关，又告诉了他一些最基本的吓人技巧。比如保持多远的距离最能带给游客压迫感，还有如何卡视野才能带给游客意料之外的惊喜等等。距离九点还有二十分钟时，陈歌让顾飞宇一个人在"午夜逃杀"场景里待命，自己先离开了。被独自扔在场景当中的顾飞宇，抱着碎颅锤和小小，无助地缩在墙角，他看着漆黑阴森的走廊，慢慢蹲下身体。"几个月前，我还在一望无际的稻田上插秧，大城市真的好复杂，我有点儿想吃奶奶做的梅菜扣肉了……"

关上"午夜逃杀"场景的大门，陈歌听到冒险屋外面有动静，走出去一看才发现，几个工人在安装横幅广告。

"陈歌！"徐叔和一个陌生的发福中年人在休息厅里交谈，看到陈歌走出冒险屋，徐叔招手让陈歌过来。

"叔，你今天来得好早啊。"

"今天是咱们乐园重整旗鼓的重要日子，肯定要来早一点儿。"徐叔满脸笑容，看起来心情很好，"这位是杨工，休息厅施工就由他来负责，你有什么要求也可以向他提。"

"叫我老杨就行。"中年男人看起来很和气。

"施工队？"看到杨工，陈歌这才想起一件事，"我还真有件事要麻烦你。"

"罗董事交代过了，你尽管说。"

"我需要你尽快将乐园地下停车场的两个出口封住，不需要封死，但绝对不能让人随便进出。"之前乐园只是用障碍物堵住了大门，从缝隙可以轻松翻入其中。

"好，没问题。"地下停车场被罗董事免费租给了陈歌，徐叔也清楚这件事，所以没有阻拦。

"那你们继续忙吧,我再去冒险屋里检查一遍场景机关。"陈歌回到冒险屋,拿出了黑色手机,"一个晚上过去了,场景扩建应该已经完成了吧。"

他点开屏幕,上面果然有两条未读信息。

第二次扩建成功!获得特殊建筑奖励——猛鬼的换衣间。

再扩建一次,冒险屋将升级为"战栗迷宫"!

猛鬼的换衣间:误入鬼楼的警察、被困废校的学生、夜探病栋的记者、失去记忆的病人,在这里游客可以身临其境体验各种角色,猛鬼的换衣间将为游客提供服装道具,更换服装将大幅增加代入感!

注意:换衣间有百分之一的概率触发极致体验!能让游客完全代入另一段不属于自己的记忆,体验无法被复制的震撼!

"换衣间?角色扮演?"陈歌看着手机上的信息,这个新出现的特殊建筑令他有些惊讶,"游客可以自由挑选身份,增加代入感这些我都能理解,可是那个只有百分之一概率触发的极致体验是什么意思?"

极致体验只有触发时才能看出具体效果,陈歌之前获得午夜售票台时,也是在范郁到来之后,才弄清楚了吸引特殊游客这项能力的具体含义。

"根据之前获得午夜售票台的经验,黑色手机奖励的建筑都是安全、没有隐患的,但不怕一万就怕万一,还是小心一点好。"陈歌思虑片刻有了主意,"限制使用人数,想要使用换衣间,拥有更加真实的体验需要额外付20元,算是服装租赁费用。"胆子小的,本身就够害怕了,肯定不会花这个钱去找虐。猛鬼换衣间主要针对的是那些资深鬼屋爱好者,越是真实恐怖,他们就越喜欢。在黑色手机的提示下,陈歌来到一楼拐角深处,在"僵尸复活夜"场景外围出现了一个隔间。

"'午夜逃杀'场景侵占了僵尸复活夜场景的一部分,现在这个特殊建筑又占了一部分面积,看来我以后需要重新规划一下了。"陈歌进入隔间当中,里面是两扇门,分别写着男女,随便推开一间,墙壁上挂满了各种各样的制服。但和现实当中不同的是,这些制服上全部浸染有血迹,有的皱皱巴巴,边角有明显撕裂的痕迹,很难想象这些衣服曾经的主人遭遇过什么事情。陈歌似乎有些明白,这地方为什么要叫猛鬼的换衣间了。换衣间墙壁上的那些制服,很可能都是被鬼怪杀害之人留下的,穿上制服,就会代入那些人曾经的绝望。"选择身份,攻略场景,挑战更高难度,第一个通关的人获得二十万奖金,这套经营体系应该足够我使用很长一段时间。"

走出换衣间,陈歌又点开了黑色手机上第二条提示信息。

二星恐怖场景西郊私立学院解锁完毕!场景内所有机关,可以通过手机进行远程操控!

"解锁失败果然是因为场地不够了,看来每一次扩建后,只能新增三个场景。"陈歌打开通往地下停车场的木板,他按照黑色手机的提示,进入"暮阳中学"深处。新出现的"西郊私立学院"和"暮阳中学"相邻,场景面积要比"暮阳中学"小一点,岔路口再次增多,可以算是小型迷宫了。

"两个二星场景和一个一星场景连在一起,已经占据了小半的停车场,那完整的四星恐怖场景通灵鬼校该有多大?"摇了摇头,陈歌清楚现在不是想这些的时候,慢慢来吧。为了确定场景没有安全隐患,他只身进入"西城私立学院"场景当中。这个主题里包含两个独立的小场景,一个是"站着上吊的人",另一个是"恶臭"。打开复读机,手持圆珠笔,在一堆好奇心很强的人偶围观下,陈歌耗费五分钟的时间通关了自家鬼屋。

从场景内走出时,他脸上表情很古怪。"西城私立学院"场景里有两个怨念,分别位于两个不同的场景之中。只不过这两个怨念不知道之前遭受过什么,身体虚幻,几乎要消散。更奇怪的是它们一看到陈歌进来,似乎感受到了极为危险的东西在靠近,东躲西藏,陈歌耗费的五分钟时间里有四分钟都花在了寻找怨念上。

最后好不容易见到了它们,陈歌才发现,这两个家伙不算是怨念,而且它们似乎已经被驯服了。

没有什么危险性就行。

回到冒险屋一楼,陈歌等到八点五十五分,打开了冒险屋外面的防护栏。阳光照在身上,大门几米远的地方挂上了广告横幅,休息厅里还有专门的乐园工作人员待命,一切都已经准备好了。今天并非是节假日,但是乐园外面却有长长的队伍在等待。

九点钟,乐园正式开始营业,大门打开,游客潮水般朝冒险屋所在的方向涌来，数量是之前的几倍。二十万奖金的诱惑，新世纪乐园的大力推广，加上陈歌之前通过短视频和直播造势，以及游客们自发进行的宣传，最终有了今天这一幕。

"老板，他们都是来参观咱们冒险屋的吗？！"徐婉站在陈歌身侧，有点儿不敢相信自己的眼睛。

"当然，不过这也仅仅是开始，以后会有更多的人来参观我们的冒险屋。"陈歌的手微微发抖，他心里其实比徐婉还要激动。

"赶紧去化妆，我们也准备开始营业！"徐婉负责"冥婚"场景，顾飞宇负责"午夜逃杀"，来帮忙的徐叔在外面售票，陈歌则总揽全局。

"所有参观过'午夜逃杀'和'冥婚'场景的游客到这边集合！后面还有更加恐怖、更加刺激的场景！"有些游客参观过一星恐怖场景后就直接放弃，还有一些胆子比较大的游客则选择继续挑战二星恐怖场景，其中就包括前几天来过冒险屋的一些游客，当时他们还组建了名为冒险屋攻略组的群聊。

"大家别着急，先在休息厅最前排稍事休息，等凑够十人我们一起进去！""西城私立学院"和"暮阳中学"两个二星场景连接在了一起，地方足够大，十个人进去也显得很空旷。人群拥挤，没过多久徐叔找到了陈歌，他接到了罗董事的电话，说过一会儿好像还会有记者过来帮忙宣传，让陈歌多注意一点。陈歌没想到罗董事的能量这么大，不过这是好事，他当然不会拒绝。远处不断有游客从冒险屋里跑出，有的神色慌张连一半都没参观完就已经放弃，还有的双腿打战，硬撑着走完了全程，然后站在太阳下面不愿离开。大概每四个游客里会有一个表现还算正常，选择继续挑战二星场景。

二十分钟过去了，挑战二星场景的只有七个人，陈歌决定将他们先送入地下体验。目光扫过这七名游客，在看到第七个人的时候，陈歌稍稍停顿了一下。这名游客长相非常普通，毫无特色，不过陈歌好像在颜队发送过来的监控截图里看见过他。那张拍下了五号的监控视频截图里有这个人的身影，他当时好像站在五号对面的马路上。

"老板，你的鬼屋很不错。"那个人察觉到陈歌在看他，很有礼貌地笑了一下，"我小时候胆子很小，经常被附近的孩子们捉弄，后来我哥领着我进入鬼屋锻炼自己的胆量，结果谁知道我竟然喜欢上了这种惊险刺激的感觉。"

"那接下来的场景你应该会更加喜欢。"陈歌觉得这人莫名其妙，又没有问他，自己说什么参观感言。他是不是太紧张了？陈歌没有揭穿这人，在游客面前他总是保持着微笑，给人留下阳光温暖的好印象。

陈歌在前面领队，掀开了不透光的冒险屋门帘。"好了，该咱们入场了。"进入屋内，陈歌拿出免责协议放在七名游客身前。"二星场景和一星恐怖场景不同，想要进入二星恐怖场景参观，必须要先签免责协议。"

他将打印好的协议放在桌子上，七名游客里有三个没怎么犹豫就签了字，还有两个拿起协议看了起来。

"必须要签吗？"那个长相普通的游客在得知还要签字后，显得有些迟疑，他的目光偷偷瞟了另外一个人一眼。

还有同伙？陈歌不动声色站在几名游客身侧。"当然，原本我们冒险屋一星恐怖场景也是要签协议的，但因为游客数量太多，所以才临时进行调整。"

"好吧。"

陈歌紧盯着几人，不放过这些人任何一个细微的动作。今天是乐园全力宣传的第一天，对于冒险屋来说也是新的开始，所以绝对不能出现什么差错。游客们陆陆续续签完了字，长相普通毫无特色的男人叫魏五，被他偷偷看了一眼的那个游客叫孔祥明。这两人和其他游客比起来，少了一丝兴奋和激动，非常低调。剩下的五个游客相对来说就正常了许多，其中有三个年龄较小，看起来像是在校学生，另外两个好像是一对正在闹别扭的情侣。

陈歌的主要注意力都放在了魏五和孔祥明身上，可让他没想到的是，在他收免责协议的时候，其中一个女学生竟然喊出了他的名字。"你就是鹤山在贴吧里说的冒险屋老板陈歌吧？"

"陈歌"两个字一出口，几名游客都看了过来。"你还认识鹤山？你们三个是江州法医学院的学生？"陈歌不着痕迹地收回目光，那两个疑似怪谈协会的人并不知晓自己已经被陈歌发现了。

"现在鹤山已经成我们学校的名人了。"女孩梳着马尾辫，身体微胖，皮肤很白，长得不能说好看，但是给人的感觉很干净，"我们学校很多人来这儿参观过，贴吧里也都在打赌，猜哪个系的人能第一个通关你的冒险屋。"

"通关我的冒险屋可不容易,你们应该先找鹤山询问一下经验。"陈歌面带笑容,看起来要多和善就有多和善。

"确实不容易,我们一共六个人来参观,现在已经阵亡一半了。"女孩旁边是一个看起来有些瘦弱的男孩,他似乎有点儿喜欢女孩,被吓得脸色发白,脚步发虚,但还是执意跟随女孩进来参观。

"说那么多干吗,一次不行就多试几次,同样的场景玩几次就不吓人了。"最后一个开口的学生是个急脾气,站在女孩另一边。

陈歌看了看他们免责协议上的签名,记下了这几人的名字。

"大家等了很久,我也就不废话了,游戏规则就是寻找校牌,你们七个人只要找到十七个校牌就算通关。"陈歌的目光从几位游客身上扫过。"另外,我这里新推出了一项服务,只需二十元就可以进行角色换装体验,警察、医生、记者各种身份随便你们选择。"

"还能换装?"女孩有些心动,但是被那个瘦弱男孩硬生生拦了下来。

"不用了,我们三个就不体验了。"

"你们几个呢?"那对情侣正在气头上,没有搭理陈歌,另外两个有可能是怪谈协会成员,对角色代入也不感兴趣。陈歌颇有些惋惜,他本来还想试试效果的。

打开木板,陈歌将几位游客送入场景当中后说道:"左边就是你们要参观的'暮阳中学'场景,千万别走错了,右边的场景叫作'第三病栋',是我们这唯一的三星恐怖场景,非常危险,上次有人进去参观直接被吓进医院了。"陈歌专门将"第三病栋"说出来,不是因为他心地善良想要提醒游客,而是为了测试一下两个可疑人员的反应。如果他们是从第三病栋里跑出来的精神病,在听到第三病栋这个名字时,肯定会有所反应。

几位游客纷纷点头答应不会乱跑,那两个可疑游客表情也没有发生变化,他们似乎并不清楚第三病栋的存在。

难道是我猜错了?又交代了几句,陈歌将木板重新合上,赶往监控室。"那两个人应该不是第三病栋里的疯子,不过他们有很大概率是怪谈协会的成员。"陈歌眼神平静,脸上的笑容早已不见,"颜队在许童的手机里找到了我进入新世纪乐园的照片,这说明怪谈协会成员应该清楚我的长相。"

昨天晚上五号身上的鬼怪被许音吞掉，十二号新人荔枝也被警察抓走，最关键的是陈歌在电话里听到了幕后之人的声音。虽然只有短短三个字，但这却是那一晚陈歌最大的收获。"怪谈协会会长的声音我在什么地方听到过，他很可能是我身边的熟人！"怪谈协会的每一个成员身上应该都有鬼怪，他们在晚上才能发挥出最大的实力，可是他们却选择白天进入鬼屋当中。从他们反常的举动中，陈歌看出了两个信息。

第一，协会会长声音暴露，他很担心陈歌会想起他的真实身份，所以想要抓紧时间让陈歌永远闭嘴。

第二，他们或许是在畏惧张雅，鬼怪在午夜十二点以后实力最强，白天都会受到影响，张雅也不例外。

"早不来，晚不来，正好赶在我开业的时候过来。看来他们也是好好筹划了一番，混在游客当中，想要让我掉以轻心。"怪谈协会的计划很完美，可人算不如天算，他们没有想到陈歌正好在五号的监控截图上见过魏五。这导致他们的计划还没开始，就已经被陈歌发现。"这出戏，我还要配合他们演下去，游客太多，不能影响正常营业。"怪谈协会围杀海明公寓的瘦长鬼影时，出动了至少两个人，以他们对陈歌的重视程度，这一次派出的人绝不会比那次少。

"不算上我的话，怪谈协会里一共有十二个人，朱秀、五号和十二号已经被除掉，现在还剩下九个。"陈歌进入监控室，看着面前的电脑屏幕，"再过一会儿，应该就只剩下七个了。"拨通小顾的电话，陈歌让他脱下碎颅医生制服进入员工通道。"游客送出去了吗？"

"他们已经找到出口了，感觉那些人都不是太害怕我。"小顾有些沮丧，"我也很努力去做了，可能是没有天赋吧。"

"别这么快就放弃。"陈歌换上了全套制服，牵动嘴角，人皮面具露出了一个恐怖的笑容，"你有没有兴趣看我是如何扮演这个角色的？"

"没有。"顾飞宇果断地摇了摇头，陈歌穿上碎颅医生制服后，整个人的气质完全发生了变化，就好像那套杀人狂制服是为他量身定做的一样。

"没有兴趣更要培养兴趣了，跟我来吧。"陈歌抓住了顾飞宇的胳膊，把他朝地下拖去。

……

木板合上后,最后一缕光线也消失不见,地下场景里很暗,几名游客都有些不适应。

"大家别慌,这个场景虽然难度极大,但也不是没有通关的可能。"那个在陈歌面前表现的弱不禁风的医学生,进入场景后就好像换了个人一样,声音沉稳冷静。他从口袋里拿出了一个笔记本。"占用大家三十秒的时间,我先给大家说一些注意事项。"

"玩儿个鬼屋,还用写笔记?什么年代了?不会用手机吗?"那对情侣里的女人不耐烦地说了一句,她脾气有些暴躁。

"这正是我想说的第一点。"瘦弱男生指着笔记第一条,"在陈老板的鬼屋里绝对不要去使用手机!最好是碰都不要碰!"他扬起手中的笔记,"说出来你可能不信,这笔记本上的每一条都是学长们用血和泪换回来的经验,是我们江州医学院的传承之一。"

"我看你们是上学上傻了。"女人冷言嘲讽,她身后的男人扯了扯她,"娜娜,别惹事。"

"你少管我!"女人心情似乎很不好,她甩开了男人的手,"陈子民,我们两年前是在这鬼屋认识的,现在我们就在这里分手,以后你走你的独木桥,我过我的阳关道。"

"你别再闹了行不行?我不陪你只是因为我现在的事业到了一个很关键的点,我不敢分心!"

"是我无理取闹吗?老娘稀罕你的钱吗!"女人穿着短高跟,化了一个淡妆,身上的衣服不算贵,但却搭配得很好。"陈子民,在你最落魄的时候,我没有离开你,老娘陪了你整整两年时间!"

"我知道,娜娜……"

"别说了,物是人非,就跟这鬼屋一样。两年时间,已经改变了太多。"女人说完就朝"暮阳中学"里走去,男人紧跟着追了出去。

"两位留步啊!"瘦弱男生抓着手中的笔记,有些着急,"我要说的第二条就是千万不要分散!"他大声叫喊,可惜那对情侣正在气头上,没人理会他。

"杨辰，别管他们了，咱们自己也能通关。"另外两个江州医学院的学生凑了过来。"这个场景需要多人协作才有一丝完成的机会，本来我们就人少。"被叫杨辰的瘦弱男孩有些惋惜，"剩下我们五个人，绝对不能再分开了。"他看向魏五和孔祥明，"两位，有没有兴趣合作？我们只有找到十七个校牌才算通关。"

"合作？"魏五和孔祥明对视一眼，谁也没有表态。

"你们不清楚这个鬼屋老板有多变态，如果不通力合作的话，根本没有通关的机会。"杨辰从笔记中取出一份手绘的图纸，其中标注了四十一个红叉。"这是我们的诚意，'暮阳中学'场景自开放以来，不断有学长学姐来此体验，大家曾在四十一处地方发现过校牌。"杨辰向那两人展示手绘地图，"校牌的位置在不断变动，但是其中也有重复的，首先我们要用最快速度搜查这四十一个地方。"

魏五和孔祥明对杨辰手中的地图很感兴趣，至于通关什么的他们并不在意。"合作没问题，对大家都有好处。"两个疑似怪谈协会成员的人简单交流了几句后，同意与杨辰合作。

"时间有限，我来分配一下。两位老哥，你们负责左边的这几个，王琰、李雪，咱们三个去右边。大家千万要注意！一定要时刻保证自己处于同伴的视线当中，最好是两人结伴。"杨辰说完后将地图收起，又郑重地看着其他几人，"陈老板的鬼屋里还有几个禁忌，不能玩手机，不能单独行动，以及不要乱问姻缘。这些禁忌都是学长学姐们总结出来的，有的我也不清楚原因，但存在必有道理，希望大家牢记在心，不要去尝试。"杨辰的表情十分严肃，他说的那一番话让魏五和孔祥明也有点儿摸不清底。

两队人一左一右开始搜查两边的教室，等距离拉远以后，魏五悄悄走到了孔祥明身边，"这个鬼屋让我觉得很不舒服，那些禁忌一个比一个邪门儿。"

"离我远点儿，就当我们两个谁也不认识谁，鬼屋里安装有监控，小心被看到。"孔祥明非常谨慎，他装模作样地在翻找校牌。

"不知道为什么，总觉得有些不安。"魏五心不在焉地找着校牌。

"少说话，多干活，别忘了我们进来的目的。"孔祥明低着头，眼底隐约有血丝闪过，他不时看向场景出口，"那位陈老板应该快要来了。"

阴冷的风吹过走廊，空白的试卷上下翻动，两边的教室里明明一个人都没有，但却会发出奇怪的声响。孔祥明和杨辰两队人一左一右搜查两边的房间，只用了三分钟的时间就来到走廊尽头，他们在最后一间教室门口会合。

"鬼屋老板又改变了校牌的位置。"杨辰脸色不是太好，"你们找到了几个？"

"一个也没有。"魏五说得很坦然，他和孔祥明进来的目的一开始就不在寻找校牌上。

"什么都没找到还有理了？"王琰是个急性子，"老杨，我觉得咱们还是不要带上其他人了，带上他们也是累赘。"

"刚进来总要有个适应的过程，这里地形复杂，鬼屋老板又学过心理学，藏的位置极其刁钻，找不到很正常。"杨辰隐约觉得这两人有点儿奇怪，但具体哪里不对劲又说不上来。"最后这间教室里保底隐藏有三个校牌，大家不要分开了，一起进去，速战速决！"

推开最后一间教室的门，杨辰第一个冲了进去，语速很快："不要磨蹭，学长们特别交代过，一定要快！停留得越久，越会发生恐怖的事情！"三个医学生配合默契各自负责一块区域，他们低着头不和人偶对视，也不去触碰人偶，看见校牌后立刻伸手拿取，动作又快又准，一看就是重复练习过很多次的。魏五和孔祥明没有进入教室，他俩站在门外，看着那些或坐或立，姿势各不相同的人偶。

"我好像在那些人偶身上，看到了一个个活人的灵魂。"孔祥明从牙缝里挤出了一句话，他声音很低，只有旁边的魏五能够听到。

"把活人当玩具，死后也不得安宁，真是一个恶毒的家伙。"魏五眼底闪过一丝惧意，"你说那些人偶会不会就是曾经得罪过他的人？"

"恐怕没那么简单，人偶数量很多，我怀疑其中有很大一部分都是不知情的无辜者，甚至是来参观的游客。"孔祥明倒吸了一口凉气，"城市里每年会失踪那么多人，说不定有些人就变成了鬼屋里的人偶，这次的目标比我们想象的还要残暴，一定要小心。"听完孔祥明的话，魏五往后缩了缩身体，看向几个学生的目光中带着一丝怜悯。游客又怎么可能知道，吓唬他们的人偶，或许就是曾经消失的游客？

"进来帮忙啊！愣在外面干什么？"王琰搜查完了自己负责的区域，看到魏五和孔祥明还站在外面，心里有一丝火气，说话也重了几分。

"少说两句。"杨辰拦下王琰，三人在教室里找了很久，但是只找到了两个校牌。

"情况有变,我们要加快速度了。"杨辰拿着校牌走出教室,经过魏五和孔祥明身边时,越发觉得这两人奇怪,"两位,既然你们也同意合作,那就拿出一点诚意来。"

"别指望他们了,我们还是自己去寻找吧。"王琰说话很不客气,他和李雪跟在后面,三个学生一刻不停又钻进了教室旁边的卫生间。魏五和孔祥明没有跟过去,两人对视一眼。

"这三个学生挺有意思的,我们要不要也试试把他们做成人偶?"魏五脖颈上浮现出一条条血丝,颜色鲜艳。孔祥明摇了下头,"小心引起目标警觉。"

厕所里杨辰打开一个个隔间,在第五个隔间和墙壁的夹缝中又找到了一个校牌。看着画满隔板的眼睛,杨辰打了个冷战。"这鬼屋真够变态的。"

"老杨,外面那两个游客感觉有点儿怪怪的。"李雪是三人中唯一的女孩子,她年龄不大,但是已经具备了女法医的所有优点,胆大心细,拥有很敏锐的洞察力。

"我也看出来了。"老杨示意李雪小点儿声,"那两人太平静了,面对完全未知的场景,却一副无所谓的样子,他们似乎很熟悉这个环境。"

"其中那个长得丑的家伙,经常会露出思考的神色,好像在谋划什么。"李雪赞同地点了点头,"我有点儿怀疑他们游客的身份,你们说他们会不会也是鬼屋演员?"杨辰和王琰都被李雪这句话给惊住了,脊骨里一道凉气涌上大脑。"还真有可能!"

"我听鹤山说过,那个鬼屋老板什么事都做得出来,有一次他就是混在游客当中,结果七个人进去参观,拍照的时候才发现,身边一共有八个人……"

"怪不得他们看起来一点儿都不害怕,却一个校牌都没有找到。"三个学生越讨论越觉得恐怖,"幸好我们提前察觉到了,要是在最关键的时候被他们摆一道,前功尽弃不说,肯定还会被吓尿。"

"这鬼屋为了吓人已经到了丧心病狂的地步了!一点儿人性都没有啊!"

杨辰取出笔记本和一杆水笔,在三条禁忌后面又补充了一条——不要相信陌生人!

"再狡猾的狐狸也斗不过好猎人,我们既然已经猜出了他们的身份,距离成功就更近了一步！"杨辰很擅长鼓舞士气，"我们就当没有发现他们，做好心理准备，然后配合他们的表演，等到他们露出獠牙的时候，再揭穿他们的身份，相信到时候他们脸上的表情一定很精彩！"

"没错，我们全力搜集校牌就可以了，这样第一能麻痹他们，第二就算我们猜错也不会太尴尬。"

"玩个鬼屋还要猜身份，以前我还觉得通关所有场景奖励二十万只是个噱头，亲自参观体验以后才发现，二十万奖励真的有点儿少了。"

"好了，通关有时间限制，我们在这里停留太久也会引起他们的怀疑。"杨辰朝两人招手，"等会儿我们尽量找到那对情侣，他俩正在气头上，可以利用他们来吸引这两个鬼屋演员的注意。"三个法医学院学生商量好后，从卫生间里走了出来。几人停在"暮阳中学"场景的第一个岔路口，犹豫片刻后，朝着深井所在的那条路走去。

……

陈歌进入员工休息室将复读机带在身上，然后拖着顾飞宇来到地下场景入口。在顾飞宇的苦苦哀求下，他最终没有强迫对方跟自己一起进入地下场景。

"小顾，等我下去以后，你去旁边的恐怖场景里，把那几件大型道具推出来压在木板上。"陈歌检查了一下身上的各种道具，确保无误后走入地下场景当中，"你就守在旁边，我不给你打电话，不管下面发生什么事，都不要把道具移开。"

顾飞宇看着身穿碎颅医生制服的陈歌，怎么都无法把他和鬼屋演员联系在一起，总觉得自己的老板根本不是去吓人的，而是去行凶的。"好，你放心吧。"顾飞宇也不清楚陈歌为什么进入鬼屋场景吓人，还要把出口给堵住，他偷偷在心里嘀咕，"这是要把游客'赶尽杀绝'吗？"目送陈歌进入地下，小顾老老实实地合上木板，搬来道具压在上面。

……

第11章 上吊的人与恶臭

杨辰和魏五两队人选择了左边的通道，走了一半后，前面又出现了一个分岔口。

"这是第二个岔路口，左边那条路的尽头是一口深井，右边道路尽头是三个空房间。"杨辰翻看手中的笔记，里面对每一个场景都有详细描述，能够记得这么清楚，由此也能看出他的学长学姐们曾经在这里经历过怎样的绝望，以至于回到学校后一切都还历历在目。"三个房间有各自的编号，其中某一个房间的卫生间天花板上藏着一具女尸。根据学长的记录，女尸口袋里有一块校牌。"听着杨辰的描述，李雪和王琰都皱起了眉头，光是听着就不愿意靠近。

"这个校牌我们来取吧。"一直沉默的孔祥明突然开口，魏五想要说什么，但是被他用眼神制止。

"行，那我们在外面帮你守着房门。笔记里有过提示，说当游客在进入空房间的时候，外面可能会有人偶玩具过来骚扰。"

"不用，通关不是有时间限制吗？你们先去另一条吧，等会儿我们去找你们。"孔祥明说完就直接离开，魏五跟在后面，两人从头到尾都很平静。

"老杨，我们也走吧。"王琰朝深井那条路指了指，小声说道，"分开正好，省得他们拖累我们。"之前笔记里说不要分开行动，可现在形势不同以往，那两个游客很可能是鬼屋演员假扮成的。杨辰点了点头，三人小跑着来到深井旁边，和笔记里描述得一样，井里扔着两个校牌。

"一次两个校牌，看来学长说得不错，这个井确实非常危险。"李雪从手提包里拿出一个线团，又将头上的发卡取了下来，绑在线团末端，"还好我们早有准备。"

"估计鬼屋老板也想不到吧。"三个学生自进入鬼屋后第一次感到开心，就好像在精神上战胜了邪恶的鬼屋老板一样。李雪将线团伸入井中，很轻松地钩住了其中一个校牌，慢慢上拉，当校牌被拉出井外时，几人如同熬夜爆肝，终于打出了极品装备一般。"干得漂亮！"

当李雪再次将细线伸出深井时，有些意外地发现，那口井好像变深了一点儿。她尝试了几次，终于钩住了另一块校牌，可当她想要往回拉时，井里出现了很恐怖的场景。细沙朝两边滑落，一张死人脸浮现了出来。

那张校牌上半部分露在沙地外面，下半部分被死人脸咬在嘴中！

"我的天！"

"玩儿这么狠的吗？！"三个学生趴在井边，头一次感受到了成年人充满恶意的世界。

"小雪，使点儿劲，看能不能把校牌拽出来。"微胖的女学生一点点往上拉动细线，细沙滑动，死人的身体渐渐也露了出来。

"呼！"反复试了几次，最后细线断开，校牌没有拿出来，女孩的发卡还落在了人偶嘴边。

"不行，这老板真是一点空隙都不给我们钻！"李雪看着自己的发卡，有一点心疼。

"你俩在外面，我下去把发卡和校牌取出来。"王琰比较冲动地说，"不就是个像死人的玩偶吗？真的死人我都见过。"

"死人你见过，会动的死人你见过吗？"杨辰将王琰拦了下来，"这个地方是学长重点标注的危险区域，别轻易涉险，不就是一个校牌？少了这一个我们照样能找到其他的校牌，不能被眼前的蝇头小利蒙蔽双眼。"

"我听你的。"王琰性格冲动，但是他并不傻，"要不我们让那两个鬼屋演员下去？"

"如果他们是演员,知道井里有危险肯定不会下去;如果他们只是普通的游客,我们这么坑人家也不好。"李雪劝道。

"还有时间,我们这一路上没有看到那对情侣,他们可能去了另一边,先找到他们再说。"杨辰看了一下地图,"深井前面能绕过去,那边的场景是女生寝室。"

杨辰拿着地图跑到深井场景尽头,可是地图上记录的女生寝室并没有出现,反而是又出现了一个分岔口。"地图画错了?"杨辰将手绘地图倒回来又看了看,"这里怎么可能有新的通道?难道我们触发了隐藏场景?陈老板的鬼屋还有这个玩法吗?"三个学生面面相觑,他们依赖的地图在这一刻完全失去了作用。"怪不得前几个场景里的校牌那么少,看来其中有一部分校牌被放进了隐藏场景里。"杨辰从笔记本上撕下了一页纸,用笔简单勾画了几下,"走,进去看看,就算今天无法通关,也要给后面探索的校友完善一下地图。"

三个学生以为自己触发了隐藏场景,他们成了第一批进入西城私立学院的游客。转过一个拐角,两边的建筑风格变得稍有不同,墙壁上没有了被大火焚烧的痕迹,这里给人的感觉更加真实有代入感。

"老杨,你有没有闻到一股臭味。"王琰停在路口,他捂住了鼻子,"很奇怪的气味,好像是什么东西发霉了。"

……

孔祥明站在"三个人的房间"场景外面,沉默不语。"你避开那三个学生,专门跑到这里干什么?"魏五很不理解。

"你看看这个场景的门,像不像海明公寓的房门?"孔祥明拉开了房门,里面的建筑结构也和海明公寓的房间一模一样。

"还真是,怎么可能这么巧?"魏五也有些惊讶,"我们前几天刚去海明公寓,将那个私自逃走的家伙抓回来,今天就在鬼屋里看到了和海明公寓一样的布局。"

"搭建场景需要时间,看来鬼屋老板早就发现了海明公寓的秘密。"孔祥明目露思索之色,"他可能见过那个私自从门后逃走的家伙。"

"我隐约明白会长为什么要对付他了,这人应该进入过门后的世界,甚至可能也拥有一扇'门'。"孔祥明的声音很低,生怕自己的话被第三个人听到。

"无所谓了,就算他去过门后的世界又如何?他终究只是一个人。"魏五说这话的时候底气有些不足，更像是在安慰自己。"这次任务如此重要，会长不可能只派出我们两个人，协会的其他成员应该也到了。"

"不要把希望寄托在别人身上，万一会长只是想牺牲我们两个来探路呢？"孔祥明关上了房间的门，"协会成员随时都有可能发生变化，但是编号却保持不变，每个编号代表一个门后的怪物，拥有这个编号，就将和这个编号对应的鬼怪共生。所以在会长眼中，他真正看重的是我们身上的鬼怪，而不是我们本身。"他眯着眼睛，突然说起了另一件没有太大关联的事情。"怪谈协会里禁止透露自己的身份、禁止调查别人的身份，这两个规定确实可以保护我们自身的安全，毕竟协会里不是精神异常的疯子，就是手染鲜血的屠夫，但是你有没有想过另一个问题？"

"什么问题？"

"不去接触其他的协会成员，我们就永远无法知道会长是谁。"孔祥明心思很深，"大家都知道会长就隐藏在餐桌两边的十个人当中，可是却没人清楚会长到底是谁。我现在很怀疑，会长本身可能就是门后的一个怪物，我们在他眼中不过是一件件盛放怪物的容器罢了。"

"你跟我说这些干什么？"魏五跟孔祥明拉开了距离，"没有人背叛过怪谈协会，而这也是最恐怖的一点，你明白我的意思吗？"

孔祥明摆了摆手说道："你我是同一批加入协会的，我可以肯定你不是会长，所以在上次任务的时候我才会主动接近你，告诉你我的身份，在协会里我能相信的只有你。"魏五总觉得孔祥明另有打算，而他在不经意间已经上了贼船。

"所有的怪物都是从门后世界逃出来的，毫无疑问，会长手里掌控着一扇门！"孔祥明话音一顿，露出一个很浅的笑容，"拥有门，就拥有了制定规则的权利，难道你就不想成为会长吗？"

"你真是疯了。"

"我没疯，只是我已经没有怪谈可以讲给你们听了，如果不改变规则，说不定下一次聚会，我就会被你们摆在盘子当中，从食客变为食物。"孔祥明的话好像一盆冷水泼醒了魏五，怪谈协会不是做慈善的地方，这个协会就连成员自身都感到畏惧。"说说你的计划。"

"要是以前我也不会去干这么冒险的事情，但最近我发现了一个机会。会长和我们的联络得愈加频繁，他遇上了大麻烦，同时也露出了一丝破绽。"

"什么破绽？"

"会长是通过寄居在我们身上的鬼怪联络我们的，而鬼怪只有在五十米内才能进行沟通，这一点我曾和你做过试验。"孔祥明说到了关键的地方，"也就是说会长在发布信息的时候和我之间的距离在五十米以内。"

"没错。"

"我在聚会时的位置距离十号很近，每次坐在他身边，我身上的鬼怪都会表现出一种奇怪的情绪，畏惧中隐藏着一丝渴望，我能感受到它的想法，它想要吃了十号。"

"可这也不能说明十号就是会长啊，我们十个人身上的鬼怪本就不同。"

"我知道，重点是我的鬼怪在收到会长信息的前几秒钟，它也产生了这种奇怪的情绪。我家附近也出现了可疑人员，我怀疑就是十号。"孔祥明的声音慢慢发生变化，"在发布信息的时候，十号和会长同时出现在了我家附近，这难道还无法证明他们两者之间的关系吗？"

"会不会是一个巧合？"

"协会会长应该就是给我们发宣传单的人，他也是唯一一个清楚所有成员身份的人。连续两次发布信息，十号和会长都出现在了我家附近，我不相信世上会有这样的巧合。"孔祥明说完后，魏五彻底沉默了，神秘的会长就像是悬在所有协会成员头顶的利剑。

"十号就是会长？那你想要怎么与我合作？"魏五和孔祥明走在一起，仅仅只是因为目标相同，如果没有共同的利益，两者肯定是不死不休的关系，因为他们互相知道了对方的身份。

"会长想要对鬼屋老板下手，而这个鬼屋老板明显也是个狠角色，让他们斗得两败俱伤，我们再来寻找机会。"孔祥明进入卫生间，将天花板上的女尸取了下来，从她口袋里翻找到了一个校牌，"我们只是来参观的游客，注意不要被鬼屋老板察觉就行。"

两人拿着校牌从房间里离开，过了一两分钟，屋内响起"咕噜""咕噜"的声音，卧室床底下滚出了一个人偶的头颅。

……

三个医学生抱团挤在一起,没有了地图后,他们才终于感受到了参观鬼屋的"乐趣"。

"李雪,你走慢点儿!"长着娃娃脸的微胖女孩一个人走在前面,两个男学生紧跟在后,他俩身体靠在一起,就差手挽着手了。

"在外面的时候你们可是一个比一个能吹,怎么没有学长们的攻略后,就突然变得这么怂了?"李雪回头看了两位同伴一眼,有些无奈,"你俩是不是男的?"

"这跟是不是男人有什么关系?"王琰虽然躲在最后面,但是脾气一点儿没有收敛,"我们这叫谨慎,你没看出来我俩这是在给你断后吗?"

"呵呵。"杨辰也有些尴尬,"我不是害怕,主要这地方跟我高中时的学校太像了,刚才那个场景一看就知道是专门布置的,但这个新场景给我的感觉就跟回到了母校一样。"

"回到母校有什么好害怕的?"李雪不是太明白。

"和现实生活中的场景不同,我可以不断在心里暗示自己一切都是假的,但是这里几乎和现实生活里的学校一模一样,不管我怎么暗示,都会不由自主地代入其中。"杨辰手里还抓着笔记本和一杆笔,颤颤巍巍地画着线路图。西郊私立学院因为某些原因被砍去了大部分场景,所以整体面积并不是太大。三个学生很快走到了长廊尽头,面前是一扇很普通的玻璃门。

"等一下!"杨辰拦住想要去开门的李雪,他趴在门上,脸贴着玻璃朝里面看去,"这好像是宿舍楼的某一层,门上还有编号。"

"难道是地图上的女生寝室?"李雪催着杨辰打开地图对比了一下,发现位置相差很远。

"应该是隐藏场景。"杨辰似乎有了答案,"刚拿到地图的时候我就在想,为什么上面只有女生寝室没有男生寝室,现在看来男生寝室应该是被做成了隐藏场景。可我好奇的是,咱们是怎么触发的隐藏场景?大家好像也没做什么特别的事情啊。"

"估计是因为我们攻略速度太快,让老板产生了危机感。"王琰干笑了一声,也趴在玻璃门上看了看,"跟咱们学校的宿舍差不多,进去看看吧。"他嘴上说着进去看看，身体却一动不动，最后还是李雪将玻璃门推开。锈迹斑斑的锁链滑落在地，随着玻璃门打开，一股怪味从门后传出。"怎么闻着有点儿像尸臭味？"

"要不要进去？"

"讲道理，我们能走到这一步，发现隐藏场景，已经打破学长学姐们的纪录了。"王琰举起自己的手，"我提议先撤出去。"

"下一次不知道还能不能触发隐藏场景，再说都走到这里了，不进去看看，你甘心吗？"杨辰和李雪架着王琰进入走廊当中。

阴暗的长廊，两边是一扇扇半开的房门，也不知道臭味是从哪个房间飘出来的。

"这地方也太压抑了吧？"王琰声音变低，似乎在这地方说话声音大了，会吵醒一些隐藏的怪物。

"时间还够，两边的房间都不要放过，这地方绝对藏有很多校牌。"杨辰陪着李雪走在前面，王琰不情愿地跟在后面，他心里已经慌了，不敢一个人离开，只能和大家一起前行。

"你别太害怕，恐怖的场景肯定都在后面，前几个房间都是安全的。"杨辰试图用自己的经验来安慰王琰，"哪有鬼屋一上来就把最恐怖的场景给展示出来的？"他说完推开了走廊左边第一间寝室的门。木门上落满了灰尘，似乎很久没有人打开过，伴随着门轴转动的刺耳声音，杨辰走入其中，可是他只迈出了一步就硬生生停了下来，上半身甚至还保持着前倾的姿势。

"老杨，你怎么了？"房门彻底打开，外面的李雪和王琰也倒吸了口凉气。

在宿舍正中间的位置，吊着一个人。

"人偶？"杨辰第一个缓过神来，他把手在衣服上蹭了蹭，擦去掌心的冷汗。

"先别过去。"王琰指着那人脚下，"不像是上吊，你看他双脚都没有离地，我怀疑是鬼屋演员假扮的。"

"应该不是活人扮演的。"李雪胆子比较大，直接走了过去，"绳索绷得笔直，长时间保持这种姿势，站着也会被勒死的。"她小心翼翼绕到宿舍另一边，被吊在寝室中间那人套着一件漆黑的外衣，低垂着头，看不清楚脸。李雪抬起手，一点点靠近，指尖触碰到了死尸的皮肤。"不是人皮，进来吧，没事。"

长长地松了口气，三人都被吓得不轻。

"屋子正中间吊个人偶是什么意思？还故意让它站在地上？"王琰摸了摸死尸的手，他是学法医的，很清楚那种感觉和人皮不同，人皮要更加冰凉僵硬。

"你俩别乱动，这个死尸可能是某个谜题的答案。"李雪双手轻轻拖住死尸下巴，一点点将它的头抬了起来。看到死尸的那张脸后，三个法医学院新生都有些慌乱。太真实了！就因为见过真正的死尸，所以这一刻他们三个才会产生比普通人更加强烈的恐怖感。

"缢索紧压颈前部，迫使舌根向后上方挤压，紧贴在咽后壁，堵塞了咽腔闭塞气道，死因可能是窒息。"李雪说完后，自己都惊呆了，她真想不到自己第一次用到课本上的知识，竟然是在一家鬼屋里。

"你注意人偶的脸，存在不规则血斑，这跟窒息的死状有一定区别。"杨辰绕着人偶走了一圈，"颈动脉闭塞，血流受阻，死因应该是脑贫血。"

"两位，不管死因到底是什么，我们赶紧走吧！"王琰催促道，"你俩就不觉得害怕吗？鬼屋里一个死尸人偶，不仅做得跟死人外形一样，就连死因都完美还原了出来！"

"鬼屋老板也懂得法医学？"李雪朝旁边的杨辰看了一眼。

杨辰脸色不是太好。"一个门外汉是不可能如此详细还原出尸体死亡特征的，除非他是对着真实的死尸一点点做出来的。"三人脑海里都浮现出一幅恐怖的画面，他们没有再说话，很有默契地走出寝室。"我们已经很深入了，要不见好就收吧。"

"再搜几个房间看看，对了，刚才那个屋里有校牌没？"杨辰问了一句，李雪和王琰都摇了摇头，"没留意。"

"算了，先去其他屋子里搜吧，最后再进这个房间。"三个学生在门外交谈，他们并不知道宿舍里背对着他们站立的死尸，慢慢睁开了眼睛。

走廊前面出现了分岔口，越往里走，那股气味就越重。

地板砖和墙壁上渐渐开始出现污渍，三个学生一口气来到走廊尽头，临近走廊尽头的几个房间都上了锁。

"臭味好像就是从这里飘出来的。"

李雪走在前面，她推开了走廊最深处那个房间的门。这间寝室的四张床上，只有一张床铺着被褥，剩下三张床上都堆着各种各样的垃圾。

"没了？我还以为这屋子里藏着非常恐怖的东西，感觉还没有第一间寝室吓人。"

"时间快到了，先找校牌，王琰你别在外面发呆，快来帮忙！"杨辰和李雪都进入屋内，唯有王琰望着幽长的走廊，黑暗中隐约有什么东西在上下跳动！"老杨，你们先出来，我好像听见了第四个人的脚步声。"

杨辰和李雪赶紧跑了出来，三人站在走廊上朝着来时的路看去，漆黑一片，什么都看不清楚。

"哪有脚步声？"

"我真听到了！好像有人在通道里跳动。"

"你不要自己吓唬自己，赶紧来帮忙。"李雪拽着王琰进入最后那个房间，杨辰在外面停留了一会儿，嘴里念叨着王琰说过的话，跳动？

三人在最后一间宿舍里翻找起来，床铺上堆放的垃圾大多是海绵和木块制作成的道具，看着很脏很乱，其实并不会散发出怪味。"这个宿舍是专门用来存放垃圾的吗？"李雪用衣袖捂住口鼻，"可是为什么最里面的那个床板上还铺有被褥？谁会愿意住在这么脏的环境里？"

"现在要考虑的不是谁会住在这地方。"杨辰拿起床板上的垃圾模型放在鼻下闻了闻，"我们进入隐藏场景的时候就闻到了一股臭味，这个房间臭味最浓，也就是说散发出臭味的东西就在这房间里，找到那个东西才能破解这场景的秘密。"

"我觉得老杨说得有道理，屋子里到处都堆着垃圾，但是散发出臭味的却不是这些垃圾，很奇怪。"王琰走到唯一铺有被褥的那张床旁边，"这张没有放垃圾的床，反而气味最重。"

他抓住被褥一角，咬着牙将其掀开。破破烂烂的被子下面并没有什么恐怖的东西，只摆着一本笔记。王琰随手翻开，简单地看了一眼。

对不起，我不该和你们靠得太近，我只是想帮你们捡球。

老师，我不是故意把衣服弄湿的，没有人跟我玩，是我不好。

爸爸，我一定会努力做好的，求求你，不要再打我了。

对不起，我也不知道自己为什么笑起来会让人觉得恶心，以后不会了。

你们觉得我哪里不对，我可以改的，我什么都可以改的！

我真的只是想要像他们一样，抱歉……

笔记不算厚，写满了道歉的话语，看着有些压抑。

"脑子有问题吗？道什么歉？被欺负了就干他！"王琰是个急脾气，他撇了撇嘴，很不认同笔记主人的做法。

"你们过来看这个。"李雪在宿舍垃圾桶里找到了一些被撕碎的照片，她捡出几张，拼合以后，能勉强看出照片里的人。"应该是一对父子。"孩子严重肥胖，能看出他有些自卑，似乎是畏惧摄像机，所以躲在自己父亲身后。而他的父亲脾气很差，脸上满是怒火，对他非常粗暴，一手掐着他的脖子，强行将他从身后拖出。"这是后爸吗？"

王琰翻开笔记让另外两人观看，前面几页还算正常，越往后看几人心里越不是滋味。男孩没有名字，同学们称呼他为猪，他的父亲是西郊私立学院的投资人之一，家里很有钱，但是他的父亲却对他格外苛刻。笔记没有解释原因，但是从字里行间能猜得出来，男孩的母亲好像背叛了他的父亲，这孩子的出生本就是一个错误。男孩渴望得到父亲的赞扬，但无论他做什么，有多懂事，回应他的总是暴力和训斥。他活得小心翼翼，只有在进食时身体才能感受到一种满足，可无节制地进食，把吃东西当作减压的方式，最终导致的结果，是男孩在很小的时候，体重就严重超标了。看到男孩丑陋的外形，他的父亲非但没有担忧，反而产生了一种报复的快感。什么都不清楚的男孩，只是感觉到了父亲的开心，于是便更加卖力地吃。

等他慢慢长大后，心理和身体已经双双病变。在学校男孩自卑懦弱，没有人愿意和他坐在一起，回到家中，稍有不顺，就要面对父亲的拳打脚踢。渐渐地，男孩的心理出现了很严重的问题，别人觉得美丽的东西，在他眼中会变得无比丑陋。而别人厌恶避之不及的东西，他却当宝贝一样珍藏了起来。这孩子经常会做一些荒唐的事情，比方说会将食堂里别人的剩饭偷偷带走，还会进垃圾堆里挑选一些又脏又臭的东西拿回家去。他父亲每次都要狠狠地揍他一顿，但是这孩子似乎已经控制不住自己了，他的世界观完全颠倒了过来。有一回他的父亲下手太重将男孩打进了医院，这件事惊动了警察。最后在警方的教育和劝说下，男孩的父亲同意男孩搬进学校宿舍去住。男孩父亲是西郊私立学校的投资人，校方很干脆地同意下来，专门为男孩准备了一个单人间。搬进宿舍后，男孩不免要与其他同学接触,他每天要道歉的次数更多了,同时他的病症也越来越严重。没过多久,临近男孩房间的其他几个寝室都闻到了一股臭味,校方循着气味撬开了男孩居住的单间,一开门全都傻了眼。原本干干净净的寝室里塞满了各种各样的垃圾,那些又脏又臭的垃圾在男孩眼中却变成了最美的装饰品。校方请人把屋内所有垃圾扔掉,给了男孩处分,又通知了家长。男孩父亲对于他的教育方式一直很粗暴,对他拳打脚踢。笔记上详细记录了那个夜晚发生的事情,他父亲一直殴打他到深夜才离开。

不管活着有多么痛苦,生活都在继续,每一次身体上的伤口愈合后,男孩心理上的疾病就会变得更加严重。

走廊上又出现了臭味,学校也无可奈何,男孩父亲是这所私立学校的投资人,开除他的孩子,无论从哪方面来说都不合适。重复清理了几次,男孩仍旧没有太大的改变,学校只好将靠近男孩房间的几个宿舍全部空出来,然后请专人定期去他的房间打扫一次。久而久之,那房间里的臭味已经无法清除,似乎是浸透进了墙壁和地砖里。当时西郊私立学校因为女生寝室楼的种种事情,忙得焦头烂额,也就没有再去管过这孩子。心理已经完全病变的男孩,不断将垃圾搬运回自己寝室,臭味越来越浓重了。而从那段时间开始,男孩的日记也变得单调重复,他开始不断地对自己的父亲道歉,祈求父亲能够原谅他。

简单翻看完了笔记,三个法医学院学生心中的想法各不相同。

"帮着外人欺负自己孩子,他不配做父亲。"李雪看起来有些生气,虽然明知道这可能只是鬼屋的背景故事,但她还是代入其中,为男孩打抱不平。

"这小孩太窝囊了,看着难受。要换我来,谁欺负我,我就双倍奉还!"王琰挥舞拳头。

"我倒觉得这孩子不仅不窝囊,还十分可怕。"杨辰仔细翻阅笔记,"你们有没有发现,男孩最后几个月的日记全都是在对自己的父亲道歉?"

"这不正好说明他窝囊吗?向凶手低头。"

"男孩每天都在向各种各样的人道歉,但是从某一刻开始,笔记上就只剩下他对父亲的道歉了。"李雪也看出不对,"他为什么要一直对自己的父亲道歉?"

"看时间。"杨辰从后往前翻动笔记,笔记后半部分全都是对父亲的忏悔和道歉，他一直往前翻了二十多页，笔记中的内容终于发生了变化。

"男孩对他父亲道歉，是从他被叫家长，他父亲殴打他到深夜那晚开始的。"杨辰捧着笔记，站在宿舍中间沉思。

"笔记上写得很清楚，父亲从里面锁住了寝室门，不让任何人靠近，他还用床单堵住男孩的嘴巴，太残忍了。"李雪从心里同情这个男孩。

"你们要想清楚一个问题，笔记是男孩书写的，他只会让我们看到他想要表达出来的东西。"杨辰合上手中的笔记，"满本都写着道歉和对不起，但是你们好好想一想，一个世界观颠倒，把丑陋污秽当作美丽纯净的疯子，真实的内心想法怎么可能是忏悔？"他坐在那张散发臭味的床铺上，似乎代入了男孩的角色，"同学讨厌他，把他的善意踩在脚下，看着他的脸都觉得恶心，回到家里唯一的亲人也视他为仇敌。这孩子的生活里充满了恶语和暴力，所以他只能把真实的自己埋藏在心底，披上一层充满歉意的皮来保护自己。"

"老杨，你到底想说什么？"王琰和李雪都发觉杨辰情绪不太对。

"我很小的时候也遭受过家庭暴力，不过很幸运，我有一个坚强聪明的哥哥。"杨辰就坐在那张发臭的床铺上，"我体会过同样的痛苦，所以我大概能猜到那孩子的真实想法。"他的目光中透着一丝说不出的情绪，杨辰随手捡起了地上的垃圾模型。"这个鬼屋设计得简直让人惊叹，一切就像是真实发生过一样。"

"你倒是也跟我们说说啊！自己瞎感叹什么？"王琰学着杨辰的样子，也捡起了一块垃圾道具，但是看不出任何异常。

"鬼屋老板从进门开始就给了我们暗示。"杨辰把垃圾模型放在鼻下闻了闻，"屋子里的垃圾没有任何异味，但是臭味却一直存在。"

"这我们刚才不就知道了？"

"那你再想想男孩为什么要不断往宿舍里捡垃圾？"杨辰猜出了真相，但是他却没有一点儿破局的快感，甚至还感觉到些许不适。

"因为男孩有心理疾病，笔记上不是写了吗？他从很早以前就患病了，世界观崩塌，把丑陋的东西当作美丽的东西。"

"错了，真正的答案其实很简单。"杨辰拿起手中的生活垃圾模型，"现实生活里的垃圾是会散发出臭味的。"

"现实生活？"

"那个孩子想要用垃圾的臭味，去掩盖真正发臭的东西！所以才会不断往宿舍里带回垃圾！"站起身，杨辰扫视宿舍，"你们说什么东西会散发臭味？并且这种臭味绝对不能让人闻到？"

王琰和李雪对视一眼，他们都是学法医的，此时此刻他俩脑海中同时浮现出了一个词——"尸臭！"

"笔记从那天晚上开始，变为对父亲一个人的道歉，我很好奇他对自己父亲做了什么，为什么要不断地忏悔和道歉。"

杨辰心里已经有了答案，他站在宿舍唯一上锁的衣柜前面，伸手抓住锁头。锈迹脱落，鬼屋场景里的锁头只是一个道具，他稍一用力就将那把锁取下，柜门打开，恶臭扑鼻！在衣柜中央，立着一个浑身被保鲜膜包裹的死尸！面部扭曲，眼睛外凸，男人的死状很惨。三个医学生停在衣柜前面，看着保鲜膜里的尸体道具，谁也没有说话，心底那种震撼和恐怖的感觉交织在一起，连呼吸都变得困难。

"这应该就是答案了，男孩开始往宿舍里捡垃圾的时候，估计就已经在计划了。"男孩的笔记自出事那天起，每天都在道歉，整整持续了几十页才停止。很难想象，他是如何与一具尸体，在这个散发恶臭的房间里住了那么久的。"持续了那么长时间都没有被人发现，这在我看来才是最可悲的，就算将元凶藏进了柜子里，男孩的生活依旧没有发生改变。没有人在意他，更没有人关心过他。"杨辰将柜门合上，挂上锁头，"能设计出这样的场景，我对陈老板心服口服，他这鬼屋绝不只是吓人。"

"确实厉害。"李雪攥紧的手慢慢松开，心情久久无法平复。

"你俩别感叹了，时间应该已经超过二十分钟了，咱们赶紧出去吧。"王琰想起柜子里被保鲜膜包裹的道具死尸就有些心慌，"他这鬼屋里的死尸道具，做得比真的都吓人。"

"走吧。"杨辰第一个转身，他走到宿舍门口时，突然停了下来，"你们有没有发现，这地方的臭味变得浓重了一些？"

"是因为打开了柜门的原因吗？"李雪跟在杨辰身后，"别想那么多了，这次挑战失败，下次我们再来。"

三人一起走出宿舍，往回走时，忽然发现在走廊不远的位置站着一个人。那人低垂着头，面朝他们，脖颈上还有一条绳索耷拉在胸前。

"这不是第一间宿舍里上吊的人偶吗？它怎么跑出来了？！"王琰回头看向自己的同伴，发现李雪和杨辰眼中也满是惊恐。空气中的臭味还在加重，在三个医学生犹豫的时候，宿舍衣柜上的锁头慢慢松动，掉落在地。

"嘎吱……"破旧的柜门被人从里面一点点打开。走廊里的臭味更加浓重了，三个医学生挤在一起，他们全部的注意力都放在了通道中间的人偶身上，并没有听到身后宿舍当中传出的异响。

"要不我们先退回寝室里？"杨辰的提议比较保守，他也不知道自己为什么会去害怕一个人偶。

"咱们既然已经放弃参观，那就没有必要硬撑着了。"王琰干脆破罐破摔，"直接找到监控，让工作人员带我们出去好了。"

"来的时候我就看过了，这个隐藏场景里好像没有安装监控。"李雪看着远处停在通道中间的人偶，小声说道。

"小雪，没有监控这么重要的事情你居然不告诉我们？"王琰之前能保持平静，有很大的原因在于他心里清楚，游客在参观鬼屋的过程中，如果想要放弃只需要对监控探头叫喊或者做出特定动作，就会有工作人员将游客领出去。因为可以随时脱离，所以他才有恃无恐。

"你也没问啊。"李雪白了王琰一眼，"放心吧，像陈老板这样专业的鬼屋里肯定安装有监控的，只不过应该是那种不易察觉的微型探头，这样才不会破坏气氛。"

"现在已经不是气氛的问题了好不好？"王琰挤在杨辰身边，"那个人偶莫名其妙出现在走廊正中间，它肯定是跟着我们出来的！"

"这可有点儿奇怪。"杨辰皱着眉，鬼屋里气味越来越重，他心里也越发不安，"根据笔记里的描述可以看出，被父亲虐待的男孩是个胖子，可是第一间屋子里上吊的人却很瘦。"

"都什么时候了，还分析个毛啊！"王琰是个急性子，他嘀嘀咕咕不停催促，"要不咱们三个一起冲出去，那人偶就两只手，肯定拦不住我们。"

"你别吵吵。"杨辰甩开王琰的胳膊，"被虐待的男孩是个胖子，和人偶的体形对不上，这说明隐藏场景里还有另外一个主题！整个场景应该是由两个故事构成的！"

"两个？那就是说，还有一个怪物没有出现对吗？"李雪很快明白了杨辰的意思，她若有所思地看向身后。在她的目光移到距离几人不远的那间寝室时，她的眼睛慢慢睁大，脸色瞬间变得苍白。

"小雪，你怎么了？"

李雪好像短时间失去了语言能力，一股气流卡在她的喉咙里，过了一两秒钟才彻底释放出来——"在后面！！！"

杨辰和王琰同时扭头，被保鲜膜包裹的死尸就站在寝室门口，它的身体扭曲变形，似乎是想要从保鲜膜里挣脱出来。更恐怖的是，死尸背后笼罩着一团漆黑的散发着臭味的烟雾，那雾气最终化为一个肉球般的阴影！

"这……是什么？"王琰躲在队伍最后面，距离保鲜膜里的死尸最近，他扭头的时候，自己的脸和死尸的脸几乎只相隔了半步远。他根本没想到身后会有这么一个东西，头都来不及转回去，手脚已经同时向前，冲出了一米多远后，嘴里才发出尖叫："快跑！"

杨辰和李雪也从震惊中清醒过来，紧跟在王琰后面，什么也顾不上了。他们疯狂逃窜，但是让他们更绝望的事情还在后面。堵在走廊另一侧，站着上吊的人偶，猛然抬起头，露出了酱紫色、凝固着血斑的脸。他用一种比三个医学生更快的速度，双脚点地，跳动着撞向三个医学生！

"我的天啊！"刚从队伍末尾，跑到队伍最前面的王琰，看着直接冲向他的吊死鬼人偶，整张脸都绿了！后有虎，前有狼，他怕得要死，但是还不敢停下脚步。王琰感觉自己一辈子的勇气都在这一刻用了出来，他闭上了眼，咬紧了牙，硬着头皮撞了过去！

"嘭！"跳动的人偶被撞到墙角，冲在前面的王琰哇哇怪叫，捂着头继续飞奔。有他开路，后面的杨辰和李雪也顺利从人偶旁边经过，只是还有一个小小的细节，跑在最后面的两个医学生都没有发现。人偶摔倒后，嘴巴开裂，笑得十分诡异，他脖颈上的那根绳子伸向李雪的脚踝，快要缠到李雪脚上时，人偶好像突然想起了一些可怕的记忆，又把绳索收了回来。

"它们还在追！"三人闹出的动静太大，整个场景里的游客都能听得清清楚楚。

他们三个连滚带爬冲出了西郊私立学院场景，惊吓、刺激，再加上剧烈运动，三个医学生感觉好像刚从地狱里转了一圈一样。

"我真跑不动了。"李雪体力不是太好，她脸色苍白，大口喘气，额头全是冷汗。

"歇一会儿，我、我们都歇一会儿。"杨辰也跑得上气不接下气，他扶着李雪远离西郊私立学院场景的出口，又赶紧去查看王琰的情况。刚才逃命的时候，杨辰清楚看到，王琰一头将拦路的人偶给撞翻了。

"王琰，没事吧？"一向大大咧咧，说话很冲，就算很怂、很害怕也不会承认的王琰，此时蹲在地上，双手捂着头，他紧咬着牙，强忍着不让眼泪流出来。

"王琰！你别吓我啊！"

"老杨，我感觉自己快不行了。"王琰捂着头，脾气暴躁的他这一刻声音里竟透着一丝哭腔。"那人偶是实心的，太他妈吓人了，我不玩了，咱们报警吧。"

"不玩了，不玩了，马上就出去。"杨辰自己也被吓得够呛，他想把王琰扶起来，但试了几次都没有成功，王琰身上一点力气也没有，腿都是软的。

"找监控让鬼屋工作人员救我们吧，我算是摸清楚这鬼屋的套路了，恐怖的都在后面，前面这些恐怖的场景只是为了让我们麻痹大意。"李雪已经放弃挣扎，她不敢一个人停在隐藏场景外面，喘着气走到两个男同学身边。"以我们现在的状态，想要正常出去估计是不太可能了。"

"我记得每个岔路口都有一个监控探头，你们在这等着，我去求救。"杨辰刚准备离开，魏五和孔祥明就走了过来。这两人似乎察觉到了什么，看也不看三个医学生，都盯着西郊私立学院场景的入口。

第 12 章 锤影幢幢

　　身穿医生制服、手持碎颅锤的陈歌停在第一个岔路口，他这次进入冒险屋不是为了救游客，而是准备借助冒险屋的封闭环境，活捉那两个疑似怪谈协会的人。

　　"他们跑到哪边去了？"静静站立在路口，陈歌竖耳倾听，没过多久深井所在的那条走廊传出声音。

　　"咕噜""咕噜"一个人头好像被什么力量推着，自己滚了出来。

　　"又到处乱跑了。"陈歌朝人头走去，他以为这人头是找不到自己的身体，所以才滚出来求助的。可是没等他靠近，人头就又朝着一个方向滚动了起来，速度不快不慢，正好能让陈歌跟上。

　　"它是在给我带路？"陈歌没有迟疑跟在人头后面。阴风吹拂着染血的医生制服，佩戴着人皮面具的陈歌，手持猩红色巨锤，追逐着滚动的人头，慢慢进入冒险屋深处。

　　……

　　杨辰看到魏五和孔祥明过来，心中一喜，在他看来，不管对方是游客还是工作人员，对他们都只有好处，没有坏处。

"你们刚从那里面出来？"魏五看了三个医学生一眼，声音十分冷淡，他似乎感受到了威胁，所以不准备再继续伪装下去了。

"是的。"杨辰本来是想向魏五求助的，但是他发觉魏五的态度不太对劲，给人的感觉很不舒服，一点也不像是从事服务行业的人该有的样子。

"在那个场景里你们遇到了什么东西？怎么看起来这么狼狈？"孔祥明也走了过来。两人的态度让三个医学生有些疑惑，他们原本以为魏五和孔祥明是鬼屋的工作人员，但是两人的这个反应又让医学生有些动摇。

"这两个人是确实不清楚鬼屋里的布局，还是在故意消遣我们？"医学生们还没有想出答案，魏五和孔祥明就有了异常反应，他俩突然扭头，齐齐盯着西郊私立学院的玻璃门，动作完全一致。

"你们在看什么？"杨辰有些不安，他退到自己同伴身边，现在的情况变得有些复杂了。

大概过了一两秒钟，西城私立学院的玻璃门平白无故被打开，一股淡淡的怪味飘散出来。

"除了那些人偶，没想到这鬼屋里还囚禁有其他鬼怪。"魏五的声音很低，如果不是必要，他们绝对不会向外人暴露自己的身份。

"我身上那一位已经苏醒，它有点儿饿了。"孔祥明要显得更加平静一些，一双手趴在他的肩膀上，紧接着一个干瘦的人头从他背后钻了出来。

"你疯了？这还有其他人在！"魏五想要阻拦孔祥明，但是已经来不及了，旁边的三个医学生看到了这一切。

"我身上的这位实力很强，它饥饿的时候我根本控制不住它。"孔祥明声音平稳，这样的事情他好像不是第一次经历了，"被这三个学生看到也没什么，一起解决就好，只是可惜了这个身份。"咬人的狗不叫，魏五真没想到很少说话的孔祥明，真动起手来会毫不含糊。

"好吧，正好我身上那位也饿了。"魏五后脑上隐约有血丝在扭动，他回头看了三个医学生一眼，让他惊讶的是，那三个学生非但没有害怕，还露出了一副果然如此的表情。

"竟然不害怕？"魏五并不知道这三个学生之前经历过什么，相比较他们刚才看到的东西，怪谈协会成员身上的怪物看起来要可爱许多。

"这三个学生交给你了。"孔祥明孤身走进西郊私立学院场景当中，黑暗中隐约能看到有什么东西从他后背钻了出来。目睹孔祥明一个人进入男生寝室，三个医学生表情各不相同。

"要不要拦住他？"李雪有些不忍心。

"少操心了，这俩绝对是鬼屋演员。"正常游客在鬼屋里看到有人扮鬼的第一反应，肯定会觉得对方是鬼屋的演员。王琰扶着墙壁勉强站起身，他已经被吓得快哭了，但是说话的语气还是没有太大的改变。擦了擦眼睛，他跌跌撞撞走向魏五说道："我们不玩儿了，麻烦你带我们出去。"

魏五后脑上的脸已经快要成形，可当他听到王琰的话后，硬是停了下来，"让我带你们出去？"

"对啊，我们三个认输了。"这一副理所应当的语气是怎么回事？魏五为了完成怪谈协会的任务，也亲自去创造过不少怪谈，每一次受害者看到他恐怖的样子后都会被吓得语无伦次。

"走吧。"王琰双腿打战，他一手捂着头，另一只手主动抓着魏五的胳膊，"我头有点儿晕，大哥，求你别耽误时间了，我们下午还有课。"

胳膊被人拽住，魏五甩了两下竟然没有甩开。"你瞎吗？看不见我头后面的那张血脸？能不能放尊重点儿？"

"我们都认输了，放弃了，你还想怎样？"王琰心里也委屈得不行，今天自己算是丢人丢大了。魏五觉得哪里出了问题，他发现这三个学生好像不太正常。夜长梦多，他决定不再废话直接动手，"恐怕你们是出不去了。"后脑上血丝交织成了一张诡异的血脸，这张脸五官模糊，血丝涌动，渐渐变得和王琰竟有几分相似。

"老哥，别再整那些花里胡哨的东西行不行？能活着从隐藏场景里出来，我现在也算是个狠人了，你再这样磨叽，我真要给你们打差评了。"王琰的头现在还很疼，他感受着魏五手臂上的温度，觉得很有安全感。

"你在说什么？"魏五用力将王琰推到一边，前后两张脸的表情保持着一致，他表情阴沉地说道，"本来我还想给你们个痛快，现在……"走廊里隐隐有风声传来，魏五说到一半，他脑后的那张脸忽然发出一声尖叫！等魏五扭头去看时，只见一个身穿血衣、手持巨锤的怪物,追着滚动的人头狂奔而来!魏五头皮发麻,心底出现了强烈的危机感。

"不好!"他本能地转身逃走,准备和孔祥明会合,但是那"怪物"没有给他这个机会。

"既然来了,就别急着走啊!"穿着碎颅医生制服的陈歌一出现,不光魏五,三个医学生也被吓得一激灵。他们不清楚陈歌那句话是对谁说的,危急关头谁还顾得上分辨这些细节,求生的本能驱使着他们开始逃命!杨辰、李雪和魏五挤在一起,同时朝着走廊尽头的西郊私立学院场景跑去。

"等等我啊!"被魏五推倒在地的王琰惨叫一声,双腿竟然也有了力气,手脚并用爬了起来。

"你们跟着跑什么?!"魏五看着直接冲到了自己前面的杨辰和李雪,又急又气。"滚开!别挡路!"他后脑的血脸发出尖叫,在他印象中这还是血脸第一次有如此剧烈的反应。血丝从脑后浮现,沿着魏五的手臂伸向前面的李雪,他感受到了生命危险,不惜一切代价也要赶紧和孔祥明会合。

提着碎颅锤追来的陈歌瞳孔慢慢缩小,阴瞳在漆黑的环境中发挥出了最大的作用,他清楚地看到了魏五身上出现的变化。"果然是你们,怪谈协会!"他和魏五之间还有一段距离,可血丝马上就要触碰到李雪。情急之中,陈歌抓起地上滚动的人头,在人偶一脸发懵的情况下,对准魏五的后脑砸了过去!

"嘭!"后脑被实心人头砸中,突如其来的撞击让正在奔跑的魏五失去了平衡,他一个趔趄,差点儿栽倒在地。立了大功的人偶头颅晕晕乎乎地滚到了一边,魏五后脑的血脸被砸得一片模糊。

巨大的声响,把旁边的三个医学生给看傻了。拿人头砸人头?电影特技演员都不敢这么玩的吧!

"还想跑?"让实心人头砸了一下,魏五速度变慢,陈歌迅速拉近了和他的距离。后脑被砸,那张血脸还没发挥出自己的能力,就已经受伤了。见此情景,魏五更加不敢停留,大叫:"让开!"

跑在他前面的李雪躲闪不及,被他粗暴地推开。看到这一幕,站在玻璃门前面的杨辰有些不解。不对啊!这家伙不是鬼屋演员吗?他怎么跑得比我们还快?难道是情景剧？杨辰脑海里闪电般划过几个念头，我们是不是被套路了？这段剧情会不会已经排练过很多遍了？李雪被推开，他心里又有点儿生气，如果这是排练好的剧情，那未免也太不尊重游客了吧。魏五满脸狰狞地冲来，杨辰却没有让开道路，故意挡在门口。"如果你们是在表演，请适可而止，你刚才的举动让我……"

"滚啊！"血丝从皮肤下涌现出来，交织在脸颊之上，地下场景里光线非常昏暗，魏五脸部的变化没有引起杨辰的注意，但是却逃不过陈歌的阴瞳。他双腿发力，全力冲击，在魏五攻击到杨辰之前，抡起手中的碎颅锤砸在魏五左臂之上！骨骼断裂发出清脆的声响，包括魏五本人在内的所有参观者都好像石化了一样。尤其是挡在魏五身前的杨辰，他离得最近，听得也最清楚。作为一个法医学院的在读生，他甚至能从声音里听出折断碎裂的应该是肱骨和与之相连的肩胛骨。杨辰已经忘了自己刚才想要说什么，他眼神有些呆滞。魏五的手臂失去了知觉，牙关咬出了血，用仅剩的一只手推开玻璃门，跑了进去。

"自寻死路，我看你能跑到什么地方去？"陈歌放下碎颅锤，扭头看了杨辰一眼问："你没事吧？"

"没、没事，真没事。"杨辰打了个寒战，要不是靠着墙壁，他一定会被吓得坐在地上。

"没事就好，平时我也很温柔的，主要那家伙不是正常的游客，和你们不一样。"陈歌尽可能地想要去解释，刚才他着急出手也是害怕魏五伤害到游客。

"明白，那个哥哥是你们鬼屋安排的演员吧。"杨辰说出了自己的猜测。

"演员？"陈歌也不知道杨辰为什么会得出这样的结论，他稍一思索，立刻很"坦诚"地承认了，"竟然被你们看出来了，新来的演员不懂事，刚才对你们动作很粗暴，我代他向你们道歉。"

三个医学生看着陈歌手里的碎颅锤，简直不敢相信自己的耳朵，这家伙是怎么在捶过人以后，还能保持如此的风轻云淡？

"我们不介意的。"杨辰在心里狂喊，"比起我们，你应该更担心一下那个被你捶的演员好吧！"

"不说了，出去以后找售票的那个大叔，登记一下，以后门票我给你们八折优惠。"陈歌拿出手机拨打了顾飞宇的电话，"小顾，别堵门了，先进来把游客送出去。"

他之前让顾飞宇堵门是害怕那两个怪谈协会的人逃跑，现在那两个人都钻进了西郊私立学院场景当中，这是一条死路，所以也没必要继续堵门了。

"堵门……"三个医学生一头的冷汗，觉得以后的八折门票优惠恐怕是用不上了。

"你们三个在这儿等着，工作人员已经来接你们了，我先进去帮你们好好出一口气。"陈歌挥动碎颅锤，"作为服务行业，游客在我心中永远是第一位！"

似乎是察觉到了陈歌身上的杀气，杨辰赶紧开口劝道："别别！我们真没事，大家都不容易，你不用再帮我们出气了。"

"是啊，其实那老哥人还挺不错的。"王琰也走了过来，他看着陈歌不敢靠近，心里嘀咕着，"最起码人家看起来比你亲切多了好吧……"

"你们不用帮他说话，犯了错就要受到惩罚。"

陈歌打开玻璃门进入其中，三个医学生觉得这事跟自己也有关系，站在场景外面喊道："大哥！我们真没事！"

"惩罚归惩罚，你都给人捶骨裂了啊！"

"我们已经感受到你诚挚的歉意了，就放他一条生路吧！"

空气中飘散着淡淡的怪味，陈歌听着身后的叫喊声，不由得感叹起来："这几个游客素质真高，不愧是江州医学院的学生，居然还帮着欺负过他们的人求情。"打开了复读机开关，陈歌手持碎颅锤朝走廊深处走去。

西郊私立学院场景里不时传出奇怪的声响，空气中的臭味似乎变淡了许多。

势均力敌吗？看来这两个怪谈协会成员还挺厉害的。陈歌加快了脚步，他一路上没有看到魏五，这个可怜的家伙应该是被吓破了胆，直接跑进了场景最深处。"逃又能逃到什么地方去？这场景出口只有一个。"怪谈协会成员在冒险屋营业的时候跑过来找事，这让陈歌产生了强烈的危机感，如果不把怪谈协会连根拔起，以后他们肯定还会来捣乱，所以刚才一见面，陈歌才直接下死手。又向前走了十几米，陈歌终于看见了正在交手的双方。

孔祥明脸色阴沉，他双肩之上站着一个瘦长鬼影，只不过此人身上的鬼影要比陈歌在第三病栋里见过的那些强大许多。可能是因为在很多无辜者身上待过，孔祥明身上的鬼影有将近四米长，腹部刻着一张张哭泣的人脸，看起来就像是一条蜈蚣！这怪物对面，是一个脖颈上缠绕着绳索的人偶。能够明显看出人偶身体多处缺损，可这家伙仍旧一次又一次地冲向鬼影。

"越是凶残的灵魂，吃起来味道就越好。"孔祥明看着人偶，目光中带着几分玩味，他肩膀上那怪物的注意力并没有放在人偶身上，而是警惕着另一个方向。笼罩着整个西城私立学院的臭味凝聚成一团阴影，化为一个体形高大的胖子。这胖子看不清楚脸，力气虽然很大，但是身体笨重，在狭窄的走廊当中施展不开。胖子和人偶战斗经验严重不足，瘦长鬼影在孔祥明的指挥下，屡屡偷袭得手。渐渐的人偶和胖子身上的伤口越来越多，它们的身体变得虚幻，场景里的恶臭也慢慢消散。

"这么弱吗？"陈歌想了想也能够理解，估计西郊私立学院里强悍敢反抗的怨念都已经被张雅给吞掉了，只有这两个比较弱小又识趣的剩了下来。

魏五藏在孔祥明后面，他后脑上的血脸远远看见陈歌，立刻发出一声尖叫！"小心啊！此次任务的目标在我们后面！"孔祥明以一敌二不落下风，但这并不代表他就没有压力，被魏五这么一催顿时有点儿吃不消了。

"你怎么把他给引过来了？"孔祥明的声音还能勉强保持镇定，只不过语速变快了许多。

"我也不想啊！要不咱俩换换？你来对付他，我先帮你挡住这两个怨念？"魏五脑后的血脸有特殊能力，就和笔仙一样并非用于战斗，这一点孔祥明也清楚。

"好吧。"

两人似乎不是第一次配合，背靠着背，转动身体。血丝从魏五脑后蔓延而出，血脸上的表情渐渐和上吊人偶一样，说也奇怪，当改变了面貌的血脸看向人偶时，一直暴躁的人偶竟然安静了下来，眼睛慢慢变得空洞。魏五稳住了人偶，但是对于臭味凝聚成的胖子却一点办法没有，只能眼看着胖子的身体慢慢恢复，场景里的臭味也渐渐加重。把后背交给了队友，孔祥明和他肩膀上的瘦长鬼影一起看向陈歌。

身穿染血的碎颅医生制服、佩戴着缝合成的人皮面具，再加上那把碎颅锤，陈歌此时的装扮让孔祥明有点儿不知道该说什么好。他往日里在创造怪谈时，对受害者说的那些话,这一刻好像都不太合适,感觉跟眼前的"怪物"比起来,明显是自己看起来要正常一点。

"其实我们可以好好谈谈。"孔祥明大脑里构思的并不是这句话,但是嘴巴却很自然地说了出来,"我们两个并没有恶意,只是受人指使。"

陈歌没有开口,对方能在怪谈协会那种精神病组织里存活那么久,说的话一句也不能信。他扬起了碎颅锤,或许孔祥明说的是实话,可陈歌不敢去赌,也没有必要去赌。

"想清楚了再动手也不迟,我知道你应该进入过'门'后的世界,我可以告诉你一个关于'门'的秘密,但你必须答应我一个条件。"孔祥明感觉到一丝不妙,加快了语速,"这是一个难得的机会,我们可以合作,你只需要答应我一个条件,这是我的底线。"

"底线?"陈歌往前走了一步,脚步突然加快,"在我的鬼屋里跟我提条件,看来你还是不懂得生命的可贵!许音!"伴随着陈歌的呼喊,一个浑身布满伤口、神色阴郁的男孩出现在他身侧。一人一鬼同时冲向孔祥明!

孔祥明的嘴角抽搐,忽然意识到了一个问题:瘦长鬼影能够拦住对方的怨念,可是那个手持大锤的疯子谁来阻拦?!

"好疼!"四肢着地,无法愈合的伤口流淌出鲜血,许音面目扭曲,带着怨恨和怒火扑到了瘦长鬼影身上。

瘦长鬼影的实力要比陈歌预想的强很多,它胸腹处的人脸发出凄惨的哭声,许音速度变慢,被鬼影的双手死死掐住脖颈,它腹部的人脸疯狂撕咬着许音的外衣。

瘦长鬼影动用身上那些人脸,短时间内就压制住了许音,可关键是它被许音缠住,没人能够保护孔祥明了。

在第三病栋里和瘦长鬼影交过手的陈歌,早已清楚瘦长鬼影的弱点,这种鬼物离开寄居的活人后,实力至少会下降三分之一,所以陈歌一开始的目标就不是瘦长鬼影。

"等一下啊!"碎颅锤挥舞带起了风声,孔祥明脸色煞白,危急之时只能强行命令瘦长鬼影不管许音,先来保护自己。那怪物也明白轻重缓急,立刻松开许音,挡在孔祥明前。没有了束缚,许音落地之后,又以更快的速度扑到了瘦长鬼影身上，大口撕咬着鬼影的脖颈。吃得越多，他外衣上的血色就越重。同一时间，碎颅锤也砸在了瘦长鬼影身上，陈歌根本不看鬼影的反应，也不给孔祥明开口的机会，扬起狰狞的锤头，不断抡砸！

孔祥明还在硬撑，可是他身后的魏五却先一步扛不住了。上吊人偶被魏五控制，可问题的关键是，他对那恶臭化作的阴影毫无办法。"再待下去都要交代在这儿了，老孔，你自己小心！"魏五大喊一声，然后直接放弃了抵抗，侧着身从孔祥明和陈歌身边跑了过去！魏五突然的举动，别说孔祥明，连陈歌都没有反应过来。自始至终好像都是你的队友在承受压力啊，为什么第一个逃跑的会是你？

"魏五！"腹背受敌，被三个怨念和一个"疯子"围在中间，孔祥明双眼通红，几乎要滴出血来，他怎么都没想到魏五会如此干脆利落地弃他而去。眨眼时间，魏五已经蹿出去几米远，陈歌让两个怨念缠住孔祥明，自己则和许音一起追了出去。

"小顾已经把通道门给打开了，不能让这家伙逃走。"陈歌追着魏五跑出来的时候，三个医学生已经不见了踪影，陈歌最后一丝顾虑也没有了。

"不要挣扎了，你逃不出去的！"听到身后如同叫魂一般的声音，魏五跑得更快了，他后脑的脸不断发出尖叫，似乎是在催促他跑得再快一点儿！

两人距离拉开，陈歌也没有太好的办法，他拿着碎颅锤，奔跑起来不占优势，能紧紧跟在后面，还是因为他体力比较好的原因。魏五甩动双臂，满脑子都是快点儿、再快点儿的声音，他记得出口的位置，绕过几个岔路后心中燃起了一丝希望。"绝对不能落到他的手里！加把劲！一定能逃出去的！"从深井所在的通道跑出，魏五速度不减，可他正要继续向前，忽然发现宽度有限的昏暗长廊中间，不知什么时候跑出来了十几个人偶！

没错，足足有十几个！

"它们不是在教室里吗？怎么跑出来了？"交错的手臂，歪斜的身体，一张张诡异的笑脸看着魏五，把他盯得浑身冰冷。

为什么！每当他想要去往某一个方向的时候，总会有无数的人和东西来阻拦，今天已经发生过好几次了。身体前冲，魏五撞入"人"群当中，在人偶倾倒的时候，一只只手臂拉扯住了他的衣服。

如果换一个时间，他倒是可以利用脑后的那张血脸慢慢摆脱束缚，但问题的关键是陈歌就跟在后面。

在魏五摔倒的最后一瞬间,他回头看了一眼陈歌,狰狞的碎颅锤让他想起了自己第一次去创造怪谈时的样子。"曾经,我也这样追赶过无辜的人……"

"嘭!"另一条手臂也软软垂落,巨大的力量将魏五砸倒在地,没给他反抗的机会,许音跳到了他的后背上,双手刺入他的后脑,生生将那张血脸挖出!惨叫声在冒险屋当中回荡,迅速解决掉魏五之后,陈歌把他拖到一边。

魏五身上的血脸被许音撕碎,纷扬的血花成为众多人偶的食物。"做得不错,很有灵性。"陈歌从不会吝啬自己的称赞,他感觉人偶们也十分开心。

带着许音,陈歌又回到西郊私立学院场景当中。孔祥明身上的瘦长鬼影也不知道伤害过多少普通人,实力强得离谱,腹部重叠着数张人脸,它独自面对三个怨念仍旧不落下风。可惜的是这场战斗并不是鬼物之间的较量,在瘦长鬼影稳住局势的同时,陈歌已经提着碎颅锤追着孔祥明到处跑了。

"救我!救我!"类似的声音不断在场景当中回响,瘦长鬼影分身乏术,在孔祥明被砸倒后,它被迫从孔祥明身上离开,准备独自逃命。

吃了魏五的亏,陈歌这次做足了准备,三个怨念同时扑上去,死死将它缠住。几分钟后,瘦长鬼影被三个怨念分食,与其共生的孔祥明昏倒在地,失去了意识。

黑色手机没有发出提示,看来这两个也不是第三病栋的病人。陈歌看着正在贪婪吞食的怨念,自言自语:"还剩下七个……"

瘦长鬼影很快被吞吃干净,恶臭化作的胖子意犹未尽地抱着肚子,它朝四周扭动身体的时候发现陈歌一直在看着自己,顿时有些慌乱,赶紧重新散开,变为笼罩整个场景的臭味。"我有那么可怕吗?"陈歌又看向另一个方向。上吊人偶则更加无赖,吃完后往地上一躺,就好像刚才什么事都没有发生过一样。西郊私立学院场景里的两个怨念可能是因为顾忌陈歌在旁边,只吞吃了一少部分。

瘦长鬼影的大部分身体都被许音独自吃掉,这一次陈歌在他身上看到了明显的变化,许音的外衣上出现了大片血迹,那些血迹还在不断蔓延。

"红衣?"陈歌只知道红衣要比普通怨念恐怖许多,但是他还不清楚红衣产生的原因。"许音的外衣有三分之一的地方已经被血迹染红,普通鬼怪也能慢慢蜕变成红衣?"他看了看躺在地上的上吊人偶,又对比了一下许音,觉得应该不会那么简单。应该是极少部分怨念拥有化为红衣的潜力。之所以得出这样的猜测，陈歌也是经过慎重思考的，他见过很多鬼怪，可除了张雅外，也只有许音这个被怨恨支配、死前怨气浓重的怨念拥有成为红衣的潜力。

"也不一定，以后有机会，我可以用冒险屋里的其他鬼怪做个试验。"他在脑海中幻想了一下，小小身穿红色小裙子张牙舞爪的样子，默默地摇了摇头。就算变成红衣，感觉她也会被人欺负，还是用笔仙来试试吧。陈歌思考完，发现许音已经恢复了原本的样子，他低着头，双眸冷漠，似乎世界上的所有东西映照在他眼里后都失去了色彩。拿出复读机，陈歌主动走向许音，正准备开口，察觉到他靠近许音就消失了。磁带停止转动，只不过上面的血色浓郁了一点。

"看来还需要多多交流才行。"陈歌清楚许音痛苦的根源，但能做的他都已经做了，剩下的只能靠许音自己。拖着孔祥明走出西郊私立学院场景，陈歌来到之前魏五被砸倒的地方，远远就看见顾飞宇拿着个手电筒停在岔路口中间。这小子担心魏五的安危，想要去把魏五扶起来，但是他看着那堆人偶又感到害怕，一个人在原地转来转去，就是不敢往前走。

"小顾，来搭把手！"取下了碎颅医生面具，陈歌跟顾飞宇打了个招呼，"那三个医学生送出去了吗？"

看见穿着碎颅医生制服的陈歌，顾飞宇本能地往后退了一步。过了几秒钟他才觉得这样不太好，赶紧回道："已经送出去了，那三个学生当着我的面给的五星好评，他们都说玩得很开心，希望你不要为难那个鬼屋演员。"

"开心？"陈歌点了点头，"开心就好。"

"陈哥，那两个游客是怎么回事？都晕过去了，要不要紧？"顾飞宇犹豫着问了一句，"还有学生们说的鬼屋演员是什么情况？"

"都是小事儿，你在我的冒险屋工作要习惯这些。对了，以后你也要学习一些急救方面的知识。"陈歌让顾飞宇扶着魏五和孔祥明，"先把他俩锁到化妆间里。"

"急救知识？锁进化妆间？"顾飞宇一头冷汗，怎么感觉跟进了黑店一样！

"他们不是游客。"陈歌知道小顾误会了，随口解释道，"新世纪乐园重整旗鼓，和我们鬼屋捆绑进行大规模宣传，结果有些人不愿意看到我们重新崛起，所以就派人来捣乱。"

"原来是这样啊。"小顾很认真地点了点头,"大城市的水果然好深。"

小顾背着魏五,陈歌拖着孔祥明,两人走到最后一间教室门口又停了下来。"还有两个游客在鬼屋里,他们应该在右边的场景当中,你在这儿别动,我去去就回。"陈歌扔下孔祥明赶往女生宿舍,顾飞宇一个人站在教室外面,总感觉教室里有人在看着他。"陈哥,我和你一起过去!"

进入右边的走廊,隔着很远都能听见争吵的声音,那位叫娜娜的游客脾气火爆,铁了心要和男游客分手,愤怒冲昏了头,也不觉得周围的场景阴森了。

这俩人在搞什么?跑鬼屋里吵架?两个游客站在走廊中央,附近也没有什么惊吓点,他俩吵得不可开交,完全看不到停止的意思。

"哥,你走慢点儿。"顾飞宇连拖带拽,把怪谈协会的两个成员也弄了过来。

"你过来干什么?"

"我是担心你,想过来帮忙。"顾飞宇往前面看了看,岔开了话题,"这俩人吵得好厉害,咱们要不要过去劝劝?"

"清官难断家务事,劝什么?"陈歌晃动碎颅锤,觉得还是怪谈协会的成员看着顺眼一点,至少自己不爽可以一锤子砸过去。

"看他们吵得好凶,会不会出事?毕竟是在咱们鬼屋里,传出去影响不好。"顾飞宇站在陈歌后面,在鬼屋里围观别人吵架,多少有些不厚道。

咱们鬼屋出的事还少?陈歌很想这么回他一句,但是为了不给新员工造成太大的心理压力,他硬是忍了下来。"这俩人如果真想分,就不会跑这磨叽半个小时了。"取出人皮面具,陈歌重新戴好,扬起了碎颅锤,朝那一对情侣走去。他还没有靠近,就看见那个女人一把将男人推开,独自钻进了旁边笔仙所在的宿舍,然后关上了寝室门。男人在外面捶打房门,屋内传出女人的哭声,但就是不开门。

"颜娜娜!"女人在里面锁上了宿舍门和窗户,男人站在窗外朝里面叫喊,可是女人似乎铁了心想要结束这段感情。"陈子民,我们是在鬼屋相遇的,今天就在这里结束好吧?两年六个月零一天,感谢你带给我的所有美好。"

"我真的想不明白你为什么要分手?我对你不好吗?"

"你不用质问我,都是我不好行不行?"争吵再度升级,远处的陈歌实在听不下去了,他拖着碎颅锤越走越快。脚步声响起,门外的男人看到了陈歌,说实话他有一点害怕,但是此时正在气头上,怒火掩盖了恐慌。发现陈歌不识趣地过来,他甚至还有将怒火转移到陈歌身上的意思。指着陈歌,男人嘴唇已经张开,但没等他发出声音,陈歌突然加速,狂奔而来,抡起碎颅锤直接砸在了门锁上!

木屑翻飞,门后的锁头直接崩飞出去,撞在墙壁上,发出一声巨响。"嘭!"还在争吵的情侣全被震住了,尤其是刚才想要开口的男人,锤头带起的风似乎是擦着他嘴唇过去的。张大的嘴巴无法合拢,男人看着陈歌那张人皮碎脸,眼皮打战,感觉身体失去了控制。屋内女人也顾不上哭了,发出一声尖叫。那男人想要进入宿舍,但是双腿发软,两耳嗡鸣,往里走了一步后,身体就向前倾倒了。

"子民!"女人奔出来抱住男的肩膀,在这种时候主动护在了男人身前。

把碎颅锤从门板的窟窿里取出,陈歌略有一丝尴尬,最近砸人次数太多,力气似乎也变大了。他干咳一声,取下人皮面具,看着被吓了一跳的两位游客,在他们缓过神发怒之前,开口说道:"遇到危险时,你老公第一个想法不是逃走,而是进入屋里找你,可见他是多么在乎你。"

陈歌又对着那个摔倒的男游客说道:"你跌倒在地,你老婆什么也顾不上,跑过来抱住你,护在你身前,这样的女人错过了,你恐怕要后悔一辈子。"屋内血衣飘动,陈歌微笑着将两个还在发懵的游客扶起。

"你们互相爱着对方,不管发生什么事情,清楚这一点就足够了。"陈歌把碎颅锤放在一边,"如果你们不相信彼此的话,我们还可以来玩几个小游戏。"

两个游客手脚冰凉,莫名其妙,不知道怎么回事就被陈歌安排在了椅子两边,他俩手指交叉在一起,握着一杆缠满透明胶带的圆珠笔。

"我这鬼屋开了很多年,有些东西已经通灵,这杆圆珠笔就是其中之一,你们可以拿着它问出心里最想知道的问题,它会给你们答案。"那对情侣刚刚从陈歌破门而入的震撼情景中清醒过来,他们看着彼此的眼睛,感受着对方掌心的温度,过了许久,终于开始了笔仙游戏。

"笔仙,笔仙,你是我的前世,我是你的今生,能不能告诉我,他(她)最爱的人是不是我?"

陈歌在一边听得牙酸,疯狂暗示笔仙,想要赶紧把这俩人送走。几秒过后,掌心的圆珠笔开始移动,两名游客都从对方眼中看出了一丝惊讶。笔尖落在纸上,写出了一个"是"字……

送走笔仙，游戏结束，但是两名游客握在一起的手却没有分开。

"子民……"女的低声道歉，男人顺势将她抱住。

"我以后一定会好好陪着你！"

"我应该多体谅一下你的。"

"没事，老婆。"

"你俩有完没完了！"陈歌抓着碎颅锤的手背上暴起青筋，他感觉快控制不住自己了。

"老板，实在抱歉，给你添麻烦了。"两个游客这才分开，对陈歌又是道歉，又是感谢。

"要不是看在你们是在我鬼屋里相遇相识的，我才懒得管你们。"陈歌收起碎颅锤，"好好过日子吧，别分开以后再后悔。"

"嗯，一定！"

目送两个游客离开，小顾惊呆了，他看见陈歌砸门的时候，手机都掏出来准备报警了，没想到结局会是这样。

"陈哥，你真厉害，这都能行。"

"少废话，去楼上把工具箱拿来，这门要好好修一下了。"

简单将锁头安装好，陈歌和小顾拖着怪谈协会成员回到一楼，将他们锁进了化妆间里。"老板，就这样关进去安全吗？"小顾晃了晃门锁，"我的意思是用不用拿绳子给他们捆上？"

陈歌明显感觉到了顾飞宇的进步，他将身上的碎颅医生制服脱下递给小顾，说道："不用管了，你穿上制服回三楼的场景里，游客该等急了。"

"没问题，交给我吧。"这一次小顾没怎么拒绝就换上了碎颅医生制服，表现得很积极，跟早上过来时判若两人。弄得陈歌都有点儿怀疑，他是不是被怪谈协会的鬼怪附体了。"奇怪，你之前进鬼屋场景就跟上刑场一样，怎么现在变化这么大？"

"有吗？"小顾不好意思地挠了挠头，他穿着碎颅医生套装，做出这样的动作，带给陈歌一种严重的违和感。"其实我一开始认为鬼屋就是往死里吓唬人，觉得靠这样挣钱很不好，但后来看到你劝和那对情侣后，我突然觉得咱们鬼屋有时候也挺温馨的。"

"看来你一直对鬼屋存在误解，恐惧能让人卸下平日里厚厚的伪装，在这里只需要抛开顾虑，尽情尖叫就可以了。"陈歌一本正经地说道，"快节奏的生活，各种不得不面对的压力，在这座城市里，总要有一个地方可以供人肆无忌惮地宣泄才行。你以为我们是在靠吓人赚钱，其实不然，我们只是在为他们麻木的心灵增添活力。"拍了拍顾飞宇的肩膀，陈歌脸上露出宛如初阳般温暖的笑容，"用尽全力去带给游客惊吓吧，刚才那对情侣就是一个很好的例子，轻易得到的没有人会去珍惜，所以只有在最深的绝望当中，才有可能遇到最美的意外。"

"嗯！"听完陈歌的话，顾飞宇重重地点了几下头，他忽然觉得自己的工作十分神圣。"我一定会认真扮演好自己的角色！"

"加油。"看着顾飞宇充满干劲的样子，陈歌颇为欣慰，"年轻人就是比较热血，对了，你把我的号码设置成一键拨号，在冒险屋里遇到了什么无法解决的事情，立刻向我汇报。"

"好！"

情侣吵架对陈歌来说只是一个插曲，让他没想到的是通过这个小插曲，竟然让顾飞宇彻底认同了冒险屋。当然，小顾认同的是陈老板为他"描绘"出的那个冒险屋。

掀开厚厚的门帘，陈歌走出冒险屋，休息厅里坐满了等待的游客，宣传效果好得令人吃惊。很多等不及的游客也开始参观其他项目，人来人往，虽然还无法和新世纪乐园巅峰时候相比，但已经让乐园的工作人员们很满意了。大家久违地忙碌了起来，这座修建了十年的乐园重新焕发出活力。

再次失去了两名成员以后，怪谈协会也没有继续去试探陈歌，可能他们意识到这样试探下去，要不了几天，估计整个协会就没有会员了。

晚上六点半，冒险屋门口的游客数量依旧很多，但是考虑到安全原因，陈歌停止接待游客。乐园开始清场，七点钟游客们才陆陆续续地离开。

今天的游客量破了新世纪乐园近半年来的纪录，中午的时候徐叔就被罗董叫走，他们似乎开始商讨下一步的宣传计划。

"辛苦了两位！"一天的营业圆满结束，等徐婉和小顾离开后，陈歌又用手机给他俩转账了两笔奖金。

关上防护栏，陈歌清点了一下今天收入，网上支付和现金加在一起将近一万五千元。这个数字比想象中少了一点儿，主要是陈歌为了保证游客体验限制了每次进入的参观人数。"冥婚"场景一次最多只能进去四个人，"午夜逃杀"的人数上限是七个，"暮阳中学"场景最后由于游客呼声太高，同批次进入的人数上限调高到了十二人。前两个场景二十分钟一场，反倒是"暮阳中学"因为场地太大，一次进入游客数量多，参观时长平均下来需要四十分钟。赚钱的效率低了一点儿，但是好评率却持续走高，越来越多的人开始主动帮助陈歌宣传，发动态和微博，向身边的朋友和家人推荐冒险屋。

这是一个良性循环，普通的鬼屋因为场景有限，新鲜感一过，游客数量会逐渐下滑，但是陈歌的冒险屋因为恐怖场景分级制的存在，只要他能不断保证有更恐怖的场景出现，来他冒险屋参观的游客只会是越来越多。

对他来说，好的口碑要比一时的利益重要许多。

营业一整天，只有一队人找到了十八个校牌，这一队人里包括江州医学院与杨辰一起来的学生，还有之前尝试过的路人。陈歌询问他们是否继续挑战下一个场景，那一队被摧残得不成样的游客都很果断地拒绝了。

处理完所有琐事，陈歌打开了化妆间的门，魏五和孔祥明已经醒了过来，只不过共生的鬼怪消失后，他们的神智也受到重创，看起来痴痴傻傻，好像什么都记不清了。

将两人弄出冒险屋，陈歌带着他们去市分局寻找颜队……

第 13 章 致命信息

小顾在马路上溜达，不时摸摸自己的脸，戴了一整天的面具，现在就算取了下来，还是感觉脸上好像贴着什么东西一样。"晚上住哪儿呢？跟黄主管闹翻了，再回保安宿舍不太好，陈哥帮了我那么多，找人家预付工资又实在张不开嘴。"他双手插在口袋里，正在苦恼的时候，手机收到了一条转账信息。

陈哥给我的奖金？我这才来第一天。小顾看着手机上的八百元转账信息，这个钱足够在江州西郊租一个还算不错的房子。他想起了自己刚到保安队的遭遇，有了对比后，小顾心里更加感动。"陈老板真是一个好人！"收起手机，小顾朝着芳华苑小区保安宿舍走去，他准备收拾收拾东西，明天就搬出去住。

晚上八点小顾才回到芳华苑保安租住的宿舍楼，一进门就看到黄主管摆着张臭脸站在屋子里。

"跑哪儿去了？"穿着西装，皮鞋擦得锃亮，黄主管好像从一开始就有点儿看不起顾飞宇。

"我正想找你呢，我已经找到新工作了，明天就从这里搬走。"顾飞宇本身脾气就犟，说话也很直接。

老王也在寝室里，他赶紧走过来，拽住了顾飞宇，低声对黄主管赔不是："你别往心里去，小顾他不懂事。"

他瞪了顾飞宇一眼说："你这个脾气怎么就不知道改一改？"

"不用改，我这庙小，容不下这尊大佛。"黄主管把手里的一张纸放在桌子上，"你就是不出去找工作，我也不会留你了，填完这张表，明天就给我滚蛋。"

推开老王，黄主管走到门口又停了下来，"还有件事要通知一下，老王，他是你介绍来的。这小子私自旷工扣的钱，还有去医院急救室的治疗费用，全部要从你的工资里扣。"

"这跟王叔有什么关系？你扣我工资就行了。"小顾强忍着说道。

"扣你的工资？你来的时候签的合同上写得清清楚楚，满一个月才算转正，现在你不够时间就擅自离职，真当合同就是一张废纸吗？你再算算你在这不到一个月的时间内闯了多少祸？"黄主管头也不回地朝外面走去，"还想要工资？做梦呢！"

顾飞宇转过身，他想要狠狠地揍黄主管一顿，但是被老王拦住了。老王劝道："忍一时风平浪静，退一步海阔天空。"

"叔，他不给我工资真的没事，我气的是他把那些罚的钱让你出！"

"多大的人了，还这么冲动。"老王让顾飞宇坐下，自己去把寝室门关上。"现在挣钱不容易，给叔说说你找到什么工作了？要是待遇好，叔也过去帮忙。"老王是放心不下顾飞宇，怕他被骗，所以婉转地想要探探顾飞宇的情况。

提到新工作，小顾的气才慢慢消去："我在鬼屋里给人当演员，就是扮鬼吓唬人，老板特别好，今天第一天上班就给我发了红包。"

"是吗？"老王有些疑惑，"你这孩子老实，去人家那里工作最好留个心眼，不要给人家惹麻烦，也要小心遇到骗子。"

"不会的。"

老王不放心地说了很多，快八点半时才换上保安制服，准备出门。

"叔，我记得今天白天就是你上班啊？晚上你咋还去？"

"小区里最近刚混进来过杀人犯，现在人心惶惶的，夜班一个人不太够。"

"要不我替你一个晚上吧！"小顾心里很是愧疚，如果不是他，老王也不会被罚钱。

"你好好休息，明天上班给人家留个好印象。"老王拿着保温杯出门了，走到一半又跑回来交代了一句，"新工作要是干着不习惯，记得给我打电话，我在这片还是有些人脉的。"

"放心吧，那工作再累，也比当保安强几万倍。"

"臭小子。"老王摇了摇头，这次是真的离开了。他慢慢悠悠地来到芳华苑小区后门，跟交班的保安聊了几句，然后一个人守在后门的保安亭里。值夜班的保安有两个，前后门各一个，互相也碰不上面。

夜色越来越深，本来就很少有人经过的后门，现在变得更加冷清了。

最近刚出现过杀人犯混进小区的事情，老王不敢松懈，坐在窗边，不时抬头看着小区后门。上了一白天班，再加上年龄也大了，没过多久老王就趴在了桌上。晚上十一点左右，木桌上的手机突然发出声响，老王一下从梦中惊醒，他拿着仿制警棍朝四周看了看，昏暗的路灯下，一个人都没有。

"吓我一跳。"老王打开保温杯喝了一口热水，看向自己手机，微信上收到了一条信息——"在不在？"

他年龄比较大，平时也不怎么玩微信。"这是谁给我发的信息？"

对方的动态禁止外人浏览，老王看了看那人的名字和头像，实在想不起来这个微信好友是谁。"我微信里除了家人、一块出来的工友，好像就剩下小区里几个比较熟悉的业主了。"双手捧着手机，老王想了半天也没想起来对方是谁，总觉得应该是熟人。他把手机放在桌上，想用语音输入，但又觉得大晚上不太礼貌，干脆两只手齐上慢吞吞地给对方回了一句。"在，请问你有什么事吗？"

等了几秒钟，对方发来了新信息。"我是三号楼二十三层的住户，我对门那家不知道出什么事情了，家里孩子一直在哭，但是却没听见大人的声音，你快叫人来看看。"

孩子在哭？三号楼二十三层？老王一看见这几个词，觉得应该是业主发来的信息，因为之前也有过类似的情况。他回复道："好，我马上就到。"

出于谨慎，老王给正在前门值班的保安发了信息，然后又给黄主管打了电话，不过黄主管并没有接听。

"又是三号楼，这楼怎么这么多事？"老王拿起仿制警棍跑到三号楼里，他听说过关于三号楼电梯的传说，不过信息上说出事的是二十三层，时间紧迫，走楼梯肯定来不及。"还是等等和老魏一起坐电梯上去。"老王站在电梯口等前门保安过来，可这时候手机又响了起来。

"在不在？"

"在。"

"那小孩哭得更厉害了，真可能出事了！你们人呢？"看着手机，老王按动电梯按钮，电梯正好停在一楼。"别急，我马上到。"

进入电梯，看着银灰色的电梯门慢慢合上，老王心跳越来越快，处于密闭的环境当中，他感觉呼吸都变得有一些困难。显示屏上的数字很快变成了"23"，电梯门朝两边缓缓打开。漆黑的楼道里异常安静，老王小心翼翼地走出电梯。他打开手电筒，光亮非但没有带给他安全感，反而让他觉得更加不安。"我已经到二十三层了，你报下房间号吧。"

"3239。"

壮着胆子，老王一点点挪入黑暗当中，他借助手电筒的亮光扫过一个个房间，感觉往里走了很远才找到3239房。"没有哭声啊？"他贴在门上听了一会儿，3239房内非常安静，根本没有孩子的声音。

"恶作剧？还是已经出事了？"老王不是太确定，他拿出手机，正要去询问对方，结果那个人又给他发来了信息。"在不在？"

"我已经到3239房，你是不是搞错了？"打字太慢，老王直接发了语音。可是他这边语音刚发出去没多久，他自己的声音就在身后响起。

"有人？"慢慢转身，老王看到3239对面房间的门打开了一半，有一个惨白的身影拿着手机蹲在门口……

十一点十五分，小顾正准备睡觉，手机忽然震动了一下。他打开一看是老王发来的信息，内容很简单，只有三个字。"在不在？"

王叔？顾飞宇看着手机，没有多想就回了一句："在，咋了？"

"这边有个业主打电话说看见可疑人员溜进了三号楼，咱们夜班保安人手不够，你要是没睡就过来帮下忙。"

"可疑人员？行，我马上到！"因为自己的原因，害老王被罚钱，小顾对此很是内疚，一直想找机会弥补，所以他二话不说就答应下来。拿着手机，顾飞宇小跑着来到芳华苑小区。

三号住宅楼紧邻着后门，顾飞宇朝保安亭里看了一眼，老王走得匆忙，连门都没有关。"不会出啥事了吧？"

他给老王打了电话，但是没有人接，进入三号楼后，微信上又收到了新信息。"混进来的好像是个小偷，我们把他堵在二十三层了，你来的时候注意点儿。"

"好。"小顾担心老王安危，直接进入电梯轿厢，他按下了通往二十三层的按键。

电梯门缓缓闭合，小顾看着手机忽然觉得有点儿奇怪。"王叔打字很慢，平时都是发语音的。还有我刚才给他打电话，他为什么不接？"心里疑惑，不过小顾并不认为是有人在故意欺骗他。

"我刚跑到城市里打工，要长相没长相，要钱没钱，别人也犯不着专门来骗我。估计是王叔他们正在埋伏，不方便接电话吧。"显示屏上的数字在不断发生变化，电梯很快升到了二十三层。

"叔，我已经到了，你们在哪个房间？"小顾轻手轻脚地走出电梯，他躲在走廊拐角，给老王发送信息，询问位置。

"小偷好像在3239，我们埋伏在他对面的房间里，你过来的时候注意不要弄出太大声响。"

抬头看了看漆黑的走廊，小顾记下了微信里的房间号，走了进去。楼道里没有装灯，唯一的光线是从小顾手机里发出的，他看着两边紧闭的房门，放缓了脚步。距离电梯越来越远，快走到一半时，小顾回头看了一眼，发现电梯显示屏上的数字忽然发生了变化。楼下好像有人在使用电梯，又或者刚才有什么东西跑进了电梯里，总之电梯轿厢又回到了一楼。如果在这时候遇到了危急的情况，想要通过电梯逃离几乎是不可能的了，等待电梯重新上来，差不多需要一分钟的时间。

"一楼有人上来？是其他保安吗？"小顾等了一会儿，发现电梯仍停在一楼，并没有继续向上，他心里有些疑惑，但还没等他想明白，老王就又在微信里催促他了。不催不要紧，这么一催，让小顾觉得有些不妙。

"王叔打字没有这么快，难道发信息的不是他？"小顾早就有这个猜测，可问题的关键是他觉得自己身上并没有任何值得图谋的地方，老王微信里那么多人，为什么偏偏会找上他？小顾停下了脚步，他再次拨打了王叔的电话，依旧没有人接听。

"不接电话，但是却不断发信息，这是在掩饰自己的声音吗？"不久前小顾刚在三号楼遇见过疯女人，差一点儿就被分尸，那段记忆成了他心中的阴影，同时也给他上了宝贵的一课：害人之心不可有，防人之心不可无。他不再继续向前，而是小心翼翼朝电梯那边挪去。先离开三号楼，找到其他保安问问情况再说。小顾心里有一丝后悔，不该这么冲动地就坐电梯上来，巧的是就在不久前，老王还特意交代过他，不管做什么事情都不要冲动。贴着墙壁，走在阴森漆黑的楼道里，小顾心里越来越不安。"电梯仍旧停在一楼没有上来，这就奇怪了。如果不是一楼有人按动电梯，电梯轿厢怎么可能下去？难道是刚才有人躲在我身后，趁我不注意进入了电梯？"

寂静的楼道里，小顾的手机突然震动了一下，把他吓了一跳。低头看去，微信上老王又发来了新信息。"到了吗？"不知道为什么，看着这三个字小顾有点儿慌，他加快了后退的脚步。可他刚往后走了几米远，手机上就又发来了信息。"在不在？"

小顾拿着手机，没有去回信，他退到电梯旁边，按动电梯按钮。停在一楼的电梯慢慢上升，小顾紧盯着显示屏上的数字，心脏怦怦直跳。给他发送短信的人似乎察觉到了什么，发送信息的频率明显变快。小顾的手机不断震动，屏幕上重复弹出信息。

"在不在？"

"在不在？在不在？"

这个时候小顾已经可以肯定，手机那边绝对不是老王！他越想越害怕，看着疯狂弹出的信息，身体感受到一股前所未有的寒意。这到底是怎么回事？！

在电梯上升到十一层时，老王突然停止给他发送信息了。手机不再震动，小顾这时才松了口气，他擦了擦额头，发现那里早已被冷汗浸湿。"王叔的手机应该是被人拿走了，我要在对方发现之前赶紧离开。"心里这么想着，小顾疯狂按动电梯按钮，在电梯上升到十四层时，他回头看了一眼。走廊深处某个房间的门打开了一半，一道惨白色的身影正拿着老王的手机朝外面探头……

"从小我父母就教育我,希望我成为一个刚直不阿、正气冲霄的人,这也使我养成了见义勇为的习惯。

"当我看到有人无视法律作恶的时候,就会抑制不住地想要去将他绳之以法。

"我承认自己有一些冲动,但当时那个情况容不得我迟疑,如果我不出手,就会有更多的人受到伤害。"

陈歌晃动着手铐,义正词严地看着审讯室桌子对面的颜队和另外三个警察。

"这就是你使用暴力,致使他们昏迷的理由?"颜队旁边的那个警察紧皱着眉头。

"我觉得自己才是受害者,毕竟他们人数上占有优势。"

"你见过受害者拖着两个加害人来报案的事情吗?"

"是他们先动的手,我问心无愧。"陈歌和桌子另一边的四个警察大眼瞪小眼,最后还是颜队咳嗽了一声,打破僵局。"都别吵了,安静等消息,核实昏迷者信息的人,应该快回来了。"

晚上十一点,审讯室的门才被推开,两名警察拿着刚打印出来的资料放在审讯桌上。

"魏五,真名张武,男,三十六岁,在医药公司工作,近半年内经常在深夜外出。其利用伪造身份证件在郊区租有多处地下室,对比监控结果……

"孔祥明,真名孔寅,在逃通缉犯,新海警方怀疑此人与两起故意杀人案有关。"

看到桌子上的资料,陈歌腰板挺得笔直,事情比他想象得还要顺利。孔祥明竟然是个在逃通缉犯,这样一来很多事情肯定不用他细说,警察也会相信。

"我没骗你们吧?"陈歌举起双手,"劳烦再问一句,擒获在逃通缉犯孔寅赏金是多少?新海是一线大城市,赏金肯定比咱们江州市高出不少吧?"

"悬赏是公安部统一发布的,跟各地物价没有关系。"颜队让旁边的人给陈歌打开手铐,又亲自倒了杯热水放在陈歌身前。"说说吧,你是怎么发现这两个人的?"

"我就说我是受害者你们还不信!"陈歌一脸委屈。听到他的声音,审讯室内几个警察都感到一阵头皮发麻。颜队见其他人没有开口的意思,只好自己站了出来。"没有不相信你,只不过凡事都要讲究个证据。你别往心里去,另外下次如果可以的话,稍微地留一下手,人真的被你砸死,那你就算有理也说不清楚了。"

颜队也不知道自己为什么要这么交代陈歌，他总觉得这只是个开始。

"好吧，我尽量。"

"赏金我明天会亲自去帮你询问，现在你可以说说关于这两个人的事情了吧？"颜队摸清楚了陈歌的性格，先抛出了赏金作为诱惑。

"其实我真是受害者。"陈歌语气变得郑重起来，"你们应该还记得我去精神病院直播，误打误撞发现活人被精神病囚禁那件事吧？"

"嗯，记得。"颜队似乎想到了什么，"那群精神病人手里有你进入新世纪乐园的照片，你的意思是这两个人是精神病派过去给你捣乱的？"

"捣乱？"陈歌摇了摇头，轻轻吸了口气，"他们应该是想要杀了我。"此言一出，审讯室内突然安静了下来，结合警方的调查报告，在场的几位警察心里清楚，陈歌说的很有可能是真的。"这是那群疯子对我的报复。"

"就因为你发现了他们在废弃精神病院里的秘密，他们就要杀了你？"桌子旁边一个比较年轻的警察开口说道。

"他们全都是精神病，世界观和我们完全不同。"陈歌想了一会儿，他准备把能说的东西告诉颜队，防止警方出现不必要的牺牲，"短暂的接触过后我发现这些人的心理都已经完全扭曲，他们用自己病态的价值观去看待一切，更糟糕的是他们坚持认为自己才是正确的，生病的是这个世界。和他们打交道绝对不能按照常理去进行，他们非常的危险。"

"精神病人怀揣着病态的世界观去杀人？"颜队手指轻敲桌面，他只有在沉思的时候，才会无意识做出这样的行为。

"我说的都是真的，而且你们千万要小心，他们和一般的精神病不同。"

"不同？"

"他们在白天可以把自己伪装得和正常人完全一样，只有在夜深人静或者独处的时候，才会露出自己病态的一面。"陈歌是在给颜队他们提醒，这群疯子和一般的精神病患者不同，他们中的绝大多数甚至要比普通人聪明许多。

"明白，大多数连环杀人案凶手，心理和情感上都存在缺陷。"颜队正想再说些什么，陈歌的手机突然震动起来。

"小顾？"陈歌取出手机一看，有些惊讶，"这小子找我什么事？"

他被围在审讯室内,出又不去,只好跟颜队他们说了一声,"我能不能接个电话?是我员工打来的。"

"就在这儿接吧。"几名警察都把注意力放在了陈歌身上,竖耳倾听。

陈歌接通了电话,他还没来得及将手机放到耳边,就听到话筒里传出顾飞宇声嘶力竭的叫喊:"陈哥!芳华苑小区三号楼!王叔已经……"

"啪!"声音戛然而止,小顾的手机好像被什么东西给打飞,撞在了墙壁上,话筒里只剩下狂奔的脚步声。

"芳华苑小区三号楼?"陈歌没有挂断电话,倾听着那边的声音,想要获得更多的线索。脚步声很快消失不见,小顾不知是跑到了其他楼层,还是已经遭遇不测。

"陈歌,刚才是怎么回事?"几个警察都凑了过来。

"又是发生在三号楼。"陈歌的眼神有些可怕,"那些疯子对我的员工下手了,他们就在芳华苑小区三号楼里!"审讯室内安静了一两秒钟,全员立刻行动起来。

"通知分局内其他人!紧急出勤!"

如果换一个时间,陈歌不可能会去主动报警。就算他报警了,颜队也不会因为他的几句话就选择协助他一起抓捕怪谈协会成员。可现在一切不同了,他们核实的资料显示,陈歌之前砸晕的两个人确实身负命案,陈歌并没有说谎。

"颜队,能先送我回新世纪乐园一趟吗?我需要拿一些很重要的东西。"

"老吴,你开车送小陈。"颜队好像变了个人一样,他走出审讯室,对着外面值班的人喊道,"你们几个别磨叽!都快点儿!"

"等一下。"陈歌追了出去,"颜队,你们动作不要太大,千万不要打草惊蛇,他们这次的行动应该是有预谋的。"

"放心。"得到颜队肯定的答复后,陈歌坐着老吴的车子回到新世纪乐园,他将复读机和圆珠笔装进背包,因为警方也在的原因,这一次他并没有携带碎颅锤。

"怪谈协会对小顾下手,他们真正的目标应该还是我,想要通过小顾将我引过去。"陈歌并不准备以身犯险,他坐在警车当中,仔细思考,"费这么大力气,用小顾做诱饵,肯定是布下了杀局,等着我自投罗网,保守估计芳华苑小区内可能有四位协会成员在埋伏。"

目光看向窗外的夜景,陈歌摸着复读机的开关。"不过,他们应该想不到我会和警方一起过去。"

晚上十一点三十四分，陈歌在警车里接到了颜队的电话。

"情况不是太妙，对方警惕性非常强，似乎已经发现了我们。"颜队随后又给陈歌发送了一张照片，"我们的侦察员在进入电梯后，看见里面扔着一部手机，上面有这么一段正在编辑的信息。"

照片里正是小顾的手机，微信输入栏中有一段很奇怪的话：

"爸爸杀了我们，将我们放在了楼梯上。

"哥哥躺在我后面。

"弟弟躺在我前面。

"你能找到我们吗？"

"什么意思？"陈歌看到小顾手机上的信息后有些疑惑，不是太明白这句话的含义。

"我怀疑那群疯子已经发现了我们，所以才会故意在电梯里留下这样一段信息。"

"你们已经进入三号楼了？"陈歌之前给颜队他们提过醒，嘱托他们千万不要打草惊蛇。

"两个行动组全部都身穿便装还未进入芳华苑小区，车辆停在距离事发小区一百五十米远的路口，车内有专人待命。"

"那怎么可能被发现？难道是你们的侦察员出了问题？"

"不可能，进入三号楼侦察的是我们这里的老手，拥有七年刑侦经验，曾协助我们破获过多起恶性案件。"颜队并不认为自己的手下会出现问题，"再说他刚打开电梯就看到了这个手机，想要在不被人看到的情况下，提前布置好这个手机，至少需要三分钟的时间，而在三分钟之内，我们的侦察员还没有进入芳华苑小区。"

"我明白你的意思，也就是说犯罪嫌疑人在你们到来之前，就已经布置好了这个手机。"陈歌想通了这一点后，脸色一变，"那个找到了手机的侦察员现在在哪儿？"

"他还在三号楼内，照片是他拍照传回来的。"

"糟了！你们赶紧让他回来！"陈歌心里很清楚，怪谈协会诱骗小顾上钩的根本目的是为了对付自己！那个残留着古怪信息的手机，应该是为他准备的！接触过很多鬼怪之后，陈歌已经摸索出了一些规律，包括红衣在内，绝大部分鬼怪想要害人都需要一个媒介。比如说收到了张雅的情书，播放了许音的磁带，使用圆珠笔玩笔仙游戏等等。普通人需要一个"特殊的东西"成为开关，才能接触到另一个世界。小顾手机上残留的那段信息其实就是一个开关，看到了信息，就相当于被一个或几个未知的鬼怪盯上。

"好。"颜队没有细问原因，用内部通讯装置，给侦察队员下达了暂时撤离的指令，可出乎他意料的是，仅仅只过去了几分钟的时间，那名侦察员就失去了联系！"出事了？"颜队没有挂断电话，陈歌在这边听得清清楚楚，"我可能还有三四分钟才到，你们千万不要再派人进去！"

手机那边几名警察都在商讨对策，过了十几秒，陈歌听见电话里传出车门打开的声音，好像有人找到了颜队。双方交谈过后，颜队让他待在车里，然后又拿起了自己的手机对陈歌说道："刚才那个侦察员带过的徒弟找到了我，他师傅给他发送了微信。"

"你刚才联系侦察员的时候，他不是没有给你回应吗？"陈歌愈加疑惑，"那个侦察员给他徒弟发送了什么？"

"就三个字——在不在。"

"在不在？"

"这个信息肯定不是我们侦察员发出的。"颜队声音变得严肃起来，"一个经验丰富的侦察员绝对不可能在执行任务的过程中，给自己徒弟发送无意义的短信。如果他有什么需要，或者是遇到了危险，第一个想到的应该是现场总指挥。"

看来那位侦察员可能已经凶多吉少了。陈歌这句话没有说出口，他只是在心里想了想。

"不管他有没有遇害，我们都要做好最坏的打算。"侦察员身陷险境，这种情况下颜队自然不会再蹲守在小区外面。"通知一组和二组，立刻行动！进入三号楼！"

"颜队，别冲动！楼内的精神病人非常危险！"

"情况有变，现在只能采用其他计划，你把电话给老吴，让他先把车子开到我这边，与我会合。"

人命关天，陈歌知道劝不住颜队，只能退让。"其他人没事，你注意别让那个收到了信息的警察进入大楼,他可能已经被盯上了。"

侦察员看到了小顾手机里正在编辑的信息,然后出了事。出了事后,立刻给自己徒弟发送了信息,陈歌隐约觉得这其中有问题。他又联想到了小顾给他打电话时,开口说的第一句话,好像和老王有关。重新推导一遍,小顾已经确定来冒险屋工作,大晚上跑进芳华苑小区巡逻的概率不大,那他为什么会出现在三号楼当中?小顾的遇险,很可能就是老王先给他发送了信息!

陈歌还想对颜队说些什么,但是颜队已经开始部署,挂断了电话。

三分钟后,陈歌来到芳华苑小区。

"那个失联的侦察员找到了吗?"

"已经在二楼楼梯拐角找到,身体无碍,但是却陷入昏迷,据现场人员反应,他瞳孔涣散,脸色很差劲。"颜队站在车边,手里拿着他们内部的通信装置,愁眉不展,"我现在好奇的是,凶手是怎么在短短几分钟的时间内,让一个拥有格斗基础、身体强健的成年人陷入昏迷的。"两人交谈的时候,那名侦察员已经被抬出,有专人在照顾他。陈歌看了一眼那个侦察员的着装,完全就是一个普通人,只要不掀开外衣,在看不到警用对讲机的情况下,根本发现不了他的身份。怪谈协会应该是把这位便衣当作意外入局的路人了,他们视生命为草芥,就算是面对无辜者也会毫不留情,不过这回他们算是踢到铁板了。

陈歌第一次去二十四层的时候,朱秀曾向怪谈协会提出请求,希望怪谈协会能够出手,帮助他逃脱警方的通缉,不过怪谈协会明确地拒绝了他。这个小细节证明了一件事,怪谈协会并不敢和警察发生正面冲突,他们就像是活在这座城市阴影当中的老鼠,制造着垃圾,撕咬着腐肉,但却永远不敢见光。

"颜队,电梯里那个手机你们的人找到了吗?"陈歌又问出了另一个很关键的问题,小顾手机上那段未编辑完的信息是怪谈协会故意留下的陷阱,看了以后很可能会触发一些不祥之事。

"已经被一组找到,装进证物袋里了。"颜队没有意识到事情的严重,但是陈歌不同,事关几条人命,他不敢再耽误时间。"颜队,那群精神病真正想对付的是我,这事我不能逃避。"他说着就朝芳华苑小区那边走去。

"你等等。"如果换个受害者过来,颜队一定会拦住对方,但陈歌不太一样。

他从车子里拿出一台对讲机塞给陈歌问道:"会用吗?"

"会,我鬼屋以前员工多的时候,人手一台。"

"那就行。"颜队还是有些不放心,又朝开车的老吴招了招手,"你俩一起进去,也好有个照应。"

颜队的好意陈歌没有拒绝,他和老吴一同进入芳华苑小区。

为防止引起不必要的恐慌,颜队没有通知楼内住户,三号楼内依旧安静得吓人。昏暗的灯光映照着惨白的墙皮,陈歌和老吴走到了电梯旁边。"颜队让我们跟在二组后面,咱们现在去五楼。"老吴刚通过对讲机确定了两个行动组的位置,"等会儿你就在我身后,不要乱跑。"让受害人参与抓捕,这样的情况极少出现,但考虑到发生在陈歌身上的一系列事情后,老吴很快就释然了。自己身边的这个男人,仅用了三个星期的时间,就填满了重案档案室的一排档案柜。想到这儿,老吴朝旁边挪动了一步,与陈歌保持着快两米的距离。

"老吴,咱们先去找一组!那个手机有问题,现在一组的处境很危险!"陈歌声音急促,拖得越久,一组就越有可能遇到危险。

"不行,颜队交代过,让你跟着二组。"

"先去看一眼,如果一组没有出事,我们再去跟二组会合。"

"好吧。"老吴犹豫了半天,才和陈歌一起进入电梯,按下了通往八楼的按键,"一组和二组分别负责左右两边的楼梯,一组进度比较快,所以遇到危险的可能性也比二组大。"

"没事。"陈歌随口回道,他看着显示屏上的数字一点点发生变化,目光却停在了那个多出来的数字——24上。

两人很快到了八楼,此时一组已经上到了九楼,他们逐层搜查,进度很快。老吴在对讲机里和一组组长取得联系,两人钻进旁边的安全通道来到九楼。站在楼道口等了一会儿,一组组长身边跟着两个人从走廊里跑出,小声问:"你咋把他也带来了?"一组组长身体很壮,陈歌在市分局被审讯的时候,此人就坐在桌子对面,颜队喊过一次他的名字,好像叫李政。

"颜队交代的,我只是服从命令。"老吴看了一下李政身边的两个人,"你们一组怎么就剩下三个人了?"

"我让小贾和阿城在楼道里接应,防止凶犯在我们进入楼层搜查的时候趁机逃走。"李政朝楼道里看了看,"你们没遇到他们吗?"被他这么一说,陈歌顿时产生了不好的预感。"你们在电梯里捡到的那个手机,是不是在他们身上?"

"是啊,怎么了?"李政也是久仰陈歌的大名,他好像想到了什么,眉头一皱,拿着手电,直接站在漆黑的楼道里大喊:"小贾!阿城!"

楼道里声音传出很远,没过多久,李政的对讲机里传出回应:"政哥,小贾不知道怎么回事,一直往楼上跑!我们现在在十四楼,我刚抓住他……小贾!你要干什么?!你疯了!"对讲机里的声音突然变得杂乱,紧接着就听到重物摔倒的声音。

"阿城?"李政握着对讲机,朝身后喊了一声,领着其他几名队员朝楼上冲去。陈歌和老吴也赶紧追了上去,几人狂奔到十四楼,阿城正捂着脸躺在地上,血从指缝中渗出。

"老吴!你马上把阿城送下去。"

"政哥,我没事,你赶紧去找小贾,他就跟中邪了一样!"李政拿开阿城的手看了一眼,他的脸颊被咬烂,手背也被咬了一个伤口。

"那个手机,是不是在小贾身上?"所有人里就陈歌情绪还算比较稳定,"你们两个是不是看了手机上的信息?"

"我没看,小贾在把手机装进证物袋的时候看了两眼。"阿城如实回答。

"果然跟那条信息有关。"陈歌回想着那古怪的信息内容,爸爸杀了我们,将我们放在了楼梯上,那信息的前两句应该是在暗示楼梯,可后面的哥哥弟弟一前一后是什么意思?还有最后为什么要去寻找它们?在陈歌思索的时候,李政已经带着人冲上了十五层。

"老吴,你在这守着小贾,我上去看看。"陈歌没给老吴开口的机会,直接跑了上去。第一个看到信息的侦察员昏迷了,第二个看到信息的小贾却好像发疯了一样,症状为何会存在不同?

李政他们不敢分开,又怕错过小贾所在的楼层,所以顺着楼梯往上追,陈歌就没有这个顾虑,他跑到十五层之后,走到电梯旁边。等待电梯门打开后,直接按下了二十三层的按钮,他准备去最危险的二十三层看一下,毕竟小顾电话里提到过这一层。"希望小顾能够没事。"电梯门缓缓闭合,陈歌手指搭在复读机开关上。如果只有他一个人过来，面对怪谈协会的未知手段还真有可能中招。可惜这一次，他是和警察一起来的，人数上反倒占据了优势。显示屏上的数字不断变化，在电梯上升到二十一层时，陈歌自己的手机突然震动了一下。他滑动屏幕，没想到竟然是小顾手机发来的信息。

"在不在？"

看到信息的第一眼，陈歌就给他回了一句："报位置，我现在去找你。"

对方似乎没想到会收到这么直接的回信，过了十几秒才发来新的信息："我藏在3239房间的衣柜里，这周围好像有什么东西。"

"你给我描述一下那东西大概的外形。"陈歌懒得打字，发送了语音。

"看不清楚，外面很暗，但是我能感觉到它们的存在。"

"你不是有手机吗？为什么不打开手电筒照一下？"

"会被发现的。"

"那你是怎么躲进3239房间的，你有这个房间的钥匙吗？"

"没有，门是开着的，我就躲进去了。"

"老王呢？"

"老、老王？"

聊天的节奏很快，陈歌这边显示对方一直处于输入中，但就是没有信息发送过来。

"我是不是把天聊死了？"陈歌等了半天对方依旧没有回信，他拿出手机又给对方发送了一条信息："在不在？"

电梯升到二十三层，陈歌在这期间一连发送了十三个在不在，在发出去第十四个的时候，他发现自己被拉黑了。

"骚扰我的是你，拉黑我的还是你，有病吗？"他走出电梯，按下了复读机上的按钮。染血的磁带缓缓转动，陈歌双瞳慢慢缩小，黑暗对他的影响降到了最低。"有病就要赶紧治疗才行。"

神经紧绷，他靠着墙壁一侧，慢慢朝走廊深处走去。小贾看了手机上的信息后完全失控，咬伤了自己的同伴，暗中躲藏的鬼怪应该拥有影响活人神志的能力。怪谈协会里的血脸也有类似的能力，不过血脸必须要靠近目标，并且变化出和目标相同的面容后才能进行操控。这应该是一种特殊类别的鬼怪，通常来说，拥有这样特殊能力的鬼怪战斗力都不强,比如笔仙。

陈歌过来的时候没有携带碎颅锤和杀猪刀,他一手伸进衣服口袋,握紧了圆珠笔,另一只手摸着墙壁,生怕前面某扇房门突然打开,里面钻出一个鬼头来。数着房门上的编号,陈歌很快来到3239房间门口。他拉动门锁,防盗门纹丝不动。

"应该就是这个房间。"他敲击房门,"有人吗?"

染血的磁带发出刺耳的电流声,好像是许音在向陈歌发出警示。连续敲了几下,出乎陈歌预料,3239房间里竟然传出了一个男人的声音。"谁啊!大晚上的?有事吗?"

"有人?"陈歌其实比屋内的男人还要惊讶,心里暗道,对方会不会是被怪谈协会的人操控了,或者说屋内的男人就是怪谈协会成员?他高度紧张,打起十二分注意。

芳华苑小区里的防盗门都是双层的,很快,里面的那扇门被人打开。一个一米七左右的男人冷着张脸站在屋内。"有事吗?"

"我是协助警察来追击逃犯的,等会儿我们的人就会上来。"陈歌的说话口吻都和颜队他们很像。

"又有逃犯进来了?"男人脸色变得更加差劲,他眉头拧在了一起。

"老公,怎么回事啊?"客厅里有一个三十多岁的女人也走了出来。

"说是有逃犯进来了。"

"上次不是刚在咱们楼里抓住一个逃犯吗?这地方也太不安全了,都几次了!"女人声音有些尖锐,"我早就给你说,咱们赶紧搬走,你非不听!"

"搬走,住哪里?"男人火气也很大,两人谁也不退让,争吵起来。

陈歌冷眼看着这一切,他现在还不确定对方是不是怪谈协会成员,只是本能得觉得这两人有点儿奇怪。人在争吵的时候,会不自觉地看向对方,甚至带上肢体动作,但是这两人却没有,他们的身体很僵硬,是有意克制,还是说在故意表演给我看?

屋内的男女争吵几句过后,女人进入里屋,男人留在了门口。他看起来憋了一肚子的火,对陈歌的态度也十分恶劣。他不耐烦地说:"我们只是这楼内的住户,没看见过什么杀人犯,也没听到什么奇怪的声音,你还是去找其他人问问吧。"

大晚上被陌生人敲门，正常情况下也不会有人去开门，这一点陈歌早已想到，如果对方给他开门，请他进去，那他才更应该小心。

"我只是想要询问你几个问题。"陈歌指着旁边几户，"你对自己的邻居了解多少？"

"两边都没住人，对面住着一个独居的男人，一两个月前搬进来的，平时很少见他出门，没打过交道。"

"你上一次见他是在什么时候？"

"周三晚上吧，我加班比平时晚了三个小时回来，在电梯里遇到了他。"

"周三？电梯？"陈歌瞬间把对面的那个男人和怪谈协会成员联系在了一起，"你知道那人叫什么吗？"

"不知道。"男人说完就把门关上了。防盗门闭合的声音在楼道里传出很远，陈歌站在走廊中间，他转过身看着3239对面的房间。

"怪谈协会的人难道藏在对面的房间？"他眼中透着几分怀疑，3239的那对夫妇表面上看很正常，但是他们却"无意"间给陈歌透露出了最关键的信息——周三和电梯，这两点只有进入过怪谈协会的人才清楚。

"他们是故意这么说的，想要引诱我去对面的房间？"陈歌不确定这是一个巧合还是一个陷阱，自从获得黑色手机之后，他就变得越来越谨慎了。右手握紧圆珠笔，左手抓住3239对面房间的门把手，陈歌稍一用力，防盗门向外打开。

"没锁？"在发现防盗门没锁的第一时间，陈歌立刻后撤，真正的杀局应该是3239对面的这个房间。也就在他松手的那一瞬间，一只血红色的小手朝外面抓来！双方几乎就相距几厘米远！

"什么东西？"漆黑的长廊当中，防盗门嘎吱嘎吱慢慢打开，在防盗门内侧的门板上，爬着一个四肢短小，脑袋巨大，整张脸被憋成酱紫色的小男孩！更让陈歌感到一丝心慌的是，这个小男孩穿着一身血衣！他变形的嘴巴慢慢张开，露出了里面歪斜的牙齿，男孩似乎是在笑。

"爸爸杀了我们，将我们放在了房门口。

"哥哥藏在门后面。

"他让我藏在门前面。"声音刚落，又有一个畸形的脑袋从屋内探出，五官肿胀，眼珠子挂在脸上。

"爸爸杀了我们，将我们放在了房门口。"

"弟弟躲在门前面。

"他让我躲在门后面。"

两个男孩表情诡异，爬出房门，一前一后站在陈歌面前。鲜红的血液从他们身上滴落，化为一条条血丝向四周蔓延，如同千足虫一样在墙壁、地板上飞速爬动。走廊里变得极为压抑，然而怪谈协会的杀招还没有结束。3239房间里一道白色的身影缓慢爬出，它正是从杀死许音的那个女人身上跑出的白影。这怪物的身体只剩下三分之一，看它的样子似乎是在逃命。它在血丝上爬动，但身体很快又被拖拽了回去，紧接着屋子里响起了咀嚼的声音。

"难道那屋子里还有其他怪物？！"

不幸被陈歌言中，一只密布着血丝的手向外伸出，看大小和正常人一样，但让陈歌警惕的是，这手似乎被严重烫伤过，没有任何掌纹。空气好像凝固，楼道当中充斥着浓浓的血腥味，那只手按在了其中一个男孩的头顶，好像父亲般疼爱地抚摸着那个畸形的脑袋。"他找到了我们，现在换你们去找他了。"男人的声音嘶哑难听，他似乎吞食过某种具有高度腐蚀性的东西，仅仅是声音就让人觉得不寒而栗。听到了男人的话语，那两个红衣男孩脸上露出了极为开心的笑容，他俩异口同声地回道："好的，爸爸。"

两张畸形的脸在飞速靠近，许音连单独的红衣都对付不了，更不要说去拖住两个红衣。陈歌感受到了前所未有的压力，他几乎没有任何犹豫，喊出了那封情书上的名字。

"张雅！"

好似水滴落入深潭，陈歌的影子荡起一圈涟漪，飞速蔓延的血丝突然停顿，连那只悬在门外、没有任何掌纹的手也轻轻颤动了一下。汹涌的黑发从陈歌的影子中钻出，如同大潮拍击两边的墙壁，用最暴力直接的方式碾碎了所有靠近他的血丝。二十三层的温度再次降低，张雅精致的脸贴在陈歌身后，那彻骨的冰凉之下隐藏着一个如同火焰般夺目的灵魂！

"这就是你心中的鬼？"门后的人慢慢走出，他穿着一件大红色的外套，脸上戴着口罩，可就算佩戴口罩也无法完全遮住他那张彻底被毁容的脸。

"小心，张雅！"陈歌果断向后退去，红衣之间的较量，他在这里也帮不上什么忙。不用陈歌提醒，或者说就算陈歌提醒，张雅也不会听他的话。没有任何废话和试探，怨念充斥着张雅的眼眸，黑发好像掀起的巨浪，刮过墙壁撞向两个男孩！血丝和黑发纠缠在一起，陈歌躲在张雅身后，他脑中思索着其他的事情。

"操控两个红衣男孩的人，应该就是第三病栋当中的十号房患者。"脸、身体，连手上的指纹和掌纹都全部烧掉，从外形上来讲和十号病人吻合。冒险屋还原了第三病栋的所有病室，十号病房墙壁上记录有这个病人的一些事迹，他之所以会发疯，是因为不小心导致自己的两个孩子死亡，心存愧疚，又接连遭受打击这才心理崩溃。一切都对上了，陈歌真的没想到，今夜居然会遇上第三病栋里最恐怖的十号病人！

他低估了怪谈协会想要除掉他的决心，恐怕在魏五和孔祥明失去联系后，怪谈协会就已经开始谋划今晚的杀局了。有吴非那种智商超过普通人的疯子在，他们肯定不会犯同样的错误，今夜怪谈协会极有可能倾巢出动！张雅出现，但却并没有带给陈歌安全感，十号病人仅仅一个人就拥有两个红衣，而除了他，怪谈协会还剩有六名成员！

"嘭！"

血丝炸裂，张雅的黑发死死勒住了一个男孩的脖颈，将他砸在地面上。但奇怪的是这个男孩不仅没有感受到痛苦，丑陋的脸上还露出了笑容，"哥哥，我快要喘不过气了。"那本就不协调的脑袋变得更大了，脸皮上浮现出一条条血丝构成的血管，他的脑袋快要被黑发勒爆了。在这生死关头，另一个红衣和门边的男人都没有要帮忙的意思，男人甚至命令哥哥越过张雅，先进攻陈歌。黑发将弟弟包裹，一声残忍的声响过后，血丝并没有被黑发吸收，而是从缝隙中渗出，在不远处重新凝聚出一个男孩。他的脑袋似乎变小了一点，身上的红衣也暗淡了一点，除此之外没有任何异常。

"你们还想等到什么时候！"毁容男人似乎有些心疼，他声音里透着一丝愤怒。

"我们只是想要更加稳妥一点，毕竟他心中的这个鬼有点儿不一般。"3239房的防盗门再次打开，那一对夫妻从中走出，男人肩膀上踩着一个瘦长鬼影，女人则是倒着行走，后脑上的血脸狰狞怪笑。两人笑着出场，自以为胜券在握，可让他们没想到的是，在防盗门打开的瞬间，黑发就席卷而上，好像巨蟒一般缠上他们的身体。张雅同时对付四只怨念，其中还有两个红衣！那对男女对视一眼，都从对方的眼睛中看到了震惊和恐惧。

"你不是说可以拖住目标身上的鬼物吗？！"女人尖叫一声，再往后她就发不出声音了，黑发刺入血脸的五官当中。男人也在哀号，瘦长鬼影想要钻回男人的身体，但是被黑发缠绕，正一点点往外拔出。

"以一敌四？"毁容男人满是伤疤的手慢慢握紧，本以为是十拿九稳的局面，没想到竟然还是出现了问题。黑发如同汹涌的大河在血色的世界流浪，一袭红衣的张雅安静地站在走廊中央，她听到了毁容男人的声音，慢慢把目光从陈歌身上移开。在看向毁容男人时，她眼眸轻轻眨动，好像发现了新的玩具一样。被红衣盯着，毁容男人感觉到了一丝压力。与黑发当中那个充满怨恨和憎恶的眼神比起来，他的变态和残忍不值一提，他感受到了对方满满的恶意。

"拦住她！"两个红衣男孩操控血丝试图阻拦张雅，可黑发宛如大潮席卷而来，它俩也仅仅能做到自保。

"废物！"毁容男人的外貌恐怖怪异，他本身的实力远远不足以和张雅匹敌，他主要依靠的是那两个自己孩子灵魂做成的红衣男孩。

被自己的父亲训斥，两个脑袋畸形的男孩惊声尖叫，肿胀的脑袋崩散出一条条血丝，用身体拦住张雅的路。在黑发的冲击之下，两个红衣男孩的身体一次次被拧爆，血丝从黑发中渗出，他们身体复原的速度越来越慢。"不可能有这么强的红衣！她到底吞吃过多少怨念？！"毁容男简直不敢想象，筹划了这么久，联合几名会员一同出手，竟然还会被压制！眼中产生一丝懊悔，他看着两个男孩一次次被拧爆，心在滴血。

"就差一点儿……"3239和对面的两个房间里全都布置好了杀局，只要陈歌踏入其中一步，他就能瞬间将其杀掉，根本不给他开口呼唤鬼怪的机会。在红衣男孩第五次被拧爆的时候，毁容男人脸上的疤痕剧烈颤动，心中浮现了一种很多年都没有出现过的情绪——恐惧。毁容男人五指抓住了自己的胳膊，手指直接挖入疤痕当中，血染红了指甲，"真是糟糕的体验。"疤痕被抓破，血向外渗出，毁容男人似乎在这个时候犯病了，他的手不断用力，"怎么办！怎么办！该怎么办！！！"

两个红衣男孩一次次被拧爆，又一次次重聚再次扑上去，它们用尽了一切办法，但是仍旧无法阻拦张雅的脚步。

靠近了！血液顺着指尖滴在地上，毁容男人终于萌生了退意，他怨毒地看着远远躲在张雅身后的陈歌。

"看来只能牺牲那件东西了。"手指从胳膊的伤口中拿出，血丝在空中划出一道轨迹，他从口袋里拿出一个木盒，盒子内壁里残留着一片乌黑的血渍。在场几只怨念都有失控的迹象，那血渍似乎对它们有莫大的吸引力！

毁容脸在暗中下达了什么命令，然后拿着木盒，舍弃了两个红衣男孩朝走廊另一侧跑去。黑色长发在地上爬动，张雅目光中透着一丝贪婪，就仿佛一个暴食症患者看到了最喜欢的食物一样。在第七次勒爆两个红衣男孩之后，张雅失去了耐心，身后所有的黑发疯狂朝毁容男人涌去。两个红衣男孩炸裂的血丝散落在地，化为细小的血珠，用一种肉眼可见的速度朝着张雅身后的方向挪动，它们的速度越来越快，很快两个男孩炸裂开的血丝汇聚在了一起。一个好像连体婴儿般的怪物绕过了张雅的黑发，在血丝中重生。

"不好！"陈歌没有任何犹豫撒腿就往身后的楼道跑，毁容脸孤注一掷，用自己充当诱饵也要创造机会杀了陈歌！

"我们，找到你了！"连体怪物爬向陈歌，速度快得惊人。

陈歌严重低估了红衣的恐怖，这个怪物被张雅的黑发限制，根本没有发挥出自己的实力。

以它可以多次化为血丝重生的能力，再加上超快的移动速度，如果陈歌单独遇到它，生还的概率基本为零。

"许音！陈雅琳！"现在已经到了拼命的时候，陈歌将能呼唤的鬼怪全部唤出，为自己争取时间。狭窄的楼内里一个脸色青紫的女孩和一个半身红衣的男人同时出现，横拦在连体怪物身前。可让陈歌没想到的是，那连体怪物根本无视许音和笔仙，布满血丝的手指好像尖锥一般划过笔仙和许音的身体。伤口迸开，许音被撞倒在地，一条手臂也被撕扯掉。而笔仙在血丝触碰到的瞬间就遭受重创，身形变淡，变得虚幻。不过连体怪物的目标并不是它们，重创之后，连体怪物速度不减，直奔陈歌而来！

陈歌身上已经没有其他的鬼物，他头一次觉得自己鬼屋的员工实在是太少了。那连体怪物的两个头颅散发着恶臭，酱紫色的脸上五官移位，歪斜的嘴巴已经张开，和整张脸不成比例的眼睛紧盯着陈歌。"抓住你了！"在两者距离只剩下一两米远的时候，连体怪物速度突然变慢。它外凸的眼珠向一侧转动，那个断了一条手臂满身伤口的许音，正用仅剩的一只手死死抓住它的小腿！鲜红色的小手刺入许音手臂当中，连体怪物将许音从地上挑起，想要将它撕成两半。身体被割裂，快要从中分开，被最爱之人留下的伤口又一次迸溅出鲜血。

"好疼，好疼啊！！"半身红衣的许音没有在乎快被撕开的身体，用尽全力咬向连体怪物。怨念之间的厮杀残忍到了极致，陈歌清楚许音现在绝对不是红衣的对手，他只是在为自己拖延时间。

"马上与警察会合！"朝着走廊出口狂奔，快要靠近楼道口时，一个戴着眼镜的男人从楼下跑了上来。当陈歌看到他的脸时，心脏咯噔一跳。来的不是警察，而是芳华苑小区的黄主管。

"发生了什么事？快跟我来！"黄主管喘着气，手扶着栏杆，朝陈歌伸手，似乎是准备带着陈歌逃跑。看着那只伸向自己的手，陈歌远远避开。在自己进入怪谈协会的那一夜，黄主管也在三号楼当中，他下楼之后正好看到黄主管在训斥小顾。另一个疑点就是电梯上多出来的那个数字，一个并不存在的二十四层，这件事作为物业黄主管肯定清楚，但是物业方面并没有做出任何应对，其实删去那个数字并不需要花费多大的工夫。再加上怪谈协会成员在小区内聚集，但是监控上却没有他们之中任何一个人的视频，一定是有人在暗中动了手脚，如此想来，怪谈协会里的某个成员很可能和芳华苑小区有关。看到陈歌怀疑的目光，黄主管知道自己可能被发现了，他撕下了伪装，慢慢转身露出了脑后由血丝构成的脸。"我不想这样，但身不由己，加入协会后，我也已经变成了怪物……"

趁着黄主管感慨的时候，陈歌拿出颜队交给他的对讲机，按下按键，大声喊道："二十三层！四名凶犯全在二十三层！"

第14章 我有一"只"红衣

看着陈歌好像变戏法一样，忽然从口袋取出一个对讲机，黄主管的后半句话直接卡在了嗓子眼里。

"你是警察？"他反应慢了一拍，当他意识到不妙的时候，陈歌已经收到了一组组长李政的回信。"坚持住！马上到！"楼下传来了急促的脚步声，行动一组组长李政距离他们并不远！黄主管脸色一下变得很差，以前他创造怪谈的时候，也有受害者想报警，但那些人报警都有一个拿手机拨号的过程，谁能想到陈歌毫无征兆地就从怀里掏出了一个对讲机。再说这跟他之前表现的气质完全不同啊！

仇怨、尖叫、恐惧是怨念最好的食物，为了不被身上的鬼物反噬，不得不做一些残忍恐怖的事情，这一点黄主管深有体会。可眼前这个人，以一己之力供养了三只怨念，其中还包括最顶级的红衣，按照怪谈协会里的标准，这人手上的人命绝对不下十条！但就是这样一个双手染满鲜血的屠夫、杀人狂，竟然在最关键的时候选择了报警！甚至用的还是警用对讲机！怒火翻腾，黄主管知道今晚是他大意了，就算击杀陈歌，明面上的身份也无法继续使用。

"都是因为你！"城市阴影当中的事情，就要用阴影里的规则来解决，这是约定俗成的规矩，但谁也没有想到，他们之中出现了一个"叛徒"！血脸的反应要比黄主管激烈许多,血丝编织的脸朝着陈歌扑来,在扑过来的过程中,五官已经变得和陈歌有八九分相似。

"又是这东西。"陈歌握紧对讲机砸向那张血脸,但是他用尽全力挥击的手臂却从血脸当中穿过,根本碰不到对方。

"杀了你,或者短时间操控你的身体,我还有机会蒙混过去。"黄主管的身份只有陈歌一个人知道,只有让血脸钻进陈歌的脑海里,让他永远地闭嘴,黄主管才有把握为自己开脱。血脸贴近,在快要触碰到陈歌的脸时,他的瞳孔好像夜猫一样,突然缩成了一条狭窄的缝隙,散发出一股逼人的寒意。

"阴瞳!"大概只让血脸停顿了半秒钟的时间,陈歌双腿蹬地,身体前冲,做出了一个疯狂的举动。他低着头撞向黄主管,两人一同从楼梯上滚了下来。手臂被擦伤,疼痛从各处传来。不过让陈歌感到奇怪的是,疼痛感只出现了一会儿就消失了。等视线恢复后,陈歌跳起来准备朝楼下跑时才发现,自己的身体关节被一层黑发包裹。"张雅?"除了一点皮外伤,陈歌完好无损,和他形成鲜明反差的是被黑发拖回楼上的黄主管。血脸让黑发刺穿,黄主管神志不清,身体被勒得变了形。

茫然扭头,陈歌站在二十二层拐角向上看去,身穿红衣的张雅安静地站在二十三层,她身后的黑发当中捆绑着连体红衣怪物、血脸和瘦长鬼影,占满了整个楼梯间。红衣如血,脚下是不断蔓延的黑发,一个个丑陋、恐怖的怪物在其中尖叫哀号,最后被慢慢碾碎吞没。老实说,看到这场景,陈歌有一点儿心慌。

张雅迈出脚步朝陈歌走去,刺骨的寒意和浓重的血腥味冲击着陈歌的感官。张雅身上好像又出现了某种变化,她应该是拿到了自己想要的东西。低垂着的头向上扬起,黑发滑落,张雅的脸停在陈歌鼻尖几厘米远的地方,她看着陈歌的眼睛,苍白、毫无血色的手中拿着一个很普通的木盒。

"给我的?"陈歌一开口,就感觉冰冷的气息涌入身体,他接过木盒向里面看去,那片深黑色的血渍已经消失不见,取而代之的是一个丑陋畸形的人偶。

"毁容脸!"人偶就是毁容男人体形缩小十几倍的样子,他的口罩被摘去,五官除了眼睛外,其他的都被伤疤磨平,他没有鼻子和嘴唇,就像是噩梦中的魔鬼一样。"你把他做成了玩具?!"盒子里的毁容脸只是一个被抽离出身体的灵魂,狰狞的脸左右晃动，陈歌能感受到从它身上散发出的邪恶气息。当初张雅对待朱秀，就是将其灵魂抽出，做成了玩具。看着盒子里挣扎的毁容脸，陈歌汗毛倒竖，这是他人生中收到过的第二惊悚的礼物，至于排在第一的，就是初遇张雅时的那封情书。

"谢谢，我……很喜欢你的这件礼物，你是第一个送我礼物的女孩。"听到陈歌的回答，张雅移开了视线，她的头向下低垂，不想让陈歌看到她的表情，但是陈歌能感觉到，她似乎心里有一丝开心。黑发缠绕，陈歌几乎不敢相信，他们在二十三层"友好交谈"的时候，二十三层的黑发正在残暴吞食着那些恐怖的怪物。蔓延在二十三层的黑发朝着张雅涌来，陈歌甚至在其中看到了许音残缺的身体。他张大了嘴巴，赶紧一脸"开心"地对张雅说道："等一等！喊疼的小哥和那个校服女孩是我们自己人，千万别误伤啊！"很好的气氛被破坏，张雅再抬起头时，又恢复了原本的模样。

许音和笔仙被剔除出去，黑发碾碎了其他的鬼怪，染上了大片的血红。黑发收回，张雅的身体轻微摇晃，好像有些困了。她抬头深深地看了陈歌一眼，从陈歌身边走过，消失不见。陈歌后背冰冷的感觉并没有因为张雅离开而散去，就好像有一双充满怨念的眼睛正在背后盯着自己。过了一两分钟，直到楼下传来李政他们的叫喊声，那股寒意才消失。陈歌浑身僵硬，他一下坐在地上，将严重受伤的许音和笔仙收回，又将那个奇怪的木盒塞进口袋里。张雅送给他的礼物一个比一个惊悚，先是鬼魂做成的糖果，现在又多了一个用凶徒灵魂做成的"玩具"。

"我知道她是出于好意，被一个女孩老这么送礼物我也挺不好意思，关键是这礼物……"陈歌苦笑着回头看向身后，借助手机的亮光，他很震惊地发现，自己的影子并不是自己的模样！淡淡的亮光照在自己身上，映照出的黑影却是一个长发女人的外形！陈歌几乎没有任何犹豫，立刻改口："关键是这礼物太贵重了！从来没有一个女生对我这么好过！这份感动我可能会铭记一辈子！"

……

"小贾我们已经找到了，陷入昏迷，身体没有大碍。"李政顿了一顿又继续说道，"不过那个陈歌好像出了些问题。"

"小陈出事了？你们在哪儿！我马上过去！"对讲机里传出颜队的声音。

"可能是受了什么刺激吧，毕竟我们接到求救的时候，他和那四个疯子都在二十三层，应该是遭遇了什么很可怕的事情。"李政看着呆坐在楼梯上一动不动的陈歌，心里很不是滋味。他一开始对陈歌印象很不好，尤其是在审讯室里，陈歌的态度可以说是非常嚣张。不过刚才在听到陈歌求救之后，他放下了一切成见，领着队员拼命跑来，可惜还是晚了一步。李政作为市分局刑侦队行动一组组长，他见过少数几个从凶杀现场逃离出来的幸存者，肉体上的伤势会随着时间愈合，可精神上的创伤却会伴随一辈子。

"如果，我们能再快一点儿就好了。"他很想鼓励陈歌坚强一点，但又不知该如何去开口。

呆坐在二十二层和二十三层中间的楼梯上，陈歌盯着自己的影子已经看了十几分钟，他发现了一件很恐怖的事情——他的影子好像变不回来了！

就算光线照到自己身上，也能明显看到那是两片阴影重叠在了一起。"张雅身上一定又发生了某种变化，以前她是藏在我的影子里，现在她是要变成我的影子！"陈歌回想着张雅在看到毁容脸时的种种异常。"木盒里的黑色血渍对她来说肯定非常重要，黑色的血和红衣，这两者之间是不是存在某种联系，还是吸收了那些黑血，她的实力就能突破某一个界限？"

越想越觉得困惑，陈歌望着自己的影子，张雅的影子在慢慢取代他自己的影子，看样子是打定主意要跟他一辈子，直到他再也没有影子为止。手指触碰着怀里的木盒，坦白说这还是陈歌第一次被女孩当面赠送礼物，虽然总觉得哪里不太对，但事实无法否认。

"这种感觉很微妙。"他小声嘀咕，不管张雅以后会变成什么样子，但有一点可以肯定，他以后绝对不会在背后说张雅的不是了。"暂时也没有必要担心，上一次张雅只是吞掉了红衣老人半边身体，就沉睡了好几天，最后还是在我千呼万唤之下才慢慢苏醒。这一次张雅吞掉了两个完整的红衣、两张血脸和一个瘦长鬼影，还有那片神秘的黑色血渍，想要完全消化掉这些东西，恐怕会沉睡很久。"张雅是陈歌的主要战力，张雅在，陈歌的冒险屋能力压怪谈协会；张雅不在，陈歌拖家带口一起上，估计也就只能应付一个红衣。

"毁容男、夫妻两个、黄主管，除去他们四个，现在怪谈协会里还剩下三个人。"陈歌脸色平静，外人根本猜不出他在想什么，"剩下的三个人里包含着十号、会长和吴非，我现在还是不能确定他们各自的身份。但有一点可以肯定，这三个人都极度危险和狡猾。怪谈协会倾巢出动仍旧没有击杀掉我，他们应该不会在短时间内再次动手。"现在张雅沉睡，陈歌虽然暂时摆脱了来自张雅的"关爱"，但同时也进入了一个实力的空档期，怪谈协会这时候只要再派出两个红衣，就能将他的鬼屋全灭。人总是在得不到的时候才会去怀念，张雅沉睡，陈歌忽然变得很没有安全感，"这几天游客数量暴增，鬼屋内又收集到了许多游客的尖叫，是时候再来一波抽奖了。"对于黑色手机的转盘抽奖，他本身其实是拒绝的，但短时间内他也想不到其他增强实力的办法了。鬼到用时方恨少，对这句话陈歌现在有深刻的体会。

"那块黑色血迹很不一般，等张雅再次苏醒，可能会突破某个界限。"比红衣还要恐怖，陈歌已经不敢继续往下想了。扶着楼梯上的栏杆，陈歌颇为狼狈地站了起来，他身上满是灰尘，手臂被擦伤，精神看起来有些恍惚。

"小心。"李政一直守在旁边，见陈歌起身，赶紧去搀扶。

"没事，你们快去寻找小顾和老王，我还能撑住。"陈歌不清楚李政对自己的态度为什么会突然变好，他觉得李政肯定是误会了什么，不过他也懒得解释了。两人一起回到二十三层，共生的鬼怪被张雅暴力撕碎吞食，几名怪谈协会成员的灵魂遭受重创，神志不清。而那个外形最恐怖的毁容男人，此时则好像植物人般躺在楼道中央，眼神空洞。李政皱着眉看着几个怪谈协会成员，心中浮现出一个奇怪的想法——怎么看起来他们才是受害者？没人知道二十三层发生过什么，作为唯一的知情者，陈歌的回答是他从楼上摔落，碰到了脑袋，记不清楚了，只知道自己在被人追赶。

推开3239房间的门，李政闻到了一股淡淡的血腥味，跑进卫生间后才发现，一家三口人昏倒在地，手腕被割开，好像是在放血。"还有呼吸！来帮忙，快叫救护车！"

行动二组此时也已经赶到，他们将真正的受害者抬出，陈歌在旁边帮不上什么忙，他默默地看着那些画在房间角落里的古怪图案。这些用鲜血绘成的图案好像是某种特殊的文字，陈歌靠近以后发现，身上的鬼怪全部在打战。"能让怨念恐惧的文字？怪谈协会的底蕴还挺深厚的。"他很庆幸自己之前没有进入房间当中，观看了几分钟后，他取出手机将所有图案拍了下来。墙壁上的图案没有鲜血供给后，很快变淡，慢慢失去了作用。

走出3239，陈歌和李政又进入对面的那个房间。屋内的布置让人触目惊心，客厅正中央悬挂着三条绳索，昏迷的老王和小顾被扔在前两条绳索下面，第三条绳结似乎是给陈歌准备的。"三个绳结，一家三口，现在怪谈协会也只剩下三个人了，他们对于三这个数字还真是格外执着啊。"

老王和小顾也被送去医院，陈歌则留了下来，他配合市分局行动二组在二十三层进行收尾工作。看到他带伤仍旧坚持在一线，几名警察对他的好感度暴增。站在3239对面的房间里，陈歌避开其他警察的视线，将黑色手机拿了出来。毁容脸被张雅做成玩具人偶的时候，手机震动了一下，只不过当时情况危急，他没时间去看。滑动屏幕，黑色手机上出现了一条提示信息，毁容脸死后，"第三病栋"试练任务的完成度增加到了百分之八十！

"完成度达到百分之九十就能获得奖励，还差百分之十。"陈歌翻看手机，"第三病栋"试练任务完成度超过百分之九十后，能获得一个试练任务的奖励。全灭怪谈协会后，又能获得一个"第三病栋"场景自带的隐藏任务奖励。"黑色手机这是在变相地鼓励我和怪谈协会死磕，它为什么如此仇视怪谈协会？"和怪谈协会接触久了，陈歌对于他们也有了更深的了解。他们每一个人身上都寄居着一个来自门后的鬼怪，为了供养这些鬼怪，或者说不被身上的鬼怪吞吃掉，他们只能不断地去创造怪谈，满足身上鬼怪的各种需求。

从某种程度上来说，他们已经不配被称之为人，更像是被鬼怪操纵的人偶。这也是陈歌和绝大多数怪谈协会成员的本质区别。

"总觉得怪谈协会没有那么简单，他们宣传单的标志是一扇血红色的门，这群疯子对于门后的世界肯定要比我了解，说不定那个神秘的会长就是门后的鬼。"陈歌产生了一种危机感，他越发觉得自己鬼屋里的鬼怪不够用了。

"小陈！"房门被推开，颜队走了进来。

陈歌不着痕迹地将黑色手机收起，坐在沙发上，摆出一副虚弱的模样。"颜队，你找我有事？"

"你自己看吧。"颜队从证物袋里拿出了小顾的手机，在二十五分钟前，小顾的微信里收到了一条莫名其妙的信息——陈歌，我记住你的名字了。

"这条信息是用保安王大军的手机发来的，可是我们找遍了二十三层，都没有发现受害者王大军的手机，由此可以推断，凶手还有其他人！对方拿走了王大军的手机！"颜队将小顾的手机放在茶几上，"另外还有一个问题，凶手的信息里为什么会有你的名字？"保安王大军是老王全名，小顾之所以会进入三号楼就是因为老王。

"这个拿走老王手机的人，应该才是谋后黑手，是今晚这一切的策划者。"陈歌其实能理解对方的这句话，幕后之人精心布局，可惜他错估了张雅的实力，也低估了陈歌的谨慎。如果今晚没有张雅，或者说陈歌大意之下被拖入那两个房间里，他可以说是必死无疑，不存在任何逃生的机会。现在想起来，陈歌还有一丝后怕。

"凶手主动发送信息，这至少能说明两点，第一他有恃无恐，第二你做过让他非常恼怒的事情。"颜队将小顾的手机重新装回证物袋，"以上两条，对你来说都不是好消息，他们极有可能对你发动更加疯狂的报复。"怪谈协会一下折损四人，连拥有两只红衣的毁容脸都被做成了玩具，换作陈歌也会被气死。

"记住我的名字？这是在威胁我？"陈歌看着转身离开的颜队，脑中忽然闪过一个念头，他一下从沙发上站起。"等等！"

"怎么了？"颜队被陈歌吓了一跳。

"手机！那条信息发送的时间！"陈歌从颜队手中拿过证物袋，打开后又看了一眼，那条信息是二十五分钟前发来的。而二十五分钟前，毁容脸刚刚死亡，李政他们都还没赶到！

"还有一个怪谈协会的成员就藏在这大楼里！这个人极有可能就是幕后黑手！"陈歌目光凛然，对方目睹了整个过程，但是迫于张雅的原因并没有出现。

"那个凶手就躲在楼内？"颜队点了点头，"我们已经控制了所有出口，芳华苑小区外围的道路也已经封锁，暂时没有发现可疑人员。你放心吧，只要他还在这栋楼内，就绝对跑不出去。"

剩下的三个怪谈协会成员是最难对付的三个人，陈歌没有把希望寄托在颜队身上,他双手握在一起,指骨发出脆响,总感觉自己忽略了什么。"那个人很聪明,信息是二十五分钟前发过来的,现在很可能已经离开,可他是怎么突破警方封锁的呢?"望着小顾微信上的信息,陈歌忽然想起了一件事。小贾察看到小顾手机上的信息后,失去理智,咬伤了同伴。但是第一个进入大楼的侦察员在看到那段信息后,只是陷入昏迷,两个人的症状并不相同。

"颜队,你们派进来的第一个便衣现在清醒了吗?一直是谁在照顾他?"

"他躺在警车里,一直处于昏迷当中,二十分钟前急救车赶到,估计已经被送往医院了。"

"二十分钟前急救车赶到?"

……

护士值班室墙上的表无声走动,凌晨两点的人民医院非常安静。

在大多数病人都已经入睡的时候,一双几乎被眼白占据的眼睛慢慢睁开。

"陈歌……"他无意识地发出了声音,紧接着就好像梦游般从病床上站起,"这只新鬼的能力还挺好用,只不过分裂意识的感觉太痛苦了。"男人试着握紧拳头,脸部的表情有些诡异,他话语中透着一丝嫉妒。"再有用的鬼,也比不过红衣。"

男人身体僵硬,就好像提线木偶般朝着门外走去。他的动作越来越熟练,脚步也越来越快。在没有引起任何人注意的情况下,他从医院安全通道跑出,避开了大厅的所有监控,溜进医院后面漆黑的小巷。"还剩三个小时,应该能够回到主意识身边。"他跌跌撞撞地走在满是石砾和垃圾的后巷,手臂、双脚都被划伤,不过他一点也不在乎。看着不断接近的出口,他慢慢放松了下来。"计划失败也没有什么,只要活着,将信息带出去,一切都还是未知的。"巷子外面的路灯散发出昏黄的光,就在他一点点靠近时,一个手持铁锤的男人从阴影里走出,堵在了巷子口。

"我已经等你很久了。"

午夜的马路上一辆车都没有,周围安静得吓人,偶尔会有一只野猫驻足,但很快它就好像感觉到了什么,飞速逃离。

"你是谁?"侦察员站在泥泞的后巷当中,他的鞋子已经不见,双脚踩在垃圾上,血顺着伤口渗出。

"连我的声音都听不出来了？"阴影中的男人慢慢走出，他手中提着一把狰狞恐怖的铁锤。昏黄的灯光拉长了他的身影，说话的明明是个男人，可他的影子却是一个长发女人的形状。

侦察员看清楚了男人的脸，他牙关咬紧，挤出了两个字："陈歌！"

"我和你素不相识，你却能叫出我的名字，看来我没有猜错。"堵在后巷出口的男人正是陈歌，他和颜队搜查了整个三号楼，但是却没有找到隐藏的最后一个凶手。当时陈歌就开始怀疑，向颜队打听到接收侦察员的医院后，便回到新世纪乐园，拿上碎颅锤悄悄埋伏到医院里。

"你是怎么发现我的？"事到临头，侦察员反而平静了下来，他脸上带着一丝古怪的笑容，盯着陈歌的脸。

"我为什么要告诉你？"按下复读机的开关，陈歌双手握锤进入后巷。

"杀了我对你没有任何好处，这只是我藏在替身鬼里的一道意志，另外，你别忘了我现在可是在一名警察的身体里。"侦察员最开始看见陈歌的时候确实被吓了一跳，不过他很快就冷静下来。"我死了，这个警察也要跟着陪葬。"

陈歌懒得废话，他口袋里的手机一直开着录音，两人的所有对话都被录入其中。看着渐渐逼近的狰狞铁锤，侦察员的嘴角轻轻抽搐，陈歌冷漠的表情仿佛是在告诉他，大家都不是什么好人，别再用那么低劣的手段来威胁了。

"其实我们还可以好好谈谈，你难道就不好奇我的身份吗？不想知道我是谁吗？"病人在尽最后的努力，他想要和陈歌沟通，但是看陈歌的架势似乎并不准备搭理他。眼看着陈歌不断逼近，病人再次改口："你难道就不想知道怪谈协会的会长到底是谁吗？"

"会长是谁这是一个选择题，而我现在正在用排除法来解决这个问题。"陈歌很委婉地告诉侦察员，他恐怕是活不过今晚了。陈歌也不准备真的杀了他，他之所以背着颜队偷偷过来，其实是另有打算，他准备将侦察员带回冒险屋，慢慢逼问。有句话怎么说来着？"人"多力量大。

"先控制住他，然后移交给警方。"陈歌嘴里这么说完全是因为手机开着录音，他的真实想法是先砸断双腿就行了，暂时留他一条命。软硬不吃，侦察员在陈歌身上找不到破绽，不过他的脸色依旧没有发生太大的变化，似乎还有底牌没有使用。

"陈歌，我接下来说的话你一定感兴趣。只要你能让我离开，我就告诉你门形成的原因，以及关门和开门的方法。"侦察员表情诡异，似笑非笑，他似乎可以肯定陈歌会动心。

"好好考虑一下吧，你应该清楚这信息的价值。"侦察员神色镇定，但身体还是不自觉地往后退了两步，"操控这警察的只是一个替身鬼，其中蕴含着我三分之一的意志，就算你杀了他，我也不会受到伤害。"

"不会受到伤害那你为什么急着离开？"陈歌速度放慢，"让我看见你的诚意，这是交易的前提。"

见陈歌终于动心，侦察员松了口气说："你既然想知道关于门的信息，我猜你应该掌握着一扇门的位置。"

"没错。"陈歌没有否认。

"门出现的原因非常复杂，暂时还没人能说得清楚，我只知道它们通常集中在怨念深重、人迹罕至的地方，不过外部环境只是一个前提，最重要的原因是要有一个敲门的人。"

"敲门的人？"

"门后的世界是一片血红，充斥着绝望和毁灭，沉淀着人心底里的种种负面情绪，那里和人间相对，汇聚着无数的噩梦。"侦察员的声音变得有些飘忽，"正常人看不到那个世界，只有人格崩坏、失去所有希望的人，才有一丝机会推开这扇门。我曾听第一位推门人说过，那一天他就像往常一样，没有做任何多余的事情，只是很平常地推开了那扇经常出入的门，可是门后的世界却变得完全不同了。那扇门突然出现，没有任何的征兆。"

"没有征兆？"

"是的，你拥有一扇门，应该有过类似的经历，比如说当你站在门外的时候，会听到……"侦察员说到一半的时候，巷子外侧突然传来了警笛声，几辆警车呼啸而来！

"你报的警？"侦察员脸上的笑容慢慢消失。

陈歌摇了摇头说："继续，告诉我门后的信息，我可以帮你掩饰。"

"是吗？"侦察员冷冷地笑着。

"你可以试试，现在你也没有其他的选择了。"陈歌朝四周看去，寻找能隐藏碎颅锤的地方。

"活在地狱，你觉得恶魔会相信魔鬼的话吗？"侦察员转身就朝医院所在的方向跑去，陈歌紧追在后面。

"不许动！"巷子的另一边也有警车开来，侦察员的路被完全堵死，他没有停留，毫不犹豫地又冲进医院当中。

"借助复杂的地形逃脱，还是说想要绑架一个人质？"陈歌追在后面，很快他发现自己低估了侦察员的狠辣和果决。

"嘭！"踹开安全门，这个疯子直接跑到了医院楼顶。

"别过来！"侦察员踩在了护栏之上，他站在医院大楼的边缘！夜风吹动着病号服，脚下就是这座城市，他站在黑夜当中，俯视着一切。紧追在侦察员身后的陈歌，此时停在侦察员身前三米处，没有继续去给对方制造压力。

"陈歌，你的名字我记住了，下次见面，我会给你一个惊喜。"侦察员脸上重新露出笑容，他望着陈歌，慢慢张开双臂。

"姚庆一！"楼顶的安全门被撞开，颜队和市分局的其他人冲了上来。看到他们，侦察员脸上的笑容变得更加灿烂，他的身体慢慢向后躺去，仿佛无尽的黑夜才是他的归宿。

在侦察员向后躺的第一时间，陈歌就冲了过去。

三米远的距离，此时却像是无法逾越的天堑。陈歌的手最终还是没有抓住他。

夜风灌入双耳，撕裂了耳膜，侦察员脸有些变形，他的身体在高速坠落，这应该是他生命的最后三秒钟了。

两人距离越来越远，侦察员最后好像说了什么，相隔太远，陈歌听不清楚，只是通过对方模糊的嘴型，隐约读出了两个字——"门楠"。陈歌不明白侦察员在生命的最后时刻，为何会提起门楠，可能是在故意干扰，也可能是想留下什么讯息。

"姚庆一！"安全门处传来了李政声嘶力竭的叫喊，几名警察同时冲了过来。重物摔落，陈歌是第一次听到生命逝去的声音。

姚庆一后脑着地，他临死的时候那张脸依旧望着楼顶，双眼圆睁，嘴角挂着诡异的微笑。陈歌半边身体伸在大楼外面，手仍悬停在半空。

"怪谈协会……"这个精神病和杀人狂组成的协会，在陈歌面前展露了自己真实的一面，他们从未在乎过活人的生命。

"陈歌，这究竟是怎么回事？！"李政双眼通红。

默默收回手臂，陈歌的声音有些压抑地说："是谁让你们过来的？"

"护士报的警，有病人看到老姚深夜跑出病房，好像梦游一样。我们考虑到小贾的情况以为老姚也出了意外，所以就直接从芳华苑小区赶了过来。"

"报警的是护士？"陈歌双手抓紧了护栏，目光盯着楼下的姚庆一，看着他临死时脸上的微笑。

他死前说的那些话是真是假？

使用替身鬼操控他的到底是谁？

吴非、会长还是十号？

怪谈协会只剩下三个人，但是如果不除掉会长，要不了多久怪谈协会就会再次重生。不幸和绝望每天都在发生，当那些痛苦淤积在心底，慢慢污染了灵魂之后，怪谈协会的宣传单就会如约而至。

"在下一个周三来临之前，要彻底让怪谈协会消失才行。"张雅陷入沉睡，陈歌想对付怪谈协会剩下的三个人并不容易。"我需要新的红衣！"

警车围住了人民医院，因为姚庆一跳楼时，李政等几位警察也看到了当时的情况，所以他们并没有为难陈歌。

凌晨四点，陈歌被警察送回新世纪乐园。进入鬼屋，关上休息室的门，陈歌把自己一个人锁在房子里，将黑色手机拿出放在桌子上。明天还要开门营业，但是他一点睡意都没有，坐在椅子上翻看手机当中的任务信息。

"日常任务能获得奖励，但是只有噩梦级别任务才会改变我自身，自从噩梦任务改为随机刷新以后，我还从没见手机刷出来过。普通任务都是在改良冒险屋，闲暇时倒是可以去做。黑色手机里的试练任务还有两个，二星恐怖场景'绝命灵车'和四星恐怖场景'通灵鬼校'，解锁新场景，完成隐藏任务能获得一大笔奖励，其中也包含着鬼怪，去做试练任务也能增强冒险屋的实力，不过低星级的试练任务对我影响不大，高星级的任务又太过危险。"陈歌心里也在纠结，张雅沉睡以后，他才忽然发现，自己以前的有恃无恐，大部分都来源于这个对自己情有独钟的红衣怨念。

"这几天营业收集到的游客尖叫足够兑换两次抽奖机会,恐怖转盘是增强冒险屋整体实力的途径之一,但不确定性太大。"陈歌回想自己的前几次抽奖,摇了摇头,决定等到明天中午阳气比较重的时候再进行尝试。"时间有限,情况紧急,如果抽到的鬼怪不能完全服从命令,那就只有喂给许音了。"许音拥有成为红衣的潜力,而只有红衣才能带给怪谈协会威胁。

"怪谈协会掌控一扇血门几年时间,所拥有的红衣绝对不止那两个,他们现在之所以没有轻举妄动,很可能是因为摸不清楚我的底细。如果他们知道张雅在沉睡,无法自主醒来,恐怕会趁着这个机会除掉我。"他扭头看向自己的影子,那个长发女人形状的影子其实也是一种无形震慑!

"张雅可能早就想到了这些。"陈歌将怀中的木盒取了出来,他捏着盒中丑陋的玩具,将毁容脸放在自己眼前。"张雅为什么会把它送给我?难道这东西能在关键时刻救我一命?"随身带着一个毁容玩具,这实在是一种糟糕的体验。摸不清楚毁容玩具的用法,装在木盒里又不方便携带,陈歌干脆找到一个黑袋子把它装在里面,眼不见心不烦。

收起手机,躺在休息室床上,陈歌紧绷的神经终于放松下来,倒头睡去。

……

第 15 章 江州儿童福利院

早上八点半,陈歌被闹钟惊醒,他已经连续几天只睡三到四个小时,但仍感到精力十足,没有任何不适,唯一的异常只是体温相比较常人来说,似乎变得低了一点,也不知道是哪里出了问题。

八点五十五乐园开门,新一天的营业开始了。

小顾还在医院里,听颜队长说人没有大碍,已经脱离生命危险,过几天就能出院。老王则可能是因为年龄大了,又受到了强烈刺激,直接病倒了,高烧不退。在他偶尔保持清醒的那段时间里,他告诉警察说准备辞去保安的工作,至于他那天晚上到底遭遇了什么,没人知道,连他自己也说不清楚。

游客拥入乐园当中,人数比昨天还要多。

小顾不在,陈歌只能两个场景轮换着跑,一直忙到中午才开始休息。冒险屋的名气越来越大,经营情况越来越好,陈歌虽然忙,但心里很充实。中午十二点半,陈歌坐在冒险屋门口核对早上的门票收入,刚统计到一半,手机突然响起。他打开一看发现是陌生号码,本能地想要去关闭,最近他实在是太忙了。但愿只是个骚扰电话吧。电话接通,那边传来了一个女人的声音:"请问你是陈歌吗?"

"对,我是。"

"你好,我是江州儿童福利院的,范郁的血亲在监护人委托书中填写了你的名字,现在他姑姑入狱,所以有些事我们只能联系你来解决。"

"和范郁有关?"陈歌对那个画鬼的男孩印象还是很深的。

"没错,他在我们福利院里认了一个干姐姐。"

"这是好事啊,那孩子本身不爱和人交流,现在能有所改变……"

"那如果他的姐姐不是人,而是一只蜘蛛呢?"

"蜘蛛?"

"是的,范郁的姐姐是一只蜘蛛,具体情况有些复杂,如果你有时间的话,今天能来一趟儿童福利院吗?"

"好,我晚上六七点过去行吗?"

"没问题,感谢你的配合。"

挂断电话,陈歌脑中回想着福利院工作人员的最后一句话,"如果范郁的姐姐是一只蜘蛛呢?"

范郁是冒险屋的第一位特殊游客,也是一个非常可怜的孩子,目睹父亲谋害了母亲,又目睹了姑姑将父亲推入井中,而他本人更是和凶手在同一片屋檐下生活了几年时间。那孩子在这个世界上已经没有亲人了,于情于理,我都应该过去看看。

本来陈歌还想着等会儿洗洗脸,跑到太阳下面抽奖的,可因为福利院工作人员的这个电话,他没有了心情。

下午的营业很快开始,忙碌到五点半,游客数量仍没有减少,迫不得已,陈歌他们只好延长了参观时间,一直到快七点才结束。天色已晚,陈歌门票收入都顾不上核算,等到徐婉下班后,匆匆赶往福利院。

这是陈歌第一次来江州儿童福利院,和他在电视剧里看到的那种冰冷、脏乱、环境很差的孤儿院不同,江州儿童福利院布置得十分温馨,有自己的院子,里面摆满了栽种的各类花草。

"喂!干什么的?我们这里外人不能随便进去。"看门的老大爷拦下了陈歌。

"你好,我叫陈歌,是范郁的家人。今天中午,你们这里的工作人员通知我过来的。"

"范郁的家人?"老大爷仔细看了陈歌几眼,态度瞬间发生了变化,"等着,我进去问问。"大爷也没用手机，跑进院子朝楼上喊了一声。

没过多久，有一个年龄看起来和陈歌差不多大的女人从楼内走出，她穿着护士服，五官柔和，给人的感觉很亲切。

"陈先生，你可算来了。"护士示意陈歌跟她一起走，"先自我介绍一下，我是范郁的'妈妈'，你可以叫我小刘。"

"你是他的妈妈？"

"嗯，我们这里收养了很多流浪儿童和弃婴，为了让他们感受到家的温暖，所以平时都直接让他们喊'爸爸妈妈'，不过我们没有强迫，大多都是孩子们自愿的。"女护士很好说话，她人比较腼腆，跟陈歌说话时都不敢看陈歌的眼睛。

"挺好的，其实我很敬佩你们。"江州儿童福利院就像是一个大家庭，与陈歌在电视剧里看到的那些完全不同。女护士笑起来很阳光，她正要开口，院子另一边的窗户打开，有一个中年男人端着茶杯冲女护士说道，"小刘，又乱跑？还不赶紧回去！以后你给我死死盯住江铃和范郁！他俩越来越过分了！"

那男人的声音有些生气，小刘听见了也不害怕，就是有点儿不好意思："嗯，知道了。"

女护士领着陈歌进入小楼当中，墙壁贴着可爱的装饰，走廊打扫得非常干净。

"刚才那人是谁？院长吗？"陈歌随口问道。

"他是陈医生，脾气很差，不过人很好，以前在大医院工作，辞职后成了我们这里的医生。"

"陈医生？福利院里专门配有医生？"

"对啊，我们有医生、护士、护理员和文化教员，大家分工不同，不过都是这群孩子的'妈妈爸爸'。"陈歌点了点头，对比一下暮阳中学老校长创办的孤儿院，这里显得正规许多。他们走在长廊当中，旁边的一扇门忽然打开，两个孩子拿着一个玩具，追着跑了出来。

"江锦、江鹤！不要在走廊里打闹，都八点多了，快回去！"女护士说了两句，两个孩子有点儿不情愿地回到屋里。在房门关上的时候，陈歌朝里面看了看，两室一厅，一个房间里大概住有六个孩子。

"你们这里生活环境挺不错的，孩子们还有玩具和新衣服。"陈歌看向门上的水彩卡片，上面有孩子们自己书写的一个个名字，"奇怪，你们这儿的孩子怎么都姓江？"

"他们都是江州的孩子，所以他们的姓取自江州市，在这里很多没有姓名的流浪儿童和弃婴都以江为姓。"女护士说到这里，尴尬地笑了笑，"当然也有一些孩子，习惯了以前的名字，我们不会强迫他们更改。"

护士领着陈歌来到三楼左侧的第一个房间，她没敲门就直接走了进去。

"院长，陈歌来了。"

窗台旁边有一个六十多岁的老人正在给花浇水，他戴着老花镜，看起来就像是一个退休教师。

"可算是来了，随便坐。"老人一副见了救星的样子，这让陈歌更加摸不清楚头脑了。

"老先生，你有话就直说吧，是不是范郁在咱们福利院惹事了？"陈歌觉得自己就像是替范郁父母来参加家长会的一样，还是那种被留到最后，被老师单独谈话的家长。

"那我可就直说了。"老院长给了女护士一个眼神，似乎是害怕影响不好，让她先把门关上，"你是范郁直系亲属指定的监护人，对于范郁的情况，你应该比我们了解，这个孩子他不是不合群，怎么说呢？他完全就没有家庭、集体、幸福这样的概念，我们想尽了一切办法去帮助他，但效果都很差。"

陈歌要比任何人都了解范郁，所以他很理解福利院方面的困惑。"给你们添麻烦了。"

院长摆了摆手："这都不算什么，性格更加孤僻的孩子我都见过，现在最主要的问题是，这孩子的性格不但没有被我们矫正过来，他还把我们这里另外几个正在接受治疗的孩子给带坏了。"

"带坏？"陈歌忽然明白那位陈医生看到小刘时，为什么会那么愤怒了。

"很多被家庭抛弃，或者有过悲惨经历的孩子，心理或多或少会出现问题，需要进行心理疏导才行。"老院长苦笑了一声，"范郁也是其中之一，不过这孩子总是跟医生唱反调，不仅自己不配合治疗，还会对其他孩子说些奇怪的话。有几个孩子就因为他的话病情加重，我们无奈之下只好将那几个孩子送走。"

"范郁对其他孩子说些奇怪的话？"陈歌敏锐地意识到了问题所在，范郁拥有一双能看见鬼怪的眼睛，那孩子本质不坏，他所说的在大人听起来很奇怪的话，很有可能是真的。

"是啊，为了不影响治疗，我们把那几个孩子送到了正规心理机构进行心理矫正。可你要知道，我们福利院是公益机构，上面每年给的资金是有限的，大多时候都是靠各界爱心人士捐款维持运转。"院长很是无奈，"把孩子们送到正规心理机构接受治疗，一次两次可以，老这么下去，我们也吃不消啊。"说完这句话后，院长抬头看了一下陈歌，似乎是在试探陈歌的态度。他见陈歌露出思索的神色，以为陈歌明白了他的意思，便松了口气，不再遮遮掩掩。"以范郁的情况，被领养的概率不大，而你可以说是范郁唯一的家人，我觉得比起福利院这样的环境，可能范郁更适合与亲人待在一起。"屋子里陷入沉默，院长和女护士都是脸皮很薄的人，暗示到这一步，他们觉得已经足够了。

过了两三分钟，陈歌终于有了决定。"错的不是范郁。"

院长微微一愣，他以为自己没表达清楚。"我知道这不是范郁的错，咱们都是为了孩子能够健康的生活，所以你也不要有心理负担。"

"范郁都对那些孩子说了什么？"陈歌很认真地看着院长，"请你务必原封不动地告诉我，那些孩子很可能会遇到危险。"

"危险？"足足和陈歌对视了三秒，院长张了张嘴，之前准备的说辞全都没用上，双方想的完全不在一个频道上。他看着陈歌，忽然觉得范郁的这个病可能是家族遗传下来的。

"是的，请你告诉我范郁都说过什么，还有那几个孩子的姓名和联系方式，他们的处境可能很危险。"陈歌语气郑重，一点也不像是在开玩笑。

院长脸上勉强露出笑容。"陈先生，我就直说了，范郁对我们福利院没有丝毫的归属感，他可能是更想和家人生活在一起。他是一个很聪明的孩子，只是心理上存在一些问题，如果你有这个经济实力的话，我们真诚希望你能带他离开，让他接受更加正规专业的心理治疗。"

"暂时不行，我那里不安全。"陈歌说的是实话，至少在彻底解决掉怪谈协会之前，他绝对不能把范郁接到自己的鬼屋。院长听过很多拒绝领养的借口，但以家里不安全为理由,他还是第一次听到。"好吧,不过你平时要多来看看他,跟孩子多多交流才行,我们会尽力去帮助他。"

"嗯。"

女护士领着陈歌从院长屋里出来,这个和陈歌同龄的女护士有些不好意思,声音带着几分歉意:"我们也不是想要赶范郁走,那孩子其实特别听话懂事,就是偶尔会很奇怪。"

陈歌淡淡一笑,没有辩解。"我知道你想说什么,但你有没有想过,万一他说的才是真的呢?"

女护士放慢了脚步,她偷偷看了陈歌一眼,也不知道为什么,眼前这个男人说出的话有种莫名的说服力。

"到了,就在这。"

女护士停在刚刚遇见那两个小孩的房间旁边,发现两个房间的门都是开着的,"江鹤和江锦又到处跑了。"

她急急忙忙进入其中一个房间,刚走到客厅就听见卧室传来玻璃碎裂的声音,紧接着一个女孩就大哭了起来,不断地喊着——姐姐两个字,好像自己的姐姐被人欺负了一样。

"江锦、江鹤!你俩给我站到墙边去!"女护士在屋子里训斥着两个男孩,陈歌仍停在门口,他看看房门上用彩笔书写的人名,在一大堆江姓孩子当中,范郁这个名字特别显眼。

"这小子真不让人省心。"陈歌走进卧室,一眼就看到了坐在书桌旁边,正低头画画的范郁,他对外界的一切都不关心。在范郁旁边站着一个哭花了脸的小女孩,不断用小手抹着眼睛,眼泪止不住地往下落,嘴里不断地喊着姐姐、姐姐。护士训斥完江鹤和江锦后,抱着女孩哄了起来,可是越哄女孩哭得越厉害,水润的眼睛变得红肿,用圆嘟嘟的小手指着江鹤和江锦叫道:"他们杀了我姐姐!杀了我姐姐!"

女孩长得很可爱,穿的衣服有点儿厚,被护士搂在怀里,好像抱着一个棉花团子。可就是这样一个可爱的孩子,嘴里却不断喊出"杀了我姐姐"这样残酷的话语。

"江锦、江鹤!你俩到底干了什么!"护士有一点生气,她很心疼这个小女孩。

"我们就是想要看看她的玻璃杯，她非不给，结果一不小心摔碎了，也不知道谁把里面的那只蜘蛛给踩死了。"两个小孩也觉得委屈。

"蜘蛛，姐姐？"陈歌望向卧室中央，玻璃茶杯被摔碎，在碎屑中央有一只被踩扁的蜘蛛。事情的来龙去脉已经弄清楚了，女护士先让两个男孩离开，她不断安慰小女孩。可是小女孩根本不听，哭喊得越来越厉害。她挣脱了女护士的怀抱，将地上已经被踩死的蜘蛛捡起，一点也不嫌弃，双手捧着它跑到范郁身边，声音绝望得令人心疼："他们杀了姐姐！姐姐死了！"

小女孩看起来只有四五岁，踮着脚尖才比书桌高一点。一直在低头画画的范郁没有搭理女孩，后来被女孩哭喊弄得不耐烦了，他才放下了笔，把手搭在小女孩头顶。柔声说："姐姐没死，只是暂时离开了。"范郁用空闲的那只手将桌上的画拿起，放在女孩眼前，"姐姐刚才就在你身后。"

普通的画纸上，用黑色水笔画着小女孩，而在女孩身后则是一个用红色彩笔勾画出的巨大人形怪物！它趴在小女孩身后，脸压伸到女孩头顶，四肢像蜘蛛的步足一样半弓在地。看到范郁的画，女孩慢慢停止哭喊。揉了揉女孩的头，范郁朝门口的陈歌看了一眼，"快看，姐姐跑到那个人身后去了。"

小女孩止住了哭声，转过身呆呆地看向陈歌，她巴掌大的脸蛋上挂着泪珠，眼睛红肿，蒙上了一层水雾。这孩子可怜巴巴的眼神似乎能融化一切，就算是心肠再冷硬的人，面对她也会不由自主地舒缓表情。女护士已经控制不住了，心疼地抱住了小女孩，把脸贴在女孩脑袋上，轻轻拍着她的后背。只看卧室里面的女护士和两个小孩，会觉得非常温馨，就像是独自打工的姐姐坚强抚养着两个年幼的弟弟妹妹一样，虽然贫穷、艰苦，但是却一直憧憬着幸福和美好。可是如果再加上陈歌，屋内的画面就变得有些诡异了。他站在门口，全身肌肉绷紧，仿佛孤身一人在密林当中被野兽盯上了一样。

"按照范郁画中的比例来看，那个怪物的体形是成年男人的三倍。"和范郁打过交道的陈歌，清楚记得范郁的双眼能够看到鬼怪，也就是说范郁画中那个巨大的蜘蛛怪物，此时真的就在自己身后！他的手指压在复录机开关上，胳膊上浮现出青色的血管。来之前他根本没想到，在这个温馨的福利院里会遇到怪物。

"范郁和小女孩关系看起来很不错，我和范郁也算是熟人，这是不是可以间接地认为我和小女孩也是朋友？"陈歌一个人站在门口嘀咕，他声音不大，刚好能传到自己身后。

"别哭了，姐姐已经走了，我明天再带你去找她。"范郁摸了摸小女孩的头，他对这个小女孩格外地好。

"嗯。"小女孩揉着红肿的眼睛，挣脱女护士的怀抱，不情不愿地坐在了卧室的小垫子上，手里还捧着那具蜘蛛尸体，不舍得扔掉。听范郁说女孩的姐姐已经离开，陈歌这才放松了下来，走进屋内，拿起门后的扫把将地上的玻璃碴扫到墙角。站在三人中间，女护士有些尴尬，她总觉得自己好像被忽视了，谁都不在意她。

"陈先生，我来扫吧。"女护士将玻璃碎屑扫进簸箕当中，然后拽着陈歌从屋内走去。"里面的情况你也看到了吧。"女护士话语中透着无奈，"江铃自从来到福利院后就由我来照顾，大半年过去了，以前她都喊我妈妈，非常黏我，就像是一个小天使。可是自从范郁来后，一切都发生了变化，这孩子成天跟在范郁屁股后面，只听他一个人的话。"

"我怎么从你话语里听出了一丝'嫉妒'？"陈歌背靠墙壁，这个福利院给他的印象很不错，是在做实事。

"我没有！"女护士瞪了陈歌一眼，"如果江铃跟其他孩子玩，我肯定不会阻拦，关键范郁他很不正常，他画的那些东西你也看到了，让一个五六岁的小女孩天天看那种东西你觉得合适吗？"

"这个是有点儿过分。"陈歌不知道怎么跟女护士解释，总不能说范郁画的都是真的吧。

"岂止是过分啊！"女护士关上了卧室的门，把陈歌拉到了客厅角落，"江铃是警察在凶案现场发现的，你根本不懂这孩子经历过什么。半年前刚送到福利院时，江铃甚至都不会说话，对于任何人都抱有深深的恐惧，在陈医生长达半年的心理疏导治疗之下，这才有所好转。"

陈歌表情变得认真起来。"能给我说说那孩子的过去吗？"

女护士压低了声音说："我也是从警察嘴里听到的，江铃原本有一个很幸福的家庭，一家四口住在偏远的乡下，虽然家境不富裕，但是过得很幸福。她父亲是个老实巴交的农民，母亲好像不是本地人，长得白白净净，她还有一个姐姐，继承了她母亲的基因，长得很好看。大概是一年前，她父亲借了一笔钱，承包了片桃林，专门种桃子，一家人住在距离村子很远的地方，平时也不跟人来往。眼看着桃子快要收获，他们家生活快要改善的时候，结果出了事。"叹了口气，女护士眼中带着一丝同情和愤怒，"先是江铃的姐姐失踪，没过多久江铃的父亲和母亲就出事了，饭汤和菜里撒有大量老鼠药，凶手是铁了心要害死他们。"

"凶手抓住了吗？"

"没有。"女护士摇了摇头，"警方没有公开太多信息，我只知道凶手没有动家里的钱财，也不是为色。我怀疑凶手就是那些嫉妒江铃家幸福的村民！那片地区比较偏僻，除了其他村民，很少有人会过去。还有就是在出事的前几天，旁边的村子里经常有人去偷没长熟的桃子，有一次小偷被江铃父亲抓了个正着，还在桃林里打了起来。"

听完女护士的描述，陈歌也觉得村民有点儿像凶手，谋杀通常带有目的性，蓄意报复，这个理由说得过去。

"警方调查以后没有在村子里发现投毒的人，现场仅有的生还者就是没喝汤的江铃，不过她看到自己父母吃完饭倒下之后也被吓傻了。警方怀疑江铃见过凶手的模样，但是苦于没有办法和江铃交流，这个小女孩自从那事发生以后，精神就出现了一些问题。

"正如你看到的，她看见蜘蛛就会叫姐姐，别人害怕畏惧的东西，她反而兴奋地跑过去，你能想象出她那张可爱的脸蛋贴在蛛网附近，靠近蜘蛛的样子吗？相处得久了，我发现她身上还有其他的问题。

"这孩子认知有些混乱，常常冲床上的被子叫妈妈，向悬挂起来的绳子叫爸爸。别人问她为什么，她也说不出来原因。"女护士有些沮丧，能听得出来，她是真的担心女孩，"我们福利院一直在尝试着矫正江铃错误的认知，她现在已经不对绳子和被子叫爸爸妈妈了，只要再改变她对蜘蛛的认知，这个女孩就能像正常人那样生活。结果谁知道范郁来了，三言两语就摧毁了我们所有的努力。"

"先不谈范郁。"陈歌要面对怪谈协会，所以他现在对怪物更加感兴趣，"警方有没有调查过江铃的姐姐？她为什么失踪？凶手有没有可能是她？"

"在出事之前，江铃的姐姐就失踪了，警方也一度怀疑凶手可能是去而复返的姐姐，但是至今他们都没有找到江铃的姐姐。现在不是讨论谁是凶手的时候，那些交给警察来处理，我担心的是江铃的心理治疗。"女护士很是无奈。

"这件事我来解决，不过你要给我一些时间。"陈歌大致了解了事情的经过，女护士描述的案件充满了疑点，很多地方值得推敲。

"你来解决？你要带范郁离开？"

"我是说，我来治好江铃的心病。"陈歌是最懂范郁的人，他清楚范郁说的一切都是真的。

女护士愣了一下，问："你拿什么来治疗？你又不是医生。"

"尝试一下对你们来说又没有什么损失。"陈歌不再搭理女护士，独自进入屋内。他拥有丰富的和怨念打交道的经验，明白如何才能获得怨念的善意。父母被害应该就是江铃和她姐姐的心结，只要找出凶手，将其绳之以法，应该就能收获她们姐妹的好感。从范郁的画来看，江铃的姐姐应该不会太弱，很有可能就是红衣。如果能和对方打好关系，或者再进一步，将对方收入鬼屋，那陈歌就更有信心可以撑过张雅沉睡的这一段时间了。进入屋内，陈歌想要和江铃交流，但是这个女孩根本不搭理他，只是偶尔会用一种很害怕的眼神看他。

"你想知道什么，我来问。"范郁走到女孩身边，指了指陈歌，"他是一个好人，他也能看到你的姐姐。"

"真的？"女孩天真地看向陈歌，陈歌赶紧点头。借此机会，陈歌朝女孩问了几个问题，并表示自己会帮助她找到姐姐。听到陈歌要帮自己找姐姐，江铃非常开心，她还将手中那个被踩扁的蜘蛛送给了陈歌，说姐姐就长这个样子。陈歌没有拒绝孩子的好意，郑重地将蜘蛛尸体装进一个塑料瓶里，随身携带。拉近了关系，陈歌想要套出更多关于女孩的信息。可越是询问，他心里就越感到疑惑，女孩可能是因为年龄太小，很多东西都记不清楚，说话前言不搭后语。问了半天，他也只弄清楚了女孩曾经的住址，以及她姐姐的名字——朱新柔。

折腾到九点多，陈歌才在女护士的陪同下离开。

第 16 章 林官村

回到新世纪乐园，陈歌收拾背包，将碎颅锤、小小等一堆东西塞入其中，他决定今夜就去江铃所说的地方看看。

这个东西也带着吧，说不定能派上用场。陈歌将装着蜘蛛尸体的塑料瓶也塞进背包，然后打车赶往位于江州西郊和县区交界处的林官村。

在出租车上，陈歌试着拨打了李队的电话，看能不能弄到一些和案子有关的资料，但让他没想到的是，对方的手机竟然关机了。"是在出任务吗？"陈歌看了一下表，"当警察也挺不容易的。"

晚上十一点半，陈歌才找到林官村，这里实在是太偏僻了，位于山区当中，连路都是近几年才刚修好的。山里晚上冷，夜风呼呼地刮着，这地方的人似乎都习惯早睡。才十一点多，村子里已经是黑漆漆一片，一盏灯都没有，根本不像是有人住的样子。连路灯和小卖部都没有，这要怎么找人问路？那小丫头说的地方好像在山里，我大晚上一个人进山很容易迷路。

好不容易到了地方，陈歌才发现事情有些复杂，他沿着刚修的水泥路朝村子里走去。大概走了几十米远，水泥路变成了土路，这村子只修了个外表，里面还是破破烂烂，很多都是有些年头的老房子了。

"感觉不太对啊！这村子怎么阴森森的？"陈歌停下了脚步，没有继续往前走，他将背包拉锁拉开，把碎颅锤的锤柄露了出来。"很多屋子的门上都落满了灰，这村子里应该有很多空房子，估计住在这里的人很少。"他随便找了一家，跑到门口时才发现，门上缠着大锁，锁头挂在门外面，"屋里如果住有人，锁肯定不会挂在门外面，这村子到底发生过什么事情？"

他慢慢向后退去，正准备先离开村子，口袋里的两个手机突然同时震动起来。怎么回事？陈歌先拿出黑色手机看了一眼，屏幕上的提示信息显示，"第三病栋"试练任务完成度增加到了百分之八十七。看来又有病人落网了。接着他又打开自己的手机，发现是李队的电话。

"三宝叔，我还以为你把我拉黑了，吓我一跳。"

"今晚有任务，所有参与人员手机全部关机。"李队的声音虽然疲惫，但能听出他心情很好，"给你说个好消息，第三病栋八号房的病人熊青落网了。"

"抓住熊青了？！"

"你应该感到庆幸，这家伙最近几天多次徘徊在新世纪乐园周围，估计是对你有想法。"

"他人在哪儿，我能见他一面吗？"

"正在抢救，那个疯子袭击多名警员，被市分局刑侦队的人开枪击中了肩膀和大腿，已经昏迷。"

"李叔，抓住犯人是好事，不过你也要注意，毕竟安全第一。"

"少跟我废话，你找我什么事？"李队对陈歌太了解了，一旦陈歌开始说软话，铁定是有事情。

"那我可就直说了，半年前西郊林官村发生过一起投毒杀人案，你还有没有印象？"陈歌也不客气，开口说道。

"有印象，不过不是我辖区内的案子。"

"它就发生在西郊啊！"陈歌没想到李队会回答得这么干脆利落。

"林官村那都已经到山区里了。"李队很是无奈，"我劝你不要乱调查，那个村子出过怪事，当时那个案子也有很大的问题，原本是市分局颜队他们在跟。"

"出过怪事？"

"这些没办法告诉你。"

"那关于半年前的投毒案你总可以告诉我吧？范郁和当时幸存的小女孩住在同一个福利院当中，我这么做也是为了他们。"

"小女孩……"李队停了一会儿，语气忽然变得郑重起来，"陈歌，你最好离那个小女孩远一点儿。"

"我承认她有一些奇怪，不过也没必要特意避开她啊。"

"根据颜队他们的调查，最后锁定的唯一具有行凶能力的，就是那个小女孩。"李队说完后又补充了一句，"她曾经说过一些很特别的话。"李队似乎不愿意提及这个话题，电话那边传来脚步声，他专门走到一个没人的地方后才开口："那孩子对死亡存在误解。"

"孩子的世界观还未形成，或许在他们眼中死亡只是去了远方，这我可以理解。"陈歌自从见过门楠的主人格后，再奇怪的小孩在他看来也显得正常了。

"如果真是这样就好了，那孩子被解救出来后，整整三天都没有开口说过哪怕一句话，不哭不闹，乖巧得令人害怕。"李队陷入回忆当中。"一直到第四天傍晚，一个女警察发现她缩在床角盯着床头的蜘蛛发呆，以为她是害怕蜘蛛，所以就随手把那蜘蛛给碾死，结果这小女孩突然哭喊起来，说女警察杀死了她的姐姐。这是女孩第一次开口，也就是从那个时候开始，我们发现她有点儿不对劲。

"一个孩子，不因父母去世而难受，反而因为一只蜘蛛的死哭喊，她所认知的世界究竟是什么样的？我们尝试向她解释死亡这个词语的意思，结果发现在她的心中，死亡并不是一个人的终点，那个女孩很认真地告诉我们，人死后会变成其他东西，这个说法有点儿类似于轮回转世。

"正因为不惧死亡，所以我们经常能从这个孩子嘴里听到一些残忍的字眼。

"一个外貌好像天使般纯净的可爱孩子，用天真无邪的声音诉说着死亡，那她到底是天使，还是魔鬼？

"深入调查后，我们发现了更多细节。当初报案的是一位路过的村民，根据尸检报告能够大致推测出，女孩至少和已经死亡的父母在一起待了两天。"李队声音压得更低了，"四五岁的孩子心理上已经接近独立，能够自己思考以及做很多事情，可在整整两天时间她都没有报警，也没有去找大人求助，你不觉得这很奇怪吗？"

"会不会是她的父母从来没有教过她这方面的东西。"陈歌脑中闪过江铃可怜巴巴的样子,他也隐隐觉得哪里不太对劲。

"屋子里只找到了女孩和她父母的指纹,投毒手法低劣到难以想象,可就是这样竟然成功了。类似的疑点还有很多,总之,这案子没你想得那么简单。"手机那边有人在喊李队的名字,似乎是有事情找他,李队随便答应了一声。"陈歌,我现在有急事,必须要赶过去了。我知道自己可能劝不住你,只能给你提个醒,小心那个孩子,还有晚上不要跑到那个村子里去。"

"晚上不能进入村子?"

"看看地图,方圆几里就那一个村子你不觉得奇怪吗?当初我们排查其他村镇的时候,有个老人告诉我们,林官村很早以前闹过瘟病,死了很多人。"电话那边又有人在催促李队,匆匆交代了几句后,李队就挂断了电话,徒留陈歌一个人站在漆黑破旧的村落当中。耳边传来嘟嘟的忙音,陈歌默默收起手机。"他说的很早以前,究竟是几年前啊?"

扫视黑漆漆的林官村,陈歌看着那一栋栋四四方方的破房子,感觉就像是摆着一排排没有合拢的棺材。"林官村,林字拆开,不就成木棺村了?"他退出村子,停在水泥路旁边。别说深更半夜,就算是白天在这地方也打不着车,他现在已经回不去市里了。"江铃说她父亲的桃林在村子西边,先去那里看看吧。"陈歌打开手电筒,沿着盘山路朝林官村西边走去。路越走越窄,翻过了山头,在陈歌都快要放弃的时候,他忽然看见前面有微弱的灯光。

"有人?"灯光在朝山的另一边移动,慢慢远离,对方好像没有看见他。陈歌把锤柄又向外拽了拽,将小小塞进贴身口袋里,这才继续向前。山路崎岖,他也不敢跑得太快,追了十几分钟,前面的那盏灯慢慢消失了。"不会是鬼火吧?"

深夜的大山格外恐怖,周围没有一个人,陈歌想起了一些小时候听说过的故事,什么鬼引路、狼叼灯、山魈等。"冷静一点儿,不要慌。"他轻轻拍打自己的脸,裹紧了外衣,朝着那盏灯消失的地方跑去。翻过第二个山头,眼前的场景发生了变化,在大山缺口处种着一片桃林。因为疏于打理,桃林中满是荒草,很多桃树长得歪歪斜斜,远远看着就好像一个个东倒西歪的活人。而那盏消失的灯又一次出现,就在桃林当中。

"这应该就是江铃父亲承包的桃林。"找到了地方,可陈歌并没有觉得开心,反而因为那盏灯的出现,高度紧张起来。

"附近的人都知道桃林出过命案,为什么大晚上还会有人提着灯过来?"他越发小心,关掉了手电筒,因为阴瞳,他在黑夜中看东西要比普通人清楚许多。慢慢摸到桃林当中,耳边传来锄头翻挖泥土的声音。

陈歌靠近后终于看清楚了对方。桃树枝上挂着一盏灯和一个水瓶,旁边是一个六七十岁的老人。他挥动锄头挖开桃林的每一寸地面,好像是在寻找什么东西。老人的行为举止非常诡异,陈歌没有急着露面,轻手轻脚跟在后面,仔细观察。这位老人虽然头发花白,但身体硬朗,可能是经常做农活的缘故,双手掌心满是老茧。他穿着一身洗得发白的衣服,绷着一张脸,似乎这辈子都很少笑过。

"很普通的一个老人,他在干什么?"

无论从哪个方面看,这就是一个种地的老大爷,可偏偏就是这样一个人,深夜跑到了凶案现场锄地。陈歌看了老大爷将近二十分钟,仍旧没有什么发现,他算了下时间,决定直接一些。他害怕自己突然出现把老人吓出病来,特意后退了十几米,打开手电筒,冲着桃林里喊道:"有人吗?这大山要怎么出去啊!"

隔着十几米远,老人听到陈歌的声音后,还是被吓得不轻,他额头的冷汗瞬间就冒了出来。

"大爷,我是一个喜欢探险的驴友,兼职户外主播。"陈歌怕老人不相信还拿出自己手机,打开了短视频平台的个人主页,"我在网上很有名,你可以搜索到我的信息。"

他这一番话把老人给说懵了,全是一些老大爷不是太懂的名词,"驴什么播?"双手紧紧抓着锄头,老人非常警惕地看着陈歌。

"简单地说,我是一个很有名气的户外旅行探险爱好者。"陈歌东拉西扯,他也不管老人家有没有听明白,直接从口袋里摸出了一百块钱。"我在这大山里迷路了,走了好远才碰见一个人,您就行行好,给我说说怎么才能回到江州市吧。"

老人没碰陈歌的一百块钱,眼睛紧盯着陈歌,很显然他并不相信陈歌的话。两人僵持在桃林当中,山里天气变化无常,冷风里夹杂着寒意,很快天空中就飘起了雨丝。

"下雨了？"陈歌摊开手，任由雨滴落在掌心，一旦雨势变大，山里的环境会变得更加复杂，这对他来说非常不利。

"我不知道你是从哪儿过来的，我们这地方叫林官村，在临江县和江州中间，距离市区很远，周围也没有车，你想回江州很难。"老大爷拄着锄头，他被陈歌那一嗓子喊得腿发软，谁能想到大半夜的时候，身后会突然冒出来一个人！

"那怎么办？"陈歌神色纠结，好像真的在发愁一样。

"我可以把你送到山外面去，不过估计要走到后半夜才行。"老大爷缓了口气，"对了，山下边有个村子，我把你送出去后，你可不要跑到那村子里面去，直接沿着大路往外走。"

"为什么不能进村子？要是有农家乐，我凑合一晚也行。"

"给你说不要进去，就别进去！哪儿那么多话！"老人声音严厉，似乎这一点非常重要。

"可你刚才也说了，外面没有车，我就算离开大山，也回不到江州，这马上要下雨了，总要找个地方避雨吧？"陈歌说的是实话，老大爷也想不出反驳的理由，他瞪着陈歌，双方又陷入沉默。雨滴渐渐变大，老大爷拿陈歌没什么办法，他本身心也软。"晚上下雨，早上肯定要起雾，你要是不怕麻烦，就先到我住的那地方将就一晚上吧。"他取下了挂在树杈上的灯和水瓶，拖着锄头停在陈歌两三米远的地方。"你真是外面的人？"

"那还有假？"陈歌看见老人提着锄头过来他也不害怕，一手拿出手机，另一只手碰到了身后的锤柄。"你随便上网搜一下，都能找到我的信息和直播视频，你看，这个人就是我。"陈歌给老人展示了一下自己在第三病栋遇到精神病之前的直播视频，这是他能找到的，仅有的比较正常的直播片段。

"你上过电视？"

"差不多可以这样理解，我在江州算是比较有名的了。"

看到手机视频里的陈歌，还有下面那一大堆评论，老大爷点了点头。"怪不得，一般人也不会大晚上跑这地方来。"他说完后，好像觉得自己说漏了什么，扛起锄头转过身说，"跟我来吧。"

陈歌和老大爷穿过桃林，走了大概几分钟后看到了四间木屋。

"你住第一间,等会儿我关灯后,就老老实实待在屋子里,不管听见啥都不要出来。"老人打开了第一间屋子上的锁,不过他没把钥匙给陈歌。

"你说得还挺吓人,咱这地方不会有狼吧?"陈歌随口编造起来,"我听人说深山里有的老狼,体力不行后,为了能诱骗到活人,就学人发声……"

"没狼,好好睡觉就行,不出去肯定没事。"老大爷催促陈歌进入屋里,看着陈歌进去后,他又补充了一句,"千万别出来,也不要把手和头伸出来,记住没?"

"放心,我胆子很小,从来不会故意去做一些危险的事情。"陈歌老老实实坐在木屋的床上。

"那就行,你好好休息,明早等雾散了,我送你出山。"老大爷说完,自己进入了第二间木屋。

"总觉得处处透着古怪。"陈歌朝四周看了看,木屋里没有什么家具,只有一张木板床,上面连被褥都没有。第一间木屋很久没有住过人了,到处都落着灰尘,墙角也全是蜘蛛网。

"这地方怎么住人?老大爷是故意把这间让给我的,还是说其他几间都有问题?"他走到门口,检查了一下木门,发现了很奇怪的一点。正常的门锁都是在门里,而这间木屋的门锁却在门外。

"他说让我不要出去,可门从里面根本锁不上。"陈歌觉得老大爷肯定隐瞒了什么东西,他抓着木门边缘,隔着墙朝旁边喊道:"大爷!我还不知道该怎么称呼你呢?"

"你小声点行不行?我又不聋。"能明显听出,老大爷的声音在颤抖,他似乎很紧张,"我姓白,你赶紧睡觉去吧!"

"好。"

过了二十分钟,陈歌又冲着旁边的屋子喊了一嗓子:"白大爷,在不在?"

"又怎么了?!"

"没事,就想给你说声谢谢,好人一生平安啊!"

"睡觉!"

陈歌靠着墙壁,脸上的表情有些凝重,他间隔了二十分钟,两次朝隔壁房间喊话。正常来说,一个人刚睡着就被叫醒,声音会带着一丝困意和愤怒。但是白大爷的回应却不是这样的,他两次回话,都全无睡意,声音也一直在颤抖,说明他根本就没有睡着,感觉就像是在等待什么东西到来一样!

"白大爷看起来很老实,还嘱托我不要进入山下的村子,不像是那种满肚子坏水的人,可他这种种异常的表现,实在让我无法安心啊。"

手搭在木门边缘,陈歌悄悄将房门拉开了一条细缝,雨势变大,黑暗笼罩了一切。

"这四间木房应该就是江铃一家以前住的地方,只是现在还不清楚她的父母是死于哪个房间当中。"按下复读机的开关,陈歌取下背包,抓住了碎颅锤的手柄。他没有老老实实待在屋内,而是慢慢朝其他三间木屋走去。雨水滴落掩盖了他刻意放缓的脚步,陈歌手持碎颅锤,先停在老大爷房间外面,耳朵贴在了房门上。木屋里静悄悄的,陈歌在门口停留了十几秒钟,直到复读机里隐隐约约传出许音压抑的声音。"好疼……"

老大爷应该还没有睡着,在许音开口的时候,木屋里响起了翻身和拽被子的声音。老人听到了门外的动静,不过他并没有出来,而是把自己的头蒙在了被子里。"他现在一定很害怕。"

第二间木屋的门锁也在外面,陈歌抓住锁头慢慢用力,想要试试能不能将门推开。可门板只向里移动了不到一厘米,就被什么东西挡住了。他趴在门缝处往里面看去,第二间木屋里生活用品齐全,木床、木椅、木桌,还有一个没有门的衣柜,里面挂着一大堆洗得发白的衣服。

"看样子,他已经在这里住了很久。"陈歌想不明白,这老大爷明明怕得要死,为什么还要住在发生过命案的凶宅当中,更诡异的是他竟然会大晚上跑到桃林里翻土。现在还不到跟老人摊牌的时候,陈歌默默后退,朝着第三间木屋走去。

下雨的夜晚不见星月,要比平时更加漆黑。陈歌没有开灯,借助阴瞳缓步前行,很快来到第三间木屋门口。

第三间木屋面积最大,门上挂着生锈的锁头,陈歌轻轻推动,没想到那锁只是一个摆设。

"嘎吱……"房门推开,这第三间木屋的门,里外都安装了锁头,跟其他房间不太一样。有了对比,陈歌觉得更加奇怪了。正常的农村老宅子,门外面装有锁头,门里面就算没有安锁具,也会装有门闩,这样不管在屋里还是屋外都可以锁住房门。但是第一间和第二间木房却并不是这样的,门内光秃秃的,什么都没有。

"感觉第一间和第二间木房,就像是在圈养牲畜一样,锁装在门外,防止牲畜拱开门闩逃出去。"

进入第三间木屋当中,这屋子分里外两个隔间,里间是一张大床,外面是一张木桌和一个很简陋的灶台。

"江铃的父母应该就死在这个屋子里。"走在凶宅当中,陈歌并没有感到任何不适,可能是因为已经习惯的原因吧。他翻箱倒柜,发现里间墙壁上挂着很多麻绳,又在床板下面找到了一整套木匠用的工具。

"灰尘很厚,工具箱很久没有打开过,极有可能是死者生前的东西。"陈歌把箱子放好,看着这几间木屋,"江铃的父亲生前是个木匠?那这些木屋都是他自己做的?前两个房间的门锁也是故意设计成那个样子的?"

再无其他收获,陈歌走向最后一间木屋。这屋子在桃林最深处,和其他三座木屋互不连接,独自修建在十几米外。陈歌走在泥泞的小路上,绕过几棵歪歪斜斜的桃树,停在了第四间木房外面。木门上有两把锁,一把满是锈迹,一把则是崭新的。"新锁应该是老大爷装上去的,这屋子里藏有什么不可告人的秘密?"

他围着木屋走了一圈,第四间木屋连个窗户都没有,完全封闭。趴在门缝处朝里面看去,木屋墙壁上钉着许多钉子,悬挂了几根麻绳,墙角布满了蜘蛛网。在屋子正中央处还有一个类似于古代刑具的东西,几块木板拼合在一起,正好能将一个人卡在其中,动弹不得。

"好疼……"复读机里传来许音的声音,和最开始的低沉压抑略有不同,他好像是在提醒陈歌,屋子里很危险,不要靠近。

"太奇怪了,第四间木屋里连个床铺、桌椅都没有,这房子是用来干什么的?"陈歌拿出碎颅锤,斟酌片刻后,没有冲动地砸开木门,不能太粗鲁,会给对方留下不好的印象。

雨越下越大,夜空中偶尔有闪电划过。

陈歌没有什么收获,又回到自己房间当中。"我这屋里除了一张床,其他什么东西都没有,想找个东西堵门都很难。"他担心后半夜有人会趁他不注意偷偷溜进来,干脆把木床搬到了门后,"暂时先这样吧。"

枕着背包,怀抱小小,陈歌蜷缩着身体,眼睛望着木屋的小窗。窗户只有一个篮球那么大,住在这木屋里,感觉跟进入了监狱差不多。"等到天亮,如果没有发生意外,那我就找老大爷摊牌。"

窗外的雨越下越大,夜风呼啸,枝叶发出沙沙的声响,就好像有无数只小手慢慢凑到了木屋四周。

凌晨两点,陈歌正在翻看手机,忽然听见外面传来了开门声。这声音不是从老大爷那个房间传来的,应该是第三个木屋的门被人打开了。"老爷子没有离开房间,开门的另有其人,看来他一直害怕的那个东西终于出现了!"

陈歌吸了一口气,抓起床边沾有蛛网的被子,也不嫌脏,直接盖在身上,只留下一双眼睛在外面。他把木床搬到了房门口,双脚踩着门板,眼睛望着木门旁边的窗户。雨势还在增大,隐约能听见外面有什么东西在走动,脚步声杂乱无章,像是好几个人簇拥在一起。"它过来了!"

隔壁房间的门板被什么东西剐蹭,仿佛好几只手同时抓挠在粗糙的木门上,足足持续了一分多钟,陈歌忽然听见一个女孩的声音从老爷子门口传出。

"救救我,救救我。"女孩带着哭腔,从声音来判断,对方年龄应该也不大。

"老爷子害怕的就是它?"陈歌大脑飞速运转,隔壁的老大爷似乎早知道对方会出现,在屋子里装睡,不做任何回应。门板上那奇怪的声响持续了十分钟才消失,外面杂乱的脚步声又一次响起,这回它停在了陈歌房间门口。那种让人毛骨悚然的剐蹭声在陈歌门外响起,对方好像发现了什么,越来越用力,木门竟然晃动了起来。缩在被子当中,陈歌不仅有些庆幸,自己将床搬到了门口。木门打不开,这跟外面那怪物想的不太一样,它疯狂抓挠,过了几秒之后,门外传来了她哭泣的声音:"救救我,救救我,救救我!"

门板晃动,陈歌把手伸进背包,握住了碎颅锤,他已经做好了最坏的打算。可门外的怪物只喊了几声就停止了,连同挠门的声音也一起消失。"我没听见脚步声,她还没有离开!这个狡猾的家伙。"陈歌躺在被子里一动不动,他想顺着窗户看看外面的情况,可视线刚扫到窗户的时候,他微微一窒。

篮球大小的窗户外面,悬停着一颗女孩的脑袋,她眼中满是眼白,嘴里猩红色的蛛丝和头顶的黑发缠绕在一起。"救救我，救救我啊！"女孩张开嘴巴，血红色蛛丝朝屋内蔓延，好几只人手扒住了窗户边缘。

陈歌抽出碎颅锤，将背包甩到一边，他看着女孩的脸，硬着头皮主动走了过去！

闪电划过夜空，那一瞬间的光亮将窗口的人头映衬得更加恐怖。数只纤细的手臂伸进窗框，一眼看去满是手指，非常的吓人。在这种关键时刻，气氛紧张到极限的时候，陈歌却在想另外一个问题——这女孩的脸和范郁勾画的那个蜘蛛怪物有些相似，看她年纪不大，完全符合江铃姐姐的所有条件。

房梁发出轻响，木质墙壁不堪重负似乎快要倾倒，陈歌感觉整间木屋都在摇晃。蛛丝已经逼近，女孩的头挤入屋内，"救救我，救救我！"

"我就是来救你的啊！"陈歌不敢再等待下去，唯恐场面失控，抓着碎颅锤大声喊道。

女孩可能是第一次听到这个回答，她不再说话，继续往屋子里钻。血红色的蛛丝黏在墙壁上，女孩的脸越来越狰狞。"你是江铃的姐姐，我们晚上见过面的！"女孩听见后无动于衷，好像完全不懂陈歌在说什么。

"江州儿童福利院！想起来没？"陈歌几乎都要喊出许音的名字了，他忽然想起了一件东西，伸手从怀中取出了一个塑料瓶。"这是你妹妹给我的！"塑料瓶里装着一只被踩扁的蜘蛛，从江州福利院离开时，江铃把这具蜘蛛尸体送给了陈歌。

房屋慢慢停止颤动，女孩满是眼白的眼睛直直地盯着塑料瓶，它没有继续破坏窗户，与陈歌对峙片刻后，将头伸了进来。女孩的脖颈白皙光滑，非常性感，只不过长度是普通人的两倍。

陈歌拧开盖子，单手拿着塑料瓶伸向女孩，那恐怖的怪物情绪终于缓和下来，她闭上了嘴巴，若有所思。

"我对你没有恶意，只是觉得你和你妹妹很可怜，所以想要来帮助你。"陈歌悄悄关掉了复读机。"你的妹妹告诉了我很多东西，我理解你的处境，也清楚你的痛苦，严格来说我们其实算是同类，我也有过类似不堪回首的绝望经历。"这番话陈歌也对许音说过，是经受过实战考验的。他本身很不擅长处理人际关系，唯一能做的就是换位思考，设身处地地为对方考虑。

一人一鬼隔着一面墙，大眼看着小眼，气氛愈发地诡异起来。

"你的冤屈我来洗刷，你年幼的家人我可以代为照顾！想一想我深夜一个人冒雨进入大山，是为了什么？我只不过是想要圆了你妹妹的心愿，帮一帮痛苦的你！"陈歌说到最后自己都信了，表情凝重，声音里蕴含着几分心疼。

女孩的脑袋慢慢往后缩去，她歪头打量着陈歌，脸上表情少了几分煞气，多了几分疑惑。

"我可以助你放下执念，带你离开这个痛苦的地方，为你寻找一个新的庇护之所。"陈歌一脸真诚地说。说了一大堆，女孩好像是被唬住了，她听得也不是太明白，直到陈歌说要带她离开时，她才本能地摇了摇头。

"你很爱你的妹妹，想要一直守护在她的身边，但是你知道吗？就因为你的存在，你的妹妹被其他的孩子欺负，被当作病人和怪物，她无法回归正常人的生活，无法真正地去爱，以及享受被爱。

"我可以体谅你、理解你，但是其他人不会，终有一天，你会变成你最爱之人的噩梦！

"你愿意从你最爱的妹妹嘴里，听到讨厌你、厌烦你的话语吗？"

女孩感觉今晚发生的事情跟她想象的不太一样，她满是眼白的眼珠子在眼眶里转动，她又一次摇了摇头。

"我不会强迫你做任何选择，只是为了你好，告诉你一个事实而已。"陈歌声音暗哑，透着一丝难言的沧桑。"你所承受的，和将来可能遭遇的痛苦，我都经历过。如果有一天你无家可归，可以来找我。"接下来他又做了一个极为大胆的举动。把紧抓着碎颅锤的右手藏在身后，将自己的左手伸向女孩。"我弟弟是你妹妹最好的朋友，如果可以，我们也交个朋友怎么样？"他没有刻意压低声音，在他说出这句话的时候，隔壁房间传来一声异响，好像是有人从床上掉了下去。女孩的眼珠在眼眶中疯狂转动，她看着陈歌伸向她的手，往后退了几步。

"我们也可以成为朋友的。"陈歌向前走去，女孩的眼珠转动得更加厉害，她张嘴朝门板上吐了一道蛛丝，然后飞速蹿入桃林当中，消失不见。"等等！"陈歌把木床搬开冲了出去，可是已经找不到女孩的身影了，"我还没有说地址……算了，今天先在她心里种下一颗种子，想要彻底让她成为鬼屋员工，还需要从她妹妹身上入手才行。"

身后传来房门打开的声音，老大爷一手提着灯，一手拿着锄头，哆哆嗦嗦站在门口。他是真的怕了陈歌，大半夜撞了鬼不仅不害怕，甚至还意犹未尽地主动追出去！更过分的是脸上还带着一副惋惜的样子！这高山流水觅知音的感觉是怎么回事？！

"大爷，你刚一直在旁边偷听吗？"雨水打湿了陈歌的头发，他回头看了老大爷一眼。那随意的眼神却让老大爷心神狂跳，他想干什么，杀人灭口？话说他手里那个一看就很凶的大锤子是从哪儿找到的？！

"没，我被你说梦话给吵醒了，赶紧回去睡觉吧。"老爷子抓紧了锄头，手背上浮现出一条条血管，他紧张得话都说不利索了。

"你不用再骗我了，这地方发生过凶案，一家四口，夫妇两个被毒杀，姐姐失踪，我刚看到的那怪物应该就是姐姐。"陈歌略一思索，又继续说道，"她刚才跑进桃林里消失不见，而我第一次见你时，你是在翻挖土地，如果我猜得不错，你应该是在寻找她的尸体吧。"

老爷子一脸震惊，过了很久他才开口，声音中蕴含着一丝愧疚："你是怎么知道的？"

"我不仅知道你在寻找姐姐的尸体，还知道她的尸体就在桃林中心最高的那棵桃树下面。"陈歌指着门板上的血红色蛛丝，那是女人留下的记号。

说也奇怪，等老大爷转身去看的时候，那些血红色的蛛丝组成的字体化为血水慢慢滑落。

"你一直在寻找江铃姐姐的尸体，是不是做过什么愧对她的事情？"陈歌从老大爷的话语中听出了一丝愧疚和自责。

"先进屋吧。"老大爷将手中的灯挂在门口，心底隐藏多年的秘密被发现，让他有些手足无措。

看到陈歌进来后，他站在第二间木屋当中，长长地叹了口气："其实我知道毒杀那对夫妇的人是谁。"

"你知道？"陈歌抓着碎颅锤停在门口，没有继续往里面走。

"大概能猜出一些。"老人掀开了木床床板，床底下藏着一副棺材，比正常的棺材要小一些，纯黑色。

"把棺材放在床下面？"陈歌更加觉得好奇了。

"棺材是为朱家长女准备的。"老爷子推开棺材盖，从里面拿出一个还没做好的牌位，上面写着三个字——朱新柔。

"你为什么要给她备棺材？难道她的失踪和你有关？"

"这件事真正算起来，要从很早以前说起。"老人怔怔地看着手中的牌位，"我小的时候听村里大人说过，江州大山深处有一个棺材村，那村子从不跟外面人来往，村里人长得奇形怪状，还有很多古怪的风俗，比如说家家户户屋内备有一口活棺，也不知道是用来做什么的。"老人说的前半句话陈歌还能理解，村子在大山深处不跟外面人来往，近亲通婚，出现畸形的概率会很大。可老人后面说的话，陈歌就听不明白了，家家户户备一口活棺是什么意思？棺材放在屋子里，这太不吉利了。

"大爷，那村子现在还在吗？"陈歌关上了房门，轻声询问。

"一开始我觉得那村子就是个传说，毕竟谁都没见过，可谁知道怪事真发生了。"老大爷放下江铃姐姐的牌位，伸手在棺材里翻找着什么东西，"大山里的棺材村十几年前闹了灾，有几户人家逃了出来。逃出来的人个个外貌都跟正常人差不多，也没有传说中那些奇怪的习惯，所以当时山脚下的白家村就收留了他们。可谁都没想到，就在同一年，白家村也闹起了瘟病。"老人声音里有些后悔，似乎当时有人反对收留那些人，不过他们并没有在意。

"是那几个人把病从大山里面带出来的？"

"现在谁能说得清楚？村子里有能力的都搬走了，十室九空，反倒是那几户棺材村逃出来的人在这里扎下了根，后来他们把村名也给改了，就是你现在看到的林官村。"白大爷终于在棺材里找到了自己要的东西，他从中取出了一件黑色布衣。

"这外套是我给朱家大女儿做的，死在外面的人进棺的时候要穿黑衣服，这样血不会太显眼。"老大爷手中的衣服还有另外一个特点，两肋和后背的地方有四个只有正常衣袖四分之一长的袖子。

"是不是觉得这件衣服很奇怪？朱家老大就长这个样子。"老大爷的声音越来越低，陈歌能听出他心里的难受。"那孩子父母是从棺材村逃出来的，她母亲当时已经怀上了她,可以说这孩子是那个棺材村最后的'种'。"这种程度的畸形,已经不是近亲通婚能解释清楚的了,那个棺材村有大问题!陈歌没想到答案会是这样,他看着老人做的黑衣服,能想象出朱新柔的样子。

"棺材村有没有问题我不知道,我只清楚这孩子活得很痛苦,她父母很害怕村里人看到她。小时候不管天多热都给她裹得严严实实,等她长大,实在藏不住了。他们就把这孩子锁进屋子里,不让她外出。"老大爷将衣服叠好,放在棺盖上,很快这件衣服就能用到了。

"后来呢?"

"纸包不住火,村里人还是发现了朱家大女儿,最让我想不到的是那些一起从棺材村逃难出来的人,这时候不仅没有帮他们夫妻俩说话,还准备直接弄死朱家大女儿。他们言辞激烈,最后是原本白家村的人出面才稳住局面,大家决定把这夫妻俩赶出村子。朱家大女儿的父亲是个棺材匠,木工的活都很熟,离开村子后,他们就在桃林附近住下,生活非常拮据。日子一天天过去,一切都归于平静,听说那对夫妻又生下了第二个女儿。在大家都以为这事就要过去的时候,结果那对夫妻又跑回了村子里,说他们的大女儿丢了,让各家各户小心。你没听错,他们不是请人帮忙寻找自己的女儿,只是告诉所有村民,小心一点儿。"

"几天后,朱家大女儿在后山被找到,她父母将她吊起来一顿毒打。消停了几个月,朱家大女儿又一次逃走,每次被找回后,她父母都会狠狠地打她。修建在桃林深处的那间木屋,你应该还没去过,那屋子就是用来关朱家大女儿的,她父亲还专门做了一套器具。

"朱家大女儿被村子里的人当成怪物,自己的父母也嫌弃讨厌她,身边所有人里只有年幼的妹妹对她很好,把她当成亲人来看。朱家小女儿身体也有一个长得比较奇怪的地方,不过没有大女儿那么明显,而且她面容乖巧,特别讨人喜欢,也很懂事。"老大爷叹了一口气,"我的地就在桃林旁边,平时跟那小丫头接触很多,她不怎么怕生人,一来二去也就熟了。有一次我在地里干活,那丫头哭着跑过来让我去救她姐姐,我知道她家的情况,所以就没过去。"说到这儿,老大爷说不下去了,他浑浊的双眼盯着棺材上的黑衣服,双手慢慢抓紧膝盖。"我当时应该站出来帮她说句话的,哪怕她是个怪物。小丫头哭着离开,我放心不下,后来亲自跑到桃林里转了一圈。我在第四间屋里看见了朱家大女儿，那也是我最后一次见她。她身体被木板卡着，几只手让麻绳吊住，身上很多伤痕，已经奄奄一息了。

"我真的想象不出来她到底经历过什么，她央求我救救她，可我当时太害怕了，就想着赶紧离开。过了几天，我终于鼓起勇气再次过去时，那对夫妻却告诉我他家大女儿失踪了。

"我错过了唯一救她的机会。"老大爷低着头，话语中充满了自责和愧疚，过了许久才继续说道，"过了一个月，我再次登门，想看看那女孩有没有被找到。我敲了很久的门，无人回应。绕到一边，我看见窗户上的玻璃被打碎，顺着窗口往里望去时才发现，女孩的母亲倒在窗户口，她的一只手还搭在窗户边缘。她似乎是想要出来，可是这房间修建得如同监狱一般，窗户很窄，根本钻不出去。

"我找到干活用的农具抢砸木门上的锁头，女孩父亲修建的房门非常结实，砸了几分钟才将门打开。屋内散发着一股淡淡的臭味，桌椅倾倒，饭菜撒落一地，女孩的父亲就趴在门口，房门另一侧满是深深的抓痕。

"他一定很疼……

"我报了警，叫了救护车，准备回村子里喊人的时候，旁边另一间木屋的门忽然打开了。朱家的二丫头，就是那个乖巧懂事的小家伙从屋里走了出来。看到她口袋里的钥匙后我才突然意识到，门是从外面锁上的！

"这山沟里几乎没有外人会进来，而村子里的人对夫妻俩避之不及，更不可能无缘无故地跑过来下毒，再将两人锁进屋内。当时那种情况，我能想到的凶手只有一个，就是朱家的小女儿。

"我看着那个小女孩猛然间觉得很陌生，甚至还有一些害怕，我至今都没有想明白，这个小女孩为什么要这么做。她可能是为了姐姐，也可能是因为她从姐姐的遭遇，看到了自己的未来，毕竟那个小女孩身上也有轻微的畸形，只不过很不明显。或许，她是在保护自己？而接下来发生的事情更加恐怖了。

"女孩看见我后，没有害怕，没有慌乱，就像平时那样走了过来。她扬起精致的脸蛋，一副乖巧懂事的样子，说出的话却让我浑身冰冷。那是一种很平淡的语气，不带任何情感上的波动，她告诉我说，她的姐姐几个星期前被埋在了桃树林里，希望我能帮她找到姐姐。

"我很想告诉她，人一旦被埋进土里，就代表着死亡。我试着给她解释死亡的意思，她却笑得很开心，她告诉我说人死后会变成其他东西，而她的姐姐其实一直都没有离开！"大爷抓着自己的手，十分用力，现在回想起当时的情况，他额头依旧会冒出冷汗。"我不知道该怎么跟那个孩子交流，独自跑回村子，叫来几个年轻人守在桃林四周，然后等警察过来。再往后就是漫长的调查，我告诉警察桃林里可能还埋着尸体，可是警方在桃林里并没有找到朱新柔。他们试图把小女孩当作突破口，但女孩拒绝和任何人交流，好像突然变成了哑巴。出于对朱新柔的愧疚，我也没有指证她的妹妹，在我看来那对夫妇也确实不配做她们的父母。"老人的声音透着些许苦涩，"那对夫妇经常对自己孩子大打出手，当初棺材村逃难过来的人想要处死朱新柔时，他们不仅没有阻拦，甚至还有默认的意思，如果不是我们白家村的人看不下去，说不定真会发生那种灭绝人性的惨剧。"

"除去小女孩，嫌疑最大的人应该就是你了吧，警察有没有对你说什么？"陈歌神色平静，这个案子跟他想的差不多。

"我隐瞒了小女孩的一些事情，但警察不是那么好糊弄的，他们追寻着蛛丝马迹调查出了很多东西，其中有位姓颜的警官似乎已经知道了真相，只不过他没有说破。"老人看着棺材，回忆着当时的情景，"他对投毒案兴趣不大，反倒是询问了我很多关于棺材村的事情，做了很多笔录后，我被释放了出来。小女孩被警方带走，我也搬到县区里跟儿子住在一起，可也不知道怎么回事，一到晚上我就能听见朱新柔的声音，她一直在喊——救救我，救救我。我问了儿子和儿媳，他们什么都没听到，俩大人一切正常，但是刚上幼儿园的小孙子，却经常会指着床底下和柜子喊蜘蛛！蜘蛛！儿子和儿媳找遍了屋子都没有看到有蜘蛛，我琢磨这事可能和朱新柔有关，干脆承包下了桃林，搬到了木屋里面，想要找到朱新柔的尸体。我老了，也不知道有几年活头，现在就两个心愿，一是希望儿女平平安安，二就是找到朱新柔。"老大爷手捧黑衣，站在棺材旁边，他已经准备好了一切，声音变低，好像是自言自语。"不管找到找不到，这副棺材总能用上的。"

"大爷，你别那么悲观，现在尸体埋藏的具体位置我们已经知道了，明天就可以报警，找出朱新柔的尸体。"

挖尸这种事自己去做的话容易破坏现场，甚至损坏尸体，最好是交给警方。

"交给警方没问题，但是我想先去确认一下，案子刚发生的时候我就对警察说过，桃林里藏有尸体，但是他们没有找到，我怕这次再出现意外。"老人提着灯，拿起了锄头。

"也好。"

外面的雨已经小了很多，陈歌背着包和老大爷进入桃林当中，找到了正中心处的那棵桃树。他们在桃树附近挖了半天，并没有看到朱新柔的尸体。

"不应该啊。"陈歌觉得朱新柔没有必要欺骗自己，毕竟自己所做的一切都是为了她好。

"哎，看来不是这里。"老大爷言语中透着浓浓的失望。

"等一下。"陈歌看着这棵桃树枯死的叶子，从背包中取出碎颅锤，砸在树干之上。桃树本就没有多粗，枝干晃动了起来。"这棵树的根好像坏死了，树下面可能是空的。"两人合力将桃树四周的泥土挖开，然后将树干推倒。在桃树根须缠绕的正下方，有一个结满蛛网的洞，洞中是一双勉强能看出形状的女人的脚。

"就是这里！"

朱新柔是头朝下被竖直塞进土里的，上面的桃树根须正好将她的尸体挡住了。

"救救我……"

在看到尸体的时候，陈歌的黑色手机轻轻震动了一下，他往后退了几步，滑动屏幕查看新信息。

"幸运的怨念眷顾者！恭喜你触发三星恐怖场景——活棺村试练任务！该场景危险性极高！请在一周内确定是否接受任务！"

夜空中的雨丝钻入衣领，陈歌感觉到了一丝冷意。他拿着手机独自站在桃林外围，双眼盯着屏幕上的信息。

在可选试练任务那一栏，又增添了一个新的选项——活棺村！

三星试练任务对我来说难度已经很大了，"第三病栋"也是三星场景，如果没有张雅，仅凭我和其他的鬼物进去，可以说是十死无生。试练难度上升到三星，预示着该场景当中可能存在红衣，甚至不止一个。而就陈歌现在掌握的信息来看，能对红衣造成威胁的只有另一个红衣。黑色手机发布的试练任务，不只是一个单纯的任务，还要考虑后续引发的变量，以及现实中的其他因素，不能莽撞。陈歌犹豫了一会儿，慎重思考起来。"反正有一个星期的思考时间，说不定拖上几天张雅就会醒来，那个时候我就有直面危险的底气了。"他在心里做出决定，看了一眼自己的影子，将黑色手机塞进口袋。"拖到第五天晚上再说，我陈歌可不是什么莽夫。"

活棺村三星试练任务对他来说是一个新的选择，但也仅仅只是一个选择。通过朱新柔这件事，陈歌觉得这个三星任务的危险性绝对不会比第三病栋低。更关键的是，山脚下面的村子叫林官村，而黑色手机上这个任务的名字却叫活棺村。以陈歌对黑色手机的了解，这个任务的真正场地很可能是大山深处的那个棺材村原址！这样的场景解锁到冒险屋当中绝对惊险刺激，并且是市面上极少见的荒村特色主题鬼屋，一旦解锁成功，必定会吸引到那些资深鬼屋爱好者。说实话，陈歌有些心动。可是再从另一个方面想想，活棺村位于大山深处，荒无人烟，甚至连手机信号都没有。那种情况下，万一遭遇极为恐怖的东西，逃都很难逃得出去。

"活棺村里面的人长得奇形怪状，家家户户还都备有一口活棺，我怎么觉得这村子里隐藏的怪物数量有很多？逃难逃到白家村的人，身体完好没有畸形，但是他们对待畸形人的态度却让人很难理解，恨不得将其全部杀死。这些人为什么会从大山深处逃出来，真的是因为活棺村里闹了瘟病？"陈歌实在想不明白，不过有一点他可以确定，在去完成活棺村任务之前要和江铃打好关系，那个小女孩绝不像她表现出的那样天真无邪。"殷小小、范郁都挺喜欢我，感觉我还是比较擅长和小孩子打交道的，获得江铃的信任应该没有问题。"

桃树的枝叶相互摩擦，发出瘆人的声响。老大爷拿着锄头将桃树下面的洞口挖开，他动作很轻，脸上带着一丝愧疚。陈歌想要帮忙，但是被老大爷拒绝了，他脱下外套撑开搭在树杈上，似乎是为了防止尸体被淋湿。看着老人一点点清理掉旁边的泥土，竖直向下的女尸开始倾斜，当陈歌看见那女尸双臂下方畸形的小手时，心里其实挺不是滋味的。生下来就是这样的模样，为何周围的人要把错误归结到她的头上？能想象出朱新柔小时候的情况，不管天气多热，她都要裹在厚厚的衣服当中，一不小心被人发现身体的畸形后，面对那些人厌恶冷漠的呵斥，她还要小心翼翼地赔礼道歉。

"她小时候一定很喜欢冬天吧。"真正看到朱新柔的尸体后，那种震撼是无法形容的，而相比较普通人的厌恶和远离，陈歌表露出的是同情。他见过很多怪物，还有很多被当作怪物的人，所以他更能从一个客观的角度去看待。"生而为人，所以错的并不是你。"

陈歌站在风口，挡住了刮向洞穴的雨滴，裤子口袋里的黑色手机在这个时候突然又震动了一下。他再次拿出手机观看，黑色手机提示，朱新柔对他的好感度由陌生上升到了略有好感。

"我刚见到小小的时候，和小小之间的关系就是略有好感，看来这一位不会再做出袭击我的事情了。"

想要在深夜离开偏僻的林官村很难，没有出租车，这地方连水泥路都是最近才修好的。

不过陈歌早已想好了一切。

……

凌晨三点十五分，接到报警的警察赶入大山当中。

作为第一个发现尸体的人，陈歌主动要求跟随警方回到警局接受调查。

早上五点半，他和白大爷已经出现在了李队的办公室里。

相比较拘谨老实的白大爷，陈歌则显得放松很多，他在回来的路上，甚至还在警车上补了一觉。

"大爷，你实话实说就行，不要紧张。咱们江州的警察恪尽职守、秉持公正、情系民生，不会故意为难你的。"房门打开，李队进来的时候，正好看到陈歌一副过来人的样子在跟老大爷传授经验，他直接被气乐了。这小子警察守则背得比我都溜儿，怎么看都像是我们派出去的线人。

"三宝叔！"陈歌一看见李队，立刻站了起来，"今晚又麻烦你了，要说起来你们警察是真辛苦，太不容易了。"旁边的白大爷跟着点了点头，他比较老实，想的是自己大半夜报警，人家警察还第一时间赶到大山里，确实很尽责。"辛苦了，警察同志。"

"都是我们应该做的。"李队和颜悦色地对老大爷说完，然后朝陈歌走去。"江州这么大，你能不能别老在我的辖区里晃悠？要不你去外省旅游几天也行啊，给自己放个假,也让我们稍缓缓。"

"李队,你这么说就跟我见外了,放心吧,我身体扛得住。"

李队看着陈歌不知道为什么很想揍他一顿,不过有外人在场,硬是忍住了。揉了揉太阳穴,李队似乎很不想再看见陈歌,他整理了一下笔录,就让大勇带着陈歌离开了。顶着黑眼圈的大勇亲自将陈歌送到门口,紧紧地抓着他的肩膀说:"老弟,李队说话直,你别介意,如果你实在不想出去旅游,老实待在家休息几天也行。"大勇的声音很真诚,能听得出来他是为了陈歌好。

感受到了西城派出所的热情,陈歌点了点头,也很诚恳地回道:"好,我尽量。"

坐上出租车,陈歌回到新世纪乐园,此时太阳刚刚升起。迎着初阳,陈歌停在冒险屋门口,他望着太阳,忽然拿出了黑色手机。

"我已经证明过在中午抽奖效果不是太好,都说一日之计在于晨,现在是万物复苏的时候,如果这时候抽奖,说不定就能有不一样的收获!"

面朝冉冉升起的太阳,陈歌思考片刻,消耗了一百次尖叫,转动了黑色手机上的转盘……